Uwe Voehl, Ralf Kramp,
Carsten Sebastian Henn
Mords-Feste 2

Vom Autoren-Team bisher bei *KBV* erschienen:

Mords-Feste

Uwe Voehl lebt als Autor und Lektor in Bad Salzuflen. Seine Krimihelden Morgenstern und Dickens wurden von der Kritik als das »perfekteste Aufklärer-Team seit Sherlock und Holmes« gewürdigt. Außerdem ist Uwe Voehl als Dozent für Creative Writing tätig und Redakteur für die Reihe *Cotton Reloaded,* dem Remake der erfolgreichen Kultserie *Jerry Cotton.* Seine Erzählungen und Kurzgeschichten wurden mehrmals mit Preisen ausgezeichnet, u. a. mit dem *UTOPIA-Literatur-Preis.*

Ralf Kramp, geboren 1963 in Euskirchen, lebt in der Vulkaneifel. Er beschreibt in seinen Kriminalromanen aus der Eifel skurrile Typen und ihre haarsträubenden Erlebnisse. Seine schwarzhumorigen Kurzkrimis trugen ihm den Titel »lustigster Krimiautor Deutschlands« *(Mord am Hellweg)* ein. Zusammen mit seiner Frau leitet er das Kriminalhaus in Hillesheim.

Carsten Sebastian Henn: Der mehrfach ausgezeichnete Kölner Autor Carsten Sebastian Henn (* 1973) gilt als »Deutschlands König des kulinarischen Krimis« (WDR). Seine Reihe um den Ahrtaler Koch und Meisterdetektiv Julius Eichendorff hat mehr als 100.000 Exemplare verkauft. Sein Hörbuch *Der letzte Whisky* stellt eine Premiere dar: Zum ersten Mal hat Carsten Sebastian Henn das Mikrofon selbst ergriffen, um den zahlreichen Figuren des Kriminalromans eine Stimme zu geben.

Uwe Voehl, Ralf Kramp,
Carsten Sebastian Henn

MORDS-FESTE 2

KBV

Originalausgabe

www.kbv-verlag.de
E-Mail: info@kbv-verlag.de
Telefon: 0 65 93 - 998 96-0 · Fax: 0 65 93 - 998 96-20
Illustrationen: Ralf Kramp
Umschlaggestaltung: Ralf Kramp
unter Verwendung von © senoldo - Fotolia.com
Druck: CPI books, Ebner & Spiegel GmbH, Ulm
Printed in Germany
ISBN 978-3-95441-379-9

Inhaltsverzeichnis

MORDS-HOCHZEIT

1. Kapitel

von Ralf Kramp

Grelle Blitze zuckten durch das kleine Eifeldorf Welterscheid, ohne dass der entsprechende Donner folgte. Die Häuser, Kneipen, Lebensmittelgeschäfte, der Dorfplatz, die Menschen, Hunde, Katzen – alles wurde in gleißendes Blitzlicht getaucht, während eine seltsame Prozession durch die kleinen Gassen schritt. Den sechzig wie wild fotografierenden, japanischen Touristen blieb nichts verborgen, der unscheinbare Ort wurde tausendfach abgelichtet. Er bot eine reizende Kulisse, wie er so in der Maisonne vor sich hindöste. Aber was hatte eine so große Schar ostasiatischer Reisender hierher verschlagen?

Die rundliche, alte Frau, die mit einem knallbunten Plastikschirmchen voranmarschierte, erklärte es mit dumpfem Brummbass: »So, das hier ist jetzt Welterscheid City, die Hochzeitsmetropole der westlichen Welt. Hier wird rund um die Uhr geheiratet, dass die Schwarte kracht!«

»Nan desu ka?«, fragte der Anführer der Reisegruppe auf Japanisch. Er verstand nichts.

»Geheilatet, dass die Schwalte klacht!«, raunzte Omma Brock und starrte ihn durch ihre Glasbausteinbrille intensiv an. Diese kleinen, japanischen Wichte würde sie im Nullkommanix abfrühstücken. Sie hatte noch Wichtigeres zu tun. Beim Volkshochschulkurs in Prüm hatte sie jeweils zweieinhalb Stunden Englisch, Französisch, Italienisch und Japanisch gelernt, was für ihre Begriffe völlig ausreichend war, um die über Welterscheid hereinbrechende Touristenschwemme wenigstens ansatzweise zu verstehen.

»Geheilatet?«, fragte der Japaner immer noch unsicher.

»Ja, geheilatet! Märrijet! Heiraten, Schleier, Zylinder, Reis ... Leis, kapito? Leis! Den baut ihr Knilche doch extra an für so was!«

Tatsächlich waren sie genau deshalb hier, mitten in der Eifel, denn Welterscheid war über Nacht zum Hochzeitsparadies geworden. Der geniale Geistesblitz eines einzelnen Dorfbewohners hatte bewirkt, dass Welterscheid Las Vegas und Gretna Green den Rang abgelaufen hatte, dass gewissermaßen von einem Tag auf den anderen aus aller Herren Länder hochzeitswillige Pärchen angereist kamen, um ausgerechnet hier, auf den Eifelhöhen, den Weg ins gemeinsame Glück anzutreten. Und wenn irgendwo auf der Welt ein neues touristisches Highlight auf den Plan trat, dann waren die Japaner nie weit.

Omma Brock, die die Reiseführungen übernommen hatte, hatte schon allerhand Wissenswertes über den Ort von sich gegeben, das man in der Dorfchronik vergeblich suchte. Und auf ihrer Tour hatte sie bisher keine Gelegenheit ausgelassen, die Gäste zünftig zu unterhalten. »Sind zwei Japaner auf Bergtour, fällt das Radio in eine Eisspalte. Sagt der eine Japaner: ›Holidiladio odel Holdudiladio?‹ Superwitz, oder?« Ihr garstiges Lachen schallte heiser und lärmend durch die Straßen Welterscheids, als sie um die Ecke bogen und die Kirche St. Blasius und das gleich nebenan liegende Pfarrhaus im sanften Sonnenschein vor sich liegen sahen. »Dat da is quasi unser Petersdom, versteht ihr?«

»Ah, Petelsdom!« Die Japaner gaben verzückt eine Blitzlichtsalve ab.

Über die niedrige Mauer des Pfarrgartens hinweg konnte sie eine Gestalt erkennen. Ein junger Mann mit straffem Scheitel, ganz in Schwarz gekleidet, saß mit einer Tasse unter einem Kirschbaum, der über und über mit weißen Blüten geschmückt war, und blätterte in einem Wust von Papier herum. Kaplan Florian Unkel ging offensichtlich seine übermorgige Sonntagspredigt durch. Aus dem offenen Küchenfenster drang köstlicher Kuchenduft, und die Vögel zwitscherten. Der junge Kaplan schien mit sich und der Welt zufrieden, nippte an seinem Heißgetränk und verschluckte sich, als sich sein Sonnentag mit einem Schlag verfinsterte.

»Juhu!«, schickte Omma Brock ihre dunkle Reibeisenstimme durch die frühlingshafte Luft.

»Hallihallöchen, Kaplan Unkel, alte Tabernakelwanze. Was ist gelb und kommt ganz unverhofft reingeschneit?«

»Äh, die Post?«, fragte der Kaplan verunsichert.

»Nä, falsch geraten, sechzig Japaner!« Sie stieß das metallene Gartentor auf und stapfte rücksichtslos in das Refugium des Geistlichen hinein. Ihr asiatischer Tross folgte ihr, aufgeregt tuschelnd.

Unkel sprang auf und wollte Einhalt gebieten, die Blätter seiner Predigt wirbelten durch die Luft.

»Dieser Mann hier, meine Damen und Herren Japanesen, das is ein ganz wichtiger Mann in der katholischen Kirche«, log Omma Brock.

»Ist Papst?«, fragte eine ältere Japanerin zaghaft.

Omma Brock klopfte ihr anerkennend auf die Schulter. »Nä, Papst nicht gerade, Frau Geisha, aber fast so was wie … na, also, eigentlich der Sohn vom Papst.«

Ein Blitzlichtgewitter prasselte auf Unkel herab.

»Der jüngste Sohn vom Papst. Also von den zwölf. Von den Jüngern, so sagt man zu denen. Habt ihr doch schon mal gehört, bei euch da hinterm Mond, oder?« Sie ließ sich jetzt zusammen mit Unkel fotografieren. »Der ist quasi heilig.«

Unkel, den das grelle Geblitze blendete, fragte wimmernd: »Frau Brock, was wollen Sie denn nur um Himmels willen von mir? Warum kommen Sie mit dieser Horde von ...«

»Sie müssen für uns das Kruzifix schwingen.«

»Für uns?«

»Für die Wedding Chapel. Da ist heute ein reicher Ami angereist, der will nur heiraten, wenn er einen von euch Himmelskomikern dabei hat.«

»Ausgeschlossen, Frau Brock«, zeterte Unkel, der jetzt wieder vorsichtig die Augen öffnete.

»Muss aber sein.«

»Niemals im Leben werde ich einen Fuß in diese unheiligen Hallen setzen. Wenn hier in Welterscheid geheiratet wird, dann in St. Blasius! Alles andere ist schnödes Blendwerk!«

»Blendwerk ... gutes Stichwort«, raunzte Omma Brock und wandte sich wieder an ihre asiatischen Gäste. »Macht noch mal ein paar Blitzerfotos von dem Paternoster hier, und dann gehen wir mal in der Kirche gucken, was da so gebacken ist.« Sie blähte die Nüstern. »Gebacken? Gebacken?« Ihr Blick fiel auf das Küchenfenster, aus dem jetzt schwarzer Rauch hervorkroch. »Ach, da is gerade ein neuer Papst gewählt worden. Die Katholen wählen den übrigens per Telefon. Sechs, sechs, sechs. Schreibt das mal schön mit, da habt ihr zu Hause was zu erzählen.«

»Ich werde keine Hochzeit in diesem ...«

Omma Brock hob eine Seite der Predigt auf. »Schreibt gerade am nagelneuen Testament, der Mann. Is so 'ne Fortsetzungsgeschichte. Im dritten Teil kommt der ganze Schweinkram, stimmt doch, oder?« Sie legte ihren muskulösen Arm um den Priester. Es blitzte erneut wie tausendfaches Höllenfeuer, und der Qualm umwölkte den wehrlosen, jungen

Mann. Die alte Frau schob den Kaplan sanft zur Seite und murmelte mit gefährlich schnarrender Stimme: »Na, Herr Kaplan, soll ich den Japanskis mal die Kirche von innen zeigen? Da erzähl ich denen was von der Marienerscheinung, die immer dann zu sehen ist, wenn man zu viel Messwein gepichelt hat. Und dann dürfen die sich jeder ein Andenken mit nach Japanistan nehmen, was haltense davon?«

Die ersten Japaner setzten sich in Bewegung, um die Kirche zu entern.

»Halt!«, japste Unkel. »Ich tu's ja, ich tu's ja! Aber nur dieses eine Mal.«

Omma Brock nickte zufrieden. »Geht doch. Wir sehen uns nachher im *Wedding Heaven*. Ich muss noch irgendwo ein Strumpfband auftreiben. Meins hab ich nämlich bei der Hochzeitsreise nach Bad Bertrich als Keilriemen genommen, damals, '52.«

2. Kapitel

von Carsten Sebastian Henn

Unkel entsorgte den verkohlten Rosinenkranz und versuchte, den Gedanken von Omma Brocks Bein und einem Strumpfband aus dem Kopf zu bekommen. Doch er stampfte sich immer tiefer in seine Gedanken hinein wie Godzilla in die City von Tokio. Das arme Strumpfband! Davon hatte es sich wahrscheinlich niemals erholt. Am Bein dieser ... Frau. Konnte es ein schlimmeres Schicksal für ein Stück Stoff geben? Wohl kaum. Es sei denn ... oh, nein, daran durfte er jetzt keinesfalls denken! Nicht an die Unterwäsche. DA! Jetzt hatte er doch dran gedacht. An eine Unterhose so groß wie das Segel einer Fregatte. OH NEIN! Schon wieder dran gedacht!

Lalalala, ich denk an gaaaaanz was anderes. An Schwarzwälder Kirschtorte von der Größe eines ... Omma-Brock-Hinterns. NEIN!

Er musste zur Wedding Chapel, die Sache hinter sich bringen, dann schnell zurück und den Messwein vernichten, der eigentlich längst um war. Er musste diese schrecklichen Gedanken aus seinem Hirn brennen. Mit Alkohol, mit Backwaren, und wenn nötig mit Feuer. Er war zu allem, wirklich zu allem bereit.

Seinen alten Opel Kadett, den mittlerweile nur noch Spucke und guter Wille zusammenhielten, parkte er direkt vor dem Gebäude mit der Adresse, die ihm Omma Brock gegeben hatte. Es sah nicht aus wie eine Wedding Chapel. Es sah nicht mal aus wie eine Chapel. Es sah aus wie ein Haus, um das ein Absperrband gehörte, weil es einzustürzen drohte, wenn jemand herzhaft davor rülpste.

Das Haus stammte aus den Fünfzigerjahren. Schmucklos war kein Ausdruck. Es war grau. Schmutzig-grau. Mit einem Hauch Dreck-Schwarz. Und Matsch-Braun unter den Fensterbänken. Es war weit und breit das hässlichste Haus. Würde Welterscheid an »Unser Dorf soll schöner werden« teilnehmen wollen, müssten sie es abfackeln.

Ein Banner war über den Fenstern des Erdgeschosses gespannt: *WC - Wedding-Chapel.* Die Eingangstür war aus Milchglas, in das jemand dem Aussehen nach mit einem Schlüssel ein Herz gekratzt hatte. Lange stand Unkel davor. Er wollte nicht klingeln. Er wollte zurück ins Pfarrhaus. Und backen. Oder beten. Oder beides. Er konnte ja den Gekreuzigten backen. Herrentorte sozusagen. Das war bestimmt ein Spaß.

Plötzlich öffnete sich die Tür und ein bärtiger Mann mit Bierplauze unter dem Blaumann stand vor ihm. Er trug keinen Dreitage-Bart, auch keinen Viertage-Bart, es mussten mindestens zwei Wochen gewesen sein, und zwischendurch hatte ein Marder darin gewütet. Eine Spitzen-Stickerei auf seinem Latz wies ihn als den Hochzeits-Klempner aus. Freiherr Manfred von Düppesbecker, genannt Manni. Verarmter Landadel. So arm, dass selbst Kirchenmäuse schon ein Spendenkonto für ihn einrichten wollten. Unkel hatte sich über die Touristenattraktion informiert. Mannis Vorvorurvorfahre erwarb einst für sich und seine Nachkommen das Recht, Hochzeiten durchzuführen, gegen einen Sack Winterkartoffeln, festkochend. Das geriet in Vergessenheit, bis Manni, so der *Eifel-Bote,* beim Aufräumen auf dem Speicher eine entsprechende Urkunde fand – und das »Hochzeitsparadies Eifel« ausrief.

»Kaplan! Eure Heiligkeit. Welche Ehre.« Er bekreuzigte und verbeugte sich, wobei seine Nasenspitze fast den Boden berührte.

Unkel hatte den Mann noch nie in der Kirche gesehen. Er war mit den Gepflogenheiten der heiligen römisch-katholischen Kirche wohl nicht vertraut.

»Die Opfer, äh, die Heiratswilligen, stehen bereit. Wenn Sie vorher mit ihnen sprechen möchten. Nur klopfen Sie bitte nicht an Zimmer 69, darin nächtigen sehr … besondere Gäste. Die sind rund um die Uhr … beschäftigt. Und bitte reden Sie nicht darüber. Mit niemandem, ja? Sie sind doch verschwiegen, oder? Wie ein Grab, nicht?« Er lachte ebenso nervös wie heiser.

»Zimmer 69? Wie viele Zimmer haben Sie denn in diesem Einfamilienhaus?«

»Sechs. Die Zimmer 7, 11, 69, 08/15 – das ist unser Sparangebot –, 2001 – unsere Science-Fiction-Suite – und 4711, inklusive Parfümflasche. Die Nummern sind aber nicht so wichtig wie die Namen der Suiten.«

»Suiten?« Unkel stutzte. Die sechs Zimmer konnten bei dem Haus nicht größer als ein Wohnklo sein.

»Die Honeymoon-Suite, die hab ich in meinen ehemaligen Eisenbahnkeller gebaut, also die Eisenbahnanlage vom Welterscheider Bahnhof ist jetzt in die Ecke gerückt. Wirkt ja auch als Möbel gut. ›Himmel voller Geigen‹ ist der Dachstuhl, auch bekannt als ›Turteltauben-Refugium‹, weil da noch ein paar Tauben leben. Die Drecksviecher krieg ich einfach nicht raus, dabei hab ich überall im Zimmer Gift ausliegen. Ist aber Gott sei Dank weniger schlimm als die Drecksmäuse in der Honeymoon-Suite, die fressen ja echt alles an, die Viecher. Sogar die Reizwäsche und die Peitschen.«

»Herr im Himmel!«

»Genau meine Worte. Dann haben wir noch die ›Cherie, Cherie Lady – Modern Talking Suite‹, die ›Ganz-in-Weiß-Suite‹ sowie die ›Hochzeit-von-Kanaan-Suite‹ für die Religiösen. Da hab ich 'ne Bibel reingelegt. Unter den Bettpfosten, damit es nicht so wackelt. Macht sich gut in der ehemaligen Waschküche. Messwein gibt es zwar keinen, aber Fusel ist immer genug vorhanden. Ich nehm da den roten Tütenwein vom untersten Regal. Dreht wie Sau, das Zeug. Zwei Schluck davon und sie sehen direkt den Lichttunnel. Hier, nehmen Sie einen Stapel Prospekte und verteilen sie die, wenn Sie das nächste Mal in Rom sind, oder im Vatikan, oder in Bethlehem. Die sollen alle hier heiraten. Wenn der Papst mal die Richtige findet: Welterscheid heißt ihn herzlich willkommen!«

Unkel besah sich den Prospekt. Sah wirklich toll aus, da wollte man sofort hin. Das Problem war nur, dass Schloss Neuschwanstein, der Kölner Dom und Helgoland nicht so wirklich in Welterscheid waren, wie es die Fotos suggerierten. Umso mehr stimmte der Satz darunter: *Eine Hochzeit, die Sie nie vergessen werden!* Und Hochzeitsklempner Manni war auf dem Foto auch geschätzte dreihundert Jahre jünger und dünner als … nein, halt, das war George Clooney auf dem Foto. Mit der Sprechblase:

Kommt zu Manni, denn ich trau'
auch den Eber mit der Sau!

»Kommen Sie rein, Eure Hoheit. Ich bringe Sie in unsere Wedding Chapel, also die Garage. Dann können Sie die schon mal segnen und mit Hostien auslegen, also hostinieren, damit nachher alles geheiligt ist.«

Unkel hatte nicht übel Lust, den Hochzeitsklempner zu hostinieren, und zwar kreuzweise, aber das tat ein guter katholischer Kaplan nicht. Er dachte an die Horde Japaner und trat in das Hochzeitsparadies, das innen mit Pappherzen auf der schimmelnden Raufasertapete verziert war. Und Manni hatte aus Klempnerrohren einen Kussmund geschweißt, der aussah wie ein Transformers-Gebiss.

Apart.

Dann brach plötzlich die Hölle los.

Ein Mann stürmte mit Riesenschritten an Unkel vorbei, eine junge, blonde Frau im Schlepptau mit sich zerrend. In der Eile konnte niemand den Flüchtenden erkennen. Die beiden sprangen in ein Taxi, das plötzlich vor dem Haus vorgefahren war.

Gerade als sie im Begriff waren loszubrausen, drückte sich Omma Brock an Unkel vorbei – wobei dieser fast erstickt wäre. Die Alte war plötzlich sehr aufgeregt und fuchtelte mit den Händen. »Komm mit Kaplänschen, die Brautentführung stand nicht in der Omma ihrem Drehbuch! Da läuft was schief. Wir müssen hinterher!« Sie griff seine Hand und zog ihn mit sich zu der für die Hochzeit des Tages bereitstehenden Kutsche hin.

Der Kutscher rauchte gerade eine, lehnte an seinem Gefährt und suchte in seinem rechten Nasenloch nach einem Hochzeitsgeschenk.

Omma Brock reckte sich an der Kutsche empor. »Hilf mir mal hoch, Unkel-Furunkel. Nu mach schon, hilf der alten Frau mal hier rauf. Feste drücken, mit beiden Händen. Meinen Poppes darf nicht jeder anpacken.« Sie lachte rasselnd.

Den wollte auch nicht jeder anpacken. Und mit »jeder« meinte Unkel »keiner«. Doch er tat, wie ihm geheißen. Danach würde er sich die Hände unter kochendem Wasser abschrubben müssen. Oder vielleicht doch besser abhacken?

Wenige Augenblicke später thronte Omma Brock auf dem Kutschbock und schwang die Zügel. Das Pferd bäumte sich auf, das Gefährt schoss nach vorne, und der Kutscher sprang laut fluchend zur Seite.

»Wie kommt es, dass Sie Kutsche fahren können, Frau Brock?«

»Kann ich ja gar nicht.«

Unkel musste sich festhalten, so rasant ging es hinter dem Taxi her. »Warum rennen die Pferde dann so schnell?«

»Weil die Angst vor mir haben.« Omma Brock beugte sich angestrengt nach vorne und schnalzte mit den Zügeln.

Es ging raus aus Welterscheid und Unkel meinte den ranzig-öligen Angstschweiß des Taxifahrers im Auto vor ihnen riechen zu können, aber es war wohl eher Omma Brocks Atem. Er betrachtete ihr vor Wut verkniffenes Gesicht. Nie und nimmer würde sie dulden, dass diese Hochzeit platzte.

Menschen stoben auseinander, Autos schossen auf den Gehweg. Bis zum Ortsausgang von Welterscheid hielt die Kutsche gut mit, ja sie kamen sogar näher und näher, da das Taxi nicht so schnell durch die engen Gassen des hutzeligen Eifeldorfs manövrieren konnte, doch sobald die Straße gerade wurde, hatte die Kutsche keine Chance mehr, und das Taxi entschwand schneller als eine Pistolenkugel in den Weiten der Eifel.

Omma Brock grunzte missmutig, spuckte auf die Straße, wobei sie die Pferde netterweise teilhaben ließ, und wendete das Gefährt.

»Wer war das eigentlich?«, fragte Unkel.

»'ne Braut. Die einer klaut. Und der wird von mir verhaut!« Sie zeigte grimmig die Zähne.

»Selbst wenn, er ist ein Astronaut mit schönem Namen Edeltraud.« Jetzt grinste Unkel – so lange bis Omma Brock ihn böse anschaute. »Ich reime doch so gern«, sagte er entschuldigend.

»Auf dem Kutschbock reimt nur einer, Kleiner. Die Omma Brock.«

»Aber nicht im Minirock!« Der nächste böse Blick. »Ich hör ja schon auf ...«

Kaum hatten sie die Kutsche vor dem *Wedding Heaven* eingeparkt und kaum war dem wütenden Kutscher von Omma Brock ordentlich einer eingeschenkt worden wegen angeblich defekter Bremsen und mangelhafter Federung, da stand auch schon Hochzeitsklempner Freiherr Manni von Düppesbecker in der Haustür, einen Klosettpömpel in der Hand und den Mund sperrangelweit offen. Welcher unaussprechliche Schrecken mochte das Klo verstopft haben?

»Da ... da is ... da is eine ... da ... da is ... da is eine«, stotterte er aschfahl.

»Haben wir schon gehört, Manni«, sagte Omma. »Und wie weiter? Da is eine... Mörderwurst im Scheißhaus? Eine Ratte in Pony-Größe? Der Geist von Elvis?«

»Ganz-in-Weiß-Suite«, brachte Manni heraus. »Leiche. Tot.«

Das, dachte Unkel, war für Leichen nicht ungewöhnlich. »Und was haben Sie mit dem Pömpel vor? Wollen Sie ihn ins Leben zurückpömpeln?«

Manni guckte verdutzt. Erst auf Unkel, dann auf den Pömpel. Und dann fiel er einfach in Ohnmacht.

3. Kapitel

von Uwe Voehl

Wedding Heaven«, las Carola Coltella. Doch wenn der Hochzeitshimmel schon wie eine Bruchbude aussah, wie musste es dann erst in den Herzen jener aussehen, die ausgerechnet hier den Bund fürs Leben schlossen? Sie seufzte tief. Nein, der Mai war keine Jahreszeit für Singles. Von wegen Wonnemonat! Im schönen Monat Mai schossen nicht nur die Blumen in die Höhe, sondern auch die Selbstmordraten.

Sie konnte es nachfühlen. Jetzt, da es Pärchen und Verliebte nach draußen drängte, um händchenhaltend durch die Parks zu schlendern, danach im Biergarten im IL CORVO sich bei einem Glas Wein in die Augen zu schauen, um nachher …

Ein zweites Seufzen entrang sich ihrer vollen Brust. Sie hatte noch nicht mal jemanden, der ihr abends die Füße wärmte. Gut, es gab da einen Nachbarn, Oppa Heinrich, dreiundachtzig, und, wie er behauptete, im besten Mannesalter, der ihr immer die Wasserkästen hochschleppte und sie danach mit seinen wässrigen Triefaugen so lange anglotzte, bis sie sich endlich erbarmte und ihn bat, doch Platz zu nehmen. Er erzählte so gerne. Kriegsgeschichten. Aus den Ardennen.

Nein, dann trug sie die Wasserkästen schon lieber selbst hoch, legte eine CD ein und hörte Patrick Nuo. Seerosenteich. Wenn sie die Augen schloss, war sie sich ganz sicher, dass Patricks Stimme ihre Seele streichelte.

Der Anblick dieses *Wedding Heaven* jedenfalls war keinesfalls Balsam für ihre Seele. Er riss sie brutal in die Wirklichkeit zurück. Und die war kein Zuckerschlecken. Sie war hierhergekommen, um eine Leiche zu inspizieren. Wahrscheinlich ein weiterer Selbstmörder.

Sie straffte die Schultern und ging zielstrebig auf das verlotterte Gebäude zu. Dabei wirkte sie auf einen Außenstehenden athletisch und zielstrebig und durchaus auch etwas furchteinflößend. In solchen Momenten machte sie ihrem Nachnamen alle Ehre: Coltella, das Messer!

Sie sah eine Gestalt aus dem Haus laufen. Es war ihr Assistent Winfried zu Clairvaux, der ihr zuwinkte. Er litt nicht nur darunter, dass es in seinem Namen nicht zu einem »von«, sondern nur zu einem »zu« gereicht hatte. Viel schlimmer war – zumindest für seine Mitmenschen –, dass er entsetzlich lispelte. Im letzten Jahr hatte er mit einer Sprachtherapie begonnen, danach hatte er kurzfristig gestottert, sodass ihm alle geraten hatten, den Therapeuten zu wechseln. Bislang hatte er noch keinen neuen gefunden.

»Ah, meine Liebe, wie ich sehe, sind Sie auch schon da. Sieben Schwalben säuseln Ihre liebreizende Erscheinung vom First herunter!«

Sie bedachte ihn mit einem strengen Blick: »Clairvaux, sind Sie betrunken oder was?«

»Sie Schelmin. Nein, ich habe eine super Sprach-Therapeutin! Sie sagt, ich soll möglichst viele S-Laute sprechen, um das Übel mit der Wurzel auszureißen. Konfrontationstherapie sozusagen.«

Ah, deshalb strahlte er seit Tagen wie ein Maikäfer! »Ich wette, sie sieht gut aus«, sagte sie knapp, um dann dienstlich zu werden. »Wo ist die Leiche?«

»In der Ganz-in-Weiß-Suite. Kommen Sie, ich zeige Ihnen, wo's langgeht.«

»Ach, das wäre ja das allererste Mal«, sagte sie spitz und stürmte an ihm vorbei. Es war kinderleicht, den Tatort zu finden. Sie musste nur dem Lärm folgen. Sie stieg die altersschwachen Stufen hinauf, die bei jedem Schritt knarrten wie das betagte Himmelbett eines alten Paares. Es roch nach abgestandenem Kohl. Irgendwie hatte sie sich den Weg in das Himmelreich anders vorgestellt.

Oder war sie gar in der Hölle gelandet? Das Bild, das sich ihr bot, war in der Tat fürchterlich: Omma Brock saß mitten im Flur breitbeinig auf der Brust eines Mannes und saugte ihm anscheinend das Leben aus.

»Halt! Was machen Sie denn da?«

Omma Brock, die sie in ganz Welterscheid hinter vorgehaltener Hand nur »Kotz Brock« nannten, löste schmatzend ihren Mund von den Lippen ihres Opfers. Es erinnerte an das »Plopp« eines Klosettpömpels. Merkwürdigerweise hielt der Mann einen solchen in der rechten Hand.

»Mund-zu-Mund-Beatmung«, erklärte Omma Brock.

»Er hatte die Augen schon wieder aufgemacht. Und dann ist er wieder ohnmächtig geworden«, erklärte jemand an ihrer Seite. Es war Kaplan Unkel. Dunkel erinnerte sich Coltella, dass es stets Ärger gegeben hatte, wenn dieses Pärchen ihr über den Weg gelaufen war. Sie hatte geglaubt, es erfolgreich verdrängt zu haben, aber nun knallten ihr die Erinnerungen wie die Schläge eines Schmiedehammers gegen die Stirn.

»Ich denke, der Mann ist tot?«, fragte sie, aber der Kaplan winkte ab. »Das da ist der Hausherr. Der Tote liegt im Zimmer.«

In knappen Worten erklärte Unkel, was sich ereignet hatte. Danach war Coltella nicht viel schlauer. Sie marschierte an ihm vorbei in die Ganz-in-Weiß-Suite: Zunächst sah sie das viele Blut. Dann das Bett mit dem ehemals weißen Laken, das mit roten Flecken verunziert war. Darauf lag ein Mensch. Ein Mann. Auf dem Rücken.

Langsam trat Coltella näher. Dabei speicherte sie jede Einzelheit: die schäbige Raufasertapete, die eher grau als weiß war; die uralten BRAVO-Poster von Roy Black an den Wänden; die Cordhose des Toten. Trug man zur Hochzeit Cordhosen? Das grässlich verzerrte Gesicht, so als hätte er etwas Schreckliches erblickt. Natürlich, er hatte seinen Mörder gesehen.

Nachdenklich betrachtete Coltella die Leiche. Personenbeschreibung: Vermutlich um die Vierzig, einssiebzig klein, gebrochenes Nasenbein, wahrscheinlich schon vor Jahren erfolgt aufgrund einer Auseinandersetzung, angewachsene Ohrläppchen, vorstehende Schneidezähne, Augen graublau, pausbackiges Gesicht, schwarze, strähnige Haare, wahrscheinlich gefärbt, pomadig zurückgekämmt …

Zumindest schien er nicht unglücklich verliebt gewesen zu sein. Oder sonst wie lebensmüde. Coltella schloss dies aus dem Umstand, dass weit und breit kein Tatwerkzeug zu sehen war. Er hatte sich also nicht selbst umgebracht. Gut, das war kein Beweis. Sie hatte schon Tote kotzen gesehen.

Sie bückte sich und schaute unter das Bett. Ein Schatten schob sich über sie.

»Da habe ich auch schon nachgeschaut«, sagte Clairvaux. »Die Waffe, die die Wunde verursacht hat, ist verschwunden.«

Coltella nickte. »Ich will der Spurensicherung nicht vorgreifen, aber ich schätze mal, er ist erstochen worden. Direkt ins Herz.«

»Er muss sofort tot gewesen sein.«

»Vielleicht hat er auch geschlafen. Jedenfalls hat er sich nicht gewehrt. Keinerlei Abwehrverletzungen an den Händen oder Unterarmen. Letztlich wird die Obduktion aufdecken, was hier wirklich passiert ist …«

Von draußen drangen Hilfeschreie und Gepolter zu ihnen. Im nächsten Moment kam jemand ins Zimmer geschossen.

»Helfen Sie mir!«, schrie Freiherr Manni von Düppesbecker. »Ich spüre noch immer einen rauen Waschlappen in meinem Hals!«

Bevor er die Tür zuschlagen konnte, hatte Omma Brock schon ihren klobigen Schuh dazwischengesetzt. »Waschlappen? Das war meine Zunge! Ich bin noch nicht fertich, Jungchen!«

Der Freiherr setzte sich mit dem Pömpel zur Wehr.

»Schluss mit dem Unfug!«, bellte Coltella. Ihre Stimme durchschnitt den Lärm wie ein Messer eine Sahnetorte.

Es herrschte augenblicklich Stille. Totenstille gewissermaßen. Selbst Omma Brock zog eingeschnappt ihren Fuß zurück.

»Wer sind Sie? Was machen Sie hier?«, fragte Coltella.

Der Freiherr stellte sich vor.

»Ach, Sie sind das.« Sie hatte natürlich in der Zeitung gelesen, was es mit dem *Wedding Heaven* auf sich hatte. Ganz Welterscheid wusste Bescheid.

In dürren Worten erzählte er, wie er den Toten gefunden hatte. »Es war alles voller Blut, und ich sah nur noch rot. Und dann schwarz ... Und plötzlich saß dieses Monstrum auf mir ... Der Schrecken stand ihm noch immer ins Gesicht geschrieben.

Clairvaux mischte sich ein: »Ich habe mich vorhin mit dem Kaplan unterhalten. Kurz bevor man die Leiche fand, hat sich eine Frau mit einer Kutsche aus dem Staub gemacht. Wahrscheinlich die Täterin. Typischer Eifersuchtsfall, schätze ich mal.«

»Gibt es irgendwelche Zeugen?«

»Ja, sogar sechzig. Zufällig stand draußen eine Reisegesellschaft mit Japanern. Die haben die Flucht geknipst.«

Von draußen drang Sirenengeheul herein. Der Krankenwagen oder weitere Kollegen. Clairvaux und sie waren die Ersten am Tatort gewesen.

»Halten Sie hier die Stellung. Lassen Sie niemanden herein. Und nachher befragen Sie die Japaner. Lassen Sie sich die Fotoapparate aushändigen. Vielleicht finden wir auf den Fotos weitere Hinweise.«

»Aber wieso? Es ist doch alles klar wie Kloßbrühe.« Clairvaux sah sie an wie ein Erstklässler einen Mathematikprofessor. Wir müssen nur eins und eins zusammenzählen ...«

»Eins und eins ergibt in diesem Fall nicht zwei. Und klar ist gar nichts. Ihre Kloßbrühe ist so tief wie das Totenmaar.« Sie verabschiedete sich.

»Und wohin gehen Sie?«

»Die Kollegen instruieren.« Sie bahnte sich einen Weg durch die neugierige Menge. Ein Zimmer mit der Aufschrift *69* erregte ihre Aufmerksamkeit. »Und wer wohnt darin?«, fragte sie den Freiherrn, der ihr gefolgt war.

»Darin? Äh – niemand.«

»Aber ich habe doch eindeutige Geräusche gehört!«

»Geräusche? Sie müssen sich irren? Äh ... vielleicht Ihre Fantasie?«

Sie wurde rot. Spielten ihre Gefühle ihr jetzt wirklich schon Streiche? Egal, sie würde sich später darum kümmern.

Als sie auf den Hof trat, traf sie ein Schock.

Ein attraktiver Südländer lächelte sie mit strahlend weißen Zähnen an und gurrte: »Carola, endlich wir uns sehen wieder! Madonna! Ich hätte nie gedacht!«

»Mau... Mauro?« Sie konnte nur noch stottern. Es schien, als hielte der Wonnemonat noch so manche Überraschung parat.

4. Kapitel

von Ralf Kramp

Der Leichenfund hatte Freiherr Manfred Harro Benedikt von Düppesbecker nicht so sehr mitgenommen wie die Mund-zu-Mund-Beatmung durch seine Angestellte. Er schob sich angeekelt acht Fisherman's Friend in den Mund.

»Nix zu danken, Chef«, sagte Omma Brock und zurrte sich ihre Kleider auf dem drallen Leib zurecht. »Die Lebensrettung können wir mit drei Überstunden abrechnen, gebongt?«

Er wandte sich ab, als sie den Rock lupfte, um ihre Strümpfe hochzuziehen. »Blödes Strumpfband«, brummelte sie. »Immer is das Dingen weg. Wahrscheinlich zu ausgeleiert.«

Manni Düppesbecker war eindeutig überfordert. Der unerwartete Erfolg seiner Umfirmierung bescherte ihm mehr Arbeit, als er bewältigen konnte. Sein altes, schmuckloses Elternhaus platzte aus allen Nähten, internationale Gäste gaben sich die Klinke in die Hand, und jetzt gab es ein Mordopfer in der Ganz-in-Weiß-Suite, die doch schon ab morgen für ein amerikanisches Schwulenpaar reserviert war, das kurzerhand seine Hochzeit von L.A. in die Eifel verlegt hatte.

»Auweia, da kommen noch mehr Bullen«, raunzte Omma Brock hinter seinem Rücken. »Guck mal, Manni, die nehmen dir jetzt die Bude auseinander. Und die wollen sicher auch Zimmer 69 …«

»69 ist tabu!«, brüllte der Freiherr und schlug mit dem Klosettpömpel auf ein hässliches Sideboard aus den Achtzigern.

Er wies mit dem Zeigefinger in die grobe Richtung der Leiche. »Der da, der war auch hinter Zimmer 69 her. Garantiert. Eugen Hillerich, der dämliche Pressefritze vom *Eifel-Boten*! Was ist, wenn der irgendwas spitzgekriegt hat? Wenn der Fotos gemacht hat?« Er rang verzweifelt die groben Hände. »Nirgendwo ist ein Fotoapparat zu sehen. Den hatte der doch sonst immer dabei!«

»Vielleicht hat der den zu Hause gelassen?«, sagte Omma Brock nachdenklich, legte den Kopf auf die Brust und verdoppelte somit ihr Doppelkinn. »Der wohnte noch bei seiner Mutter, bei Elfriede. Alte Klassenkameradin von mir.« In ihren Augen erschien der Glanz der Erinnerung.

»Klassenkameradin? Prima! Geh zu ihr. Sieh zu, dass du irgendwie in Hillerichs Büro kommst und dich umgucken kannst. Dir wird schon irgendwas einfallen.«

Omma Brocks Kinn sackte noch tiefer und hatte sich versechsfacht. »Verdammt lang her. Hat mir damals den Freund ausgespannt, die blöde Trulla. In der vierten Klasse. Da wollte ich schon immer mal 'n Wörtchen mit der drüber wechseln.« Sie nickte, und ihr stoppeliges Kinn faltete sich auf und zusammen wie eine Ziehharmonika. »Ja, genau, das mach ich!« Sie klang plötzlich sehr entschlossen. »Am besten direkt.«

Sie griff sich ihre Handtasche und wackelte davon. Als sie sich noch einmal umwandte, sah sie ihren Chef Manni, der nervös den Pömpel auf seiner großen Hand immer wieder festpfropfte und löste.

Während sie wenig später auf ihrem alten, schwarzen Fahrrad das Örtchen Welterscheid durchquerte, dachte sie unentwegt an Fränzchen Hillerich aus ihrer Schulklasse, der ihr den ersten Kuss gegeben hatte. Und dann hatte er sie wegen Elfriede sitzen lassen. Eigentlich hatte sie der blöden Kuh schon damals eine Abreibung verpassen wollen, aber dann war ihr fast siebzig Jahre lang was dazwischengekommen.

Das Knirschen ihrer Zähne übertönte das Quietschen des Drahtesels. »Na warte, Elfriede«, knurrte sie und überfuhr ein Huhn.

Elfriede Hillerich erschien im Türrahmen, nachdem Omma Brock an der Tür des alten Backsteinhauses geklingelt hatte, stemmte die Arme in die Seiten und kniff die Augen zu Schlitzen zusammen. »Wat willste, Trude«, grummelte sie gallig. Sie überragte Omma Brock um einen Kopf, hatte stoppelkurzes, eisgraues Haar und eine Brille mit Gläsern so groß wie Autoscheinwerfer. Omma Brock zögerte einen Moment. Die war aber gewachsen seit damals. Elfriede reckte angriffslustig ihr Nussknackerkinn nach vorne. »Na los. Was haste?«

»Ich muss dich sprechen«, sagte Omma Brock zögernd. Vielleicht war es doch keine gute Idee, nach all den Jahren … Sie könnte ihr Gegenüber womöglich mit der einfachen Nachricht ausknocken, dass ihr missratener Sohn soeben tot im Hotelzimmer gefunden worden war. Aber das war nicht ihr Stil.

»Ich hab keine Zeit«, keifte Elfriede Hillerich. Sie wollte gerade die Tür zuwerfen, als Omma Brock unvermittelt den Namen »Fränzchen Klinkhammer« ausspuckte. Die Worte schallten unheilschwanger durch die laue Luft. Es war zwölf Uhr mittags.

»Aha! Endlich«, hauchte Elfriede Hillerich.

Die beiden Frauen machten je einen Schritt aufeinander zu und schwiegen. Es war ihnen so, als käme von irgendwoher leise Mundharmonikamusik. »Nach all den Jahren«, knurrte Elfriede Hillerich. »Dass du dich hertraust, du Miststück.«

Sporen klirrten, ein Kojote heulte.

»Du hast mir Fränzchen ausgespannt, du Schlampe.« Omma Brock spuckte neben den Plattenweg.

Elfriede beugte sich vor und grinste hässlich. »Ich konnte besser knutschen, hat Fränzchen gesagt. Viel besser.«

»Ach ja?«

»Oh ja. Technik, Geschmack, Saugwirkung. Alles dreimal so gut wie bei dir.«

Ein dürrer Strauch rollte vorbei.

»Gar nicht.«

»Wo-hol.«

Omma Brock ballte die Fäuste. »Ich schlag dich zum Handkoffer, Elfriede.«

»Du pfeifst doch aus dem letzten Loch, du Wrack.«

Omma Brocks Strümpfe rutschten genau in dem Moment, in dem Elfriede mit ihrem muskulösen rechten Arm ausholte. Sie bückte sich, um sie wieder hochzuziehen, und der Haken ging ins Leere. Dafür trat Omma Brock jetzt mit ihrem rechten Schnürstiefel so fest auf einen der Filzpantoffel vor sich, dass sich Elfriede Hillerich mit einem Aufschrei nach vorne krümmte. Im nächsten Augenblick holte Omma Brock weit mit ihrer riesigen Handtasche aus und schwang sie donnernd gegen das Kinn ihrer Gegnerin. Ein Gebiss flog hoch durch die Luft, und Elfriede Hillerich ging zu Boden.

»Acht, neun, zehn ... K.O. in der ersten Runde«, triumphierte Omma Brock und kletterte über die am Boden liegende Seniorin. »Wer sich mit der Omma anlegt, kriegt die Fresse poliert«, murmelte sie, während sie ins Haus trampelte.

Sie musste sich beeilen. Es konnte nicht lange dauern, bis die Polizei auftauchte, um die schlechten Nachrichten zu überbringen.

Sie fand Eugen Hillerichs Büro in der ehemaligen Waschküche. Es war ein düsterer Raum voller windschiefer Regale, aus denen Papierstapel und Schuhkartons voller Fotografien hervorquollen. In einer Ecke des Zimmers gammelte ein altes Fotolabor vor sich hin, und auf dem Schreibtisch stapelten sich Berge von Zeitungen und Schreibutensilien. Hillerich hatte für den *Eifel-Boten* geschrieben, ein belangloses Wochenblättchen für Welterscheid und das Umland.

In einer alten Blechkiste, die verdächtig hoch auf einem Regal untergebracht war, machte sie einen interessanten Fund. Die Fotos, die zuoberst lagen, waren erschreckend schlecht gemachte Fotomontagen, die mehr oder weniger Prominente in unschicklichen Situationen darstellten. Ihre schwieligen Finger fächerten die Bilder auseinander. Die Ministerpräsidentin mit Rainer Brüderle … Schlagersänger Heino mit einem Schaf … Udo Lindenberg allein …

Und dann war da noch stapelweise Korrespondenz: *Ihren Erpressungsversuch kann ich leider nicht akzeptieren,* schrieb der Landrat. Und Iris Berben hatte geantwortet: *Habe im Moment keine Zeit, mich erpressen zu lassen.*

Sie fand auch einen kleinen Speicherstick, und schließlich stieß sie auf einen handgeschriebenen Brief und pfiff vor Begeisterung mehrstimmig durch ihre sieben Zahnlücken.

Du hast uns hintergangen. Unsere Geschäftsbeziehung ist beendet. Nähere dich nicht mehr dem Versuchsgelände, oder du musst mit Konsequenzen rechnen. Die Fotos sind ordentlich abgerechnet und unser Eigentum. Sie bleiben hier. Und wir entscheiden, wann wir sie der Öffentlichkeit preisgeben. Steve

Der Briefkopf trug ein Symbol mit dem Namen *Area 51.* Das hatte sie schon mal auf einem Schild gelesen. Das war auf dem alten Militärgelände, ein paar Kilometer vor den Toren Welterscheids, in Richtung Prüm.

Geschäftsbeziehung? Fotos? Öffentlichkeit? War man hier den Bewohnern von Zimmer 69 auf der Spur?

Plötzlich drangen von draußen Stimmen herein. Sie erkannte das feuchte Lispeln des Kommissars. Omma Brock maß mit den Augen das einzige Fenster des Raumes ab. Ja, könnte klappen.

5. Kapitel

von Carsten Sebastian Henn

Und morgen geht es zur Hostienbäckerei. Wer da popelt kommt zu Luther in die Hölle!« Kaplan Unkel machte ein ernstes Gesicht, und die frechen Früchtchen lachten. Es würde also wieder ein Debakel geben. Milky Way im Hostien teig, Capri-Sonne im Ofen, und die Popel von Ralf Jöttelmann, genannt Rallef, auf den Türklinken, den Verpackungen, den Mehlsäcken, na ja, eigentlich überall. Vollgepopelte Hostien waren sogar in den Vatikan geliefert worden. Und jetzt hatte der Papst abgedankt. Kein Wunder! Und alles dank Rallef Jöttelmann aus Welterscheid.

Unkel verstand nicht, wie eine einzige Nase so viele Popel produzieren konnte. Sie musste noch Nebenkammern haben. Sowie einen Vorratsraum. Mit angeschlossenem Popelflöz.

»Und jetzt ab! Vergesst nicht schön *Gottes Liebe ist wie ein Weizenkorn* zu lernen. Und nein, Horst-Hubert, ich weiß, was du sagen willst, aber damit ist nicht der Schnaps gemeint.«

»Menno! Unkel-Furunkel, Unkel-Spelunkel!«

Die lieben Kleinen, immer lustig und zu Späßen aufgelegt. Er hatte sie so lieb. Wenn nur die Popel nicht wären. Mit langen Fingern schloss er die Tür des Pfarrhauses hinter ihnen.

Das heißt, er versuchte es.

Ein Fuß tauchte plötzlich in dem Spalt auf. Ein Fuß von der Größe eines kleinen Elefanten. Und dieser hatte miese Laune.

»Kaplänchen«, donnerte die Stimme von Omma Brock. Sie bezeichnete sich selber als die gute Seele Welterscheids. Dabei wäre sie selbst aus der Hölle wegen miserabler Manieren empört ausgewiesen worden. »Kaplänchen, du hast ja mitbekommen, dass es einen Toten gibt.«

»Ja. Ich werde die Messe für ihn lesen.«

»Schön, mach das, vielleicht wird er davon wieder lebendig. Falls nicht, suchen wir zwei den Mörder. Das heißt eigentlich ich – und du machst die Drecksarbeit. Das ist so bei berühmten Detektiven. Einer ist das Hirn, der andere … die Füße. Du bist meine Füße. Mein Harry. Harry Unkel, Dr. Harry Unkel.«

»Also bitte, ich bin ein Mann des Herrn.«

»Nä, du bist ein Mann der Frau. Der Frau Omma. Und jetzt, Harry Unkel, fahr schon mal den Wagen vor. Und dann ab zu diesem komischen Versuchsgelände, dieser *Area 51*, von der keiner weiß, was die da treiben. Unser Toter hat da gearbeitet – bis er gefeuert wurde.«

»Aber ich muss doch noch die Messwein-Bestellung aufgeben.«

»Und was die Omma erst alles muss. Wenn ich jetzt nicht schleunigst zurück ins Hotel gehe, bricht da das Chaos aus. Zimmer 69 muss immer prompt bedient werden, sonst laufen die Amok. Und wenn du dich jetzt weigerst, dann schicke ich dir ab jetzt täglich eine Ladung Japanskis auf den Hals. Du weißt ja, dass ich den Schlüssel zur Haustür habe. Die krabbeln dann überallhin. Und die sollen ja nicht so reinlich sein, was das Toilettieren angeht. Außerdem essen die Plätzchen und Kuchen wie die Heuschrecken, und wenn man sie nach Mitternacht fressen lässt …«

»Ist ja gut, ist ja gut. In Gottes Namen, ich werde mich dort umschauen. Aber dann sind wir quitt.«

Omma Brock streichelte Unkel mit einer Pranke über den Mittelscheitel. »Aber sicher doch, Kaplänchen. Kennst mich doch.«

Unkel spürte, wie ein Magengeschwür in seinem Bauch heranwuchs.

Wenn er Glück hatte, würde es ihn schnell und schmerzlos töten.

Das Versuchsgelände lag auf einer Anhöhe, über die der Wind wie ein zahnloser Greis hinwegpfiff. Obwohl die Sonne schien, wie sie es nur im Mai tat, wirkte das von einer mit Stacheldraht gekrönten Betonmauer umgebene Gelände düster. Wie die DDR bei Stromausfall. Es gab sogar vier Wachtürme rundherum, die jedoch nicht bemannt, dafür aber mit Überwachungskameras bestückt waren. Den Eingang bildete ein grau-metallenes Tor, groß genug, dass LKWs hindurchpassten. *Area 51* war darauf gesprayt. Ursprünglich war dies eine Militärbasis der US-Amerikaner gewesen. Nach deren Abzug vor ein paar Jahren hatte ein unbekannter Käufer das Gelände erstanden. Und unbekannt zu sein, schien ihm auch weiterhin schwer am Herzen zu liegen.

Unkel parkte seinen alten Opel Kadett direkt davor. Wie sollte er da bloß hineinkommen? Er versuchte es mit Winken. »Hallo, hier spricht die Stimme des Herrn. Also im übertragenen Sinne, nicht wahr! Kaplan Florian Unkel, Seelsorger der Gemeinde Welterscheid. Ich komme, um ...«

Ja, warum kam er eigentlich? Die Wahrheit auszusprechen, wäre jetzt keine so gute Idee.

»... um Ihr Gelände zu segnen, ja, das klingt glaubhaft, das nehmen sie mir ab. Ich will Ihr Gelände segnen!«

Ohauerha ... Hatte er das gerade wirklich alles gesagt oder nur gedacht?

Das Tor öffnete sich surrend.

Und dahinter sah er ... eine Kuh. Die gerade gemolken wurde. Und ziemlich zufrieden wiederkäute. Obwohl sie in

Tarnfarben angestrichen war. Jemand stand mit einem Eimer an ihrem Hintern und wartete auf das Erscheinen von, nun ja, von richtig gutem Dünger. Vielleicht war auch etwas Schmutz in die Milch gekommen, und er wollte sie vorsichtshalber noch mal durchlaufen lassen. Nicht weit entfernt fuhr ein Traktor vor und zurück, vor und zurück, immer nur rund einen Meter.

Was ging hier bloß vor sich?

Christlich war das bestimmt nicht.

Ein Mann mit Gummistiefeln stapfte auf ihn zu. Hochgewachsen und schlank, mit Glatze und Designerbrille, doch lässig in Jeans und Hemd – wenn auch beides in so tadellosem Zustand und so passgenau, dass es teurer aussah als mancher Kaschmirmantel.

»Herr Kaplan, freu mich, Sie zu sehen! Ein bisschen Hilfe von oben kann nie schaden!«

Beim Näherkommen erkannte Unkel den Burschen, es war der Stiefvater von Rallef Jöttelmann, dem lebenden Popel-Silo. Leider hatte Florian Unkel keine Ahnung, wie sein Name lautete.

»Stefan Mops«, er streckte ihm die perfekt manikürte Hand entgegen. »Aber alle nennen mich nur Steve. Was führt sie zu uns?«

Unkel holte eine Tupperbox mit Weihwasser aus seiner Ledertasche sowie ein Aspergill, womit dieses versprengt werden konnte. »Segnen … was immer Sie hier … so … tun.«

»Jaha!« Steve Mops strahlte breit. »Das weiß keiner, wir sind Geheimniskrämer. Aber Ihnen kann ich es ja sagen. Wenn Sie nicht vertrauenswürdig sind, wer dann? Willkommen in Silicon Eifel, dem pochenden Herzen der Eifelaner Computerindustrie!«

»Und wer ist die Milz?«

»Bitte?«

»Ach, nichts.«

»Kommen Sie, ich zeige Ihnen, was wir hier machen. Und wir warten nicht, bis es aus Milka wieder herauskommt. Sie müssen nicht so schauen, Milka ist unsere Kuh, sie hat es gefressen. Alles rein wissenschaftlich natürlich.«

In diesem Moment klingelte die Kuh, was einen neben ihr stehenden Mann im Laborkittel dazu brachte, ein zufriedenes Kreuzchen in ein vorher unzufriedenes Kästchen zu machen.

Sie betraten eine der ehemaligen Militärbaracken, die innen komplett mattschwarz gestrichen war. An der Längsseite befand sich ein roter Samtvorhang, davor eine teure, weiße Ledergarnitur. Steve Mops legte einige Sicherungen in einem blechernen Kasten neben der Eingangstür um, und versteckte Spots gingen an, allesamt auf das Zentrum des Vorhangs gerichtet.

»Setzen Sie sich, die Show beginnt!«

Der Vorhang ging ruckelnd auf, die Spots fingen an zu flackern, *Also sprach Zarathustra* drang aus Boxen – und dann sah Unkel es. Scheinbar hing es in der Luft, ein riesiges Foto dahinter zeigte das Ganze noch einmal in Groß, dabei wäre das gar nicht nötig gewesen, denn es war sowieso schon gigantisch.

Es war das klobigste, hässlichste, unfömigste Handy, das Unkel jemals gesehen hatte. Der Glöckner von Notre Dame unter den Handys. Seine Form tat den Augen weh, und einen italienischen Designer hätte auf der Stelle der Herztod ereilt. Gespielt wurde nun ein James-Brown-Song: *I Feel Good.* Doch eine zweitklassige, deutsche Spaßband hatte daraus »Eifel Good« gemacht. Der scheußliche Soundtrack zum Handy.

»Das iPhel5 – Das ultimative Bauernhandy. Unkaputtbar, noch verdreckt voll funktionstüchtig und selbst von den dümmsten Bauern mit den knubbeligsten Fingern zu bedienen. – Das ist natürlich nicht unser offizieller Werbeslogan. Ich gebe Ihnen gleich eins mit, wir sind immer auf der Suche nach vertrauenswürdigen, verschwiegenen Testpersonen. Da kann bei Ihnen ja nix schiefgehen. Wir übernehmen sämtliche Kosten, Sie müssen nur eine Erklärung unterschreiben. Wollen Sie es mal in die Hand nehmen?«

Unkel schüttelte den Kopf. Er wollte eigentlich nicht mal im selben Raum mit diesem Ding sein.

»Ist es nicht ein Prachtstück? Sieht es nicht aus, als wollte es dem Bauern in die Hand springen?«

Ja, aber nur, um diese abzubeißen, fand Unkel.

»Es ist komplett aus V2A-Stahl, damit kann man auch Nägel in die Wand schlagen. Das Display ist aus Panzerglas – übrigens stammen alle Materialien aus der Eifel. Bis auf die aus China. Aber die gemeinden wir einfach ein! Pekingscheidt, die sympathische Kleinstadt in der Osteifel.« Er lachte. Selbst sein Lachen klang gleichermaßen leger wie schick und teuer.

Unkel beschloss, zur Sache zu kommen. »Eben war ich bei einem Todesfall. Es handelt sich um jemanden, der wohl für Sie gearbeitet hat: Eugen Hillerich.«

»Er ist tot?«

»Zumindest hat er das Atmen eingestellt.«

»Oh, Mann.« Steve ließ sich zu Unkel auf das Sofa plumpsen.

»Sie standen sich nahe?«, fragte Unkel.

»Er ist unser Pressesprecher … gewesen. Also Teilzeit, neben seinem Job für den *Eifel-Boten*. Wir haben ihn entlassen müssen, wegen interner Umstrukturierungen. Aber das schien ihm seltsamerweise gar nicht viel auszumachen. Bei der Entlassung hat er damit geprahlt, dass er Fotos hat, mit denen er richtig Geld machen kann. Seine Zukunft wäre gesichert. Er schien sehr zuversichtlich. Und jetzt das.« Steve Mops schüttelte ungläubig den Kopf. »Na ja, was will man machen. Darauf brauch ich was Starkes. Einen Latte macchiato mit extra Schaum. Sie auch? Und keine Angst, Sie bekommen nicht das Handy, das Milka zu Testzwecken gefressen und verdaut hat. Sie bekommen das Exemplar, das den Jauchegrubentest überstanden hat. Völlig unbeschadet. Man riecht kaum noch was!«

6. Kapitel

von Uwe Voehl

In Gedanken versunken betrachtete Coltella das uralte Schwarzweiß-Foto. Es war fast quadratisch und hatte gezackte, weiße Ränder. War das wirklich schon so lange her? Es zeigte sie und Mauro im Kinderwagen. Ihre Mütter standen stolz daneben. Ihre Mamma und Mauros Mamma. Das musste daheim in Italien, in Perinaldo gewesen sein.

Ein nächstes Foto, immer noch schwarzweiß, zeigte sie und Mauro am Strand von Rimini. Wie alt waren sie da? Fünf oder sechs? Mauro haute ihr eine Plastikschippe über den Kopf. Sie streckte ihm die Zunge raus. Ihre und Mauros Eltern waren jedes Jahr zusammen in Urlaub gefahren. Und sie und Mauro waren immer dabei gewesen. San Remo, Gardasee, Venedig …

Sie schaute wieder auf die Fotos. Ein letztes zeigte sie und Mauro in einer Strandbar auf Capri. Vor ihnen standen große Cocktailgläser mit bunten Flüssigkeiten darin und kitschigen Sonnenschirmchen. Auch sonst wirkte das Foto irgendwie inszeniert. Die rötlichen Kodak-Farben verklärten die Szene wie ein zuckersüßer Hollywood-Traum. Mauro hatte den Arm um sie geschlungen, während sie sich offensichtlich zierte. Aber sie lachte auf dem Foto. Die Scheu war nur gespielt. Damals war sie sechzehn gewesen und sehr schüchtern. Heute überspielte sie die Schüchternheit mit Härte, Strenge und Disziplin. Auch sich selbst gegenüber.

Seufzend legte sie das Foto zu den anderen. Seit damals hatte sie Mauro nicht mehr gesehen. Dass er nun plötzlich wieder auftauchte und noch dazu immer noch so verdammt gut aussah, brachte ihre Gefühlswelt gehörig durcheinander. So als wäre durch ein penibel aufgeräumtes Zimmer plötzlich ein Wirbelsturm gerast. Oder als begänne ein Kühlschrank plötzlich zu tauen.

Ja, dachte sie, im Kühlschrank glüht plötzlich ein Lämpchen. Ein Lächeln stahl sich auf ihre Lippen.

Die Tür wurde aufgerissen. Clairvaux ohne von, dafür mit zu, knallte die Tür gegen die Wand, als gelte es, alle in ihr tobenden Glückshormone mit einem Mal zu zerschmettern. Leider gelang es ihr nicht, rechtzeitig das noch immer vorhandene Lächeln fortzuwischen.

Clairvaux sah sie erstaunt an.

»Klappe!«, befahl Coltella. »Egal, was Sie gerade sagen wollten, schlucken Sie's einfach runter, Clairvaux!«

»Aber Sie haben gelächelt! Sie haben mich tatsächlich angelächelt!«

»Wie immer verwechseln Sie Ursache und Objekt, Sie Kretin! Was bringen Sie an schlechten Neuigkeiten? Hat Omma Brock etwa gesehen, wie einer der Japaner den Paparazzo erstochen hat? Und wir müssen jetzt herausfinden, wer von den sechzig es war! Nein, sagen Sie nichts, bitte! Ich weiß es, es ist viel besser: Sie wollen kündigen! Also habe ich doch einen Grund zu lachen!«

Natürlich, sie tat ihm unrecht, und sie wusste es. Aber sie musste einfach Dampf ablassen, um ihre Gefühlswelt zu regulieren.

Mit großen, verwirrten Dackelaugen schaute er sie an.

»Tut mir leid«, entschuldigte sie sich. »Der Tote von gestern ist mir einfach an die Nieren gegangen.« Das war gelogen. Sie konnte ganz gut den Anblick von Leichen ertragen. Es gehörte nun mal zu ihrem Job.

Clairvaux nickte verständnisvoll. »Wir sind alle tief betroffen. Ein Hochzeitsparadies, in das das Grauen einzieht, das ist wie ein Arschtritt aus dem Himmelreich – und das, noch bevor das Joch der Ehe zur Hölle auf Erden wird …« Er verschluckte sich. »Ich meine, mit dir, mit Ihnen würde, ganz im Gegenteil …«

»Fakten, Clairvaux!«, ermahnte sie ihn. Wenn er seine lyrische Phase hatte, half nur die knallharte, verbale Dachlatte.

Er zuckte zusammen. Dann nahm er ihr gegenüber am Schreibtisch Platz. »Von wegen Omma Brock und Japaner!« Er wedelte mit einem aktenordnerdicken Stapel großformatiger Fotos. »Ich habe die ganze Nacht sämtliche Filme der Japse – ich meine: unserer auswärtigen Gäste – ausgewertet. In dem Moment, als die Hochzeitskutsche mit der Braut davonfuhr, haben ja alle wie wild drauflos geknipst. Und jetzt halten Sie sich fest …«

»Ich bin froh, dass Sie nur lispeln und nicht stottern, sonst würde ich wahrscheinlich einschlafen. Soll ich jetzt raten oder was?«

»Der Tote ist …«

»Ja, ich weiß, wie er heißt: Eugen Hillerich.«

»Nein, nein, der Tote ist …«

In diesem Moment wurde abermals die Tür gegen die Wand gedonnert, und ein klapperdürres Gestell betrat das Büro. Ein schwarzer Anzug umflatterte seine hagere Figur. Er sah nicht nur aus wie der Tod, er hieß auch so: Doktor Thaddäus Todt. Und er roch sogar immer ein bisschen danach.

Coltella rümpfte die Nase. Todt war der neue Pathologe. Seit ein paar Wochen verrichtete er seinen Dienst. Manche munkelten, dass er den Toten allzu nahe kam. Auch er schwang einen Stapel Papiere. Etwas stimmte mit ihm heute nicht. Normalerweise war er cool wie ein Karpfen. Jetzt war er so aufgeregt, dass er gleich zur Sache kam, nachdem er auf einen zweiten Besucherstuhl gesackt war. »Das gibt es nicht!«, stöhnte er. »Der Tote ist …«

»Ja, das wollte ich auch sagen: Der Tote ist nämlich …«, fiel ihm Clairvaux verärgert ins Wort.

Coltella verdrehte die Augen. »Wie wär's, wenn Sie beide Nummern ziehen? Oder einfach eine Nacht darüber schlafen?«

Clairvaux fasste sich und setzte sich kerzengerade: »Die flüchtende Braut kann nicht die Mörderin sein, denn der Tote …«

»Der Tote dürfte eigentlich noch gar nicht tot sein!«, überholte ihn der Pathologe blitzschnell. »Die Stichverletzungen im Rücken sehen übel aus, gewiss, aber sie waren mit Sicherheit nicht tödlich. Es sind keine inneren Organe verletzt worden. Ich habe gesucht und gesucht und nichts gefunden. Auch die relativ geringe Menge des ausgetretenen Blutes schließt aus, dass Hillerich infolge der Stichverletzungen verblutet sein könnte. Ich tippe übrigens auf eine kleine, zierliche Waffe. Vielleicht eine Art Nagelfeile oder so etwas. «

»Jetzt verstehe ich: Sie haben getrunken!« Coltella sah beide scharf an. Sie konnte sich ansonsten keinen Reim darauf machen: Ein Toter, der noch gar nicht tot sein dürfte, während die vermutliche Mörderin nicht die Mörderin war?

Todt sah auf seine Uhr. »Ich hab's eilig. In der Kantine gibt's heute mein Lieblingsgericht: Fischstäbchen. Um es kurz zu machen: Ich weiß noch nicht, woran der Mann gestorben ist. Das werde ich herausfinden. Die Stichverletzungen waren lebensgefährlich, keine Frage, tödlich waren sie aber nicht.«

Coltella schlug ganz undamenhaft mit der Faust auf den Tisch. »Maledetto! Ich habe mich selbst vor Ort davon überzeugen können, dass Hillerich tot war.«

»Ja, ich gebe zu, das ist ein Problem. Aber zunächst ... wie gesagt, das Mittagessen ...«

Und damit war er bereits wieder aus der Tür und hinterließ Coltella die härteste Nuss, die sie je zu knacken gehabt hatte. Sie brauchte jetzt Ruhe. Sie musste allein sein, um nachdenken zu können. Ihr Blick irrte zu Clairvaux. »Was ist mit Ihnen? Gab es noch was?«

»Die Fotos«, sagte er. »Ich habe die ganze Nacht damit zugebracht, sie auszuwerten.« Er klang etwas enttäuscht.

»Ja und?«

»Zum Zeitpunkt, als die Kutsche entführt wurde, lebte Hillerich noch. Er ist auf mehreren der Fotos als Zaungast zu erkennen!«

»Merde! Also scheidet die flüchtende Braut aus!«

»Sag ich doch.« Clairvaux erhob sich. Er gähnte.

Irgendwie tat er Coltella leid. Sie kam sich plötzlich sehr schofelig vor. Er hatte sich die ganze Nacht um die Ohren geschlagen und wahrscheinlich gehofft, ihr mit seiner Entdeckung zu imponieren. Und nun war ihm Todt mit einer anderen Entdeckung zuvorgekommen.

Er schlich aus dem Büro, nur um im nächsten Moment erstaunt wieder einzutreten. Die Tür hielt er angelehnt, während er flüsterte: »Draußen steht irgend so ein Gigolo und will Sie partout sehen!«

»Ein Gigolo? Wie heißt er?«

»Mauro, sagt er!«

Sie erbleichte und errötete im Wechselspiel. Nein, nicht hier! Gestern hatte sie ihn stehen lassen und war geflüchtet. Schließlich war sie im Dienst gewesen. Und jetzt suchte er sie sogar hier an ihrem Arbeitsplatz auf. Gerade jetzt, wo sie sich haarscharf konzentrieren musste.

»Sagen Sie ihm, ich bin nicht da!«, befahl sie.

Clairvaux rief durch den Türspalt: »Sie ist nicht da!«

Ein italienischer Fluch antwortete ihm. »Und was mache ich mit die schone Blumen, eh? Etwa diesem Heini geben? Hier, Schwuli, willsse du die Blumen!« Offensichtlich ahnte Mauro, dass Clairvaux sie verleugnete. Er sprach so laut, damit sie ihn hörte.

»Er soll sie am Empfang abgeben!«, flüsterte Coltella, hoffend, dass sich Mauro beruhigte. Er konnte sehr leidenschaftlich sein.

Oh ja, sehr, sehr leidenschaftlich!

Clairvaux zwinkerte ihr durch den Türspalt zu und flüsterte zurück. »Ich kümmere mich schon darum.«

7. Kapitel

von Ralf Kramp

Auf den Fotos, die Omma Brock aus dem Büro des toten Journalisten hatte mitgehen lassen, offenbarte sich Ungeheuerliches. Nicht nur, dass auf ihnen zahlreiche Prominente in höchst verfänglichen Situationen zu sehen waren, nein, die Montagen waren so schlecht gemacht, dass sie einem sitzen gebliebenen Sonderschüler wahrscheinlich glaubwürdiger gelungen wären.

Man sah Florian Silbereisen ein Pony »reitend«. Der Kopf des Volksmusikmoderators war zwei Nummern zu groß geraten.

Man sah den Bundespräsidenten beim Pinkeln. Ins Nichtschwimmerbecken eines Freibads. Das Antlitz des Politikers war offenbar mit der Nagelschere ausgeschnipselt worden, wobei seine Nase hatte dran glauben müssen.

Man sah Dolly Buster beim akrobatischen Liebesakt mit zwei Männern. Das Foto war allerdings echt.

Zweifellos war Eugen Hillerich der erfolgloseste Erpresser aller Zeiten gewesen.

Omma Brock hatte die Fotos großflächig ausgebreitet. Sie hatte sie in Gruppen eingeordnet und an die Wände geklebt, hatte verschiedene Details mit Filzstift markiert, hatte mit farbigen Karten Kommentare ergänzt. Sie guckte für ihr Leben gerne Krimiserien, in denen das polizeiliche Ermittlungszentrum mit allem möglichen technischen Schnickschnack ausgestattet war.

Sie trat ein paar Schritte zurück, stemmte die Arme in die fülligen Hüften und betrachtete zufrieden ihr Werk.

In diesem Moment ertönte hinter ihr ein Schrei: »Was ist das?«

Kaplan Unkel schlug buchstäblich die Hände über der straff gescheitelten Frisur zusammen.

»Dat is CSI Welterscheid, Herr Kaplan.« Eine gehörige Portion Stolz schwang in ihrer schnarrenden Stimme mit.

»Aber doch nicht in meiner Kirche!« Der Kaplan sank auf die Knie und rang die Hände.

Sie hatte das mit dem Altarraum für eine glänzende Idee gehalten. Es gab deutlich mehr Platz als in ihrem Wohnzimmer, und es war auch hübsch ausgeleuchtet. Um noch ein bisschen mystische Atmosphäre zu schaffen, hatte sie alle verfügbaren roten Dauerkerzen angesteckt und unter der Fotogalerie aufgereiht.

»Schmeiß mal den Weihrauchschlot an, Kaplänchen. Bisschen Dunst und so sieht bestimmt noch besser aus. Wie in sonem Dänn-Braun-Sriller, verstehste.«

»Mit Heftzwecken! Sind das wirklich Heftzwecken?« Unkel sprang auf und wollte hektisch damit beginnen, die Fotografien vom großen hölzernen St.Blasius-Tryptichon herunterzureißen, einem Prachtstück von großem kunsthistorischen Wert, aber Omma Brock packte ihn am schwarzen Rockzipfel und riss ihn zurück. »Finger weg, sonst Finger ab, Freundchen. Die Omma hat hier nicht zwei Stunden gebastelt, damit du Hänneschen hier gleich wieder alles kaputt machst.«

»Aber hier ist gleich Messe, Frau Brock!«

»Papperlapapp, Kapperlapan! Hier ist jetzt Ermittlungsarbeit, und sonst gar nix.«

»Messe!«

»Keine Messe!«

»Messe, Messe, Messe!«

»Sechzig Japaner!«

Unkel wollte noch etwas erwidern, schloss aber stattdessen mutlos den Mund und begann bitterlich zu schluchzen.

Omma Brock nickte zufrieden und griff in die Tasche ihrer Kittelschürze, in der sie ein paar Hostien verstaut hatte. Sie knabberte sie wie Chips, während sie zur Analyse der Fotos schritt. »Guck mal hier, Unkel, hier haben wir die ganzen Fotos vom toten Möchtegern-Paparazzo Hillerich. Mannometer, die sind so was von Kacke, das sieht ja ein Tauber mit Beinprothese, dass die getürkt sind. Die sin nicht mal getürkt, die sin geborneot oder gepapuaneuguineat, so schlecht sin die.«

Unkel nickte ergeben und folgte den Bewegungen ihrer schwieligen Hände.

Sie nahm den langen Stock, mit dem die Kerzen gelöscht und entzündet wurden, und benutzte ihn als Zeigestab. »Kumma hier. Kann man kaum erkennen, wer das sein soll, oder?«

»Grundgütiger, aber das ist ja der Bischof!«, entfuhr es Unkel schrill. »Was macht der denn da mit dem Weihwasserbecken?«

»Siehste doch, der macht gerade …«

»Ja, ich sehe es, ich sehe es! *Ein jeglicher sehe nicht auf das seine, sondern auch auf das, was des anderen ist.* Philister 2.4.« Er sprang panisch am Altar hoch und versuchte, das Foto zu erhaschen, das sie dem einen der beiden gekreuzigten Verbrecher an die Füße gepinnt hatte, aber Omma Brock legte ihm den Kerzenstab um den Hals und zog ihn brutal zurück. »He, he, he! Bring mir hier nix durcheinander.«

In diesem Moment glitt Unkel das klobige iPhel5 aus der Tasche und polterte mit lautem, blechernem Scheppern die Altarstufen hinunter.

»Was is das denn für ein Aparillo?« Omma Brock hob es auf und betrachtete es neugierig von allen Seiten.

»Ein Handy. Aber das darf ich nicht verraten.«

Sie zog ihn am Ohr. »Wehe du verschweigst der Omma was. Dann musste mir ab morgen wieder alle zwei Tage die Ohren saubermachen, kapiert? Das soll ein Handy sein? Das sieht doch aus wie 'ne Dose Tomatenfisch.«

»Das ist ein iPhel5, das robuste Handy vom Versuchsgelände Silicon Eifel. Quasi ein richtiger kleiner Taschencomputer für Landwirte.«

»Computer?« Omma Brocks zottige Augenbrauen wanderten nach oben. »Da kannste ja vielleicht das hier reinstecken, oder?« Zusammen mit einer Handvoll Hostien förderte sie den Datenstick aus ihrer Tasche hervor, den sie aus Hillerichs Büro geklaut hatte.

Unkel suchte das Handy ab. Das Telefon wies tatsächlich zahlreiche Öffnungen auf. Eigentlich war der äußere Rand völlig perforiert. Es gab eine Cinchbuchse, eine Firewire- und eine HDMI-Anschlussstelle, eine Buchse für Klinkenstecker, eine Scartbuchse, einen S-Video-Eingang, eine Anschlussstelle für den Treckerreifenkompressor, einen Zigarettenanzünder und ... in der Tat einen USB-Port.

Als er den Stick in die Öffnung steckte, klemmte er aufgeregt die Zungenspitze zwischen die Lippen.

Aus Omma Brocks runzligem Mund rieselten Hostienkrümel und verfingen sich in ihren Kinnborsten. »Nu mach schon. Gimma Gas«, raunzte sie.

»Oh.« Unkel guckte ratlos. »Passwort.«

Omma Brock zuckte mit den breiten Schultern. »Passwort? Woher sollen wir das denn wissen? Versuch mal ›Omma Brock‹.«

Er tippte die Buchstabenfolge ein, aber wie zu erwarten war, tat sich nichts.

»Scheiß-Technik«, knurrte sie und schob sich den langen, gelblichen Nagel ihres Ringfingers zwischen die Stiftzähne, um geräuschvoll nach Hostienresten zu forschen. »Wir dürfen jetzt keine Zeit verplempern, Kaplänchen.« Sie nahm wieder den Kerzenstab zur Hand und deutete auf eine Reihe von Fotos, die sie, säuberlich gruppiert und mit einem gelben Pappkarton versehen, an die kunstvollen Schnitzereien der Barockkanzel geheftet hatte. »Kennst du die?«

Unkel, der kaum den Blick von der Fotografie seines Vorgesetzten abwenden konnte, erkannte die Frau, die auf diesen speziellen Bildern völlig harmlos und unverfänglich abgelichtet war. Omma Brock hatte in krakeliger Sütterlinschrift den Namen *Hiltrud Schnalz* auf den Karton geschrieben.

»Das ist Frau Schnalz, die Vorsitzende der VUD, der Vegetarier Union Deutschland. Die kommt doch auch aus Welterscheid. Hat er aber ganz schön oft geknipst, die Frau.«

»Komisch, oder?« Omma Brock machte ein Bäuerchen und stellte den Stock beiseite. »Und deshalb gehen wir zwei Hübschen jetzt mal zu der Tante hin. Der Hillerich hat die doch offensichtlich gestockt oder gestoppelt, oder wie das heißt.«

»Gestalkt. Aber vielleicht hat er sie auch ganz offiziell fotografiert, so pressemäßig. Oder er hat die Bilder sogar in ihrem Auftrag gemacht, wer weiß?«

»Das finden wir jetzt raus, Kaplänchen. Komm mit der Omma mit.«

»Aber Frau Brock, der Bischof …«

Sie hatte ihn bereits bei der Hand genommen und zerrte ihn zum Ausgang, da öffnete sich vor ihnen die Kirchentür einen Spalt weit. Geistesgegenwärtig schubste sie den Kaplan zur Seite und baute sich in der entstehenden Öffnung vor drei alten Dorfbewohnerinnen auf, die die Messe besuchen wollten.

»Kehrt Marsch. Messe fällt heute aus!«, sagte sie barsch.

»Aber warum das denn?«, fragte eine zierliche Oma mit rosigen Bäckchen.

»Der Kaplan ist krank.«

»Ist der gar nicht«, sagte die Zweite.

»Der hat die Pocken oder was weiß ich.« Sie trat Unkel, der sich gerade aus dem Dunkel des Kirchenportals herauswinden wollte, mit voller Wucht auf den Fuß. »Hört ihr, wie der stöhnt?«

Die drei alten Frauen hörten es deutlich. Die dicken, salzigen Tränen, die ihm vor Schmerz die fahlen Wangen hinunterliefen, sahen sie hingegen nicht. Dafür aber die ausgestreckte rechte Pranke, die ihnen Omma Brock entgegenstreckte. »Aber die Kollekte soll ich trotzdem einsammeln. Los, her mit den Euronen.«

Verunsichert legten die Frauen ein paar Münzen in ihre Hand und entfernten sich leise tuschelnd.

»So, Kaplan. Und jetzt klopfen wir mal bei der Vegetaristenhusche auf den Busch. Wir haben schließlich einen Mörder zu finden!«

8. Kapitel

von Carsten Sebastian Henn

Unkels alter Opel Kadett bekam schwer Schlagseite, als Omma Brock sich hineinwuchtete. Die Stoßdämpfer waren zwar robust, und in der Testphase hatten sie Schweinehälften aushalten müssen, aber Omma Brock war eben keine halbe Sache. Omma Brock war eine komplette Sauerei.

Mit dem Zigarettenanzünder brannte sie sich während der Fahrt Ohren- und Nasenhaare weg.

Es roch wie verkohlter, alter Fisch. Ungefähr dreihundert Jahre alt.

»Frau Brock, darf ich Sie etwas fragen?«

»Was? Jetzt willst du auch noch labern, Unkelein? Ich dachte, das wird eine Wellnessfahrt. Wollte gerade meinen Kopf in den Wind rausstrecken. Soll gut für den Teint sein.«

»Machen das nicht sonst nur Hunde?«

»Haste dir deren Fell mal angeschaut, Kaplänchen? Das will ich auch!«

An der Oberlippe hatte sie dieses Ziel fast schon erreicht.

»Ich wollte Sie nach Zimmer 69 fragen. Da sind doch Menschen drin, oder?«

»Den Geräuschen zufolge sind das Karnickel. Die sich die Seele aus dem Leib rammeln. Da krieg ich schon vom Zuhören Muskelkater.«

»Warum verrammeln sie sich denn?«

»Ach, Unkel. Haben Sie eigentlich nur kalte Wiener in Ihrem Feinripp-Unterhöschen?«

»Niemals! Wozu das denn? Aber im Winter trage ich stets drei oder vier übereinander. – Das mit Zimmer 69 klingt wirklich schrecklich!«

»Ja, vor allem, dass die mich nicht reinlassen. Ich hab schon ein paar Mal angeboten, das Mädchen abzulösen, aber die antworten nicht. Ich muss denen nur immer wieder Red Bull, Viagra, Dextro Energen und Spinat durch den Türschlitz schieben.«

»Und diese merkwürdigen knallenden Geräusche …?«

»Das ist die Peitsche. Es sei denn, es sind die Handschellen. Oder der Küchenmixer.«

»Was macht man denn mit all diesen Dingen im Schlafzimmer? Das klingt ja ganz grauenhaft!«

»Ja, wirklich. Vor allem, weil die viel zu wenig Griebenschmalz haben.«

Bevor Unkel darüber nachdenken konnte, wofür man im Schlafzimmer Griebenschmalz brauchte, erreichten sie das Anwesen von Hiltrud Schnalz. Das Tor sah aus wie zwei riesige Möhren, zwischen denen sich Lauchstangen kreuzten, das Gebäude selbst erinnerte an ein Puppenhaus, in einem hellen Rot, ja fast Rosa gestrichen, an jeder Ecke ein kleines, schmückendes Türmchen, Rosen rankten empor.

Kaplan Unkel drückte auf den Klingelknopf in Form eines … Rettichs. Kurze Zeit später stand die Frau vor Omma Brock und ihm, die den Vegetarismus in Deutschland in die Politik geführt hatte, die Alice Schwarzer der Fenchel-Fanatiker. Hiltrud Schnalz war hager, blond und großgewachsen. So sah wohl eine Stange Spargel aus, wenn sie sich als Mensch verkleidete. Und Hiltrud Schnalz sah so gesund aus, dass Unkel sich sofort krank fühlte.

Unkel streckte ihr die Arme mit seinem Begrüßungsgeschenk entgegen. »Ich habe Ihnen ein paar selbstgebackene

Plätzchen mitgebracht! Aus Dinkelmehl, gut für einen festen Stuhlgang.«

»Wer sind Sie?«

»Kaplan Unkel, der Seelsorger dieser Gemeinde. Dies ist mein Antrittsbesuch bei Ihnen. Längst überfällig.«

»Und das Ding da? Kann es sprechen? Oder darf ich es zum Maulwurferschrecken in den Garten stellen?«

Kurz bevor Vulkane ausbrechen, bebt die Erde. Omma Brock bebte auch. Schwefel stieg ihr aus den Nüstern, Flammen erschienen in ihren trüben Augen, die Stacheln an ihrem Rücken stellten sich auf, aus ihrem Mund wuchsen die Zähne zu Fängen heran. Und sie sagte: »Ich bin das liebe Ommilein Bröckchen von der Altenstube. Ich soll Sie wegen einem Vortrag fragen. Über das Gegenteil von lecker Fleisch, also Gemüse. Warum wir uns wie Kühe ernähren sollen, statt lecker Fleisch zu essen. Ob einem die Zähne ausfallen, wenn man nur Gemüse isst, statt lecker Fleisch. Und ob es stimmt, dass die Haut grün wird, wenn man so viel Grünzeug isst, statt richtig lecker viel Fleisch.«

»Ein Vortrag ist anscheinend bitter nötig. Kommen Sie rein. Und passen Sie auf, dass Sie nicht auf einen Hund treten. Oder ein Kaninchen. Oder ein Meerschwein. Oder auf Horst.«

Horst war, wie sich herausstellte, ein Graupapagei, der gerne auf Hunden ritt.

Die Vorsitzende der VUD hatte einen Privatzoo, doch waren es keine normalen Haustiere, sie waren allesamt tief verstört, vielen fehlten Gliedmaßen wie Beine oder Ohren.

»Sind das alles Ihre?«, fragte Unkel, während er wie ein Storch durch das Gewusel stakste. »Und warum sind die alle kaputt?«

»Ich nehme die armen Tiere bei mir auf und biete ihnen ein Zuhause. Morgen kommt eine Wagenladung Welpen aus Mallorca, die Kaninchen bekomme ich aus der Bretagne.«

»Sieht aus wie bei *Keinohrhasen,* diesem Drecksfilm. Aber der Schweiger ist ein guter Schauspieler. Das erkennt man am Knackarsch. Da hab ich 'n Blick für. Der könnte sich mal schön bei der Omma auf den Schoß setzen.« Omma Brock erntete einen verständnislosen Blick von Hiltrud Schnalz – in dem sich ein kleines, schwesterliches Grinsen verbarg.

Im Wohnzimmer stand kein Sofa, sondern ein Himmelbett, Traumfänger darum, gebatikte Seidentücher aufgespannt an den Wänden.

»Was passiert denn mit den Tieren? Sie können ja nicht immer mehr aufnehmen?«

»Die werden alle gut untergebracht. Dort, wo sie es warm haben und wirklich gemocht werden.« Sie lächelte seelig.

»Wie schön«, sagte Unkel.

»Sie wollten mich in der Gemeinde willkommen heißen.«

»Ach, ja: Willkommen in der Gemeinde!«

»Ich lebe hier seit 17 Jahren.«

»Die katholische Kirche ist gegen übermäßige Eile. Die ist unchristlich.«

»Möchten Sie einen Schluck Tofutee? Dazu Tofugebäck? Ich habe auch ein paar köstliche Tofupralinen. Alles selbstgemacht. Auch der Tofu. Es geht doch nichts über selbstgemachten Tofu, nicht wahr, Frau Bröckchen?«

»Genau! Den selbstgemachten kann man sich viel besser durch die Nase ziehen als wie den gestreckten Mist aus Afghanistan. Also ich nehm gerne was.«

»Wer sind Sie nochmal?«

»Ommilein Bröckelchen, Hospiz Welterscheid. Ich begleite sie in den Tod – und treibe sie hinein.«

Kopfschüttelnd holte Hiltrud Schnalz die Tofu-Köstlichkeiten. Schicksalsergeben probierte Unkel alle davon. Und er musste zugeben: Alle schmeckten nach Tofu.

Und der Tofu schmeckte nach nix.

Mit einem Hauch Käse-Fuß.

»Leider habe ich eine traurige Mitteilung für Sie, Frau Schnalz: Ihr guter Freund Eugen Hillerich ist verstorben.«

»Das habe ich bereits gehört. Aber er war kein guter Freund. Er hat mich begleitet wie ein kleines Hündchen, auf Reisen, ja sogar ins Ausland, beim Essen, beim Einkaufsbummel, bei der Gartenarbeit, manchmal hatte ich schon Angst, den Kühlschrank zu öffnen. Als Person des öffentlichen Lebens benötigt man nun mal Fotos. Aber er war ein Kretin. Sein Horizont hörte bei Krakauer vom Grill auf.«

»Lecker Fleisch«, sagte Omma Brock. »Das beste Gemüse wächst immer noch im Stall.«

»Das waren seine Worte, ja. Ein unangenehmer Mensch. Das bekamen ja auch die Leute von Silicon Eifel zu spüren. Er hat wohl versucht, Informationen von ihnen ins Ausland zu verkaufen. Deshalb wurde er rausgeworfen. Ich habe daraufhin auch meine Zusammenarbeit mit ihm beendet.«

Das, dachte Unkel bei sich, und es war ein ausgesprochen kluger Gedanke für einen Mann mit seiner meerschweinhaften Hirnmasse, klang ganz anders als die Version von Mops.

»Komm her, mein Klugschatz. Ja, du bist ein Feiner, ein ganz Feiner, ja leck der Hillu übers Gesicht, ja auch über die Lippen, gib mir Bussi Bussi Bussi.«

Ein Langhaar-Dackel schlabberte sie ab, als hätte sie sich mit Hausmacher-Leberwurst geschminkt. Auch er hatte nur noch ein Ohr.

»Das ist ja ein ganz Süßer«, sagte Unkel.

»Oh, wenn sie wüssten. Er ist wirklich ein köstlicher kleiner Bursche, nicht wahr, Zorro6?«

»Zorro6? Wo sind denn Episode 1 bis 5?«, fragte Omma Brock

»Nicht mehr unter uns. Ich liebe Dackel über alles, und wenn einer gegangen ist, kaufe ich mir einen neuen. Zorro5 ist allerdings davongelaufen und ich habe den kleinen Klugschatz nicht mehr gefunden. So schlaue Tiere, die Dackel. – Möchtest du auch was Tofu, Zorrilein?«

Der Hund übergab sich auf der Stelle.

Und man sah Omma Brock an, was sie in diesem Moment dachte. Wirklich verdammt schlaue Tiere, diese Flusenfänger.

9. Kapitel

von Uwe Voehl

Irgendetwas stimmte hier nicht. In diesem *Wedding Heaven* spielte der Teufel mit falschen Karten. Das sagte ihr Bauchgefühl. Obwohl dieses vertraute Grummeln, das Coltella schon mehr als in einem Fall den richtigen Weg gewiesen hatte, diesmal nicht ganz so stark zu vernehmen war wie sonst. Es wurde übertönt von den vielen flatternden Schmetterlingen, die ebenfalls in ihrem Bauch tanzten. Und diese Schmetterlinge sahen irgendwie alle aus wie kleine Mauros, und sie flüsterten ihr mit ihren Mauro-Stimmen zärtliche Versprechungen ins Ohr. Und kleine Schweinereien. Aber die ignorierte sie.

Sie war verrückt gewesen. Eindeutig verrückt, ihn anzurufen und für den Abend zum Essen einzuladen. Natürlich hatte er nicht einen Moment gezögert zuzusagen.

»Oh, Bella! Machst du gutte Rinderrollade?«

»Die beste«, hatte sie versprochen.

»Eh, ich packe meine Koffer und komme zu dir! Benissimo!«

Den Koffer? Hatte er da etwas falsch verstanden? Wollte er gleich zu ihr ziehen? Egal!

Sie verscheuchte die Schmetterlinge für den Augenblick. Das heißt: Diese flatterten von selbst davon, als die Kulisse des *Wedding Heaven* vor ihr aufragte. Bislang war es nur ein hässliches, altes Haus gewesen. Seit gestern war es ein hässliches, altes Mörderhaus.

So musste sich Lila Crane in *Psycho* gefühlt haben, als der Schatten von *Bates' Motel* das erste Mal über sie fiel. Komisch, bei ihrem ersten Besuch hatte sie die dunkle Aura nicht gespürt. Vielleicht lag es an den regenschweren Wolken, die heute tief über dem Haus hingen und wie schwarze Vorhänge wirkten, die die Maisonne versteckten.

Vielleicht lag es aber auch an dem seltsamen Paar, das in diesem Moment die Treppe zum Hof herunterkam. Für einen Moment glaubte Coltella tatsächlich, im falschen Film zu sein. Ein ziemlich mickriger Anthony Perkins schaute sie mit hilfesuchendem Blick an. Die Hand schütteln konnte er ihr nicht. In jeder Hand hielt er einen Koffer. Dabei ging er so gebückt, dass seine Nasenspitze fast den Boden berührte. Das lag daran, dass er sich im Schwitzkasten befand – ein überaus gemeiner Griff.

Die Frau an seiner Seite, die ihn auf diese Weise gefangen hielt, erinnerte nun keineswegs an die schlanke Lila Crane. Die Dame trug Prada. Allerdings in üppiger XXL-Größe. Coltella hatte die Frau bereits am Vortag kennen gelernt, so wie alle Gäste im *Wedding Heaven*: Sie hieß Cindy Cowalski. Das klang wie das Pseudonym einer Ruhrpott-Darstellerin, war aber echt. Wahrscheinlich war der Name sogar das einzig Echte an ihr. Der Atombusen, der sich unter der Designer-Kleidung abzeichnete, war eindeutig chirurgischer Kunstfertigkeit zu verdanken. Hoffentlich sahen die Dinger echter aus als die aufgespritzten Lippen, die Coltella eher an zwei Würstchen erinnerten. Die blondgelockten, bis über die Schultern fallenden Engelshaare waren gefärbt. So stellten sich Männer wie Herbie wahrscheinlich ihre Traumfrau vor. Herbie, das war der Mann im Schwitzkasten.

Coltella schüttelte sich innerlich. Dann wollte sie lieber bleiben, wie sie war. Lieber Lätta als Butter. Auch wenn Letztere besser schmeckte.

»Halt! Wo wollen Sie hin?« Coltella stellte sich den beiden in den Weg.

Die Prada-Cindy sah sie misstrauisch an. »Waren Sie nicht schon gestern hier? Wir haben doch alles gesagt, was Sie und Ihre Kollegen wissen wollten. Nicht wahr, Herbie?«

Da Herbie infolge Luftmangels nichts erwidern konnte, half sie etwas nach. Er nickte. Sein Gesicht war rot angelaufen.

»Meine letzte Frage haben Sie aber noch nicht beantwortet.«

»Wohin wir wollen? Abreisen natürlich! Die Vor-Flitterwochen sind meinem Männe und mir gründlich verhagelt worden! Wer weiß, wen der Mörder als Nächstes aufs Korn nimmt! Nee, wir fahren zurück nach Wattenscheid und heiraten im Schützenheim!«

Herbie keuchte. Diesmal erbarmte sie sich. Sie ließ ihn los. Er fiel zu Boden. Die beiden Koffer mit ihm. Dafür bekam er einen Tritt in den Allerwertesten. Erst jetzt fiel Coltella auf, wie spitz die Absätze ihrer Schuhe waren. Mörderische Hacken. Damit konnte man töten! Auf jeden Fall aber üble Schmerzen verursachen. Herbie schrie auf, was ihm einen erneuten Rüffel einbrachte.

»Du Schlappschwanz! Heb endlich die Koffer wieder auf! Die teuren Luis Vittongs!« Verständnisvoll wandte sie sich an Coltella: »Manchmal muss ich Herbie etwas härter anfassen. Manche Männer stehen darauf. Weiße Bescheid, Mädchen?« Sie blinzelte ihr verschwörerisch zu.

»Tut mir leid, ich muss Sie leider bitten, Ihre Abreise zu verschieben!«

»Aber Herbie hat dringende Termine!«

»Ich weiß, Ihre Heirat ...«

Ihr wütendes Gesicht sprach Bände. »Ich werde mich beschweren! Komm, Herbie! Trag die Koffer brav zurück aufs Zimmer.« Sie setzte eine hochnäsige Miene auf, drehte sich um und marschierte wie eine Diva davon.

»Halt! Eine Frage habe ich noch!«

»Ja, Schätzchen?«

»Was passiert in Zimmer 69?«

Cindy Cowalskis Gesicht verfärbte sich kalkweiß. Dann fiel sie ihn Ohnmacht.

Ob das nur gespielt war? Oder hatte sich die Ruhrpott-Diva aus Wattenscheid damit nur aus der Affäre ziehen wollen? Auch aus Herbie war nichts herauszubekommen. Ebenso hatten die anderen Gäste, die sie sich nach und nach noch einmal persönlich vorgeknöpft hatte, ihr nicht weiterhelfen können. Und Zimmer 69 schien sowieso tabu.

Auch Freiherr Manni von Düppesbecker hatte nach wie vor geschwiegen. Selbst unter Androhung, ihm die Konzession zu entziehen, hatte er sich in heillose Ausflüchte verstrickt: »Zimmer 69? Lassen Sie mich überlegen. Ah ja, das! Noch gar nicht renoviert. Wir haben gar keinen Schlüssel dazu. Deswegen ist es auch als einziges niemals belegt, haha …«

Zwischendurch hatte noch Clairvaux angerufen. Das Handy der Entführten war geortet worden. Das Signal führte zu einer billigen Absteige in Paris …

Während sie noch darüber nachdachte, klingelte es. Sie schaute auf die Uhr. Mauro war zehn Minuten zu früh. Ging der aber ran!

Während sie sich zur Tür begab, wurde ihr bewusst, dass sie sich noch nicht einmal fertig gemacht hatte. Selbst ihre Schürze trug sie noch. Statt nach Chanel roch sie wahrscheinlich nach Rinderrouladen.

Dennoch öffnete sie die Tür. Ihr Herz machte einen Sprung, und für zwei Sekunden setzte es aus, als er strahlend vor ihr stand.

»Mamma Mia! Bella!« Er breitete die Arme aus. »Du siehst aus wie eine Göttin!«

»Ich .. meine Schürze ...«

»Ich liebe Göttinnen in Schurze!«

Sie schaute über seine breiten Schultern hinweg. Die Tür zur Nachbarswohnung stand einen Spaltbreit auf. Wahrscheinlich lauschte der olle Hennes wieder mal. Der alte Bock!

Bevor Mauro mit seinem lauten Organ auch noch die anderen Nachbarn aufscheuchen konnte, zog sie ihn in die Wohnung und knallte die Tür zu.

»Bist du sturmisch, Bella. Wie fruher! Er schlang seine Arme um sie und wollte sie küssen.

Nur mit Mühe konnte sie sich befreien. »Später«, hauchte sie. »Die Rouladen brennen an!«

Scheiß auf die Rouladen!, flüsterte die Teufelin auf ihrer linken Schulter.

Lass ihn zappeln!, riet ihr ihr Verstand.

Dann sah sie das kleine Päckchen in seiner Hand. »Für mich?«

»Fur schonste Frau von Welterscheid!« Er überreichte es ihr.

Nachdem sie es ausgepackt hatte, errötete sie leicht.

»Fur dich! Ich liebe Frauen mit sexy Strumpf und alles drum und dran!«

»Arbeitest du jetzt in der Modebranche?«

»Du bist Hellseherin, eh? Aber nicht nur deshalb! Du haste so schone Beine, Bella!«

»Aber ich trage – äh – so etwas selten.« Was war sie denn so prüde! Mauro hatte sicherlich andere Erinnerungen an sie. Außerdem, wenn er wirklich in der Modebranche tätig war, war gegen das Geschenk nichts einzuwenden. War doch irgendwie geschäftlich.

»Du wirste tragen, bitte«, flehte er und fiel auf die Knie. Wann hatte zuletzt ein Mann vor ihr gekniet? »Tu es fur Mauro, eh? Isse echte Milano-Designer-Strumpfe aus Seidenkollezzione von Spitzen-Designer exklusiv gefertigter Strumpfe. Schau ma die zart schimmernde Transparenze, gewirkte aus reine Seide! Ich sehe schon, wie sich schmiegt streichelzart an dein schone Beine und bezaubert durch die schlichte Eleganz, eh? Und dazu passende Strumpfbande. Oh, ich steh auf Strumpfbande!«

»Vielleicht später«, sagte sie kühl. Sie spürte ein Kribbeln und schenkte ihm ein geheimnisvolles Lächeln.

Gut, dass Hennes, der alte Bock, das alles nicht noch mitbekommen hatte.

10. Kapitel

von Ralf Kramp

Omma Brock schickte einen prüfenden Blick über das Frühstücksbuffet. Freiherr von Düppesbecker konnte sich glücklich schätzen, eine solche Allroundkraft zu haben wie sie. Sie knickte die hart gewordenen Ecken der Käsescheiben ab und ließ sie in ihrem Mund verschwinden. Dann drehte sie die grau gewordenen obersten Wurstscheiben um, sodass alles wieder rosig glänzend aussah, und stapelte die Babybels zu einer kleinen Pyramide. Einer zu viel. Schwups verschwand er zwischen den Zähnen der Omma. Mit Wachsschale.

Sie wollte gerade in die Küche gehen, um den erkalteten Kaffee einfach nochmal durch die Maschine zu jagen, als sie den Amerikaner an seinem Frühstückstisch in der Fensternische wahrnahm. Sein Gesicht hatte Farbe und Form eines ausgewrungenen Putzlappens. Seine Augen waren nach einer tränenreichen Nacht rot und geschwollen. Er hatte den Kopf in die Hand gestützt und klopfte mit einem Plastiklöffel lustlos auf einem Frühstücksei herum. Zwecklos, dachte Omma Brock, die das Ei seit vier Tagen jeden Morgen aufs Neue warmkochte. Da würde er schon einen Presslufthammer brauchen.

»Good Morning«, schnarrte sie, während sie sich das Spültuch über die Schulter warf und sich mit verschränkten Armen vor ihm aufbaute. »You sleep well? Good night? Heia okay?«

Der Angesprochene blickte langsam auf. Er bot ein Bild des Jammers. Seine Antwort war nicht viel mehr als ein kraftloses Stöhnen.

Sie summte mitleidslos den Hochzeitsmarsch vor sich hin und verzog den Mund zu einem breiten Grinsen. »Baby bye bye?«

Er stöhnte wieder und ließ den Kopf auf den Tisch krachen.

In diesem Moment rauschte ein betagtes Ehepaar in den Frühstücksraum und stürmte auf den Amerikaner zu. Die Eltern der Braut.

Omma Brock verstand kein Amerikanisch. Lediglich ein paar Schimpfwörter hatte sie sich gemerkt, als die GIs '45 am helllichten Tag durch Welterscheid gezogen waren. Und ein paar Ferkeleien aus der Nacht danach. Trotzdem verstand sie fast alles, was die drei sprachen, denn die quakenden Laute und die Gesten verrieten, worum es ging.

Der sitzen gelassene Gatte deutete jammernd auf den Nebenraum, durch dessen Türspalt ein stetig wachsender Berg von Hochzeitsgeschenken zu erkennen war. Er schlug offenbar vor, die Hochzeit abzusagen.

Die Schwiegereltern in spe gerieten darüber in helle Aufregung. Sie krakeelten laut herum, und es wurde deutlich, dass dies für sie keine Option darstellte. Was sie schrien, klang wie Coca Cola, Chewing Gum, Grand Canyon on the rocks.

Durch das Fenster wurde ein auf dem Vorplatz ankommendes Fahrzeug sichtbar, dem neue Gäste entstiegen. Mit neuen Geschenken. Man kannte sich offenbar, denn das Schwiegerelternpaar rauschte wieder hinaus, um die Neuankömmlinge in Empfang zu nehmen, laut so etwas schreiend wie: »Cary Grant, Pancake, San Bernardino!«

Der Amerikaner sackte wieder stöhnend in sich zusammen.

Omma Brock räusperte sich vernehmlich und sagte: »Howdy, Cowboy. I'm Omma.«

»I'm Hank«, erwiderte er tonlos.

»Can I help you?«

»Nobody can.« Er seufzte tief und machte einen neuen Anlauf, sein Ei zu knacken.

»Omma can.« Sie beugte sich zu ihm hinunter, legte die Unterarme auf die Lehne des freien Stuhls neben ihm, legte den drallen Busen auf die Arme und das Doppelkinn auf den Busen. »Omma Brock can find your Baby. Wie heißt das schöne Kind denn? What's her name?«

Ein Leuchten flackerte in dem tiefgrauen Gesicht vor ihr auf. »Felicia-Destiny«, hauchte Hank mit brüchiger Stimme. Nur um gleich darauf wieder in lautes Schluchzen auszubrechen.

Omma Brock ging zur Zimmertür, bückte sich zum gleich daneben im Flur positionierten Schuhputzautomaten, drehte mit dem rechten Daumennagel eine Schraube los, bog eine Metallplatte zur Seite und holte eine Flasche fünfundsechzigprozentigen Eifelschnaps aus ihrem Versteck. Dann kehrte sie in den Frühstücksraum zurück und schüttete Hank die Kaffeetasse voll. »Omma can find deine Fidepitschi-Didelitity«, sagte sie und hob die Tasse an seine zitternden Lippen.

Ungläubig nahm er einen Schluck und lief augenblicklich rot an. Schweißtropfen perlten wie aus dem Nichts hervor und liefen ihm in kleinen Bächen die Stirn hinunter.

»But that cost a little Pinke Pinke«, fuhr sie fort. »I'm nicht nur Wedding Planner und Kaltmamsell hier in dem Laden, I'm quasi auch a Private Detective. Detektiv Brockford, Anruf genügt.« Ihr Lachen war heiser und wenig vertrauenerweckend, aber der Amerikaner biss an. Und trank. Mit einem leisen Knistern glätteten sich seine Falten, und die geschwollenen Tränensäcke wölbten sich nach innen.

»How much?«, ächzte er.

»Tausend Euros«, sagte sie lauernd. Und als er bereitwillig nickte, ergänzte sie: »For the Anfang. Laufende Bürokosten, Porto, Fax, Fotokopiergerät, Sprit, Coffe to go und Donuts. Then goes it weiter with zweitausend.«

Er nickte. Und trank. Und dann begann er zu erzählen. Von Felicia-Destiny, die Miss Milwaukee gewesen war, und die er einem lateinamerikanischen Muckibudenbesitzer namens Ernesto vor der Nase weggeschnappt hatte. Er erzählte von seinen Besitztümern in Texas, und in Omma Brocks Gehirn zogen Bilder von der Dallas-Ranch vorüber, von ewigem Sonnenschein und blitzsauberen Liegestühlen, von kühlen Cocktails und von schwitzenden Viehtreibern in engen Jeanshosen. Und während der ganzen Zeit malte sie mit dem Kugelschreiber ein Haus vom Nikolaus nach dem anderen auf einen Notizblock und tat so, als machte sie sich fleißig Notizen.

Eine Viertelstunde später verließ sie den Frühstücksraum, fröhlich die Dallas-Melodie pfeifend, mit einer Anzahlung von zehn Hundert-Euro-Scheinen in der Tasche ihrer Kittelschürze.

Sie ging zur Rezeption und wählte die Nummer des Kaplans. »Guten Morgen, Herr Kasperlaplan«, dröhnte sie gut gelaunt. »Ich hab mal über das Passwort nachgedacht, mit dem du diesen komischen Stick knacken könntest. Der Typ war ja Journalist. Probier mal ›Eifel-Bote‹. Haste schon? Dann vielleicht mal ›Käseblättchen‹ oder ›Schmierfink‹. Hätt doch sein können. Dann vielleicht ›Ichthyosaurier‹ oder ›Natriumhydrogencarbonat‹. Schreibt man so, wie man es schreibt.«

Schwungvoll wurde die Hoteltür aufgestoßen.

»Ich muss Schluss machen, Palim-Kaplam. Bis später.«

Die Brauteltern bogen um die Ecke, laut lamentierend. Den neuen Besuch hatten sie auf einer Bank vor dem Haus geparkt, und offensichtlich waren sie mit ihrem Latein am Ende. Mit ihrem Amerikanisch allerdings nicht, denn sie quakten ohne Unterlass.

Omma Brock räusperte sich vernehmlich und sagte: »Problems, Leute?« Und als die beiden älteren Herrschaften, mühsam einen neuen Geschenketurm balancierend, vor der Rezeption innehielten, sagte sie beiläufig und ihre schwarz geränderten Fingernägel betrachtend: »Daughter futschikato? Big bullshit, oder?«

Und bevor die beiden reagieren konnten, beugte sie sich vor, senkte die Stimme zu einem schlecht geölten Schnarren und sagte: »Dreithousand Euronen Cash in de Täsch, and Sherlock Brock will find her ruckizucki.«

Die beiden blickten sich ratlos an. »Omma Brock, Ermittlungen aller Art. Ich bin hier nur undercover. Super Tarnung, oder?« Sie zupfte an ihrem Doppelkinn und ließ mit ein paar festen Handgriffen die Cellulitis an ihren Oberarmen schwabbeln wie Vanillepudding. »Hier guckt mal. Alles Schaumstoff. All what you see is plastic. In Wirklichkeit sieht Trude Brock nämlich aus wie Sandra Bullock.«

Wenige Augenblick später verschwand das amerikanische Ehepaar auf sein Zimmer. Um 3000 Euro ärmer, aber reich an Hoffnung, dass die Entführung ihrer Tochter nun doch ein gutes Ende nehmen würde.

Das Telefon klingelte, und Omma Brock plärrte: »Wedding-HeavenschönengutenTagOmmaBrockamApparatwaskannichgegenSieunternehmen?«

Es war ihr Chef, Freiherr Manni von Düppesbecker. »Meine Fresse, hier steppt vielleicht der Bär. Ich weiß gar nicht mehr, wo mir der Kopf steht. Die Ami-Tussi ist weg, und jeden Moment platzt uns die fetteste Hochzeit des Jahres! Und in Zimmer 69 ist schon wieder der Notstand ausgebrochen.

Die brauchen dringend noch zwei Paletten Red Bull, einen Ballen Heu, und drei bis vier Tuben Gleitcreme.«

»Wird gemacht, Chef. Ach, und bevor ich's vergesse: Wenn ich mal meine Beziehungen spielen lasse und mich wegen der Amitante umhöre. Also nach Feierabend. Was würde das denn so bringen?«

Am anderen Ende wurde intensiv nachgedacht.

Omma Brock half mit einem gut gemeinten Vorschlag: »Fünfhundert Öcken? Wie hört sich das für dich an, Manni?« Sie betrachtete ihr breites, runzliges Gesicht im Spiegel an der Wand gegenüber und kraulte sich zufrieden den Damenbart.

11. Kapitel

von Carsten Sebastian Henn

Unkel drehte sich vor dem mannshohen Spiegel in der Sakristei und glitzerte dabei wie eine Discokugel. Omma Brock hatte ihm auf sein Bitten hin ein Elvis-Presley-Glitzeroutfit genäht – allerdings wurde er den Eindruck nicht los, es sei eigentlich nichts anderes als ein Kartoffelsack mit festgeklebten Glasscherben und Stacheldraht. Aber glitzern tat er, und da machte es ja nichts aus, dass er schon an zwölf Stellen blutete. Sie hatte doch ein gutes Herz, die Omma Brock, unter den Borsten, dem Schorf, dem Fett und den filzigen Haaren, man musste nur sehr lange suchen. Und sie vermutlich dafür aufbohren.

Unkel versuchte zu tanzen.

Es sah immer wie Schunkeln aus.

Hüftsteifes Schunkeln.

Eigentlich sah es aus, als würde er jeden Augenblick umkippen. Geschmeidig wie eine Bahnschranke.

Er musste das mit der Hüfte hinbekommen. Anscheinend ließ diese sich auch seitlich bewegen. Und er musste sich in den Schritt packen, das hatte sein Tanzlehrer Detlef Diamond ihm mit einem breiten Lächeln gesagt. Er solle sogar mehr schlagen als greifen, je fester desto besser, das sei eine berühmte Tanzeinlage.

Aber es tat ganz schön Aua.

Unkel hielt sich die Klobürste vor den Mund, sie war das Mikro. Und er war der Schlagerstar. Dabei klang es eher nach Truck Stop:

»Die Sonne scheint über Welterscheid,
Weißte Bescheid, Weißte Bescheid!
Die Wolken ziehen über Welterscheid,
Und Omma Brock trägt ein zeltgroßes Kleid.
Weißte Bescheid, Weißte Bescheid!
Der Wind pfeift durch Welterscheid,
Und Jupp Voehl ist schon morgens breit.
Brei-ei-eit! Oh, so breiiiiiit!
Weißte Bescheid, er ist soooooo breit!«

Unkel hatte keine Ahnung, was das bedeutete, Nils-Sören aus der Messdienergruppe hatte ihm zu dem Reim geraten. Und er sang sich enorm schmissig. Würde er Sonntag mal statt der Predigt zum Besten geben. Jupp Voehl würde auch da sein – allerdings wie immer betrunken. Das musste ihm wirklich mal jemand auf sensible Art und Weise sagen.

An die obere Ecke des Spiegels hatte er einen Zettel gepappt. *Computerdingens!* stand darauf. Er musste den Code knacken, Omma Brock rief ständig an und zwang ihn, Wörter einzugeben, alles was ihr gerade so durch den Kopf ging: »Auffahrunfall, Telefonzellenhörermuschel, JuppseinFrau, verfluchtedrecklaufmaschen. Je eher er ihn knackte, desto schneller hörte sie auf damit. Was würde er selbst denn als Code wählen? Natürlich etwas mit Backwaren, das konnte sich schließlich ein jeder am besten merken. Hefezopf, Weckmann, Sachertorte, Marmorkuchen, alles hatte er probiert.

Aber Vanillekipferl nicht!

Und Marzipanstriezel! Die mochte doch jeder! Und natürlich Philadelphia-Torte.

Klappte nicht …

Vielleicht Kuchen und Torten mit Frucht? Riemchen-Apfel, Schwarzwälder Kirsch, Omma Brocks Obstdurcheinander, von dem niemand wusste, was drin war. Manche vermuteten, dass für Omma Brock auch Metzgereiabfälle, Kies und Katzen zu Obst gehörten. Sie spendete jedes Jahr einen Kuchen für das Welterscheider Pfarrfest, von dem niemand probierte. Einige vermuteten, es sei immer derselbe. Aber im letzten Jahr war er beim Bau des Fahrradschuppens verwendet worden, als ein Mauerstein fehlte.

Unkel gab gerade *Stachelbeerbaisertorte* ein, als er ein Knacken hinter sich hörte. Von der losen Bodendiele im Flur. Die musste man nur ansehen und sie knarzte. Er drehte sich um. Das Licht ging aus. Im ganzen Pfarrhaus. Der Sicherungskasten war direkt neben der Eingangstür, da musste er hin.

Die Bodendiele knarzte wieder.

»Hallo? Ist da wer? Frau Brock, sind Sie das? Ist das ein Späßchen? Weil, ich finde es gerade gar nicht lustig.« Er hielt die Klobürste fest umklammert. Mit der anderen griff er sich das iPhel5, um Hilfe zu rufen. Dafür gab es einen extra Button in Tierarzt-Rot. In Form einer Milchkuh.

Doch bevor er ihn drücken konnte, warf sich jemand auf ihn. Wer auch immer es war, er hatte sicher mit allem gerechnet, aber nicht mit dem von Omma Brock geschneiderten Glitzeranzug aus Glasscherben und Stacheldraht. Er schrie auf. Am Schrei konnte Unkel ganz klar erkennen, dass es ein Er war. Unkel schlug ihm mit der Klobürste auf den Kopf, entschied dann aber, dass es wohl effektiver war, ihm mit der Klobürste durchs Gesicht zu fahren.

»Das ist meine Klobürste«, sagte er, um die Ekligkeit der Situation klarzumachen. Und versuchte sie seinem Gegenüber in die Nase zu stecken. Dann fiel ihm ein, dass sein iPhel5 dank V2a-Stahl auch zur Selbstverteidigung eingesetzt werden konnte. In der Seite versenkt waren auch ein Kreuzschraubenzieher, ein Bierdosenöffner und ein elektrischer Nasenhaarschneider, der auch mit großen Büscheln zurechtkam. Der musste doch auszuklappen sein! Und dann tief ins Ohr damit!!!

Der Angreifer versuchte aufzustehen, wodurch sich eine Glasscherbe tief in seinen Körper bohrte. Er schrie auf, stützte sich anders auf – und die nächste Scherbe wurde ihm tief ins Fleisch gejagt. Währenddessen fuhr Unkel wie wild mit der alten Klobürste durch sein Gesicht. Wenn der Einbrecher in Zukunft einen zünftigen Albtraum brauchte, wurde ihm gerade alles Nötige geboten. Nur noch wenige Augenblicke, und der Nasenhaarschneider des iPhel5 käme zum Einsatz.

Unkel drückte auf das Knöpfchen, und der Schraubenzieher sprang heraus. Na gut, musste der eben ran.

Doch der Angreifer stand unter schmerzvollem Stöhnen auf und rannte, den Schritten zufolge, in Richtung Haustür. Ja, die Bodendiele knarrte wieder. Dann ging die Haustür auf und wieder zu, und er war verschwunden.

Unkel rappelte sich auf und stolperte zum Sicherungskasten, um den Strom wieder fließen zu lassen. Dann machte er sich umgehend auf den Weg zu seinem alten Opel Kadett, um Omma Brock im *Wedding Heaven* aufzusuchen. Sie musste von dem Kampf erfahren – auch davon, dass ihr Glitzeranzug besser funktionierte als jede Ritterrüstung.

Unkel parkte direkt vor dem Welterscheider Hochzeits-Paradies, die Haustür wurde mit einem alten Holzkeil offengehalten. In der Küche und im Frühstücksraum war Omma Brock nicht, also ging er Zimmer für Zimmer durch. In manchen war niemand, andere Gäste öffneten verstört die Tür, aber nirgendwo steckte Omma Brock. Schließlich war nur noch ein Zimmer übrig.

Die Nummer 69.

Von drinnen klangen Geräusche, als würde jemand erwürgt. Ein Röcheln, ein Wimmern, ein tiefes Stöhnen, ein

Mensch in Not. Und ein anderer der nur »Ja! Ja! Ja! Jaaaaaaa! Jetzt kommt der Herrenreiter!!!« brüllte. Dann ein Peitschenknall.

Omma Brock war in Not! Vermutlich war sie dem Mörder auf die Spur gekommen und nun folterte dieser sie mittels Peitsche.

»Und jetzt reibe ich dich mit Nutella ein!«

Die arme Omma Brock. Hatte sie nicht eine Nuss-Allergie? Wie bösartig konnte ein Mensch bloß sein! Tod durch Brotaufstrich.

Kaplan Florian Unkel klopfte gegen die Tür, verlangte, dass sie sofort geöffnet wurde, aber von drinnen war jetzt nur noch heftiges Stöhnen zu hören. Immer lauter. Es ging auf das Ende zu!

Er besann sich darauf, dass er eine Schulter hatte und die Türen hier dünner waren als Papier. Mit aller Wucht warf er sich dagegen – und stand plötzlich in Zimmer 69.

Er sah einen Heuballen mit zwei Menschen obendrauf. Sie trugen Reitgeschirr und taten etwas … das nur Verheiratete tun sollten. Zum Kinderzeugen. Ohne Spaß.

»Da nun Jakob des Abends vom Felde kam, ging ihm Lea hinaus entgegen und sprach: Zu mir sollst du kommen«, stotterte Unkel. *»Denn ich habe dich erkauft um die Liebesäpfel meines Sohnes. Und er schlief die Nacht bei ihr.* Erstes Buch Mose 30.16.«

»Liebesäpfel«, sagte der Mann. »Superidee.«

Doch die Frau bedeckte ihre Blöße, erhob sich vom Heuballen und schraubte das Familienglas Nutella zu.

Unkel stand der Mund weit auf, denn er hatte mit einem Mal erkannt, wer da vor ihm … stand.

Und plötzlich riss Omma Brocks behaarte Hand ihn am Schlafittchen aus dem Zimmer und zog mit lautem Knall die Tür wieder zu.

»Weitermachen da drin. Go on, make weiter your Hoheit! Se Door is Kloset. Ride on!«

Unkel starrte sie mit weit aufgerissen Augen an. »Sind das wirklich …?«

»Ja«, antwortete Omma Brock.

»Die Dame auf dem Heuballen war …?«

»Genau die.«

»Und der Mann mit der Peitsche und der Maurerkelle voll Nutella?«

»Personal.«

»Personal macht so was?«

»Im englischen Königshaus schon. Es sind Prinzessin Anne und ihr deutscher Reitlehrer. Und eins sag ich Ihnen Kaplänchen, der Mann beherrscht alle Gangarten. Und am liebsten Westernreiten ohne Sattel.«

Unkel wusste nicht, was das bedeutete. Aber er beschloss, vorerst keinen Reitkurs zu absolvieren.

12. Kapitel

von Uwe Voehl

Danke, Quasi, wir kommen hier schon allein zurecht.« Coltellas Lächeln wirkte etwas künstlich. Wie immer, wenn sie Thaddäus Todts Assistenten gegenüberstand.

Quasi hieß eigentlich Rudi, aber da er mit einem Buckel zur Welt gekommen war, nannte ihn alle Welt nur Quasi – nach dem Glöckner von Nôtre Dame. Irgendwie war das sogar passend, denn Quasi zog hier unten in der Pathologie zwar nicht die Glockenstränge, aber die Strippen. Manche munkelten, nicht Todt, sondern Quasi sei der eigentliche Herr über dieses unterirdische Labyrinth der Kühlfächer und Sektionssäle. Zumindest war er der Einzige, der sich zurechtfand. Er schaute die schöne Kommissarin aus triefenden Augen an. Unschlüssig trat er von einem Bein aufs andere. »U...und de...er?« Er zeigte auf Clairvaux.

»Sie kennen ihn noch nicht? Das ist mein Assistent Winfried zu Clairvaux. Wir sind mit dem Chef verabredet. Er erwartet uns.«

Endlich trollte sich Quasi. Er benutzte den Aufzug nach oben. Coltella konnte es nicht verhindern, aber sie überkam angesichts des Freaks jedes Mal eine Gänsehaut.

Gemeinsam mit Clairvaux machte sie sich auf den Weg zu den unheiligen Hallen des schaurigen Todt.

Mit jeder Treppenstufe, die sie weiter hinunter ins Totenreich stiegen, schien die Temperatur abzunehmen. Ihre Schritte hallten von den nackten Wänden wider, und während Coltella fröstelnd ihre Arme um die Schultern schlang, brabbelte Clairvaux in einem fort.

»Schön gekachelt hier. Bisschen old fashioned, dieses Blassgrün, aber sicher alles total pflegeleicht.«

Sie durchschritten mehrere Türdurchgänge und waren so oft abgebogen, dass es den Anschein machte, als würden sie im Kreis laufen.

»Ob man mal in einer der Schubladen nach dem Weg fragen sollte?«, sagte Clairvaux glucksend.

Sie hörte ihm kaum zu. In Gedanken war sie ganz woanders. Bei sich zu Hause. Und bei Mauro. Bei beidem, gewissermaßen, denn Mauro war bei ihr gewesen in der vergangenen Nacht.

Coltella kannte sich selbst nicht mehr. Sie war zerfließendes Wachs in seinen feurigen Armen. Ach was, wenn er sie wenigstens mal so richtig fest in den Arm genommen hätte! Sie wusste nicht mehr genau, was am Abend vorher gelaufen war. Zumindest war es nicht zum Äußersten gekommen. Mauro hatte sich mehr für die blöden Strumpfhosen und Strumpfbänder interessiert als für sie. Die ganze Zeit hatte er an ihren Beinen herumgefummelt. Dabei war viel Grappa geflossen. Irgendwann hatte sie einen Blackout gehabt.

Sie schüttelte sich. »Ich fühl mich hier unten immer ein wenig unwohl«, gab sie zu. Sie wies in einen der zahlreichen Gänge, die rechts und links abgingen. Eine defekte Neonleuchte ließ ihn in flackerndem Licht wie eine Geisterbahn erstrahlen. »In manchen der Kühlfächer liegen Leichen, die schon Jahrzehnte alt sind – munkelt man zumindest.«

»Wie sagt man so schön: Wir haben alle Leichen im Keller. Warum nicht auch die Polizei?«, witzelte Clairvaux. Es sollte wohl ein aufmunternder Witz sein, aber Coltella wurde es noch kühler. Wer sagte ihr denn, dass nicht Mauro …

Nein! Sie verwarf diesen Gedanken sofort. Er konnte keiner Biene was zuleide tun. Im wahrsten Sinne des Wortes: Sie erinnerte sich, dass Mauro als Kind von einem dieser stachelbewaffneten Monster gestochen worden war. Er hatte wie am Spieß geschrien. Noch mehr Tränen waren jedoch geflossen, nachdem Coltella das Monster unter ihrer Schuhsohle zerquetscht hatte. Nachher hatte Mauro das Insekt sogar begraben. Im Sandkasten. Und Coltella hatte einen Kranz aus Gänseblümchen flechten müssen. Sie war sich damals wie eine Mörderin vorgekommen.

Nein, niemals Mauro. Allerdings fragte sie sich inzwischen, ob bei ihm wirklich alles in Ordnung war. Seine Weichheit, sein absonderliches Faible für Strümpfe. Am Ende war er schwul!

Aber dann dachte sie an früher zurück, an die feurigen Küsse und Schwüre ...

Irgendwann erreichten sie eine verschlossene Tür, an der Coltella entschlossen anklopfte. Als niemand antwortete, öffnete sie einfach.

Eine dürre Gestalt im grünen Kittel drehte sich langsam zu ihnen um. Die Augen von Dr. Thaddäus Todt blickten sie aus dunklen Höhlen an. »Willkommen in meinem Großraumkühlschrank.« Er streckte einladend eine Hand nach ihnen aus. Sein heiseres Lachen klang wie das Rascheln verwelkter Herbstblätter. »Warum ich Sie sprechen wollte: Ich hab da was, das ich Ihnen zeigen muss ...«

Während er das Kühlfach Nummer fünf öffnete, stellte sich Coltella neben den alten Leichenfledderer und fragte: »Worum geht es? Haben Sie die Todesursache eindeutig ausgemacht? Spannen Sie mich nicht länger auf die Folter, Todt!«

Vor ihnen lag der tote Schmierenreporter. Allmählich hätte Coltella sein Gesicht im Schlaf nachmodellieren können. Allerdings war es, seitdem sie es das letzte Mal betrachtet hatte, noch etwas aufgedunsener und hatte sich blau verfärbt.

»Eugen Hillerich ist erwürgt worden!«, erklärte Todt.

»Erwürgt? Ich dachte, er ist erstochen worden?«

»Ja, ich meine, nein, das heißt … beides ist richtig«, knurrte Todt. »Er ist nämlich erstochen und darüber hinaus auch noch erdrosselt worden!«

»Erdrosselt?«

»Kein Zweifel. Ich habe es nicht gleich bemerkt, da die Stichverletzungen eindeutiger und sofort zu erkennen waren. Bei der genaueren Untersuchung sind mir dann die punktförmigen Blutungen in den Bindehäuten beider Augen aufgefallen. Ebenso auf der Mundschleimhaut. Daraufhin habe ich am Hals des Toten eine eindeutige zirkuläre Drosselmarke entdeckt. Eine exakte Klärung ist natürlich nur durch eine Sektion möglich. Wir arbeiten daran.«

Clairvaux fragte hastig: »Heißt das, er wurde zuerst erstochen, dann erwürgt?«

Todt zuckte mit den Schultern. »Oder erst erwürgt und dann erstochen, keine Ahnung.«

»Aber das ist doch Unsinn! Welcher Mörder erwürgt sein Opfer, um nachher noch darauf einzustechen?«, fragte Clairvaux.

»Ein Wahnsinniger zum Beispiel«, erwiderte Todt. Dann schwieg er einen Moment und setzte wieder an: »Entweder war es ein Irrer, der auf Nummer sicher gehen wollte, oder …« Er brach ab, es hatte den Anschein, als könnte er selbst nicht glauben, was Ergebnis seines Gedankengangs war. Er verfiel in ein irres Kichern, das Coltella eine Gänsehaut bescherte. Ihr dämmerte, was der Pathologe meinte.

Und sie vollendete den Gedanken: »Oder wir haben es mit zwei Mördern zu tun.«

13. Kapitel

von Ralf Kramp

Okay then. Bye bye!« Aus dem Telefon drang die fröhliche Stimme einer Frau an Omma Brocks Ohr, die eine Entscheidung getroffen hatte. Der feste und entschlossene Klang ließ keinen Zweifel daran, dass die Zukunft rosig aussah, dass es von nun an bergauf ging.

Auch wenn der amerikanische Akzent sich albern anhörte. Felicia-Destiny hatte ihr soeben in mehrfach gebrochenem Deutsch erklärt, dass sie keinesfalls das Opfer eines skrupellosen Entführers geworden war, so wie es die zurückgelassene Familie und alle anderen Beteiligten glaubten, sondern dass sie mit dem muskulösen Ernesto, dem Mann ihrer Träume, in eine glückliche – wenn auch abenteuerliche – Zukunft aufgebrochen war. Omma Brock, die der Anruferin versprochen hatte, dem Bräutigam und seiner Mischpoke schonend beizubringen, dass sie hiermit höchst offiziell die Hochzeit und den ganzen Kokolores abgesagt hatte, guckte unwirsch den Hörer an, aus dem es jetzt nur noch leise tutete. Schöner Schlamassel. Diese Neuigkeiten durchkreuzten ihre Aussicht auf die große Kohle. Aber sie wäre nicht Omma Brock, die skrupellose Seniorin mit den tausend Tricks und dem atemberaubenden Mundgeruch, wenn ihr da nicht etwas einfiel.

»Achtung, Achtung, hier spricht der Flurfunk«, trompetete sie, während sie wenige Minuten später an Hanks Zimmertür klopfte. Und als der brautlose Bräutigam kurz darauf die Tür öffnete und sie mit rotgeweinten Augen anstarrte, erklärte sie: »Ihre Faludscha-Dingenskirchen ist irgendwo in

Dänemark. Zwischen Dänemark und Finnland. In Schweden ungefähr. So viel hab ich schon mal rausgefunden. Sie wird da gefangen gehalten, und die Entführer überlegen sich noch, wie viel Geld sie haben wollen. Zur Sicherheit ist schon mal ein kleiner Finger per Post unterwegs nach hierhin, Hankypanky.«

Ihr Gegenüber hielt sich stöhnend am Türrahmen fest.

»Also, Greenhorn, guck schon mal, wie viel Kohle du flüssig machen kannst. Der Finger reist per Hermes Versand, das kann noch ein bisschen dauern.« Sie zog pietätvoll die Tür zu, um den Mann in Ruhe trauern zu lassen.

Sie wollte sich gerade wieder zurück zur Rezeption begeben, als sie sah, dass die Tür des Nebenzimmers einen klitzekleinen Spalt offenstand. Das tat sie eigentlich fast immer, da sich das Schloss in einem ebenso miserablen Zustand befand wie der Rest des ganzen Kastens. Hier logierten die Atombusenfrau aus Bochum und der kleine Hänfling, den sie demnächst ihren Ehemann nennen würde. Die beiden waren erst vor einer halben Stunde in den Ort gegangen, weil Cindy Cowalski shoppen wollte. Omma Brock hatte ihr die Welterscheider Shopping Mall mit dem *Milchgeschäft Mollenhauer*, dem *Friseursalon Gerti*, dem letzten noch verbliebenen Quelle-Shop Deutschlands und der *Rasenmäher-Reparatur-Werkstatt Drögel* dringend empfohlen.

Sie blickte sich kurz um. Keiner da. Zimmer leer. Ihre Neugier siegte, obwohl es nichts gab, was sich ihr überhaupt entgegengestellt hatte.

Die Koffer waren größtenteils gepackt. Schließlich hatte das angehende Ehepaar beschlossen, das Weite zu suchen, woran nur die Polizei sie noch hinderte.

Auf dem rosafarbenen Hartschalenkoffer klebte ein abgeschabter Reiseaufkleber: *C. Cowalski, Essen-Frintrop.* Omma Brock hätte ihn am liebsten geöffnet, aber das war ihr zu heikel. Hatte diese aufgedonnerte Schnepfe womöglich ein Strumpfband, das sie nicht mehr benötigte?

Omma Brock fand häufig auf den Zimmern Dinge, deren Verlust die Gäste nach der Heimreise kaum bemerken würden. Parfüm, Zigarren, Reisewecker … man hatte ja nie genug Geschenke für die krüppelige Verwandtschaft im Haus. Andauernd waren da diese doofen Feiertage und behämmerten Familienfeste, an denen Präsente von einem erwartet wurden. Ein schöner, prall gefüllter Kulturbeutel mit kaum benutzter Zahnbürste gefiel doch jedem. Und Bademäntel! Millionen von Hotelgästen auf der ganzen Welt klauten Bademäntel. Da war es doch nicht mehr als gerecht, wenn einmal ein paar Bademäntel von den Hotels zurückgeklaut wurden, oder?

Eine Reisetasche stand offen. Beherzt griff Omma Brock hinein, und ihre knotigen Finger ertasteten etwas aus Spitze. Ein Strumpfband? Nein, doch ein Büstenhalter. Aber was für ein Gerät!

»Leckopfanni«, murmelte Omma Brock und pfiff durch eine Zahnlücke. Der war selbst ihr zu groß. Der hielt einen Balkon, mit dem man ein Zweifamilienhaus ausstatten konnte. Hinter dem Holz verschwand aber die ganze Hütte. Damit konnte man zweimal die Kuppel vom Petersdom frostfrei durch den Winter bringen.

Im Flur wurde ein Geräusch laut. Jemand summte den Hochzeitsmarsch und näherte sich entweder auf Stelzen oder auf Stöckelschuhen.

Omma Brock sah gerade noch, wie zuerst der Busen ins Zimmer drang, bevor seine Besitzerin erschien, dann verschwand sie im letzten Moment ins Badezimmer.

Die Fugen zwischen den blassgrün marmorierten Fliesen der Dusche waren graubraun, die Silikonabdichtungen vom

Schimmel schwarz gesprenkelt. Und aus der Brause tropfte es unaufhörlich ...

... auf Omma Brocks Schädel. Ein doofes Versteck. Chinesische Wasserfolter. Aber sie konnte sich ja schlecht im Toilettenspülkasten verstecken oder unter dem verfilzten, orangefarbenen Badvorleger.

Nebenan wurde aus dem Summen ein gut gelauntes Pfeifen. Mit den aufgespritzten Lippen von Cindy Cowalski klang es dudelsackähnlich.

Omma Brock verharrte stocksteif hinter dem fleckigen Duschvorhang und versuchte, nicht an den Juckreiz zu denken, der sich auf ihrer rechten Hinterbacke ausbreitete. Sie dachte an das Codewort des Computersticks und überlegte, welche Begriffe sie dem Kaplan offerieren konnte. Silikonfuge, Silikonbusen, Busenfreundin, Hupen, Möpse, Dackel, Windbeutel, Kulturbeutel ... in ihrem bulligen Kopf wirbelten die Assoziationen wie ein Mückenschwarm.

Cindy Cowalski betrat das Badezimmer. Auch hier zuerst einmal in Gestalt ihrer beiden Airbags von pyramidalen Ausmaßen. Omma Brocks Nüstern blähten sich vor Aufregung, als sie registrierte, dass Cindy Cowalski den Wasserhahn der Badewanne aufdrehte. Es plätscherte laut, und jetzt juckte nicht nur ihr Hintern, als würden die Ameisen Kirmes darauf feiern, sondern sie musste auch noch dringend pullern! Dazu würde ihr die Dusche auf Dauer mit ihrem Getropfe die Schädeldecke perforieren!

Unmerklich schob sie den Duschvorhang einen Spaltbreit zur Seite, und ihre Augen traten ihr so sehr aus den Höhlen, dass sie fast die dicken Brillengläser berührten. Cindy Cowalski ließ die Hüllen fallen!

Eine Bluse flatterte zu Boden, eine Jeanshose rutschte südwärts, und dann wurden zwei Häkchen gelöst, die ... Omma

Brock hielt den Atem an. Sie dachte angestrengt an weitere Codewörter für Kaplan Unkel: Götterspeise, Medizinball, Hüpfburg, Hovercraft …

Sie erlaubte sich erneut einen Blick. Eine Tätowierung auf der rechten Schulter. Was sollte das darstellen? Keine Frage, das war ein Hase. Omma Brock musste unwillkürlich an den Nachnamen von Herbie, dem mickrigen Wicht an Cindys Seite denken: Hasenberger.

Dann zupften zwei spitze Finger mit ausgesprochen gepflegten, blutrot lackierten Nägeln ein großes Pflaster vom Bauch. Omma Brock konnte zuerst nur schwer erkennen, was darunter verborgen gewesen war. Aber als Cindy Cowalski sich ein wenig mehr zu ihr umwandte war es deutlich zu sehen: eine Art Greifvogel.

Und dann folgte ein Pflaster auf dem rechten Busen. Zuerst ertönte ein schlürfendes Geräusch, und dann ertönte ein lautes Klatschen, als der Heißluftballon in seine ursprüngliche Position zurückschnellte. Auch unter diesem Pflaster kam ein buntes Bildchen zum Vorschein: ein Igel. Wenn auch anatomisch etwas aus der Form geraten. Lag sicher an der Aufbauarbeit, die an Cindys Bomboncitos geleistet worden war.

Gerade als sich Cindys Finger unter den Saum ihres Slips schoben, um diesen abzustreifen, spielte das Handy im Nebenraum *Je t'aime,* und sie schlüpfte eilig durch die Tür aus dem Badezimmer.

Jetzt ging es um Sekunden. Omma Brock fasste das kleine Fenster fest in ihren blutunterlaufenen Blick. Das Badewasser schluckte das raschelnde Geräusch des Duschvorhangs, der zur Seite gerissen wurde. Drei weit ausholende Schritte … Omma Brocks Bewegungen waren blitzschnell und liefen ab wie ein gut geöltes Uhrwerk. Badehocker … Gardine … Fenstergriff …

Sie hörte die Frauenstimme im Nebenraum: »Kapstadt. Ja, Südafrika. Nein, ich sitze hier buchstäblich fest … wirklich … Schicken Sie die Sachen meinem Mann an unsere Adresse in Herne: Grimbergweg 47 … nun ja, ich denke, noch so zwei, drei Tage …«

Omma Brock reckte den Kopf ins Freie. Hatte sie eine Wahl? Unter ihr stand der Container für die Küchenabfälle weit offen. Sie erkannte schimmligen Kirschkuchen, zerkochten Kohlrabi, zerfledderte Hühnergerippe und vergorenen Milchreis.

Nein, ihr blieb nichts anderes übrig.

»Tschühüs!«, ertönte es aus dem Nebenraum, als sie sich von der Fensterbank abstieß und in die Tiefe sauste.

14. Kapitel

von Carsten Sebastian Henn

»*Es ist ein köstlich Ding, geduldig sein und auf die Hilfe des HERRN hoffen.* Klagelieder 3.26«, sagte Unkel glücklich, steckte das Handy ein, und tätschelte Nils Sören aus Dörpübel den Kopf. Was für ein Zufall, dass ausgerechnet dieser angehende Messdiener, von dem selbst seine Eltern sagten, dass er ein Nichtsnutz und Tunichtgut sei, dem im Leben nichts anderes übrig blieb als Politiker zu werden, dass dieser Nils Sören ein Genie war, was Handys betraf. Als er Unkels neues Prachtstück sah, hatte er sofort zugegriffen und es, wie er es nannte, »gepimpt«, was »verbessert« bedeutete. Er hatte ihm viele praktische »Apps«, was »Programme« bedeutete, »draufgeladen«. Völlig kostenlos. Ein Zeichen wahrer Nächstenliebe! Es war immer schön zu sehen, wenn bei den jungen Menschen etwas von der Botschaft Gottes ankam.

So ganz traute er diesem Handy aber nicht mehr, war es doch geschaffen worden von einem Mann, der log – zumindest was den Rausschmiss des Toten betraf.

Omma Brock hatte ihm erklärt, dass es seine vaterländische Pflicht sei, diesen Silikonierheinis unerkannt mal ordentlich auf den Zahn zu fühlen, um Geheiminformationen zu erhalten. Wortwörtlich hatte sie gesagt: »Schaff deinen Poppes dahin und pass ja auf, dass sie ihn dir nicht ordentlich versohlen!«

Nun stand Unkel vor dem militärisch gesicherten Gelände und wusste nicht, wie er reinkommen sollte.

Plötzlich spielte sein iPhel5 einen neuen Klingelton. Unkels Englisch war zwar löchrig, aber es klang wie *Losing my Religion*. Kurz danach tauchte das Foto eines Priesters auf.

Don Camillo, den hatte er immer arg lustig gefunden, wenn auch manchmal etwas zu gewagt. Wie nett von Nils-Sören, ihm den aufs Handy zu machen. Dann erschien ein Text: *Don-Promillo-Flatratesaufen in Deiner Umgebung.* Unkel war etwas irritiert. Doch jetzt hatte er keine Zeit dafür. Er musste irgendwie rein in diese Festung auf der Eifelhöhe.

Dann sah er eine Ratte, auch sie fraglos ein Geschöpf Gottes, und zwar ein ziemlich fettes und ekliges. Durch einen Gullydeckel verschwand sie in die Kanalisation.

Mit einem Mal wusste Unkel, wie er hineinkam. Es gefiel ihm überhaupt nicht. Die Wege des Herrn waren unergründlich.

Und wie sich wenig später herausstellte, auch extrem brackig.

Wenigstens sein Handy meinte es gut mit ihm und spielte ein fröhliches Lied namens *Highway to Hell,* dann erschienen das Foto einer traurigen Frau mit Staubsauger und der Text: *Tröste einsame Hausfrauen.* Sowie eine Telefonnummer. Gut, das war seine seelsorgerische Aufgabe, das hatte Nils-Sören genau richtig gesehen, aber nicht jetzt, vielleicht ließen sich die Hausfrauen auch heute Abend trösten. Warum sein Handy stöhnende Laute von sich gab, verstand Unkel allerdings nicht. Vermutlich lag es an der Putzarbeit. Wienern konnte sehr anstrengend sein. Das gab auf Dauer Schwielen an den Händen. Von Blasen ganz zu schweigen.

Meine Güte war das schlammig hier! Unkel kam nur gebückt voran. Und es roch, als steckte er am Rosenmontag mit dem Kopf im Klo der Welterscheider Eckgaststätte, nachdem es Zwiebelbraten mit Erbsen gegeben hatte. Unkel bekreuzigte sich in einem fort, doch es brachte nicht viel. Nur eine leichte Brise.

Plötzlich hörte er Geräusche. Eine Art Schritte. Zu schwer für ein Ratte. Zu leicht für einen Menschen. Etwa das Riesenkrokodil aus dem Totenmaar? Oder das sagenumwobene Monster vom Rursee?

Unkel drückte sich an die Wand und hielt sein iPhel5 im Anschlag. Wodurch er unglücklicherweise die App *Glocken-Läuten - die größten freischwingenden Glocken der Welt* verpasste. Hinter der sich keine Glocken verbargen. Zumindest nicht im eigentlichen Sinne.

Die Schritte wurden immer lauter und schneller. Und mit einem Mal gesellte sich ein Bellen hinzu. Unkel stand unter einem Gullyschacht, sodass trübes Licht zu ihm hinunterfiel. Und mit einem Mal sah er einen kleinen Dackel wedelnd auf sich zulaufen. Er hatte nur noch ein Ohr, war abgemagert, aber bester Laune und offenbar froh, einen Menschen zu sehen. Er sprang direkt an Unkel empor.

»Na, du kleiner Räuber! Wer bist du denn! Ja, ein ganz Feiner bist du! So ein Feiner! Und so dreckige Pfoten hast du! Was da alles drin…« steckt wollte Unkel sagen, aber fault traf es wohl besser. Als er ihn am Kinn kraulte, entdeckte er ein Halsband, und auf diesem Stand: *Zorro5*. Der vermisste Dackel von Hiltrud Schnalz, der VUD-Vorsitzenden! Die musste er sofort informieren! Wie gut, dass sein iPhel5 auch hier unten funktionierte, mit dem konnte man sicher auch von Kassel aus in Köln anrufen. Irre, die Technik!

Hiltrud Schnalz war schnell am Apparat. »Hiltrud Schnalz hier, Vorsitzende der VUD.«

»Florian Unkel hier, Vorsitzender der Welterscheider Gemeinde.« Unkel musste kichern. Der war echt gut!

Schnalz lachte nicht. »Wie kann ich Ihnen helfen?«

»Nein, andersrum: Wie kann ich Ihnen helfen?« Mannmannmann war er gerade spaßig drauf. Musste an den Dämpfen hier unten liegen.

»Wie? Was? Sind Sie besoffen?«

»Besoffen nicht, aber gleich vielleicht abgesoffen. Der ...« Unkel holte tief Luft »... Kot steht mir bald sicher bis zum Hals.«

»Auf Wiederhören!«

»Ich habe Zorro5.«

Schweigen am anderen Ende der Leitung. »Wollen Sie mich jetzt erpressen?«

»Nein, ich will ihn nur zu Ihnen zurückbringen.«

Ein glückliches Jauchzen erklang. Nicht unähnlich dem bei der fast zeitgleich aufpoppenden App mit dem biblischen Titel *Haus des Herrn*. Der Untertitel war allerdings nicht mehr biblisch: *Die Fetisch-Party-Reihe in Kall*.

»Oh, bitte bringen Sie ihn sofort zu mir. Der Kleine ist mein Allerliebster. Ich hab ihn so lieb! Zum Fressen gern hab ich den kleinen Räuber!«

»Wann soll ich denn vorbeikommen?«

»Sofort! Noch vor dem Abendessen. Kann es nicht erwarten, meinen kleinen Teufelsbraten wieder bei mir zu haben.«

»Komme sofort, Frau Schnalz. Zorro5 rächt bald wieder in Ihrem Garten die Armen!«

Unkel meinte das völlig ehrlich mit dem »Sofort!«. Aber sein Handy hatte nun zwar viele Apps (darunter auch *ramadan.com - die besten Rezepte nach Sonnenuntergang* und *Ku-Klux-Klan Germany - White Power News*), aber kein Navigationsgerät für die Kanalisation.

Deshalb landete er drei Stunden später unter einem Bauernhof bei Monschau. Hinter ihm die gesamte Eifeler Rattenpopulation. So was hatte diese nämlich noch nie gesehen.

Und auch kein Handy gehört, das unentwegt die Titelmelodie von *Ein Zombie hing am Glockenseil* spielte.

15. Kapitel

von Uwe Voehl

Der Himmel brannte. Genau wie ihr Herz.

Schon von Weitem war das Unglück zu sehen. Doch die ganzen Ausmaße der Katastrophe erkannte Coltella erst, als sie den Dienstwagen mit quietschenden Reifen vor einem der Feuerwehrwagen zum Stehen brachte.

Sie sah überall rot: Um sie herum wimmelte es von Feuerwehrwagen und Feuerwehrleuten. Im ersten Moment glaubte sie, alles doppelt zu sehen: Sie sah zwei Einsatzleitwagen, zwei Löschgruppenfahrzeuge, zwei Tanklöschfahrzeuge …

Als sie aus dem Wagen sprang, rannten gleich zwei Einsatzleiter auf sie zu. Sie schüttelte den Kopf. Immer das Gleiche! Die Berufsfeuerwehr lieferte sich mit der Freiwilligen Feuerwehr mal wieder eine Materialschlacht.

Hartmut Manderscheid von der Berufsfeuerwehr gewann das Rennen. Er salutierte schwer atmend und erstattete Bericht: »Da ist nicht mehr viel zu retten. Das Feuer hat sich im Inneren ausgebreitet und wurde zu spät gemeldet …«

»Was ist mit der Bewohnerin?«

Der Beamte zuckte mit seinen breiten Schultern. »Wenn sie Glück hat, befand sie sich nicht im Haus, als das Feuer ausbrach …«

Die Hitze wehte bis zu Coltella herüber. In dem Haus, das nun Opfer der Flammen wurde, hatte Eugen Hillerich gewohnt. Der war eh tot. Aber was war mit seiner Mutter passiert? Und vor allen Dingen: Warum brannte das Haus gerade jetzt nieder? Zufall?

Mittlerweile war auch der Chef der Freiwilligen Feuerwehr angekommen. Dieter Ebers besaß in Welterscheid eine Fleischfabrik. Die Schweine hatten ihn reich gemacht. Seitdem verwirklichte er seinen Jugendtraum: Feuerwehr spielen. Sein Löschzug, so munkelte man, sei besser ausgestattet als der der Berufsfeuerwehr. Und er gab sich alle Mühe, dies bei jedem Brand unter Beweis zu stellen.

»Wir vermuten Brandstiftung«, erklärte Ebers außer Atem. »Ich habe hinter dem Haus zwei Benzinkanister gefunden …«

»Ich hoffe, Sie haben nichts angefasst! Die Spurensicherung wird sich früh genug damit beschäftigen.«

Ebers' Bäckchen färbten sich dunkelrot. Coltella war der selbsternannte Zugchef allzu eifrig. Ob er den Brand selbst gelegt hatte?

Sie sah ihn scharf an. »Wer hat Sie überhaupt alarmiert?«

»Die da war's!«, stammelte Ebers, der sich unter dem sezierenden Blick Coltellas offensichtlich wie ein Käfer unter dem Messer vorkam.

Coltella sah sich um und erkannte eine offenbar nervlich angespannte Frau mit Lockenwicklern im Haar. Sie trug einen Bademantel und paffte. »Wer ist das?«

»Liselotte Siefen. Sie wohnt gleich nebenan …«

»Ich werde mich mal mit der Dame unterhalten.« Sie ließ die beiden Feuerwehrleute stehen und ging schnurstracks auf die Frau zu.

Die sah sie mit großen, rotgeweinten Augen an. »Haben Sie meinen Rudi gesehen?«

»Ihren Ehemann?«

»Meinen Dackel.« Sie schluchzte und kämpfte mit weiteren Tränen. »Mein Mann ist mir schnuppe. Aber Rudi … Er ist doch noch so jung … gerade mal drei Monate alt …« Die Frau erzählte, wie sie Rudi aus dem Tierheim geholt hatte. Davor hatte er eine abenteuerliche Odyssee durchzumachen gehabt. Sie begann mit der rumänischen Welpenmafia, die Rudi aus den warmen Pfoten seiner Mutter geraubt und verschleppt hatte.

Coltella wartete geduldig ab, ehe sie einhakte: »Sie also haben die Feuerwehr gerufen?«

»Ja, ich war mit Rudi kurz draußen, da sah ich die Flammen. Das Feuer hatte schon den Dachstuhl erfasst. Im ersten Moment war ich versteinert, Rudi hat gebellt wie verrückt. Dann bin ich ins Haus zurück, um die Feuerwehr zu alarmieren …«

»Haben Sie kein Handy?«

»Packen Sie Ihr Handy ein, wenn Sie nur mal vors Haus gehen? Rudi hat nach wie vor gebellt. Ich wollte ihn wegziehen, aber er hat nach mir geschnappt. Der Kleine war ganz aufgeregt, völlig außer Rand und Band. Da habe ich ihn kurzerhand hier an die Laterne gebunden …« Wieder wurde sie von einem Weinkrampf durchschüttelt. »Ich werde es mir nie verzeihen. Als ich zurückkam, war Rudi verschwunden!«

»Er wird sich losgerissen haben …«

Liselotte Siefen schüttelte den Kopf. »Das Halsband lag noch da. Das muss ihm jemand abgenommen haben …«

In diesem Moment hupte das Handy der Kommissarin, sie nahm das Gespräch an. »Coltella!«

»Hier ist Kaplan Florian Unkel. Ich hoffe, ich störe nicht, aber ich war auf dem Gelände von Silicon Eifel. Sie werden nicht glauben, was ich hier gefunden habe …«

»Mein Gott, Unkel, machen Sie's nicht spannender als nötig. Ich stehe hier an einem Brandherd!«

»… wollte Frau Brock anrufen … nicht erreicht ….« Die Verbindung wurde zuhörend schlechter. Außerdem fiel Frau Siefen unter Schluchzen eine putzige Episode mit Rudi ein.

»Unkel? Sind Sie noch dran?«

»… hat der kleine Racker immer den *Eifel-Boten* zerfetzt …«, brabbelte Lieselotte Siefen unbeirrt weiter.

»… muss es jemand erzählen, falls ich nicht mehr lange lebe!« Unkels Stimme wurde schwächer.

»Unkel? Haben Sie wieder zu viel am Messwein genippt?«

»… wo mein Mann den sowieso nicht leiden kann …«

»Frau Kommissarin. Wir haben da ein Klopfen aus dem Keller gehört!« Hartmut Manderscheid von der Berufsfeuerwehr stand plötzlich neben ihr.

»Wo? Schnell! Bringen Sie mich dahin!«

Frau Siefen, Rudi und auch Unkel waren augenblicklich vergessen.

»Es gibt eine Hintertür!«, erklärte Manderscheid im Laufen. »Meine Leute versuchen sie gerade aufzubrechen.«

Je näher sie dem Haus kam, desto mehr spürte sie die Hitze.

»So haben Sie keine Chance. Sie müssen sich Schutzkleidung überziehen!«

»Keine Zeit!«, entschied Coltella. Ihr Blick erhaschte eine Regenwasserleitung, davor ein halbvolles Weinfass. Blitzschnell ließ sie sich hineingleiten. Das eiskalte Wasser hatte ihre Kleidung durchtränkt, als sie wieder herauskletterte. »Weiter!«, drängte sie.

Dann hatten sie die Hintertür erreicht. Es handelte sich um eine stabile Brandschutztür. Zwei von Manderscheids Männern waren damit beschäftigt, sie aufzubrechen. Auch von drinnen schlug jemand dagegen. Es befand sich tatsächlich jemand im Haus!

Dann war das Schloss geknackt! Unversehens flog die Tür auf. Die beiden Feuerwehrmänner wurden von der Wucht nach hinten zu Boden geschleudert. Schwarze Qualmwolken drangen durch die Türöffnung.

»Hallo? Ist da jemand drin?«, rief Coltella. Nichts tat sich. Zum Glück war die Hitze auszuhalten. Hier hinten schien sich das Feuer noch nicht so stark ausgebreitet zu haben.

»Ich geh da mal rein«, sagte Manderscheid.

Ehe sie ihn zurückhalten konnte, war der tapfere Mann in den Qualm verschwunden. Da hörten sie einen Schrei.

Und dann ging alles blitzschnell: Eine dunkle, maskierte Gestalt sprang heraus. Coltella wurde brutal zur Seite gestoßen. Dann war der oder die Unbekannte auch schon in die Dunkelheit verschwunden. Das Einzige, was zurückblieb, war der Duft von prickelnden Zitrusnoten mit exotischen Holzaromen, der sich trotz des Rauchs ein paar Sekunden in der Luft behaupten konnte.

Im ersten Instinkt wollte sie dem Flüchtenden nachsetzen, aber ein Stöhnen aus dem Inneren des Hauses ließ sie innehalten. Manderscheid! Sie musste ihn da herausholen!

»He, das geht nicht!«, riefen die Feuerwehrmänner, die sich in ihrer schweren Schutzkleidung schwerfällig wieder aufrappelten. »Kommen Sie zurück!«

Aber sie war schneller und kämpfte sich durch die Wolken, bekam einen Hustenkrampf nach dem anderen, aber schließlich stießen ihre tastenden Finger auf einen weichen Körper. Er lag am Boden.

Sie beugte sich hinunter und zerrte ihn ins Freie. Manderscheid hatte eine üble Kopfwunde davongetragen.

»Kümmern Sie sich um ihn!«, befahl sie den beiden Feuerwehrleuten.

Unschlüssig sah sie in die Finsternis, in die der Unbekannte verschwunden und jetzt wahrscheinlich längst über alle Berge war. Nein, die Sache war nicht gut gelaufen. Gar nicht gut.

Wenn dies hier vorüber war, würde sie Mauro anrufen. Sie brauchte jetzt einen Mann an ihrer Seite.

16. Kapitel

von Ralf Kramp

Die Hochzeitstorte hatte durchaus amerikanisches Format. Der Welterscheider Bäckermeister Theo Lehmann hatte das vierstöckige Prachtstück in tagelanger Kleinstarbeit mit Unmengen von Smarties, Zuckerherzen und nacktärschigen Engelchen aus Marzipan verziert. Der Name der Braut hatte ihm offensichtlich große Schwierigkeiten bereitet, denn er hatte die pinkfarbene Zuckerschrift an mehreren Stellen durchgestrichen und korrigiert. Die Torte stand in dem Raum, in dem sich die Geschenke türmten, und gammelte vor sich hin. Ab und zu knabberte Omma Brock an der Verzierung herum. Merkte ja sowieso keiner.

Laut schmatzend lehnte sie an der Rezeption und brabbelte dem Kaplan die Mailbox mit weiteren Codewort-Vorschlägen voll: »Kamasutra … Eiterbeule … Umsatzrenditeerwartung … Desintegrale Realität …«

Wie aus dem Nichts tauchte plötzlich der Amerikaner in der Empfangshalle auf. Seine Eltern hatte er im Schlepptau. Gemeinsam steuerten die drei auf Omma Brock zu, wobei sie einen durchaus entschlossenen Eindruck machten. Sie unterbrach rasch das Telefonat, verbarg das angebissene Marzipanengelchen hinter ihrem Rücken und versuchte, ein freundliches Lächeln aufzusetzen. Selbst das sah bei ihr immer aus wie eine Art Zähnefletschen.

»Hey you! Sie uns betrogen!«, keifte die Mutter schrill. »Wir Ihnen zahlen lots of money, and Sie nix tun to find our Schwiegertochter!«

»Thousand Euros!«, schnaufte der Ehemann wütend.

»Threethousand Euros!«, brüllte der Vater.

»Zusammen Fourthousand!«, kalkulierte die Mutter schrill. »Weiß nicht, wie viel ist in Dollars, but it's a bloody lot of money for nothing!«

Omma Brock dachte fieberhaft nach, wie sie die aufgebrachten Amis hinhalten konnte. »Der Entführer hat wieder angerufen.«

»Der Entfuhrer?«

»Entführer ... mit Ü. Ich hab den Anruf zurückverfolgen lassen. Die sind jetzt mittlerweile in ...«, sie überlegte angestrengt, »in Marrakesch.«

Aber die Amerikaner hatten offenbar ihr Vertrauen in Detektiv Brockford verloren.

»Betruger!«, zeterte Hank.

»Nee, nee, Betrüger. Mit Ü. Probier mal ... Ü ... Betrüüüger.« Omma Brock spitzte die spröden Lippen.

»Betruuuger.«

»Ü.«

»Betruuuuger ... Uuuu ... ruuuger.«

»Shut up!« Der Vater ließ die Faust auf den Tresen donnern. »We want our money back!«

Omma Brock hatte hinter ihrem Rücken nervös den Engel zu einer Wurst geknetet. Sie riss jetzt die Hand nach vorne und trompetete: »Finger!!!«

Die drei Amis heulten auf wie eine Horde Schakale.

Das, was sie auf den vor ihnen liegenden Block mit Anmeldeformularen geworfen hatte, war unförmig, krumm, blassrosa und ziemlich zerbröckelt. Es sah mit viel Fantasie aus wie ein Finger, den man einem Menschen mit sehr, sehr viel Gewalt abgerissen hatte.

Die Mutter fiel röchelnd in Ohnmacht, der Vater versäumte es, sie aufzufangen, weil er damit begann, sich die schlohweißen Haare büschelweise auszureißen, und Hank fiel auf die Knie und krallte sich schreiend in die fleckige Schlingenware.

Omma Brock grinste diabolisch. »You erkenn ihn wieder? Sieht aus wie the Showing finger … Zeigefinger. Could aber auch be the Daumen.«

Erneutes Geheule.

»The Päckchen is in my Labor. Spurensuche. I will find the Mädchen im Nullkommanix …« Sie zog ihre Brille aus, kniff die Augen so weit zusammen, dass ihr die Schuppen aus den buschigen Brauen rieselten, und fuhr betont beiläufig fort: »… but I need more money. Spurensuche is schwer teuer, I can tell you.«

Die Mutter rappelte sich langsam wieder auf. Ihr Kreischen hatte aufgehört, und als Omma Brock die Brille wieder aufsetzte, auf der sie mit einem Tuch den Fettfilm verteilt hatte, konnte sie erkennen, dass in der Amerikanerin die Skepsis wuchs. »More money?«, fragte sie lauernd. »Are you sure, you are no Betruger?«

»Ü«, sagte Omma Brock, aber ihr Gegenüber ging nicht auf ihr Spielchen ein. Sie näherte sich dem deformierten Marzipanengel, um ihn näher in Augenschein zu nehmen …

… als Omma Brock ihn in Sekundenschnelle nahm und in ihrem Mund verschwinden ließ.

Hank biss in einen Läufer, und seine Mutter fiel wieder um.

»This is a test … Momentchen …« Sie kaute schmatzend und verdrehte nachdenklich die Augen. »Hmmm … ja …« Sie schluckte und nickte dann zufrieden lächelnd. »Daumen.«

Der Vater riss seinen Sohn und seine Frau vom Boden hoch und warf Omma Brock einen grimmigen Blick zu. »You better find her, or I'll make Wiener Wurstchen of you!«

»Ü … Würstchen«, sagte Omma Brock halblaut und sah ihnen nach, als sie im Treppenhaus verschwanden.

Ihr war der Appetit vergangen. Die Nummer würde sie nicht mehr allzu lange durchziehen können.

Als die Tür aufging, verschlechterte sich ihre Laune noch ein bisschen mehr. Im Rahmen erschien die riesenhafte Gestalt von Elfriede Hillerich. Sie hatte mehrere Koffer und Plastiktüten um sich herum abgestellt und die Hände in die Seiten gestemmt. Die hatte ihr gerade noch gefehlt.

»Was willst du denn hier?«, fragte Omma Brock düster.

Elfriede Hillerich und ihre gesamte Habe verströmte einen beißenden Brandgeruch. »Wohnen.«

»Hast du'n Knall?«

»Die sagen, ich kann hier wohnen.«

»Wer?«

»Meine Versicherung.«

»Deine Versicherung kann mich mal am After schmatzen, Elfriede.« Omma Brock wies auf das leere Schlüsselbord und schlug den Buchungsplan auf. »Voll bis an die Mandeln, Elfriede. Sieh zu, dat de Land gewinnst!«

Elfriede Hillerichs ausgestreckter Finger wies auf einen einzelnen Zimmerschlüssel und deutete auf eine Zeile im Belegbuch, die ausradiert worden war. Prinzessin Anne und ihr Zureiter waren erst vor einer Stunde unter lautstarkem Protest und mit wütendem Gewieher abgereist.

»Ich nehm das freie Zimmer, Trude, und wenn du dich auf den Kopf stellst.« Sie tippte auf die freie Zeile, und ihre kurzen, weißen Haare richteten sich angriffslustig auf wie bei einem Stacheltier. Ihr mächtiger linker Arm griff an Omma Brocks Ohr vorbei und fischte den Schlüssel vom Haken. »Jetzt zeig mir, wo Zimmer 69 ist, oder ich verpass dir eine. Mir ist heute Nacht die Bude unterm Arsch weggebrannt, und jetzt hab ich nur noch das, was ich am Leib trage und ein paar angekokelte Klamotten. Mir ist jetzt alles egal, kapierste?«

»Aber da ist noch gar nicht sauber gem…« Omma Brock verschluckte den Rest des Satzes und kam hinter dem Tresen hervor. »Wie de meinst, Elfriede.«

Sie wackelte voran, und Elfriede Hillerich folgte ihr mit schweren Schritten und verströmte dabei einen Gestank, dass sich die Tapete kräuselte. »Ist aber ein Nichtraucherzimmer«, sagte sie zähneknirschend. »Und bevor du mir hier den ganzen Laden vollmiefst, bleibst du auf der Bude und schiebst mir jeden Tag Punkt Sieben die Miete unter der Tür durch, kapiert?«

Auf dem Weg zu Zimmer 69 passierten sie die wieder einmal halb offen stehende Zimmertür des Paars aus dem Ruhrgebiet, und wenige Schritte weiter sagte Elfriede Hillerich nachdenklich: »Das ist doch die Husche aus Essen-Frintrop.«

»Nee, Bochum-Wattenscheid«, knurrte Omma Brock und steckte den Schlüssel ins Schloss von Zimmer 69. »Cindy Cowalski. Die heiratet bald und wird dann die Frau vom Herrn Hasenberger.«

Elfriede Hillerich starrte nachdenklich den Flur hinunter. »Cowalski hieß die, stimmt. Aber die war mit einem Kerl namens Habicht verheiratet. In Essen-Frintrop.«

»Quatsch.«

»Wohohol! Mein Sohn war mit denen nämlich sehr eng bekannt. Als der im Pott bei der Zeitung war. An den Busen erinner ich mich aber deutlich.«

Omma Brock hatte die Faxen dicke. »Los jetzt, in das Zimmer rein. Hier gehen gleich die Rauchmelder an, wenn du noch lange auf'm Flur stehst.«

Die Stimme ihres Arbeitgebers ertönte im Treppenhaus. »Warum ist hier keiner an der Rezeption?«

Omma Brock fluchte, schubste ihren neuen Gast durch die offene Tür ins Zimmer 69 und schloss hinter ihr ab. Während sie sich eine Etage tiefer begab, hörte sie undeutlich das Trommeln an der Zimmertür und Elfriede Hillerichs wütendes Gebrüll, was sie mit all dem Stroh solle.

Essen-Frintrop?, dachte sie, während sie die ausgetretenen Stufen hinunterkletterte. Das war doch Quatsch. Sie hatte doch selbst mit angehört, wie Cindy Cowalski an ihrem Telefon etwas von Herne gesagt hatte. Und stand nicht auf der Hotelanmeldung eine Adresse in Bochum-Wattenscheid?

Waren am Ende nicht nur ihre Mördertüten nicht ganz echt?

17. Kapitel

von Carsten Sebastian Henn

Kaplan Florian Unkel verzweifelte. Wie groß war denn die Kanalisation? Es fühlte sich an, als müsste er mittlerweile in Kerpen-Türnich sein, oder vielleicht sogar noch schlimmer, in Gelsenkirchen-Ückendorf. Seine Knie waren durchgescheuert, seine Hose komplett nass, und selbst sein iPhel5 hatte mittlerweile den Geist aufgegeben. Es gab nur einen Lichtblick: Zorro war bei ihm. Der kleine Räuber hielt ihm die Treue, stets an seiner Seite. Meist ging er vor, doch leider nie führte er ihn zu Silicon Eifel.

Die Kurbel, um den Akku des iPhel5 aufzuladen, hatte er nicht dabei. Wahrscheinlich würde es sonst alleine den Weg nach Hause finden, wie eine Taube ... oder ein Hund.

Wie ein Hund?

Unkel kam eine Idee. Er hielt Zorro das klobige Handy vor die Nase. »Such, Zorro! Such Zuhause von Handy! Bring Kaplan hin. Du vorgehen. Lauf, lauf! Danach Leckerli!« Nach kurzem Überlegen fügte er hinzu: »Gottes Segen mit dir!« Sicher war sicher.

Zorro schnupperte an dem schwarzen Klotz, bellte zweimal auf und die kleine Rennwurst zischte ab, fort in die Dunkelheit der Kanalisation.

Unkel war allein – und er spürte, wie eine Träne seine Wange herunterrann. Eine zweite folgte, und es wäre sicher auch eine dritte aus seinen Augen gequollen, wenn nicht plötzlich ein fröhliches Bellen erklungen wäre. Es hieß übersetzt: »Wo bleibst du denn? Nu komm schon! Wir wollen doch zu Silicon Eifel!«

Silicon Eifel lag gleich um die Ecke. Und als Unkel es geschafft hatte, unter Schnaufen, Stöhnen und lautem Anrufen des dreieinigen Gottes den Kanaldeckel fortzuschieben, packten ihn zwei baggerschaufelgroße Hände, zerrten ihn hinaus und schleppten ihn in einen kleinen, fensterlosen Raum mit weiß gekalkten Wänden, von dessen Decke eine nackte Glühbirne baumelte. Ein schmuckloser Tisch stand darin, auf beiden Längsseiten silbermetallene Stühle. Unkel setzte sich darauf. Sie hatten ihn und Zorro getrennt. Vermutlich wurde er in einem separaten Raum festgehalten. Die Tür war aus Stahl und hatte einen Guckschlitz. Sie ließen ihn schmoren, diese Technik kannte er aus amerikanischen Filmen mit Verhörszenen. Zermürbungstaktik. Dieses Unternehmen war zweifellos des Teufels.Wer sich hinter solchen Mauern verbarrikadierte, musste etwas zu verbergen haben. Das iPhel5 war sicher nicht das Einzige, was hier produziert wurde. Vielleicht gab es nicht nur Bauern-Handys, sondern auch Bauern-Panzer, Bauern-Kalaschnikovs und Bauern-Luft-Boden-Raketen?

Eine junge Frau brachte ihm lächelnd eine Tasse Kaffee mit kleinem Plätzchen. Sie war also der gute Polizist. Wer würde der böse Polizist sein, welches zähnefletschende Ungeheuer? Unkel beschloss standzuhalten, nichts preiszugeben, Omma Brock nicht auszuliefern, selbst sie nicht – so viel Nachsicht musste ja wohl die direkte Eintrittskarte in den Himmel sein.

Stefan Mops kam breit grinsend herein und streckte ihm die Hand entgegen. Unkel nahm sie und bekam einen gewischt. Elektroschock! Wie unfassbar gemein.

»Oh, 'tschuldigung, bei unserem neuen Teppich werde ich immer elektrisch aufgeladen.«

Ja, klar, Teppich! Wer sollte das denn glauben? Vermutlich trug er ein Starkstromaggregat am Gürtel.

»Mein lieber Kaplan Unkel, warum klingeln Sie nicht einfach?«

Eine Fangfrage, hundsgemein dieser Heiopei. Da würde er nicht drauf eingehen. »Was haben Sie mit Zorro gemacht?«

»Wie? Wer? Ach, Sie meinen den Hund? Frau Bücking hat ihm Wasser und die Wurst von ihrer Stulle gegeben. Allerdings scheint er Frauen gegenüber zu fremdeln.«

Was für eine unglaubwürdige Geschichte! Wahrscheinlich lag er bereits tot und verscharrt hinter dem Haus. Dieser Unmensch!

»Aber jetzt sagen Sie doch schon, was Sie in der Kanalisation gemacht haben.« Stefan Mops setzte sich auf den Tisch und kam mit dem Gesicht näher – wahrscheinlich bereitete er eine Kopfnuss vor. »Etwa das iPhel5 dort getestet? Haben wir doch schon längst gemacht. Es schwimmt zwar nicht, aber ist wasser- sowie übrigens auch gülledicht und blinkt grellrot, wenn es untergeht, zusätzlich stößt es ein schrilles ›Kikeriki‹ aus. Selbst wenn der Akku leer ist. Notfallbatterie. Wir haben einige Jungs, die kennen sich sehr gut mit Strom aus.«

Also lief alles auf Elektrofolter hinaus. Jetzt wusste er immerhin Bescheid, wie sie ihn brechen wollten.

»Warum sagen Sie denn nichts? Na, wie kann ich Sie zum Reden bringen?« Er trat hinter ihn.

Unkel duckte sich.

»Sie haben da was in den Haaren ... Augenblick ... alles gut, nur eine tote Ratte. Da brauchen Sie sich nicht zu ducken!« Stefan Mops setzte sich wieder auf den Stuhl. »Ist okay, wenn Sie nicht mit mir reden wollen. Ich glaube, Sie haben unser Labor noch gar nicht gesehen, das würde ich Ihnen gerne mal zeigen.«

Die Folterkammer! Labor nannten sie die hier also. »Ich will da nicht hin!«

»Na gut, wie kann ich Ihnen dann helfen? Oder wollen Sie nach Hause gehen? Sollen wir Sie fahren? Machen wir doch gern, wir haben einen ganz besonderen Fahrer für solche Gelegenheiten.«

Einen der ihn einbetonieren würde. Und niemals wieder würde die Welt eine seiner Predigten hören, geschweige denn seinen engelsgleichen Gesang, oder sein Gebäck genießen können. Unkel bekreuzigte sich.

»Okay«, sagte Stefan Mops. »Spielen wir mit offenen Karten.«

Jetzt ließ die Bestie also ihre Maske fallen.

»Es hat sich rumgesprochen, dass Sie und diese Frau Brock gerne detektivisch tätig sind. Ich weiß, dass Sie nur so dämlich tun, aber in Wirklichkeit ganz schön gerissen sind. Ganz ehrlich, so einfältig kann ja auch kein Mensch sein. Aber Sie ziehen die Nummer knallhart durch, Respekt. Sie wissen wahrscheinlich schon längst, dass Eugen Hillerich nicht der harmlose Journalist vom *Eifel-Boten* war, als den viele ihn sehen. Und Sie haben Beweise gesucht. Aber ich sage Ihnen: Wir haben mit seinem Mord nichts zu tun – obwohl wir wirklich Grund hätten, uns für erlittenes Leid zu rächen.«

Das war es jetzt also bald, kannte man ja auch aus den Filmen: Der Bösewicht beichtete alles, bevor er den Helden umbrachte. Oder umbringen wollte. Meist konnte sich der Held dann aber befreien, doch Unkel wusste, dass er kein Held war, er war Kaplan. Und das war ganz was anderes.

»Sie schweigen«, fuhr Mops fort. »Der kluge Mann weiß, wann das angebracht ist. Sie wissen alles längst, was ich Ihnen erzählt habe, nicht? War ja klar. Ich bestätige es hiermit: Ja, Hillerich hat versucht, die von ihm gestohlenen Blaupausen unseres iPhel5 an eine italienische Firma zu verkaufen, er wollte den großen Reibach machen. Doch wir sind ihm früh genug auf die Schliche gekommen, haben uns die Pläne wiederbeschafft und ihn hochkant rausgeworfen. Industriespionage macht halt auch vor der Eifel nicht Halt. Ich weiß, was Sie wissen möchten, Ihr Blick verrät alles: Warum wir ihn nicht angeklagt haben. Ich sage es Ihnen, und das können Sie mir glauben oder nicht, aber es stimmt: Wir wollen kein Aufsehen, bevor unser Produkt marktreif ist, und schon gar keine Presse die irgendwie negativ behaftet ist. Hillerich war eine windige Type, und es würde mich sehr wundern, wenn das sein einziges krummes Ding war. So, jetzt liegt alles auf dem Tisch. Bitte erzählen Sie es nicht der Polizei, denn wie gesagt: keine Medien!«

Kaplan Florian Unkel war völlig konsterniert. Hatte er sich etwa in Stefan »Steve« Mops getäuscht? Und würde er überleben? Sowie Zorro wiedersehen?

»Kommen Sie, ich zeige Ihnen unser Labor, ist echt beeindruckend.«

Zögerlich ging Unkel mit – und sah dadurch kurze Zeit später, dass Mops recht hatte. Es war wirklich beeindruckend. Eine große Lagerhalle mit hunderten tief hängender Lampen und etlichen Handwerkstischen, an denen geschraubt, gelötet und getestet wurde. Auf der großen Querwand lief eine Liveübertragung, welche die Eifel-Weiten hinter dieser Wand zeigte – so als wäre diese durchsichtig. Es war geschäftig wie in einem Bienenkorb.

»Wir haben Experten für alles hier. Hardware, Software, LTE, bruchsicheres Glas, hochauflösende Displays, ja sogar einen Bauernpsychologen und einen Code-Knacker, der unser iPhel5 auf Sicherheit testet. Deshalb sind iPhel1 bis 4 auch niemals bis zur Marktreife gekommen, sie boten einfach zu viele Schlupflöcher, durch die auf hochsensible Daten der Landwirte hätte zugegriffen werden können. Melkzeiten,

Futtermischung, Anteil von Pferdefleisch in der Wurst, Sie kennen das ja.«

Unkel fasste einen Entschluss und reichte Mops den Datenstick. »Können Sie auch das hier knacken?«

Mops zog die Augenbrauen empor. »Was für eine Frage! Na, klar. Kein Problem, da habe ich genau den Richtigen für Sie. Frau Bücking, holen Sie bitte Mr. T.«

Kurze Zeit später stand Mr. T vor ihnen. Es war Nils-Sören aus Dörpübel. »Unser jüngster Mitarbeiter, ein echtes Computergenie. Mr. T, bitte.« Er reichte ihm den Stick. »Passwort knacken.«

Nils-Sören salutierte, nahm den Stick, und sie folgten ihm zu seiner Workstation, die drei riesige Monitore nebeneinander aufwies, über die Zahlenkolonnen rauschten wie dichter Regen. Nils-Sören steckte den Stick in einen Notebook ein, rief einen Codebreaker auf, und nach wenigen Sekunden war die Barriere überwunden.

»Ich liebe es, wenn ein Plan funktioniert«, sagte der Knirps stolz. »Mal schauen, was hier so Wichtiges drauf ist. Vor Mr. T ist nichts sicher!«

Das Passwort war *Leckerli*.

Einige Klicks später konnten Unkel, Mops und Nils-Sören aus Dörpübel sehen, welche hochsensiblen Daten sich auf dem Stick befanden.

Es war gut, dass Zorro mittlerweile wieder auf Florian Unkels Schoß gesprungen war, denn der Kaplan wollte diesen jetzt gerade ganz fest drücken, so geschockt war er. Vor ihm tat sich auf … das nackte Grauen.

18. Kapitel

von Uwe Voehl

Als Coltella erwachte, fühlte sie sich wie im siebten Himmel. Und der befand sich nicht in diesem *Wedding Heaven*, sondern bei ihr zu Hause. Maarfelderstraße 7, zweite Etage, in ihrem Schlafzimmer.

Neben ihr schnarchte Mauro. Aber das Schnarchen war so dezent, dass sie es geradezu süß fand.

»Süß!« Ein Ausdruck, den sie gestern noch verabscheut hätte, weil er nicht zu ihr passte.

Die letzte Nacht hatte alles verändert. Gleich nach dem Brand hatte sie ihn angerufen. Sie hatten nicht viele Worte verlieren müssen. Sie hatte einen Mann gebraucht. Eine starke Schulter zum Anlehnen. Und Mauro hatte verstanden.

Als sie nachts übermüdet nach Hause gekommen war, hatte Mauro schon vor der Tür auf sie gewartet.

Und er hatte ihr alles gegeben, was sie brauchte: Die starken Schultern, Trost, Zuwendung. Er hatte die ganze Zeit zugehört, ohne sie zu unterbrechen. Er hatte sogar ihre kalten Zehen und Füße massiert. Und er hatte nicht ein Wort des Protestes geäußert, als sie ihn bat, ihre Lieblings-CD von Philip Poisel einzulegen. Während den Klängen von *Seerosenteich* war sie in Mauros Armen sanft entschlummert.

Jetzt schaute sie zärtlich zu ihm hinüber. Die Morgensonne sandte einen Strahl durch die Vorhänge und kitzelte sein volles Brusthaar. Am liebsten hätte sie sich abermals an ihn gekuschelt, doch sie beschloss, ihn mit einem Frühstück zu verwöhnen.

Als sie die Bettdecke zurückschlug, bemerkte sie voller Staunen, dass sie Strümpfe trug. Halterlose Seidenstrümpfe.

Sie konnte sich nicht erinnern, sie angezogen zu haben. Sie gehörten ihr noch nicht mal. Es gab nur eine Erklärung: Mauro hatte sie ihr übergestreift! Und sie war einfach eingeschlafen! Musste er sie nicht für unsagbar langweilig halten?

Bislang war es nicht zum Äußersten zwischen ihnen gekommen. Zum Glück. Mehr und mehr machte sie sich Gedanken, ob sie seine italienische Leidenschaft wirklich würde befriedigen können.

Sie kam sich vor wie eine Eifeler Dorfpomeranze.

Während sie zwei Eier in die Pfanne schlug, stand er plötzlich hinter ihr.

»Oh, du schausse so sexy aus, Bella!«, raunte er ihr ins Ohr. Er hatte sich von hinten an sie herangeschlichen und ihre Taille umfasst. »Und du trägst meine Strumpfe!«

Sie machte sich frei und drehte sich lächelnd um. »Setz' dich, du hast dir ein Frühstück verdient!«

Er trug nur Boxershorts. Sein muskulöser Oberkörper hätte Adonis alle Ehre gemacht. Mauros Blicke wanderten über ihren Körper. Coltella war sich sicher, dass sie diesmal nicht in seinen Armen einschlafen würde. Und Philip Poisel würde ganz bestimmt nicht den Soundtrack im Bett dazu liefern.

Eher AC/DC.

Sie wurde tatsächlich rot wie ein verschämtes Fangirl, lief aus dem Zimmer und zog sich einen Morgenmantel über. Dabei fiel ihr ein, dass sie sich ja noch nach Unkel erkundigen wollte. Bei seinem letzten Telefonanruf hatte er nicht sehr zuversichtlich geklungen. Außerdem hatte sie nur die Hälfte verstanden.

Mit einem schlechten Gewissen wählte sie seine Nummer.

»Hier Kaplan Unkel.«

»Hier Coltella. Herr Unkel, Sie haben mich vergangene Nacht angerufen …«

»Alles in Ordnung. Ich war – äh …« In weitschweifigen Sätzen erzählte er, was ihm widerfahren war.

Nach fünf Minuten unterbrach sie ihn. »Wir sollten uns doch mal persönlich unterhalten.«

»Sehr gern. Allerdings muss ich heute noch eine Ehe vor Gott schließen. Im *Wedding Heaven*.«

Sie war baff. »Sie, ein Mann Gottes, in diesem Pfuhl der Sünde und des Todes?«

»Die Wege des Herrn sind manchmal verschlungen, aber sie führen immer zum Ziel. Also in Welterscheid zu mir. Da fällt mir ein passendes Bibelzitat ein, es lautet …«

Sie legte schnell auf, bevor er ihr eine seiner berüchtigten Predigten halten konnte.

Als sie in die Küche zurückkehrte, hatte auch Mauro ein Shirt an. Außerdem hatte er sich bereits selbst bedient.

Sie setzte sich ihm gegenüber. »Ich danke dir, dass du für mich da warst.«

Er beugte sich über den Tisch, ergriff ihre Hand und hauchte einen Kuss mit Brotkrümeln darauf. »Esse war mir eine Ehre, Bella.«

Er war so charmant! Da verzieh sie ihm sogar, dass er die Spiegeleier wie ein Bauer in seinen Mund hineinschaufelte. Mit dem linken Unterarm stützte er sich dabei auf die Tischkante. Manieren würde sie ihm halt noch beibringen müssen …

»Was hasse du heute vor?«, erkundigte er sich mit vollen Backen.

»Ich knöpfe mir noch einmal diesen Unkel vor. Ich will wissen, ob er sich mit seinem Gerede über dieses Silicon Eifel und ein iPhel5 nur wichtig macht oder ob mehr dahinter steckt …«

Mauro winkte ab. »Pfaffe redet sicher nur dummes Zeug. Isse in seine Haus? Ich begleite dich, Bella!«

»Du meinst in seiner Kirche?« Sie liebte es, wie niedlich er alles ausdrückte. »Nein, er muss in diesem *Wedding Heaven* eine Ehe schließen. Wir treffen uns später in meinem Büro ...«

Mauro sah auf seine Uhr. »Merde! Ich musse auch weg! Arbeit, verstehst?« Er sprang auf und verschwand ins Bad. Als er wieder herauskam, hatte er es ziemlich eilig. »Musse Arbeit, Bella!« Er hauchte ihr einen letzten Kuss zu und verließ sie.

In der Luft lag der Duft seines After Shaves. Sie sog ihn genüsslich durch die Nase. Irgendwie kam es ihr bekannt vor ... Klar, alle After Shaves rochen irgendwie gleich. Es gab nur drei oder vier verschiedene Grunddüfte. Alles andere war eine Frage der Nuancen.

Stirnrunzelnd begab sie sich ins Bad. Das After Shave stand noch immer da. Er musste es vergessen haben. *Eifelfeuer* stand auf dem Flakon. Er musste es hier gekauft haben. Und sicherlich benutzte es in der Eifel jeder zweite Mann. Sie schraubte den Verschluss des Fläschchens auf und roch daran.

Der Duft von prickelnden Zitrusnoten mit exotischen Holzaromen, gepaart mit einem Hauch von Schwefel ...

Genau wie der Duft in dem brennenden Haus.

Das musste einfach Zufall sein!

Und selbst wenn nicht. Vielleicht gab es einen ganz banalen Grund, warum Mauro sich dort befunden hatte.

Während sie sich noch den Kopf zermarterte, klingelte das Telefon. Wahrscheinlich wieder dieser Knallkopf Unkel!

»Coltella!«, bellte sie ins Telefon.

Es war Clairvaux. »Ich habe eine super interessante, spektakuläre, sensationelle und brandheiße Neuigkeit für Sie!«, lispelte er aufgeregt in die Sprechmuschel.

Coltella dankte Gott, dass Spucke nicht mitübertragen wurde. »Und die wäre?«

»Eugen Hillerich. Er wurde vergiftet!«

19. Kapitel

von Ralf Kramp

Ein brüchiger Fingernagel mit schwarzem Rand fuhr durch die Spalten des Meldebuchs. Die Gäste des *Wedding Heaven* kamen von überall her. Aus Kirgisien, Feuerland, von den Färöer-Inseln … und aus Bochum-Wattenscheid. Omma Brock nickte langsam und kratzte sich am stoppeligen Kinn.

Da stand es schwarz auf weiß: Cindy Cowalski und Heinz-Herbert Hasenberger aus Bochum Wattenscheid, Stahlhauser Straße 11.

Elfriede Hillerich hingegen schwor Stein und Bein, dass Cindy Cowalski aus Essen-Frintrop kam und mit einem gewissen Habicht verheiratet war.

Und am Telefon hatte die Atombusenfrau doch laut und deutlich gesagt, ihre Adresse sei Grimbergweg 47 in Herne. Ja was denn jetzt? Da war was faul. Das Ganze war so faul wie ihr unterer rechter Backenzahn.

Sie wählte Kaplan Unkels Nummer und hinterließ eine Nachricht auf der Mailbox: »Ich gehe zur Polizei, Furunkel. Ich hab da nämlich 'ne heiße Spur. Ruf mich in einer Stunde an.« Und dann nannte sie die Telefonnummer der Polizeistation. »Ach, und bevor ich's vergesse … neue Passwörter: Fellatio, Cunnilingus, Traubenkernöl.«

Sie holte ihr Mofa, dessen rostroter Farbton so original antik schillerte, weil es sich um original antiken Rost handelte, aus dem Gartenschuppen des Hotels. Sie startete die Maschine, es knallte ein paar Mal ohrenbetäubend laut, und bläulicher Qualm stieg zu den Zimmerfenstern hinauf.

Als sie mit einem eleganten Schlenker über den Vorplatz rollte, hätte sie beinahe ihren Chef Manni von Düppesbecker überfahren. »He, was ist denn jetzt mit der verschwundenen Ami-Trine?«

»Ist jetzt in Thailand. Der Entführer schickt morgen ein Ohr! Leg mir schon mal fünfhundert Öre parat, dann versuch ich, sie wieder frei zu kriegen!«, röhrte Omma Brock, und dann verschwand ihre verbeulte Gestalt auf dem ebenfalls verbeulten Gefährt über die Felder in Richtung Stadt.

Am Himmel ballten sich mächtige Wolken zusammen. Ihre schiefergraue Farbe verhieß nichts Gutes.

In der städtischen Polizeistation hielt man hässliche, alte Frauen grundsätzlich für hilflos und gebrechlich. Ein besonders freundlicher Polizist öffnete ihr die Tür und überhörte, wie sie leise knurrte: »Lass mich durch, du Hackfresse, sonst machste Bekanntschaft mit meiner Handtasche.«

»Na, Omi, wo brennt's denn?«, flötete der Beamte und beugte sich gut gelaunt zu ihr hinunter. »Haben wir uns verlaufen? Oder sitzt Ihr Kätzchen auf dem Baum fest?«

Omma Brock legte ihm so sanft wie möglich den Griff ihres Schirms um den Hals und zog ihn näher zu sich heran. »Pass mal auf, Meister. Ich bin die Omma Brock und hab keine Zeit für ein Schwätzchen beim Kamillentee. Die Polizei is doch angeblich mein Freund und Helfer.«

Der Polizist nickte immer noch offenherzig.

»Also Freundchen, dann helfen Sie mir mal mit 'ner Auskunft.«

Das Lächeln wurde leicht unsicher. »Welcher Art wäre diese Auskunft denn?«

»Ganz einfache Nummer, nix Kompliziertes. Kriegen Sie hin. Ich muss nur mal schnell wissen, wer im Grimbergweg 47 in Herne wohnt.«

Jetzt setzte der Polizist zur Abwehr an. »Ah, nein, bedaure, aber solche Daten dürfen wir nicht weitergeben, Muttchen.«

Sie setzte wieder den Schirm an, und er spürte ihren dunstigen Sauerkraut-Atem auf seinem frisch rasierten Gesicht. »Jetzt mal schwerstens aufgepasst. Dem Letzten, der Muttchen zu mir gesagt hat, hab ich die Nase abgebissen, verstehense, Wachtmeister Dimpfelmoser? Vor ihnen steht eine Brock, die zum Äußersten bereit ist, die nix mehr zu verlieren hat. Soll ich Ihnen jetzt erzählen, wofür ich die Adresse brauche, oder nicht?«

Wenige Minuten später saß Omma Brock im Kreise dreier wachhabender Beamter, trank Jägermeister in großen Schlucken aus einer Kaffeetasse und erzählte ihre Geschichte. Es war ein Drama voller Irrungen und Wirrungen, eine hanebüchene Story um einen Lottogewinn, zahlreiche Waisenkinder und mehrere Spendernieren. Zuerst hatten die Polizisten geschmunzelt und sich gegenseitig zugezwinkert, aber spätestens als dann die dramatische Nebenhandlung einsetzte, die sich um einen gestrandeten Wal drehte und um einen französischen Showmaster, der sein Gedächtnis verloren hat und die Frau sucht, mit der er als Baby von Zigeunern vertauscht worden war, blieb kein Auge mehr trocken.

»Völlig meschugge, der arme Knilch. Im Moment glaubt er, er wär ein Kaplan«, beendete sie ihren Vortrag, verdrückte eine dicke Träne, schlürfte den restlichen Jägermeister und ließ sich nachschenken. »Der arme Kerl ist total plemplem, und wenn der die Frau nicht bald wiederfindet, dann tut der sich was an, dann ...«

Als in diesem Moment das Telefon klingelte, blickte sie unbemerkt auf ihre Uhr. Punktlandung.

Der Polizist, der im nächsten Moment den Anruf entgegennahm, riss die Augen weit auf. »Kaplan ... wer? Frau Brock? Jaaa, die ist hier.«

Man reichte ihr den Hörer, und sie säuselte mit ungewohnt sanfter Stimme: »Nicht springen, Herr Kaplan. Das tut weh, und Sie brechen sich höchstens ein Bein. Und auch nicht die Pillen. Ich bin ja gleich wieder zu Hause, und dann wird alles wieder gut.«

»Äh … Frau Brock«, fragte Kaplan Unkel am anderen Ende ausgesprochen verunsichert, »haben Sie Kräuter oder Gewürzmischungen geraucht, die man nicht rauchen sollte? Curry Masala? Oder sogar Fondor?«

Einer der Beamten war bereits zum Computer gesprungen und verkündete eilig: »Hier ist es: Unter der angegebenen Adresse wohnen eine Cindy Cowalski und ein Fritz Igelhagen. Cowalski mit C.«

Omma Brocks Puls wurde sprunghaft beschleunigt. Sie würgte den Kaplan ab und fragte: »Cindy Cowalski mit C, genau! Genau! Wunderbar! Äh … gibt es die vielleicht noch öfter im Ruhrpott? Nicht, dass uns da 'ne Verwechslung unterläuft, Kollegen!«

Der Polizist hackte erneut in die Tastatur und sagte: »Noch zwei Mal. Cindy Cowalski und Heinz-Herbert Hasenberger, Stahlhauser Straße 11 in Bochum-Wattenscheid … und Cindy Cowalski und Gernot Habicht, Kleiststraße 315 in Essen-Frintrop. Welche isses denn nun?«

Omma Brocks Nüstern blähten sich, ihre Zähne mahlten, dass es in den Brücken nur so knirschte. Das war es! Igel, Hase und Habicht! Lustige Kosenamen für gestandene Mannsbilder!

Draußen grollte ein Donner, und die ersten Regentropfen klopften an die Scheiben der Polizeistation.

In diesem Moment erkannte Omma Brock durch die offene Zimmertür einen jungen Mann, der offenbar in eine Akte vertieft war und den Flur überquerte. »He!«, rief sie laut. Und alle Polizisten fuhren zusammen.

Clairvaux blickte von seiner Akte auf.

Im nächsten Moment stapfte sie schon mit weit ausholenden Schritten auf ihn zu, noch bevor die Beamten dies hätten verhindern können. »So, Herr Kriminalinspektionsrat, jetzt ist mal Schluss mit Taschenbillard. Die Omma hat nämlich den Mörder gefunden! Und jetzt geht's ruckizucki nach Welterscheid, zum Verhaften! Aber wir nehmen Ihren Wagen, denn da draußen schifft es ganz schön, kapiert?«

20. Kapitel

von Carsten Sebastian Henn

Mannomann, war das ein Wetter. So hatte sicher auch die Sintflut angefangen. Unkel beschloss, alsbald wasserdichte Plätzchen zu backen. Man wusste ja nie. Die Arche stand bestimmt auf der Hohen Acht, mit 747 Metern die höchste Erhebung der Eifel. Gott hatte diesmal aber sicher mehr als eine Arche vorgesehen, seit der ersten hatte sich der Betrieb ja doch um einiges vergrößert.

Das Trommeln des Regens auf dem Dach des Silicon-Eifel-Labors war ohrenbetäubend, doch zurzeit achtete fast niemand darauf. Nils-Sören aus Dörpübel hatte die Foto-Dateien als Diashow an die große Ostwand der Halle geworfen. Niemand arbeitete mehr. Alle Augen waren offen – und die meisten Münder auch.

Was über die riesige, weiß gekalkte Wand flackerte, reichte für eine sehr effektive Erpressung.

Und einen sehr wohl begründeten Mord.

Ausgeführt von einer Person, der Grausamkeit nicht fremd war.

Auf den Fotos war vor allem eines zu sehen: Tiere. Niedliche Exemplare. Häschen, Küken, Welpen, Kätzchen, niedliche, puschelige Dinger, die fröhlich herumtapsten und hüpften, mit großen Augen die Welt bestaunten.

Bis sie gegessen wurden.

Zorro heulte.

Da war sie, Hiltrud Schnalz, die Fraktionsvorsitzende der Vegetarier-Union-Deutschland, und aß ihre Schoßtiere auf.

Plötzlich erschien ein Video, und Hillerichs Stimme war zu hören. Er klang wie ein Tagesthemen-Sprecher. »Es ist Sonntag, kurz nach acht. Der *Tatort* läuft bald. Hiltrud Schnalz greift sich ein Häschen.«

Zu sehen war Hiltrud Schnalz in ihrer Küche, die gerade ein Häschen an den Ohren packte und es durch den Raum wirbelte, bevor sie es mit Schmackes auf die Küchenplatte knallte und danach in einen Bräter verfrachtete.

Sie schrieb Notizen in ein großes, leeres Buch und wendete sich etwas kleinem, runden, schlappohrigen in der Pfanne zu. Zu ihren Füßen stand Zorro5 mit bandagiertem Kopf.

»Es geht doch nichts über frisches Dackelohr!«, flötete sie.

Es folgten eingeblendete Fotos, zu denen wieder Hillerichs Stimme erklang. Sie zeigten Schnalz bei den Freuden des Fleisches. Des Haustier-Fleisches.

Unkel hatte schon von Schweineöhrchen, Katzenzungen und weißen Mäusen gehört – aber das hatte doch eine ganz andere Dimension.

»Hier löffelt sie eine ihrer Lieblingsspeisen, die sich Hiltrud Schnalz jedoch nur an Sonntagen gönnt: Dackelhirn aus dem Kopf löffelnd.« Leichte Würgegeräusche ertönten. »Vor zwei Tagen hat sie dieses Gericht neu erfunden: Welpensalat.« Zwei Frauen verließen röchelnd den Saal. »Hier sehen wir sie bei der Zubereitung von Hasenohrschnitzeln.« Nun wurde die Badewanne gezeigt. »Eine besonders perverse Freude gönnte sie sich nach der Schlachtung von Hubert, ihrem Berner Sennenhund.« Die folgende Szene musste mit einer versteckten Kamera aufgenommen worden sein, die in der obersten Badezimmerecke angebracht war. »Hiltrud Schnalz badet in Eichhörnchen-Mett!«

Ohne abzuwarten, bis sie sich über einer Kloschüssel befanden, übergaben sich etliche Mitarbeiter der iPhel5-Teams spontan in ihre Tastaturen.

»Hiltrud Schnalz ist nicht alleine in ihrer perversen Leidenschaft. In der nordrhein-westfälischen Landeshauptstadt Düsseldorf gibt es ein Restaurant für Menschen wie sie. *Der kleine Räuber* auf der Kö. Hillerich zoomte auf die Karte. Tagesspezialität: Dicke Möpse in Meerrettichsoße.«

Mittlerweile war der Saal fast leer. Nils-Sören allerdings drückte sich eine Bifi nach der anderen rein. Das Ganze hatte ihm augenscheinlich Appetit gemacht.

»Diese Frau«, sagte Unkel mit zitternder Stimme, »vergreift sich an Gottes kuscheligsten Geschöpfen und hat Eugen Hillerich auf dem Gewissen! Ich muss sie der Gerechtigkeit hier auf Erden überstellen, Gott wird sie nach ihrem Tod zur Rechenschaft ziehen.«

Nils-Sören öffnete eine Schublade und reichte Unkel einen Beamer, aus einer anderen holte er eine Nebelmaschine sowie eine Discokugel. »Hollywood, Herr Kaplan. Sie locken diese Dackellutscherin in eine Falle, spielen den Film vor und überrumpeln sie in diesem schwachen Moment zu einem Mordgeständnis. Dafür brauchen Sie die richtige Show. Ich gebe Ihnen noch ein paar Subwoofer und Surround-Lautsprecher mit. Damit man das Schmatzen auch ordentlich hört, wenn sie die kandierten Meerschweinchennasen knabbert. Der Sound ist nämlich echt geil.« Nils-Sören schmiss dem Kaplan ein Handy zu. »Los, locken Sie die olle Schabracke in eine Falle.«

»Können Sie bitte diese Fotos beenden und etwas Hübsches an die Wand werfen?«

Der junge Messdiener klickte ein paarmal und ein Bild Buddhas erschien.

»Schon besser, ist das eine Reklame für eine Diätklinik?«

»Rufen Sie die Schnalz an.« Er diktierte die Nummer.

Unkel wählte, ohne zu wissen, was er eigentlich sagen wollte.

»Schnalz«, schnalzte die Schnalz.

»Liebe Frau Schnalz, was für ein Glück, dass ich Sie erreiche. Wir haben ... einen Notfall!«

»Einen Notfall? Ich habe gerade gar keine Zeit. Habe gerade etwas auf dem Herd stehen. Eine schnuckelige Kleinigkeit.«

Vermutlich ein Goldhamster.

Was für ein Notfall konnte es denn sein? Letzte Ölung? Not-Taufe? Oder aber...? Ja, genau!

»Wir haben eine Vegetarier-Hochzeit im *Wedding Heaven* und ein Trauzeuge fehlt, nun wünscht sich das Ehepaar unbedingt Sie!«

»Nein, wirklich, keine Zeit. Erst muss ich etwas essen, und wenn dieser fürchterliche Regen irgendwann aufhört, vielleicht noch die Ratten im Garten vergiften. Elendes Getier. Und schmecke... äh.... Schnecken sind auch ein Problem.«

»Zorro5 wäre auch da. Den könnten Sie direkt mitnehmen. Ansonsten habe ich heute keine Gelegenheit, ihn zu Ihnen zu bringen. Das propere, kleine Kerlchen«, setzte Unkel hinzu, um Schnalzens Appetit zu wecken.

»Zorro5? Ja, stimmt, der ist ja bei Ihnen. Und er ist wirklich wohlgenährt?«

»Und wie. Der kleine Rollmops.«

Schweigen. »*Wedding Heaven* sagten Sie? Sofort?«

»In einer Stunde«, sagte Unkel. »Sie sind so ein Engel!« Wohl eher eine Engelmacherin.

»Ja ja, schon gut. Passen Sie nur auf, das Zorro5 Ihnen nicht wegläuft. Oh, der Kalte Hund ist gleich fertig!« Sie legte auf.

Puh, wie gut, dass Zorro5 sie überzeugt hatte. Ansonsten hätte er nur noch ein As im Ärmel gehabt. Die Behauptung, dass auch der Dackelzuchtverein bei der Hochzeit wäre und Freihunde verteilen würde.

Draußen zuckte ein Blitz durch die Eifel, als hätte Thor selbst ihn herabgeschleudert. Das Donnern ließ die Grundmauern von Silicon-Eifel erzittern. Hoffentlich hatten sie ein Gefährt, das ihn heil zum *Wedding Heaven* bringen konnte.

Zum Beispiel einen Panzer.

21. Kapitel

von Uwe Voehl

Ken lag auf dem Bauch. Eine Heftzwecke steckte in seiner Brust. Barbie stand hinter ihm. Sie trug einen Hochzeitsschleier, aber das war reiner Zufall. Coltella nahm der Puppe den Schleier ab und schnürte ihn um Kens Hals. Dann schob sie noch ein TicTac unter seinen Kopf. Schließlich war er ja auch vergiftet worden.

Coltella zerbrach sich bereits seit einer Stunde den Kopf. Für einen unsichtbaren Beobachter mochte es so aussehen, als ob sie plötzlich verrückt geworden wäre. Selbstvergessen befingerte sie Barbie und Ken und schob sie fortwährend herum, drehte sie hin und her, befingerte sie. Sie selbst wusste es besser: Seit einiger Zeit befanden sich die Puppen in ihrer Schreibtischschublade – und wann immer sie neuerdings einen Fall zu lösen hatte, halfen ihr Barbie und Co beim Deduzieren, wenn sie nicht weiterkam.

Doch diesmal versagten selbst Barbie und Ken. War Eugen Hillerich zuerst vergiftet worden? Aber warum hatte der Mörder ihn dann noch erstochen und erwürgt? Vielleicht wollte er ja auf Nummer sicher gehen.

Oder es waren mehrere Mörder. Coltella wühlte in ihrer Schublade und stellte zwei weitere Barbie-Puppen neben die erste. Also noch einmal von vorn:

Der erste Täter verabreichte Hillerich das Gift. Danach, weil der Mörder ihn auf den Bauch gelegt hatte und Hillerich für schlafend gehalten hatte, mochte er erwürgt worden sein. Aber war er da schon tot gewesen? Egal! Jedenfalls war er danach auch noch erstochen worden. Vielleicht hatte ja auch der dritte Täter gedacht, dass Hillerich nur schlief …

Die Bürotür flog so vehement auf, dass die Klinke gegen die Wand knallte und weißer Putz herunterrieselte. Coltella schreckte aus ihren Gedanken hoch.

Es war natürlich Clairvaux, der mal wieder ohne anzuklopfen wie ein Unwetter hereinstürmte. Sein Gesicht war knallrot. Höchste Erregung hatte ihn erfasst. Ohne Begrüßung fing er sofort an zu reden. »… habe ermittelt wie verrückt … Ihr Mauro … richtiger Name: Mauro Milano, in Mafiakreisen genannt ›Das eiskalte Händchen‹«, er schnappte nach Luft, war noch immer außer Atem, »hat eine Vorliebe für Morde mit Strümpfen. Seidenstrümpfen …«

»Was faseln Sie da, Clairvaux? Stehen Sie unter Drogen?« Coltella konnte es nicht fassen. Nein, sie wollte es nicht! Ihre ganze Welt begann langsam zusammenzubrechen – Steinchen für Steinchen.

»Ich habe höchstpersönlich mit dem Staatsanwalt in Palermo gesprochen: ›Das eiskalte Händchen‹ hat seine schmutzigen Finger überall drin: Drogen, Prostitution, Menschenhandel. Spezialität: Auftragsmorde!«

»Seien Sie still!«, schrie sie ihn an. »Sie sind doch nur eifersüchtig!«

»Ja, gebe ich sogar zu. Vielmehr: Ich war es! Seitdem ich weiß, was das für eine Kanaille ist, kann ich nur noch darüber lachen. Diesen Burschen werde ich mir vorknöpfen …«

»Keine Sorge, das werde ich schon übernehmen. Sofern Sie mir die Beweise vorlegen.«

»Es gibt keine. Man munkelt nur, man weiß nichts Genaues. Der Bursche ist aalglatt. Aber diesmal packen wir ihn!«

Coltella knallte mit der Handfläche auf das Holz des Schreibtisches. Der brennende Schmerz brachte sie wieder zur Besinnung.

»Eugen Hillerich ist vergiftet und erstochen worden …«, erinnerte sie ihren Assi.

»Und erwürgt. Mit einem Seidenstrumpf! Im Labor haben Sie am Hals des Toten feinste Spuren einer Elastanfaser entdeckt, die nur von einer ganz bestimmten Strumpfbandfirma verwendet wird!« Sein Gesicht war eine einzige triumphierende Grimasse.

Am liebsten hätte Coltella hineingehauen. Doch die Wahrheit, die konnte man nicht so einfach wegschlagen.

»Mauro Milano hat Eugen Hillerich mit einem Strumpfband erwürgt! Daran besteht kein Zweifel mehr. Wir müssen den Burschen schachmatt setzen. Wer weiß, wer als Nächstes auf seiner Liste steht …«

Coltella erhob sich langsam. Ihre Schockstarre löste sich allmählich. Ihr Schmerz wurde wie heiße Lava von einer Wutwelle hinweggeschwemmt. Wut darüber, dass sie so einfältig gewesen war. »Gute Ermittlung, Clairvaux, aber noch ist unsere Arbeit nicht getan. Vermutungen allein reichen nicht aus, um einen unbescholtenen Gast unseres Landes festzunehmen …«

Clairvaux starrte sie plötzlich grinsend an. Das heißt, er starrte auf ihre Beine.

»Was glotzen Sie denn so?«

»Schicke Strümpfe, die Sie da tragen, Chef.«

Sie schaute an sich herab. Die seidenmatte, transparente Strumpfhose glänzte in ultramodischen Neonfarben und hatte ein lustiges Punktmuster in Rot. Ein Geschenk von Mauro. Vielleicht das letzte, dachte sie. »Sorgen Sie dafür, dass der Anruf, den ich jetzt tätige, mitgeschnitten wird.

Und sagen Sie unseren Spezialisten, dass sie das Handy des Adressaten orten sollen, capito?«

»So gefallen Sie mir wieder, Chef!«

Clairvaux eilte hinaus, um die Befehle weiterzugeben. Nach ein paar Minuten kehrte er zurück. »Alles bereit!«

Sie griff zum Hörer und wählte Mauros Nummer. Es war ihr egal, dass Clairvaux mithörte. Vielleicht war es sogar ganz gut so.

Nach dem fünften Klingeln meldete er sich.

»Liebling, ich muss dich wiedersehen«, säuselte sie. Es fiel ihr nicht schwer. Je eher sie ihn in die Finger bekam, desto eher würde sie ihm den Hals umdrehen …

»Oh, ich verzehre mich auch nach deine Fuße«, schmachtete er. »Habe neue schone Seidenstrumpfe fur dich!«

»Ich kann es kaum erwarten, sie für dich anzuziehen«, hauchte sie. »Wir müssen uns sehen, subito!«

»Geht nicht, Bella. Musse warten auf Mauro noch ein paar Tage. Bin in Dusseldorf auf Strumpfemesse …«

»So, auf Strumpfemesse?« Ihre Stimme war plötzlich eiskalt.

»Bella? Bisse du noch dran?«

Clairvaux, der die ganze Zeit sein eigenes Handy am Ohr hatte, hielt den Daumen in die Höhe.

Coltella legte wortlos auf.

»Wir haben ihn!«, triumphierte Clairvaux. »Von wegen Dusseldorf! Das eiskalte Händchen befindet sich im Hochzeitshotel. Wahrscheinlich plant er den nächsten Mord!«

»Schnell! Alarmieren Sie die Kollegen. Wir beide fahren voraus!« Sie schnallte sich ihr Halfter um und steckte die Dienstwaffe ein. Währenddessen schmiedete sie eiskalte Rachegedanken.

Aber dann fiel ihr plötzlich noch etwas ein: Omma Brock! Vermisste die nicht auch seit einiger Zeit ihr Strumpfband?

Draußen donnerte es heftig.

22. Kapitel

von Uwe Voehl, Ralf Kramp
und Carsten Sebastian Henn

What the hell …« Hank, der verhinderte Bräutigam, und seine wie immer reichlich aufgebrachten Eltern wurden vom Hochzeitsklempner in die Wedding Chapel des Hotels gedrängt. Das Allerheiligste war in einer staubigen Doppelgarage untergebracht, in der man mit ein bisschen Kitsch und ein wenig Krempel erfolglos versucht hatte, das Garagenhafte wegzudekorieren. Die Stühle hatte Freiherr Manni von Düppesbecker bei zahllosen Sperrmülltouren zusammengesammelt und allesamt mit pinkfarbenem Chiffon polstern lassen. An die grob verputzten Wände waren breite Stoffbahnen mit violettfarbenen, floralen Mustern drapiert worden, zwischen die ein paar knittrige Poster mit nacktärschigen Putten getackert worden waren. Duftkerzen standen im ganzen Raum verteilt und verströmten üppigen Vanille-, Flieder-, Sandelholz- und Glühweinduft.

»What the hell …«, begann Hank erneut, aber Manni hielt ihn mit einem schweren Schraubenschlüssel und dem obligatorischen Klosettpömpel in Schach und hinderte ihn daran, durch die verbeulte Metalltür ins Hotel zurückzuhuschen.

»Your Hochzeit«, erklärte Manni und schwenkte sein Werkzeug. »Now goes it loose!«

»You mean …« Hanks Gesicht hellte sich auf. »Felicia-Destiny is back?«

»Quasi yes«, sagte Manni unsicher und kratzte sich im Schritt seines Blaumanns. Omma Brock hatte ihm vorhin am Telefon versichert, die Hochzeit könne nun stattfinden. Die Sache mit der entführten Braut stehe unmittelbar vor der Auflösung. In aller Eile hatte er mithilfe zweier Hunderteuroscheine den Organisten der Abtei Prüm mitten aus seinem Abendgottesdienst weggelockt, der nun an der altersschwachen Hammondorgel saß und sich warm spielte. Der Flohwalzer schallte blechern durch den Raum. Manni sah sich um. Alles war vorbereitet. Auf dem Traualtar – Mannis knallrot lackierter Werkbank – standen frische Blumen, das bunte Leuchten der Lichtorgel aus Mannis Partykeller flackerte im Takt zu den Orgelklängen und wurde von der knirschend rotierenden Discokugel tausendfach gebrochen und in alle Winkel der Doppelgarage geschickt.

Hank und seine Eltern lagen sich schluchzend in den Armen. Alles würde gut werden. Auch wenn der Regen gegen die rostfleckigen Garagentore trommelte, als ginge draußen die Welt unter, würde dies der schönste Tag in Hanks und Felicia-Destinys Leben werden!

Da öffnete sich quietschend die Metalltür, und das Pärchen aus dem Ruhrpott stolperte herein. »Herr von Düppesbecker!«, zeterte Cindy Cowalski und kam dem Hausherrn mit ihren beiden Airbags beängstigend nahe. »Was soll das? Mein Herbie-Hase und ich haben gerade ein Nickerchen gemacht, weil man ja hier in diesem Scheißkaff sowieso nichts anderes tun kann, wenn es draußen gießt wie aus Eimern, und da kommt dieser Anruf, wir sollen sofort in die Chapel, um …«

Die Tür ging erneut auf, und Elfriede Hillerich kam hereingeschlurft. Sie steckte in einem geblümten Morgenmantel und trug eine Wärmflasche unter dem Arm. »Zuerst fackeln sie einem die Bude ab, dann muss ich in dieses versiffte Zimmer, und jetzt werde ich auch noch herumkommandiert wie beim Kommiss. Was soll ich denn hier?«

Sie wurde zur Seite gedrängt von Hiltrud Schnalz, die in einem eleganten Hosenanzug steckte und unsicher den Blick schweifen ließ. Ihr vorsichtiges »Ist das hier die Vegetarier-Hochzeit?« blieb größtenteils ungehört. So nahm sie auf einem lilafarbenen Badezimmerhocker Platz und wartete erstmal ab, was geschehen würde.

Und abermals öffnete sich die Tür. Die Gestalt, die zögernd ihren Kopf hereinsteckte, trug eine völlig durchnässte Reiterkluft und entblößte ein riesiges Pferdegebiss. »Sorry to disturb you«, sagte Prinzessin Anne näselnd. »Kann isch wohl haben zurück meine Zimmer Sixtynine? We had such a lovely time there.«

»Raus!«, riefen alle im Chor, und die blaublütige Britin zog schnaubend und kauend ab.

Und dann entlud sich ein Donner mit gewaltigem Getöse über Welterscheid, und das bunte Licht der Lichtorgel erstarb für einen Wimpernschlag.

Eines der beiden Garagentore wurde hochgerollt, und zu den düsteren Tönen vom *Phantom der Oper,* die der Organist aus seinem asthmatischen Instrument herauspresste, wurde in der davor hängenden Regenwand eine grässliche Silhouette sichtbar. Ein Blitz warf ihren bizarren Schatten auf den ölfleckigen Boden der Wedding Chapel. Omma Brock!

Mit einer flinken Bewegung ließ sie das Tor wieder herabrollen, und kurz bevor sich die Öffnung wieder vollends verschloss, versuchte Clairvaux noch, sich nach Josef-Matula-Manier darunter her in den Raum zu rollen. Was misslang. Nur ein Finger schaffte es, und wurde Sekunden später unter lautem Geheule wieder nach draußen gezogen.

»Trude!«, rief Freiherr Manni von Düppesbecker laut aus. »Ist das wahr? Die Hochzeit kann steigen? Wo ist die Braut?«

Omma Brock machte eine wegwerfende Handbewegung und watschelte zielstrebig auf Cindy Cowalski zu. Sie wrang sich den Dutt aus, dass es nur so plätscherte, und polierte ihre Brillengläser mit dem Dekostoff. Dann schubste sie Herbie Hasenberger zur Seite und zerrte Cindy Cowalski in eine Ecke. Die Blicke aller folgten ihr, aber das furiose Orgelspiel erlaubte nicht, dass sie verstanden, was Omma Brock jetzt der Atombusenfrau zuraunte: »Pass mal auf, Püppchen. Was die Omma jetzt sagt, sagt sie nur ein einziges Mal, kapiert? Draußen im Regen steht der Heini von der Polente. Und der will dich jetzt festnehmen. Wenn du der Omma verrätst, wie man das so hinkriegt, das mit der Dreierei ... der Trigamierei ... dem dreifachen Rittberger ... dann hast du noch 'ne Chance. Dann hilft die Omma dir aus der Nummer raus, capito? Der Hillerich, das war ein fieser Möpp, um den ist es nicht schade. Also? Tipps für die Omma? Oder Knast?«

Cindy Cowalkis Augen weiteten sich. Sie holte tief Luft, und die Knöpfe ihrer Bluse erbebten, wie Tontauben kurz vor dem Abschuss. Dann riss sie dem verblüfften Manni Düppesbecker den Schraubenschlüssel aus der Hand und schwang ihn hoch über ihrer toupierten, blonden Mähne. Omma Brock reagierte mit einer nicht minder flinken Bewegung und riss Manni den Pömpel aus der Hand. Im nächsten Augenblick propfte sie ihn mit Wucht auf Cindy Cowalskis linke Brust und stieß sie aus ihren High Heels, sodass sie rückwärts stürzte und mit dem Kopf gegen den Altar donnerte.

Ein weiteres Donnern mischte sich mit dem des Altars. Erschrocken fuhren alle herum. Zwei uniformierte Polizeibeamte stürmten mit gezückter Waffe in den Raum. Sie sahen nicht wie Trauzeugen aus.

Die Anwesenden hoben automatisch die Hände. Die beiden Polizisten traten zur Seite, ohne die Waffen sinken zu lassen, und Kommissarin Carola Coltella und ein triefend nasser Claivaux, dessen gequetschter Finger inzwischen zur doppelten Größe angewachsen war, betraten die Kapelle.

Coltella drehte sich zu den Beamten um und sagte: »Wartet draußen, egal, was passiert. Hiermit werden wir allein fertig!«

Die Schwarzgekleideten zogen stumm von dannen. Alle Anwesenden atmeten spürbar auf.

»War das denn wirklich nötig?«, fragte Freiherr Manni aufgebracht, als sie wieder unter sich waren.

Ein Rumpeln war zu hören – doch es stammte nicht vom Donnern. Dann ein Scheppern. Schließlich öffnete sich erneut die Tür und Kaplan Florian Unkel trat ein – gemeinsam mit Nils-Sören aus Dörpübel. Die beiden waren beladen mit allerlei technischen Gerätschaften.

»Niemand bewegt sich! Äh … im Namen des Herrn!« Unkel schlug ein Kreuz, Nils-Sören, alias Mr. T, machte sich an die Arbeit. Unkel kam in Predigtlaune. »Sekunde bitte! Nur einen Augenblick! Es geht ganz schnell. Zumindest schneller als die Übergabe der zehn Gebote!« Er lachte schallend über seinen eigenen Scherz. »Der war gut, oder? Schneller als die Übergabe der zehn Gebote! Den muss ich unbedingt beim nächsten Katholikentag den Kollegen aus Haselünne erzählen. Die kriegt man mit so was immer zum Lachen. Manchmal trägt denen ihr Kaplan sogar unterschiedlich farbige Socken! Also zweierlei Grau! Dieser verrückte Hund!« Unkel kringelte sich vor Lachen.

Niemand sonst.

»Man muss ihn einfach erlebt haben.«

»Fertig, Papst Unkel«, meldete Nils-Sören.

»So weit ist es noch nicht«, antwortete Unkel. »Und wenn, werde ich wohl eher Dieter auswählen – zu Ehren meines Vaters. In Lateinisch natürlich.«

»Natürlich«, sagte Nils-Sören. »Soll ich starten?«

»Ja, bitte.«

Zuerst ging die Nebelmaschine los, dann kamen Laserstrahlen aus einer Kiste von der Größe einer Zigarettenschachtel. Es fehlte nur noch, dass Siegfried & Roy die Showtreppe herunterkamen. Und dass die weißen Löwen steppten.

»Der Mörder«, hob Unkel mit feierlicher Stimme an, »und damit derjenige, der sich an Gottes zugegebenermaßen leicht missglückten Schöpfung in Form Eugen Hillerichs vergangen hat, sitzt hier in diesem Raum. Diese Person wurde von Hillerich erpresst. Und zwar mit folgenden Bildern.« Er nickte Nils-Sören auffordernd zu.

»Das erste Bild zeigt Hiltrud Schnalz bei der Vorbereitung eines energiereichen Morgendrinks: pürierter Kanarienvogel mit frischer Minze.«

Nils-Sören zeigte eine bunte Bilderfolge in eleganter Überblendtechnik. Danach hätte jeder den Drink nachmixen können.

Hiltrud Schnalz war ganz fahl geworden.

»Und hier probiert sie gerade ein neues, raffiniertes Gericht aus, das ihr, wie deutlich zu sehen ist, köstlich mundet. Übrigens, darauf legt Frau Schnalz Wert, ist es komplett aus biologischem Anbau: Miezekätzchen-Ragout im Reisbett.«

Mittlerweile waren alle aschfahl geworden. Nur Omma Brock nicht, die sah ausgesprochen hungrig aus.

»Es folgen Wellensittich-Parfait und am Stück gegrillter Dackel. Man muss sagen, Frau Schnalz ist eine herausragende Köchin. Und eine ebensolche Mörderin.« Nils Sören ließ das nächste Foto hereinzoomen. »Hier sieht man sie beim Vergiften der Ratten im Garten. Ausnahmsweise ein Tier, das sie nicht isst. Ebenso wenig wie Rind und Schwein. So konsequent ist sie schon. Auch so konsequent, Eugen Hillerich zu töten, damit er auf ewig schweigt. Sie, Frau Hiltrud Schnalz, sind eine Mörderin!«

»Blödsinn!«, quakte Omma Brock dazwischen und zeigte wild fuchtelnd in die Richtung von Cindy Cowalski, die neben ihrem in Schockstarre befindlichen Ehemann Herbie vor dem mit rosa Tüll wegdekorierten Werkzeugschrank saß und ebenfalls ganz grün um die Nase geworden war. »Die da war das! Das Flittchen aus dem Ruhrgebiet. Die hat drei Ehemänner gleichzeitig. Keine Ahnung, wofür das gut sein soll, aber die tut das jedenfalls. Und das ist strafbar. Da geht die in den Bau für. Meinetwegen auch in den Männerknast, da kann sie sich ordentlich austoben!« Sie reckte den bulligen Kopf und suchte den Blickkontakt zu der Mutter des Ermordeten. »Elfriede, du hast doch gesagt, dass dein Eugen die kannte, oder?«

»Ja, stimmt!«, zeterte die alte Frau und ballte die Fäuste. »Die Brust erkennt man doch unter Tausenden. Also beide Brüste … unter Zweitausenden!«

»Es reicht, Leute!« Coltella war aufgesprungen. »Ich habe Sie alle hier zusammengerufen, um Ihnen den wahren Mörder zu präsentieren. Es ist eigentlich ganz simpel. Der Mörder ist …«

Plötzlich schlug krachend ein Blitz in den *Wedding Heaven* ein, und als der Donner das Gebäude erschütterte, war der Strom ausgefallen und alles dunkel. Tumult brach aus, niemand der Anwesenden wusste, wer an wem vorbei wohin drängte oder über ihn stürzte. Doch alle wussten eines: Der Mörder war mit ihnen im Raum. Und um seine Freiheit zu sichern, würde er sicher auch über weitere Leichen gehen.

Kein Wunder, dass ein wenig geschrien wurde.

Genauso plötzlich wie es ausgegangen war, ging das Licht auch wieder an.

Mehrere Dinge waren auf einmal zu sehen, und die Menge wusste nicht, was jetzt spannender wäre.

Jemand hatte Unkel im Schwitzkasten und versuchte, ihm das iPhel5 zu entreißen. Der Kaplan war bereits blau angelaufen, aber er verteidigte den Fernsprechapparat mit der biblischen Kraft Goliaths. Niemand hatte den Mann hereinkommen sehen, keiner wusste, seit wann er in der Kapelle war.

»Mauro!«, schrie Coltella, und der schwarz gekleidete Mann schrak hoch und ließ den röchelnden Unkel zu Boden sinken.

Die VUD-Vorsitzende Hiltrud Schnalz umklammerte unterdessen den winselnden Zorro5 und wollte ihm gerade die Kehle durchbeißen. Auch sie schrak beim Schrei der Kommissarin zusammen, und der Hund entwischte ihr und sprang winselnd zu dem am Boden liegenden Kaplan.

Cindy Cowalski dagegen versuchte heimlich, durch das Garagentor zu fliehen. Sie hatte es bereits halb hochgerollt, hing jedoch wenige Augenblicke später mit dem Absatz eines ihrer High Heels in der Holzdielen-Abdeckung von Manni Düppesbeckers Autoreparaturgrube fest.

Plötzlich klopfte es an der Tür. Wie weitere Donnerschläge hallte es durch die Wedding Chapel. Alle hielten unwillkürlich inne, so als erwarteten sie den Leibhaftigen. Allein die Finger des Organisten entwickelten ein Eigenleben. Eine nervenzerreibende Melodie geisterte durch den Raum. Sie kannten sie alle: *Spiel mir das Lied vom Tod …*

»Oh, ich höre, ich werde erwartet«, zersägte eine raschelnde Stimme die Stille. Die Tür öffnete sich, und mit langsamen, fast feierlichen Schritten betrat eine hohe, spindeldürre Gestalt die Wedding Chapel. »Ich darf doch eintreten, oder?«

Leichengeruch erfüllte plötzlich den Raum. Es handelte sich zwar nicht um den Leibhaftigen, aber der neue Besucher musste ziemlich eng mit ihm verwandt sein: Doktor Thaddäus Todt, der Pathologe. Auch er war völlig durchnässt. Sein anklagender Blick spießte Coltella auf wie einen Marienkäfer. »Ich habe die ganze Zeit versucht, Sie telefonisch zu erreichen.« Er schüttelte sich wie ein Hund, sodass die vielen winzigen Regentropfen sich über die Anwesenden ergossen. Sie alle gingen in Deckung, denn ein widerlicher Modergeruch ging nun auf sie nieder.

»Erklären Sie bitte uns Anwesenden, was Sie herausgefunden haben, Doktor.« Coltella verlor langsam die Geduld.

»Nun, es gibt keinen Mörder«, erklärte Todt.

Die Wirkung, die er mit diesem simplen Satz erzielte, war enorm. Ein, zwei, nein drei Sekunden herrschte ungläubiges Schweigen. Dann jedoch redeten und schrien und kreischten alle durcheinander.

»Ich sagte doch, ich war es nicht!«, triumphierte eine völlig neben sich stehende Cindy Cowalski. Sie umarmte vor lauter Freude sämtliche sie umstehenden Männer.

»Ich bin unschuldig!«, kreischte Hiltrud Schnalz. In ihrer Aufregung zog sie einen frittierten Hamster aus der Manteltasche und kaute darauf herum.

»Nein, sie ist die Mörderin!« Unkel hielt Coltella die Fotos unter die Nase. »Sie hat es mit Rattengift getan!«

»Quatsch, ich sag doch, es war Cindy!«, donnerte Omma Brock dazwischen. Auch sie behauptete, hieb- und stichfeste Beweise zu haben. »Mit 'ner Nagelfeile!«

Coltella war es, die schließlich für Ruhe sorgte. »Fahren Sie fort, Doktor Todt.«

»Nun, wenn ich sagte, es gibt keinen Mörder, so heißt das: Es gibt keinen eindeutigen Mörder. Die Leiche wurde vergiftet, erwürgt und erstochen, aber keine der drei Mordmethoden hätte allein ausgereicht, um dem Opfer den Garaus zu machen. Erst das Zusammenspiel aller drei hat zu dessen Ableben geführt.«

»Also doch Cindy Cowalski!«, grölte Omma Brock.

»Also doch Hiltrud Schnalz!«, rief Unkel.

Clairvaux hatte in Gedanken mitgezählt. Nun schaute er seine Chefin fragend an. »Eins … und eins … sind zwei. Wer ist der dritte Mörder?«

Noch während er die Frage stellte, schob sich langsam und schweigend eine einzelne Person aus der Menge. Mit gesenktem Kopf ging der Mann auf Coltella zu und blieb einen Meter von ihr entfernt stehen. Es war Mauro.

»Warum?«, flüsterte sie. Mehr brachte sie nicht heraus.

»Ich musste tun. Hatte Auftrag. Die Pläne beschaffen. Ging um meine Kopfe. Cosa nostra ist wie Giftschlange. Fackelt nicht lange. Ist alles nur wegen scheiß iPhel5. Verzeih mir, Bella, scusi …«

Coltella zückte ihr Handy und schnarrte hinein. »Zugriff.«

Abermals öffnete sich die Tür, und die beiden Uniformierten kamen erneut hereinmarschiert. Coltella nickte ihnen mit zusammengekniffenen Lippen zu. Blitzschnell schlossen sich Handschellen um die Gelenke aller drei mutmaßlichen Mörder. Als sie aus der Tür geführt wurden, rief Omma Brock plötzlich. »Halt, Stop, Sekündchen. Was haben wir denn hier?« Sie trat auf Mauro zu und deutete auf einen verschossenen, graublauen Zipfel gekräuselten Stoffs, der aus seiner Jacketttasche herausguckte. »Du kriegst die Tür nicht zu. Der dreckelije Lümmel hat doch tatsächlich der Omma das Strumpfband geklaut!« Sie zurrte das ausgeleierte Ding vollends heraus und versetzte ihm eine schallende Ohrfeige mit ihrer fleischigen Rechten.

Als Mauro hinter den beiden anderen aus dem Raum geführt wurde, tat er dies gebückt wie ein geprügelter Hund.

»Das, liebe Frau Brock, werden wir wohl erst mal mitnehmen müssen«, entschied Coltella mit brüchiger Stimme und nahm das Strumpfband an sich. »Es würde mich nicht wundern, wenn wir die DNA des toten Eugen Hillerich daran finden. Gehen wir, Clairvaux, hier gibt es nichts mehr für uns zu tun.«

»Moment noch!«, protestierte Elfriede Hillerich. »Und wer hat denn jetzt mein Haus angezündet?«

»Der Mann aus dem Keller ist es nicht gewesen, wir haben draußen vor dem Haus einen Benzinkanister gefunden«, erklärte Clairvaux.

»Mauro war in dem Haus, ich wusste es spätestens, als ich sein After Shave gerochen hatte. Er wird dort nach weiteren Infos über das iPhel5 gesucht haben. Das Feuer hingegen wurde vermutlich von Hiltrud Schnalz gelegt, um Spuren zu verwischen. Wir werden es schon aus ihr herausbekommen ...« Coltella wandte sich zum Gehen.

»Diese elende Brandstifterin!«, tobte Elfriede Hillerich.

Aber Coltella hörte ihr nicht mehr zu. Ihre Beine gaben plötzlich unter ihr nach, und sie ließ sich auf einen Stuhl sinken. Tränen rannen ihre Wangen hinab. Clairvaux legte vertraulich den Arm um sie, auch wenn er wusste, dass er ihr keinen wirklichen Trost bieten konnte. Allenfalls sein starkes Männerherz und die Zuneigung, die er für sie empfand. Vielleicht würde die Zeit die Wunden heilen, und sie entweder verletzbarer oder noch härter machen ...

Alle entspannten sich zusehends. Messwein wurde herumgereicht, der Organist spielte einen Cha Cha Cha, und fast hätte gute Stimmung in der Welterscheider Wedding Chapel geherrscht. Nur der Bräutigam war alles andere als zufrieden.

»Sorry, folks«, rief Hank, der zusammen mit seinen Eltern den Tumult verfolgt hatte, mürrisch und erhob sich mit grimmiger Miene. »Das interessiert mich alles uberhaupt nicht ...«

Gerade wollten alle im Chor »Üüüü! Üüüüberhaupt!« rufen, als ein leises Rascheln durch die Garage säuselte und alle erstarren ließ. Es war ein Flüstern von Tüll, ein Wispern von Seide, es war die Sprache, die jeder verstand, es war das einschmeichelnde Versprechen, das die gerafften Stoffe eines atemberaubend schönen Hochzeitskleides gaben. Hank hatte es noch nie gesehen, da seine Braut es wohlverschlossen in einem Schrankkoffer deponiert hatte, aber er hatte es bezahlt. Immerhin 19.000 Dollar hatte er der Designerin überwiesen, und jetzt, wo er es endlich erblickte, durchfuhr ihn die heiße Gewissheit, dass jeder Zentimeter Stoff angemessen bezahlt worden war.

Sie war zurück! Sie schwebte zum Altar, und ihre behandschuhten Hände zogen ihn von seinem wackligen Stuhl mit sich fort. Der Organist zog alle Register und ließ den Hochzeitsmarsch im James-Last-Hammond-a-gogo-Stil durch die Wedding Chapel branden. Alles jubelte, Manni von Düppesbecker weinte vor Freude darüber, dass die katastrophalen Tage nun doch noch ein Happy End zu finden schienen. Kaplan Unkel hatte bereits Stellung am Altar bezogen und nestelte nervös an seinem Kragen herum. Mit dem linken Bein versuchte er sanft, den schwanzwedelnden Zorro5 wegzuschieben, der ihm nicht mehr von der Seite wich. Er suchte nach einem passenden Bibelzitat. »*Wie eine Blume unter den Disteln, so ist meine Freundin unter den Mädchen.* Hohelied der Liebe, 2.2«

Und dann ging alles ungewöhnlich schnell. Unkel konnte die Schrift kaum erkennen, mit der man ihm offenbar in aller Hast den Wortlaut der folgenden Zeremonie auf einen Zettel vom Rezeptionsblock gekritzelt hatte:

»Willst du, Felicia-Destiny, den hier anwesenden Hank heiraten?« Oho, das war ja wirklich die allerkürzeste Kurzform.

Die Braut nickte. Musste er wohl gelten lassen.

»Willst du, Hank, die hier anwesende … Braut …« Wieso stand denn jetzt hier kein Name? »… heiraten? Willst du sie lieben und ehren?«

Hank nickt eifrig. Er verstand genug deutsch, um zu verstehen, dass er tatsächlich im Begriff war, im Steilflug in den Himmel der Liebe zu starten. »Yes!«, rief er freudig und mit hochrotem Kopf. »Yes, damned! Damned, yes!«

»Willst du deiner Braut mit einem üppigen Haushaltsgeld von 15.000 Dollar täglich ein bequemes Leben garantieren?«

Er stutzte und nickte nun langsamer. »Yes. Why not.«

»Willst du jeden Tag ihren Körper salben und ihr die Zehennägel schneiden?«

Hilfesuchend sah sich Hank nach seinen Eltern um. »Zehennagel?« Die Alten zuckten ratlos mit den Schultern. »Yeees«, sagte er gedehnt.

»Willst Du den Müll runterbringen, die Spülmaschine ein- und ausräumen?«

»Spulmasch…«

Unkel machte eine auffordernde Geste. »Sie tun das besser, Herr Hank.«

»Yes«, flüsterte Hank tonlos.

»… und ihr jede Woche den Oberlippenbart rasieren?«

»No.«

»Not no, yes!«

»Yes«, hauchte Hank. Er spürte, dass sich Unheil seinen Weg bahnte.

»Dann erkläre ich euch hiermit zu Mann und Frau.«

Die Orgel ließ einen donnernden Tusch durch den Raum branden, die Hochzeitsgäste applaudierten, die Braut riss den Bräutigam mit groben Händen an sich, und unter dem zarten Stoff spürte er nun einen unförmigen, aufgeblähten Körper. Das war nicht Felicia-Destiny! Mit zitternden Fingern schob er den hauchfeinen Schleier nach oben, und Omma Brock reckte ihm ihre gespitzten, brüchigen Lippen zum Kuss entgegen.

»*Hab Erbarmen mit mir und lass mich gemeinsam mit ihr ein hohes Alter erreichen! Und beide schliefen die Nacht über miteinander.* Buch Tobit 8.4«, rief Kaplan Unkel, und ein ohrenbetäubender Donner rollte über die Wedding Chapel hinweg.

ENDE

MORDS-URLAUB

Prolog

Vorsicht! Der da, der in der Abenddämmerung auf dem Marktplatz des kleinen Eifeldörfchens an seinen alten, verbeulten Lancia gelehnt steht, der sieht gefährlich aus!

Achtung! Die beiden Frauen, die da scheinbar harmlos schwatzen, wissen garantiert Bescheid!

Alle wissen es! Aber klar doch, alle!

Alle sind hinter dem kleinen, runden Stück Metall her, das in der Jackentasche regelrecht zu glühen scheint! Es ist Wahnsinn! Man muss kaltblütig sein, wenn man einen solchen Coup durchgezogen hat, man darf nicht die Nerven verlieren!

Weg hier, bevor sie näher kommen! Nichts wie weg!

Wie von selbst finden die Füße ihren Weg die sieben steinernen Stufen zum Kirchenportal hinauf. Im Inneren ist es erfrischend kühl, es riecht nach erkaltetem Weihrauch, in der Luft hängen verzerrte Orgelklänge. Vorne am Altar ist ein Priester, der mit den Armen wedelt und lateinische Sätze über die Köpfe der wenigen Kirchgänger nach hinten schickt. Eine göttliche Botschaft? Eine Drohung? Ewige Verdammnis als Strafe für die begangene Untat?

Die Finger spielen in der Jackentasche mit dem runden Gegenstand. Ein Schatz!

Mein Schatzzzzzz!

Da öffnet sich das Kirchenportal erneut. Wer kommt jetzt herein? Ein altes Ehepaar? Was wollen die hier? Die Heilige Messe feiern? Oder sind sie dem Schatz auf der Spur? Aber natürlich!

In der Tasche ist er nicht mehr sicher. Sie kommen, um ihn zu holen!

Da wird plötzlich der Klingelbeutel von links gereicht, und die Hand hat den Schatz schon hervorgeholt, und noch bevor der Bruchteil eines Zweifels seinen Weg durch das Gehirn angetreten hat, hat sie schon das klingelnde Geräusch ausgelöst. Metall fällt auf Metall, der Schatz ist in Verwahrung, wandert weiter und wird mit den anderen Münzen in ein sicheres Versteck gebracht.

Nur für ein paar Stunden, mein Schatzzzz!

Eine große, grobe Hand mit gelblichen Fingernägeln greift jetzt ruppig von rechts nach dem Beutel. Sie gehört zu einer alten Frau mit der unförmigen Figur einer Seerobbe und dem Gesicht einer englischen Bulldogge. Am Kinn sträuben sich ein paar Borsten angriffslustig nach vorne. Als sie nach dem Klingelbeutel grabscht, entströmt ein muffiger Geruch ihren Achselhöhlen. Ihr Blick durch die verschmutzten Brillengläser ist blutunterlaufen und abweisend.

Nur nicht auffallen! Wieder nach vorne gucken! So tun, als könnte man an nichts denken außer an die Worte des Priesters.

Dabei kreisen die Gedanken einzig und allein um den Schatz, der nun weiterwandert, hinein in sein kurzzeitiges Versteck.

Eigentlich wäre es jetzt Zeit, aufzuatmen ...

1. Kapitel

von Carsten Sebastian Henn

Eine wun-der-ba-re Messe! Wenn es einen Kirchen-Oscar gäbe, wäre er fällig. Kaplan Florian Unkel zog zufrieden lächelnd sein Gewand aus. Diese lateinischen Messen hatten einfach das gewisse Etwas. Das gewisse Aliquid, sozusagen. Die Gemeinde war voll dabei, so ruhig und konzentriert, viele hatten sogar extra die Augen geschlossen, um sich ganz auf die Worte konzentrieren zu können. Gut, er selbst hatte nur einen Bruchteil des Lateinischen verstanden, und einige Worte zwischendurch hatte er einfach erfunden, na ja, eigentlich fast die Hälfte ... aber es hatte einfach so großen Spaß gemacht!

Komisch, dass bei der Kollekte nur so wenig zusammengekommen war. Und komischerweise, dachte Unkel – und musste über diesen Mörderwitz laut lachen –, keine römischen Münzen! Im schwachen Licht der Sakristei zählte er nach: knapp 46 Euro. Er rundete wie immer auf, legte einen Fünfziger aus seinem eigenen Portemonnaie hinein und schloss ihn in den kleinen Tresor der Sakristei. Das Kleingeld würde er in seinem Urlaub gut gebrauchen können.

Ach, der Urlaub, wie freute er sich darauf. Rom! Die ewige Stadt. Wahrscheinlich hatte es deshalb auch ewig gedauert, bis er endlich hinfahren konnte. Den Vatikan besuchen! Den Papst sehen! Vielleicht hatte er Gelegenheit, ihm einen seiner christlichen Schlager vorzusingen oder etwas Selbstgebackenes in die Hand zu drücken. Nach langen Testreihen hatte er endlich den Gekreuzigten aus Hefeteig hinbekommen. Mit blutenden Wunden aus selbst gemachter Heidelbeermarmelade. Und wenn man auf den Bauch drückte, kam sogar noch mehr raus! Unkel war sehr stolz darauf, und als er wenig später im Pfarrhaus seinen Koffer packte, legte er auch vorsichtig drei besonders gelungene Exemplare mit hinein.

Plötzlich zuckte er zusammen. War da was im Pfarrgarten? Er blickte durch das leicht beschlagene Fenster hinaus in den Abend. Stand dort jemand neben der alten Kastanie? Oder war das nur ein tief hängender Ast? Unkel öffnete das Fenster, und etwas schob sich hinter den Stamm. Konnte natürlich auch Omma Brock sein, die von der neuen Lieferung der Kölner Hostienbäckerei gehört und einen Raubzug durchgeführt hatte. Der Herr mochte es den Seinen im Schlaf geben – aber Omma Brock schlief einfach besser, wenn sie es vorher schon bekam. Unkel blickte auf die Uhr – schon kurz nach acht! Er musste schnell ins Bett, denn morgen früh ging es endlich los nach Rom, das Köfferchen war seit zwei Wochen gepackt. Auf Italienisch konnte er nun bereits eine leckere Pizza Schnitzel bestellen und fragen, wo es eine öffentliche Telefonzelle mit Münzen gab. Eigentlich konnte nichts schiefgehen!

Am nächsten Morgen war Unkel um fünf Uhr wach, schrubbte sich schnell mit Kernseife ab, tupfte sich etwas Weihwasser hinter die Ohrläppchen – oder wie er es gerne nannte: Eau de Vatikan – und stand nach einem ausgewogenen Frühstück mit seinem Köfferchen an der einzigen Bushaltestelle Welterscheids. Es war ziemlich schwer, da er die ganzen Münzen der Kollekte darin hatte, aber er würde es bald in Kerzen anlegen. Unterkommen würde er in Rom bei den »Warmherzigen Schwestern der fast unbefleckten Empfängnis«. Von dem Orden hatte er zwar noch nie gehört, das Briefpapier mit einer textilarmen Madonna, deren Unterleib von einem Paradiesvogel überdeckt wurde, irritierte ihn auch etwas, aber die Ordensschwestern nahmen ihn kostenlos auf. Dafür musste er einmal täglich die Toilettenanlagen und den großen Whirlpool in Herzform putzen. Klang fair. Die Mutter Oberin meinte in ihrem Schreiben auch, er würde mit Sicherheit einige hohe Würdenträger der Kurie kennenlernen. Was konnte man sich mehr wünschen?

Ein Bus erschien. Konnte nicht seiner sein. Es war erst 6:55 Uhr, der zum Flughafen Hahn ging um 7:23 Uhr. Unkel schaute trotzdem, was als Ziel angegeben war. Und was stand da? *Papst!* Da sollte noch mal einer behaupten, die katholische Kirche gehe nicht mit der Zeit. Jetzt wurde man sogar in Welterscheid im Papamobil abgeholt. Unkel stieg ein und bedankte sich beim Fahrer, dass er ihn zum Heiligen Vater bringen würde. Dieser antwortete, da fahre er nicht hin, sondern zum Papst, woraufhin Unkel gütig lächelte und ihn ungefragt segnete. Ach, diese lustigen Heidenkinder!

Der Bus war zu seiner Überraschung nicht mit anderen Priestern gefüllt, sondern mit größtenteils braun gebrannten Eifelanern. Unkel machte sich auf den Weg zur Sitzbank ganz nach hinten.

In der vorletzten Reihe sprach ihn eine Frau an, deren Gesichtshaut ihn an eine rissige Lederhandtasche erinnerte: »Machen Sie sich auch gerne nackig?«, fragte sie.

»Gott schuf uns nach seinem Vorbild, deshalb ist Nacktheit keine Schande. Ich dusche zum Beispiel immer nackt.«

»Beim Papst bin ich mir nicht sicher, ob Gott den auch gemacht hat!«, antwortete sie.

Einige andere Busgäste lachten daraufhin vergnügt.

»Rom soll jetzt im Sommer ja sehr heiß sein«, sagte Unkel, um das Thema zu wechseln.

»Ist mir zu teuer«, antwortete nun ein Mann, der sein Hemd so weit aufgeknöpft hatte, dass nicht nur die Brustbehaarung wie eine kleine Herde Stahlwollschwämme herausguckte, sondern dass man auch den Bauchnabel sehen konnte.

Zu teuer?, fragte sich Unkel, dann würde er sicher im Vatikan selbst untergekommen sein, der Glückliche!

»Wie steht die katholische Kirche eigentlich zur Intimrasur?«, fragte der Hirte der Stahlwollschwämme.

Alle im Bus drehten sich zu Unkel um.

»Das werden wir ja bald sehen!«, sagte die Frau mit der gegerbten Haut kichernd. Jetzt, da Unkel sie genauer in Betracht nehmen konnte, war er nicht mehr sicher, ob sie vielleicht eine Schönheitsmaske aus altem Nutella aufgetragen hatte.

Der junge Kaplan wusste nicht, was er mit der Frage anfangen sollte. Was verstand der Mann nur unter einer Intimrasur? Alleine im intimen Badezimmer? Da sollte doch jeder nach seiner Fasson glücklich werden! »Die katholische Kirche unterstützt auch intime Körperpflege! Ich selbst praktiziere sie jeden Tag im Pfarrhaus.«

»Sie gefallen mir!«, sagte der Mann. »Wenn der Kirchplatz schön blank ist, wirkt der Glockenturm auch gleich viel imposanter.«

Hier musste ihm Unkel freudig lächelnd zustimmen. Es gab noch einige merkwürdige Gespräche unter den Mitfahrenden, doch Unkel folgte ihnen nicht, ging im Kopf stattdessen noch einmal den Schlager durch, den er extra für den Papst getextet hatte: *Atemlos durch die Nacht / Bis ein neuer Tag erwacht / Atemlos aus dem Pfarrhaus / Der Vatikan zieht mich hinaus! / Atemlos, drogenfrei, großes Abendmahl für uns, Eieiei.*

Unkel hielt es für einen gewagten, aber guten Witz.

Was er sah, als der Fahrer rief: »Endstation! Alles aussteigen!«, hielt er zunächst auch für einen solchen. Es war ein großes Schild, das Adam und Eva zeigte, bevor sie sich aus

Feigenblättern Feinrippunterwäsche gebastelt hatten. Folgendes stand darauf:

Rursee-FKK-Club Papst – Wonnen und sonnen wie Gott uns schuf!

»Und da kommt auch schon Ihr Herbergsvater«, sagte der Busfahrer nun. »Pitter Papst höchstpersönlich. Wünsche viel Spaß, und allen Männern, dass das Wasser nicht zu kalt ist. Sonst ist das Vergnügen kurz!« Er lachte schnarrend.

Der Mann, der am Eingang des FKK-Clubs stand, war völlig nackt – bis auf eine Zigarre im Mundwinkel. Er sah aus wie der sehr späte Gérard Depardieu. Zwischen seinen Beinen baumelte etwas, das an eine Garnele erinnerte. Unkel wandte seinen Blick ab. Das tat gut. Statt im Himmel auf Erden war er in der Hölle auf dem Lande gelandet. Gott hatte ihm anscheinend eine besondere Aufgabe zugedacht: das Wort Gottes zu den Nackten zu bringen. Rom musste er sich wohl erst noch erarbeiten. Er segnete sich dreimal, betete fünf *Ave Maria,* sowie sieben *Vaterunser* und verließ den Bus erst, als der Busfahrer ihn hinaustrug.

Was Unkel nicht bemerkt hatte, war, dass ein Wagen dem Bus den ganzen Weg von Welterscheid aus gefolgt war, und dass ihn der Fahrer desselben nicht aus den Augen gelassen hatte. Selbst jetzt nicht, als der Kaplan »dem Papst« die Hand schüttelte und dabei der Versuchung widerstand, genauer in Augenschein zu nehmen, zu welcher Garnelenfamilie das Fossil zwischen dessen Beinen irgendwann einmal gehört haben mochte. Unkel widerstrebte sie etwas, diese unbedeckte Empfängnis.

2. Kapitel

von Ralf Kramp

Die Anreise mit dem Zug hatte sich schwieriger gestaltet, als Omma Brock sich das vorgestellt hatte. Welterscheid - Euskirchen - Bonn - Köln - ein kleiner Sprung über den Rhein - Leverkusen - Düsseldorf - Neuss - Düren - Heimbach. Neundreiviertel Stunden Reise, davon dreieinhalb Stunden Aufenthalt, acht Mal umsteigen – und im Zug Dauerbenutzung der Zugtoilette, da sie keine Fahrkarte hatte. Und die ganze Zeit das Geklopfe und Gekreische der Leute vor der Tür. Man konnte sich aber auch anstellen. Die konnten doch bis zum nächsten Bahnhof mal zusammenkneifen. Auch die Schaffner, die hatten sich ja noch mehr aufgeregt als das restliche Pack. Von jeder Toilette hatte sie Flüssigseife und Papierhandtücher mitgenommen. Billiger kam man da nicht dran.

Jetzt diskutierte sie mit einem Taxifahrer, der sie, ihren abgeschabten Lederkoffer und zahllose Plastiktüten vom Bahnhofsgebäude in die *Paradiso Beach Bar* bringen sollte.

»Nach Rurberg? Macht fünfunddreißig Euro«, sagte der Mann hinter dem Steuer.

»Wie viel is dat denn in Flüssigseife un Papierhandtüchern?«

Der Mann lachte amüsiert über den Witz, der keiner war. Dann sagte er: »Na, da werden wir uns schon einig.« Omma Brock ließ sich auf der Rückbank nieder, und sie fuhren los.

Während der Fahrt lachte er immer wieder vor sich hin und murmelte: »Flüssigseife und Papierhandtücher … klasse.«

Trude Brock betrachtete die Landschaft, die rechts und links der Straße vorbeiflog. Sah aus wie zu Hause, wie die Eifel. War ja auch die Eifel. Und trotzdem war es anders. Es war ein Abenteuer. Es war der erste Schritt in Richtung der großen Kreuzfahrt, die sie demnächst unternehmen würde. In ihrem Koffer ruhte ein prall gefüllter Sparstrumpf. Eine alte, rechte Socke. Geld stinkt nicht, sagte man – nun, nachdem es in Omma Brocks Strumpf gesteckt hatte, schon. Es waren lauter Münzen. Die hatte sie in den letzten fünfundzwanzig Jahren ihrem Sohn aus der Schmutzwäsche gefischt, den Enkelkinderchen aus dem Sparschwein geschüttelt, beim Canasta ergaunert und mit Haarnadeln aus Parkuhren gefriemelt, hatte an der Supermarktkasse immer die Leute angerempelt, die gerade mit offenem Portemonnaie bezahlen wollten, sodass die Münzen zu Boden prasselten. Sie hatte richtig gearbeitet für das Geld. Am lukrativsten war noch ihr Klingelbeuteltrick bei der Messe in St. Blasius. Da warf sie eine Münze mit so viel Schmackes rein, dass fünf andere rausgesprungen kamen.

Aber all das reichte nicht. Sie brauchte mehr Kohle, sonst würde das nix werden mit den vierzehn Tagen Mittelmeer.

Und so hatte sie sich auf diese Annonce gemeldet. *He, Mädels! Bock auf einen coolen Saisonjob? Dann bewerbt Euch heute noch als Cocktailmixerin in der* Paradiso Beach Bar *am Rursee!*

Omma Brock hatte ein Foto von Britney Spears aus einer Illustrierten ausgeschnitten und zusammen mit dem Lebenslauf von Ursula von der Leyen eingeschickt. Daraufhin war sie prompt zum Vorstellungsgespräch eingeladen worden.

Das Taxi kurvte durch Serpentinen, den Berg hinauf und wieder hinunter. Hin und wieder konnte Omma Brock zwischen den bewaldeten Hängen das dunkle Blau des Rursees in der Sommersonne funkeln sehen. Ihre großen, groben Hände kneteten ihre knotigen Knie. Was für ein Abenteuer!

Irgendwann tauchte das Seeufer vor ihnen auf. Touristenströme in bunter Badebekleidung bevölkerten die Uferpromenade. Omma Brock glaubte, das Meer riechen zu können, aber es waren nur die Ausdünstungen ihres Sparstrumpfs.

Nachdem der Taxifahrer zähneknirschend abgedüst war – um einen halben Kubikmeter Papierhandtücher und zwei Limoflaschen voll Flüssigseife reicher – betrat Omma Brock voller Vorfreude die *Paradiso Beach Bar.*

Mit dem, was sie für ein freundliches Lächeln hielt, schob sie das Schreiben über den Tresen, mit dem man sie eingeladen hatte. »Ich soll mich vorstellen kommen.«

»*Sie* sind Tiffany Sunset?«, staunte der Mann hinter dem Tresen. Ein kleiner, flachbrüstiger Jüngling mit Pullunder und Kassenbrille. Sein Blick wanderte zwischen dem Bewerbungsfoto und Omma Brock hin und her. Hier hüftlanges, dauergewelltes, blondes Haar, strahlend blaue Augen, Zähne blitzend wie ein Diamantkollier und ein kirschrot leuchtendes Lippenpaar – dort ein verfilzter, grauer Dutt, wässrige, blutunterlaufene Augen undefinierbarer Farbe, ein gelbliches Gebiss wie die Skyline von Nachkriegs-Köln und Lippen wie ein alter, lederner Kulturbeutel. »Aber nie im Leben«, hauchte der Mann.

»Aber wohl. Dat is mit Weichzeichner fotografiert. Und fotogeschoppt. Und falsch rum entwickelt. Aber dat bin ich.«

Der junge Mann zeigte auf den Personalausweis. »Aber da steht ja ein ganz anderer Name, Frau … äh … Brock.«

»Tiffany Sunset is mein Künstlername. Also so hätt ich eigentlich heißen sollen, weil mein Vater immer gesagt hat, ich wär sein Schmuckstück von Tiffany, also quasi ein ungeschliffener Diamant, und meine Eltern haben mich bei Sonnenuntergang gemacht, also bei Sunset. Nee halt, Moment, ich bin geboren worden bei Sunset. Nee, Quatsch, die Hebamme hat, als sie mich gesehen hat, gesagt: ›Ich wünschte, es wäre endlich Nacht, oder die Preußen kämen mich holen.‹«

»Ich weiß nicht, Frau Brock, ob Sie wirklich die richtige …« Nervös beobachtete er, wie die bullige Frau mit den nach Mottenkugeln riechenden Klamotten zu ihm hinter die Bar kam.

»Ihre Qualifikationen … ich meine …«

»Jetz mal keine Ferkeleien, Bürschchen, die Omma zeigt dir jetz mal, wat sie drauf hat.« Auf diese Konfrontation war sie vorbereitet. Sie kramte ein paar Zutaten aus ihrer voluminösen Handtasche, ließ die Finger einmal bedrohlich laut knacken, sodass sich alle Gäste der Cocktailbar zu ihr umdrehten, und dann begann sie, Früchte auszupressen, Eis zu zertrümmern, Kräuter zu rupfen, Flaschen zu entstöpseln. Flüssigkeiten schossen im bunten Strahl durch die Sommerluft, Eiswürfel tanzten durch den Mixbecher, es schäumte, es sprudelte – und schließlich stand ein giftgrüner Cocktail vor dem jungen Mann.

Skeptisch nippte er daran, und als er die ersten Tröpfchen heruntergeschluckt hatte, beschlugen seine Brillengläser. »Hossa«, hauchte er, »das zwirbelt aber.«

»Dat is der ›Omma-Brock-Pfefferminz-Prinz.‹«

Sie verschwieg die Ingredienzien: Ordentlich Strohrum, eine Tube Aldi-Zahnpasta und ein Tässchen Palmolive wegen der Farbe.

Der junge Mann trank noch einen Schluck. Und noch einen. Irgendwann war das Glas leer.

»Da riecht man auch nicht mehr so aussem Hals«, sagte Omma Brock zufrieden. »Noch 'ne Probe?«

Der Mann nickte eifrig. Mit einem bösartigen, rasselnden Lachen schlug sie ihm auf die Schulter, sodass er fast umkippte. »Ich mix dir noch wat Besonderes. Ich bin die Omma, un wie heißt du?«

»Ich bin der Friedhelm«, sagte der Knabe schüchtern.

Der nächste Cocktail folgte. Sie hatte alle an ihren Nachbarskatzen ausprobiert, und alle hatten wunderbar gewirkt. Das Fell war schneller weg gewesen, als man gucken konnte.

Diesmal entledigte sich Omma Brock vorher ihres dunkelbraunen Kostüms. Darunter kam ein knallorangefarbener Badeanzug mit psychedelischem Muster zum Vorschein, der vor fünfzig Jahren mal aktuell gewesen sein mochte, auch was die Körperfülle seiner Trägerin betraf. Die Nähte waren zum Zerreißen gespannt, wie die Takelage der Gorch Fock.

Mittlerweile waren einige der Gäste an die Bar gekommen und verfolgten interessiert die wilden Bewegungen der Omma, der die Schweißtropfen aus den dicht behaarten Achseln sprühten. Die Sonne brach sich darin. Es war ein magischer Moment.

Die nun entstandene Mischung war kunterbunt.

»›BungaBunga Brock‹«, sagte die Omma stolz.

Friedhelm setzte an und konnte gar nicht wieder aufhören zu schlucken, so zähflüssig war die Mixtur. Schlehenfeuer, Hustensaft, Bommerlunder, Tabasco und eine Dose Thunfisch.

»Ist der auch Bio?«, lallte Friedhelm, dessen Gesicht nacheinander die verschiedenen Farben des Getränks angenommen hatte, nach einem martialischen Rülpser. »Wir hamnier nämlich nur Bio.«

»Leckomio, Oberbio! Komm, ich mach dir noch einen.«

Und wieder wurde geschüttelt und gerührt, und die Zuschauer klatschten mittlerweile rhythmisch mit.

»So, Jungchen, undatis jetzt der ›Omma Overkill‹!«

Friedhelm beäugte das Glas skeptisch. Er schielte bereits. Dann setzte er an und trank.

Omma Brock guckte auf ihrem Zettelchen nach, ob sie auch alles drin hatte: Apfelkorn, Blumenkohl, Grand Marnier, Slivowitz, Kirschwasser und ein Spritzer Domestos.

Friedhelm schaffte zwei Schlucke, und erst als die Menge ihn anfeuerte, trank er den Rest. »Mir wird schlecht«, röchelte er und verlor sich schwankend in der Betrachtung von Omma Brocks grellem Badeanzugmuster. »Ich sehe Kreise und Punkte ... ich glaube, ich muss ...«

Bevor es aus ihm herausbrach wie flüssige Lava aus dem Ätna, führte Omma Brock noch rasch seine schlaffe Hand mit einem Kuli über den Anstellungsvertrag und krakelte den Namen Friedhelm darunter.

Sie hatte den Job!

3. Kapitel

von Uwe Voehl

Endlich Urlaub! Carola Coltella dachte an Italien, sie dachte an Dolce Vita, azurblaues Meer und steinige Strände, deren Kiesel immer so schön piekten, wenn man darauf lag. Sie freute sich, ihre Eltern wiederzusehen und mit ihrem Vater am Steuer auf dessen Vespa in halsbrecherischem Tempo jauchzend die steilen Serpentinen hinabzurasen.

Und sie war gespannt auf den »braungebrannten Adonis von Bademeister mit Sixpack«, der neuerdings im Haus gegenüber ihren Eltern wohnte. Ihre Mutter hatte angeblich schon »Kontakt« mit ihm aufgenommen, indem sie ihm ein Foto von ihrer »noch jungfräulichen« Tochter gezeigt hatte.

Jawohl, drei Wochen Urlaub, raus aus der regengrauen Eifel, raus aus Welterscheid und vor allem weit, weit weg von Kaplan Unkel und Omma Brock. Dieser schräge Kaplan drangsalierte sie dauernd mit selbst gebackenen Plätzchen, während mindestens einmal am Tag eine Anzeige hereinflatterte, die Omma Brock betraf. Erst gestern hatte die Omma am Ortseingang von Welterscheid Autofahrern aufgelauert, sich mitten auf die Straße gestellt, den Rock gehoben und die schockerstarrten Fahrer damit zum Halten gezwungen, um Maut zu kassieren. All das war aber Schnee von gestern, ab jetzt war Dolcefarniente angesagt.

Hoppla! Die letzte Kurve hatte sie ein wenig zu schnell genommen. Um ein Haar wäre sie im Straßengraben gelandet!

Es war ja auch nicht ihr Auto, sondern das ihres Assistenten Clairvaux. Eigentlich hatte er sie selbst zum Flughafen nach

Köln fahren wollen, aber dann hatte ihn ein dringender Fall nach Euskirchen beordert. Ein Waldarbeiter hatte die örtliche Sparkasse überfallen. Mit vorgehaltener Motorsäge. Die Angestellten hatten ihn überwältigen können, weil er vergessen hatte nachzutanken. Jaja, die Eifeler, Coltella hatte sie in ihr Herz geschlossen. Aber in Italien war eindeutig das bessere Wetter!

Hui! Schon wieder eine dieser verflixten Kurven. Außerdem wurde es immer nebliger. Und irgendetwas schien mit der Lenkung nicht zu stimmen. Clairvaux hatte zwar irgendwas von »TÜV fällig« gemurmelt, dass der linke Scheinwerfer manchmal flackere und noch ein paar Kleinigkeiten. Aber bei Oldtimern wie dem Opel GT mache so etwas erst den Charakter aus. Der Wagen sei ein echtes Liebhabermodell!

Sie hatte ihm angesehen, wie schwer es ihm gefallen war, sich von seinem Schätzchen zu trennen. Wenn auch nur für einen Tag. Am nächsten Tag würde er den Wagen in Köln abholen.

Trotz des dichten Nebels ließ sich Coltella nicht die Laune verderben. Fröhlich summte sie den Schlager mit, der gerade im Radio lief: *Zwei kleine Italiener.*

Vor ihr tauchte eine Straßenbarriere auf. Sie drückte auf die Bremse. Trotzdem raste der Wagen weiter. Dass auch die Bremsen nicht mehr funktionierten, davon hatte Clairvaux ihr nichts erzählt.

Mit qualmenden Reifen kam der schnittige Oldtimer gerade noch rechtzeitig zum Stehen. Einen Millimeter vor einem Umleitungsschild entfernt.

Coltella seufzte. Na gut, sie war vorsichtshalber eine Stunde früher losgefahren als nötig. Und eine andere Möglichkeit, als der Umleitung zu folgen, hatte sie eh nicht. In der Gegend kannte sie sich nicht aus, und in der Epoche, in der der Opel

GT gebaut worden war, hatte man bei dem Wort Navi noch eher an einen Kompass gedacht.

Das Mitträllern war ihr vergangen, sie musste sich auf der kurvenreichen Strecke höllisch konzentrieren. Außerdem wurde der Nebel immer dichter. Eine regelrechte Suppe war das! Vielleicht brauchte sie doch mal stärkere Brillengläser. Verfluchte Eitelkeit!

Während sie mit der Stirn fast die Windschutzscheibe berührte, um überhaupt etwas zu sehen, liefen im Radio die Nachrichten. Nur peripher bekam sie mit, dass ganz in der Nähe von Welterscheid ein Münzsammler beraubt worden war.

Gleich nach ihrem Urlaub würde Coltella sich darum kümmern, falls nicht Clairvaux den Raub bis dahin aufgeklärt hatte. Sie glaubte eher nicht daran.

Zum Schluss kam noch die Meldung, dass auf einer Insel im Rursee die dreizehnte Staffel der unsäglichen Promi-Challenge *Ich bin ein Star – Holt mich aus der Eifel!* gestartet sei. Abgehalfterte Stars campierten fürs Fernsehpublikum auf einem Eiland. Martin Semmelbrötchen, Michaela Schlafrath, Huberto Bianco und solche Granaten. Huberto Bianco? War der nicht schon tot? »Zombie Island«.

Coltella lächelte. Sie war zwar kein Star, aber auch sie entfloh jetzt der Eifel. Sie roch geradezu die Mischung aus salziger Meerluft, Eiscreme und Sonnenmilch.

Einen Moment war sie abgelenkt. Ein riesiger Schatten wanderte von rechts nach links über die Straße. Wieder pumpte ihr Fuß verzweifelt das Bremspedal auf und nieder. Nichts! Der Schatten vor ihr baute sich zu einer gewaltigen, unförmigen Phantomgestalt auf. Mit glühenden Augen! Verzweifelt schlug sie das Steuer nach rechts. Die Kreatur machte gleichzeitig einen Ruck nach links. Nur haarscharf verfehlte die Stoßstange des Opel die monströse Gestalt. Stattdessen machte der Wagen mit der Leitplanke Bekanntschaft. Seitlich schrappte der GT daran entlang und bekam einen schnittigen Rallyestreifen in den Lack gefräst. Coltella hatte längst die Augen geschlossen. Sie betete das *Vaterunser,* während ihre Finger das Lenkrad wie einen Rosenkranz umkrallten.

Die nächste Kurve schaffte der GT nicht. Er schlitterte quer über die Straße und raste direkt gegen ein Verkehrsschild. Coltella wurde nach vorn geschleudert. Der Gurt schnürte ihre Brust ab. Sie fürchtete zu ersticken.

Dann – war da nur noch Stille.

Sie glaubte zu schweben. Vielleicht schon himmelwärts … Es war wie Karussellfahren: Ein wenig war ihr schlecht, aber es machte auch Spaß.

Als sie die Augen öffnete, stellte sie fast mit Bedauern fest, dass sie immer noch auf der Erde weilte.

Sie schnallte sich los, wälzte sich aus dem Sitz und stieg aus.

Der Nebel war noch dichter geworden. Er legte sich auf ihre Lungen und brachte sie zum Husten. Dann merkte sie, dass es gar nicht am Nebel lag, sondern an dem Qualm, der aus der Motorhaube drang.

Der GT war hin! Was wohl Clairvaux jetzt sagen würde? Hoffentlich nahm er sich nicht den Strick.

Viel wichtiger aber erschien ihr die Frage, wo sie überhaupt war.

Sie schaute sich um. Weit und breit nur Nebel. Sie konnte gerade mal fünfzig Meter weit sehen.

Das Monster war verschwunden. Glauben würde ihr das sowieso keiner.

Sie schloss den Wagen ab und machte sich auf den Weg die Straße entlang. Irgendwann würde schon jemand kommen und sie mitnehmen.

Aber auch nach fünf Minuten war weit und breit kein anderer Wagen aufgetaucht. Da drang plötzlich Musik an ihr Ohr. War das möglich? Oder hörte sie bereits die Englein singen? War sie vielleicht doch schon im Himmelreich gelandet?

Sie stand an einer Kreuzung. Die Musik kam von links. Eine kleine, asphaltierte Straße zweigte von der Hauptstraße ab. Ein hölzernes Hinweisschild verkündete, dass es nur noch hundert Meter bis zur *Paradiso Beach Bar*« waren.

Paradiso! Wenn das kein Hinweis war ...

Natürlich! Der undurchdringliche Nebel, der noch immer anhaltende Schwebezustand und die fast an ein Wunder grenzende Tatsache, dass sie keine Verletzung an sich feststellen konnte, bedeuteten nur eins: Sie war entweder tot oder auf dem Weg dorthin.

Sie folgte der Musik, die ihr merkwürdig vertraut vorkam: *Es war ihr Itsy Bitsy Teenie Weenie Honolulu Strandbikini.*

Fast wie in Trance setzte sie einen Fuß vor den anderen. Mit jedem Schritt wurde ihr schwindliger.

Und dann sah sie das Licht. Vielmehr die Lichter. Sprachen die Menschen, die schon Nahtoderfahrungen gehabt hatten, nicht immer von einem weißen Licht, auf das sie zugeschwebt seien?

Diese Lichter waren auch grell, allerdings bunt, und sie flackerten im Nebel wie Elmsfeuer.

Dann hatte sie das Paradies erreicht.

Es entpuppte sich als holzverkleidetes Gebäude mit einer Terrasse. Die Musik dröhnte, und die Lichter wirbelten im wilden Derwisch-Tanz.

Ihr Blick fiel auf ein Plakat: *Paradiso-Single-Nacht von 18 bis 88.*

Damit war bestimmt nicht die Uhrzeit gemeint. Aber vielleicht gingen im Paradies die Uhren auch anders.

Außerdem war es ja logisch: Der Himmel war voller Singles. Kein Wunder, dass hier solche Kuppel-Partys liefen. Vielleicht fand sie hier endlich auch ihren Mr. Right. Petrus vielleicht. Obwohl der ja schon ziemlich alt sein musste.

Sie schleppte sich die Holzstufen hinauf. Hinter den Fenstern bewegten sich tanzende Schatten.

Eine Gestalt baute sich unversehens vor ihr auf. »Hallo, Lady«, sagte der Mann mit tiefer, samtiger Stimme.

Coltella schaute ihn an. Ob das Petrus war? Die langen Haare hatte er schon mal. Blond und lockig waren die. Und uralt war er auch. Allerdings war seine Haut pechschwarz. Also doch eher Caspar, einer der Heiligen Drei Könige? Oder der Sarotti-Mohr?

»Ich muss dringend telefonieren«, sagte sie mit letzter Kraft.

Dann fiel sie ihm in die Arme.

4. Kapitel

von Ralf Kramp

Friedhelm betrachtete seine neue Cocktailmixerin mit einer Mischung aus nackter Angst und ungläubiger Bewunderung. Die Gäste liebten ihre exotischen Drinks. Sie wurden davon nicht einfach nur blau, sie machten echte Grenzerfahrungen.

Gerade kredenzte sie einem blassen Mann mittleren Alters einen mehrstöckigen Cocktail. Bei jedem einzelnen Schluck, den der Mann tat, veränderte sich seine Gesichtsfarbe auf bizarre Weise. Lindgrün, moosgrün, gelbgrün, farngrün ... Der Gast lallte begeistert: »Hammer! Wie heißt das Zeug?«

»›Ommas Fifty Shades of Green‹«, sagte Omma Brock stolz. »Kann ich auch in Lila und Gelb.«

Die Singleparty war in vollem Gange, die Gäste tanzten ausgelassen durch die Nacht, der Rursee reflektierte die bunten Lichter. Friedhelm nickte zufrieden und zog sich in sein Büro zurück. Es war nicht leicht. Diese Beach Bar war eine echte Herausforderung für ihn, den BWL-Studenten. Aber mit dieser neuen Kraft an seiner Seite würde er die Saison schon überstehen.

Omma Brock mixte zusammen, was sich nicht wehrte. Sie zerschnippelte auch die Palmolive-Seife und zermörserte die Ako-Pads. Hauptsache, die Leute hatten ihren Spaß. Plötzlich hielt sie inne und fixierte ein Pärchen, das an einem kleinen Zweiertisch nahe der mit Bastmatten dekorierten Balustrade am Rursee-Ufer saß und sich langsam näherkam. Ein korpulenter, breitschultriger Mann mit hellblonden Locken, der ihr den Rücken zuwandte, und ihm gegenüber, das war doch … Verdammt, was hatte denn die Polizeitrulla hier zu suchen? Coltella war auch hier? Das gefiel ihr gar nicht. Die piesackte sie schon in Welterscheid andauernd. Und jetzt auch noch hier?

Omma Brock ging ein bisschen in die Knie, um nicht gesehen zu werden. Es knackte dabei in ihren Gelenken fast so laut wie bei der Kokosnuss, die sie sich gegen die Stirn schlug, um sie zu öffnen.

Der Typ mit den blonden Locken stand auf und drehte sich zu ihr um. Omma Brock glaubte ihren wässrigen Augen nicht zu trauen. Sie wischte sich rasch über die Brille und verteilte dabei die Kokosmilch auf den Gläsern. Das war niemand Geringeres als ihr absoluter Lieblingssänger! Das war Huberto Bianco! Er trug eine blonde Perücke, aber sie hätte ihn unter Tausenden erkannt. Diese weißen, blitzenden Zähne, diese samtige, kaffeebraune Haut, diese riesigen Lippen, die sicher küssen konnten wie … Er kam zu ihr herüber! Huberto Bianco steuerte geradewegs ihre Bar an! Beim Buffet hielt er kurz inne, griff sich ein Lachsschnittchen und ließ es in seinen riesigen Mund verschwinden. Er trällerte gut gelaunt: *Ein bisschen Lachs muss sein …*

Und jetzt stand er direkt vor ihr. Omma Brock spürte, wie eine von innen aufsteigende Hitze ihren Körper verbrannte.

»Hallo, schöne Frau«, knurrte er mit einer Stimme, so tief wie der Grand Canyon, »können Sie mixen zwei Muntermacher für Lady und mich. Lady brauchen kleine Stärkung, hat gehabt Unfall mit Auto, und jetzt gleich muss machen Erste Hilfe mit Mund-zu-Mund-Beatmung.« Er zwinkerte ihr zu.

War er es wirklich? Omma Brock musste es unbedingt wissen. Sie sagte: »Sie haben da was, junger Mann«, und zupfte an seiner blonden Mähne. Die Perücke verrutschte leicht, und Omma Brocks Herz schlug einen Trommelwirbel. Ja, es war Huberto Bianco, der schlaflose Traum ihrer feuchten Nächte!

Da! Jetzt hauchte er einen Kuss auf ihren rissigen Handrücken! Die Lippen bedeckten den Handteller samt Fingern. Geradezu mädchenhaft zog sie die Hand zurück und schnupperte daran. »Mmmmh«, seufzte sie verträumt. »Duftet nach Lachs.«

Huberto Bianco lachte dröhnend. »Man nennt mich auch …«, und er begann zu singen: *Den Schuppenfühler von Mechernich, riecht da, wo's sein muss, nach lecker Fisch … Tralalala!*

»Wie darf ich Sie denn nennen?«, flötete Omma Brock, während sie den Mixbecher befüllte, um zwei »Bitburg-Chainsaw-Massacre« zu mixen.

»Du darfst sagen Hub… Heinz-Joachim zu mich.«

Plöng! Da titschte etwas gegen Huberto Biancos blonden Kopf und landete dengelnd in einem leeren Cocktailglas. Ein Kieselstein.

Hubertos Kopf fuhr mit einem Ruck herum, und wilde Blicke suchten zwischen den Büschen am Ufer nach dem Steinewerfer. Sein Gesicht war von einem Augenblick auf den anderen grimmig verzerrt, seine Nasenlöcher waren groß wie Abflussrohre. »Momentchen, Missis«, knurrte er. »Heinz-Joachim ist gleich wieder da.«

Dann stapfte er in die Botanik.

Rasch wischte sich Omma Brock die Hände an ihrer Kittelschürze ab und lief hinterher.

Unten am Ufer stand eine magere Gestalt im weißen Rüschenhemd. Der junge Mann hatte einen Dreitagebart und statt eines Adamsapfels eine Adamsmelone. Seine dunklen Augen funkelten Huberto Bianco unter dichten, schwarzen Augenbrauen giftig an. Das war Florian Silberlöffel, der König der Volksfrontmusik. Jetzt kapierte Omma Brock auch, was hier ablief. Sowohl dieser Jodelknödeldödel als auch der Schwatte Schlagergott waren doch in diesem Ungeziefercamp auf der Rursee-Insel! Zusammen mit Jenny Knallvers und ihrem Ex Heiner Lauterbacke und Martin Semmelbrötchen und anderen ähnlich abgehalfterten Gestalten.

»Haha, jetzt hab ich dich erwischt, Huberto!«, krähte Silberlöffel triumphierend. »Du hältst dich nicht an die Spielregeln!«

»Oh wohl, tut Huberto doch!«

»Nöhö!«

»Wohol!«

»Du weißt genau, dass wir nicht von der Insel runterdürfen! Das sag ich!«

»Petze!« Huberto Bianco holte aus und schallerte dem dünnen Silberlöffel eine, dass er zwei Meter weit ins seichte Wasser flog. Seine Sandalen blieben am Strand liegen. Silberlöffel begann zu flennen wie ein kleines Kind.

»Wenn du Huberto verpetzen, Huberto hauen dich zum Handkoffer. Hubert nämlich auch heißen ...« Er sang wieder: *Der Knüppelschwinger von Gerolstein, schlägt Silberlöffel die Schnauze ein ...*

Omma Brocks Herz hüpfte vor Freude. Was für ein Mann! Dem quoll ja das Testosteron aus jeder einzelnen Pore. Der dürfte mit seinen Händen bei ihr auch mal dahin, wo seit der Währungsreform kein Licht mehr hingeschienen hatte. Seit der vorletzten.

Sie dachte schwärmerisch: *Der Hupenspieler von Manderscheid, für den macht Omma die Bei...* Huch! Hatte sie das gerade laut gesungen?

Die beiden Männer fuhren herum und starrten in ihre Richtung. Der klatschnasse, greinende Florian Silberlöffel und der bullige Huberto Bianco, dem die blonde Lockenperücke schief auf dem Kopf saß.

Sie drehte sich hastig um und flüchtete zurück zu ihrer Cocktailbar.

5. Kapitel

von Carsten Sebastian Henn

Der Trierer Bischof hatte sehr, sehr lange gelacht und Unkel dann gesagt, dies sei ein Zeichen des Herrn und er solle die Chance zur Missionierung wahrnehmen. »Bringe das Christentum zum Nudistentum!«, hatte er gefordert. Und Unkel hatte umsonst protestiert. Der Bischof bat zudem um Fotos für die bischöfliche Homepage und meinte, Unkel solle ruhig alles mitmachen, was im Club angeboten werde. Unkel protestierte nahezu ungehalten. Er solle doch auch bitte versuchen, einen Bibelkreis an der Bar anzuregen. »In Spiritus senk dich, Amen!« Der Bischof brüllte vor Lachen und legte einfach auf.

Deshalb stand Unkel nun an der Reling der *Nackten Resi* und plante, wie er die Entblößten bekehren konnte. Nun ja, er stand nicht wirklich. Er hing. Vorne am Bug, mit dicken Tauen festgebunden. Und während Unkel die ganze Zeit darüber nachdachte, dass Adam und Eva auch nackt waren, bevor die Schlange sie zum Apfel verführte, kämpften sich Worte seinen Hals empor, Worte, von denen er nie gedacht hätte sie je auszusprechen, Worte aus seinem Lieblingsfilm, Worte die ihm jedes Mal das Pipi in die Augen trieben. Und während der Wind alles wehen ließ, ob Früchte und Blätter an den Bäumen, ob Haare oder anderes, sprach Unkel sie aus.

»Ich bin der König der Welt!«

Es war so befreiend. Er fühlte sich tatsächlich so, hier auf der unsinkbaren *Nackten Resi,* dem einzigen FKK-Ausflugsboot auf dem majestätischen Rursee.

Eine Entenfamilie paddelte vorbei und starrte die ganze Zeit hoch zu ihm. Als ob sie wüssten, dass hier ein nackter Mann Gottes alles andere als seine Seele baumeln ließ. Und sich fragten, ob das da unten vielleicht sogar essbar war.

»Oder zumindest der Eifel!«

Wenn er ehrlich zu sich war, dann hatte er nie eine schönere Bootstour erlebt. Zudem erarbeitete er sich mit dem klaglosen Ertragen dieser Strafmaßnahme den Respekt der Gruppe. Diese hatten ihn hier festgebunden, nachdem er zuerst versucht hatte, sie verbal von den Vorteilen keuschen Verhaltens zu überzeugen. Als dies erfolglos war, hatte er sie ungefragt mit Weihwasser gesegnet, was ihm einige Schläge eingebracht hatte. Schließlich hatte er sich daran gemacht, ihnen mit Sekundenkleber Blätter auf die Scham zu pappen.

Und nun war er hier.

Ab und an stimmte er einige Choräle an oder auch moderne Kirchenlieder wie *Ins Wasser fällt ein Stein, Wasser des Lebens* und *Wasser, Wein, egal, schenk ein*. Wobei er sich immer noch wunderte, wie dieses Lied ins Gotteslob gekommen war. Aber er hatte es selbst in Omma Brocks Ausgabe gesehen. Ein Extra-Zettel, der nach ihrer Aussage in fast allen Ausgaben Welterscheids lag. Da hatte Unkel diesen kopiert und von der Omma in jene Ausgaben legen lassen, in denen er noch fehlte. Sie hatte dies zu seiner Überraschung ohne Murren, ja sogar fröhlich summend getan.

»Hey, Pfaffe«, rief plötzlich eine Stimme über ihm. Es war der Papst. »Kannst du nicht mal Wasser zu Wein verwandeln? Dann würden wir nämlich jetzt alle schwimmen gehen!«

Johlen erklang und zustimmendes »Der war gut!« oder »Wein wäre jetzt echt geil«.

Jemand kniete sich hinter ihm auf Deck. »Keine Sorge«, sagte der Papst. »Wir holen Sie da gleich wieder runter, aber keine Zwangsmissionierung mehr! Und kein Kleber! Der Uwe versucht immer noch, den Sekundenkleber von seinem … Sie wissen schon abzupiddeln. Das Ding ist jetzt so rot, als hätte er eine Fleischtomate zwischen den Beinen. Wenn es Nacht wird, leuchtet das sicher.« Ein kehliges Lachen erklang. »Aber gut, dass es den Uwe erwischt hat. Der pinkelt immer in die Gemeinschaftsdusche. Wenn er das jetzt versucht, hören wir die Schmerzensschreie. Ich muss wieder weg, wir nähern uns der Insel, wo sie diesen Fernsehkram machen. Manchmal filmen die auch sich nähernde Boote. Ich muss mich kurz frisieren.«

Filmen? Boote? »Holen Sie mich sofort runter! Wenn der Bischof mich so sieht!«

Doch der Papst war bereits weg, und Unkel drehte sein Gesicht zur Seite, bis die Taue tief in den Hals schnitten, nur damit eventuelle Filmteams von der Insel sein Gesicht nicht draufbekamen.

Und dann erst sah er es. Etwas Merkwürdiges, Großes, Dunkles, das da im Wasser trieb wie ein kleines Inselchen. War es eine große Plastiktüte von Ikea? Eine Robbe, die sich verschwommen hatte? Tante Kätchen in ihrem nachtschwarzen körperbetontem Badeanzug? Oder etwa das Monster des Rursees?

»Alle Motoren halt!«, brüllte Unkel. Nichts passierte. Das Etwas entfernte sich. »Hilfe! Notfall! Anhalten!« Immer noch nichts. Man nahm ihn wohl nicht für voll. Kein Wunder, ein festgebundener Kaplan ohne Kleidung war wie die Bundeswehr mit dem G36: nicht besonders Respekt einflößend. Vielleicht vermutete man auch eine Missionierungsfinte. Dann musste er also lügen. Unkel bekreuzigte sich – natürlich nur in Gedanken, da er die Arme nicht bewegen konnte - sprach ein kurzes *Ave Maria* und log laut: »Mann über Bord!« Er musste es dreimal rufen, dann stoppte die *Nackte Resi*.

»Wo?«, hörte er die Stimme des Papstes.

»Dahinten!«, sagte Unkel und wies mit dem Kinn in die entsprechende Richtung. »Sieht aus wie ein toter Wal oder so.«

Das Schiff drehte über Backbord, und Unkel hörte, wie der Papst durchzählen ließ. »Alle da ...«

»Dann ist es ein Spanner!«, war eine erregte Frauenstimme zu hören, deren Besitzerin danach in Kreischen ausbrach, in das sogleich einige andere einstimmten. Unkel wunderte sich, denn vom Aussehen her waren die Damen alle bestimmt 40 Jahre älter, als es ihre spitzen Aufschreie vermuten ließen.

Trotzdem fuhr die *Nackte Resi* näher ran, Bug voraus – und damit Unkel voraus, dem langsam mulmig wurde. Denn eine Ente hatte sich dem unbekannten Treibgut genähert. Eine hungrige Ente. Sie hackte mit dem Schnabel auf dem großen Ding im Wasser herum. Und da die Ente wohl einen guten Ruf als Vorkoster hatte, gesellten sich sehr schnell weitere dazu.

»Langsamer!«, rief Unkel. »Und Steuerbord oder Backbord, auf jeden Fall nicht ... Nachvornebord.«

Der Ausflugsdampfer wurde langsamer.

»Es ist ein Mensch«, sagte der König der Welt. Unkel hatte den Eindruck, dass ihn sein Job als Kurzzeit-Galionsfigur gleichzeitig zum Ausguck machte. Und in dieser Funktion hatte er nun entdeckt, dass neben dem im Wasser treibenden Hügel, oder besser an diesem, Arme trieben. Die man bei Robben eher selten fand.

Und noch etwas war merkwürdig an dem Körper. Er war schwarz.

»Ein Mohr!«, rief Unkel deshalb, der unwillkürlich an Caspar, den Schwarzen beziehungsweise Afro-Asiaten unter den Heiligen Drei Königen denken musste. Doch ihm war klar, dass es jemand anderes sein musste. Und jemand ganz Bestimmtes sein konnte.

Und in seinem Kopf summte er eine altbekannte Melodie – mit neuem Text: *Ein bisschen tot muss sein …*

Das Boot fuhr noch näher heran, und nun gab es keinen Zweifel mehr. Die Goldkette mit den Initialen HB glänzte in der wärmenden Sonne. Über Unkel war es still geworden, weil die anderen es wohl auch gesehen hatten.

Oder weil sie ein anderes Detail anstarrten.

Aus Huberto Biancos Rücken war ein großes Stück herausgebissen.

Und wer immer das getan hatte, besaß ein riesiges Maul.

Und gigantischen Hunger.

6. Kapitel

von Uwe Voehl

Irgendetwas stimmte nicht. Mit ihr nicht. Und auch mit der Umgebung nicht.

Von dem Unfall hatte sie sich nur halbwegs erholt. Obwohl sie kaum mehr eine Erinnerung daran hatte.

Sie lag in einem ihr fremden Bett. Nackt, wie sie mit einem Blick unter die Decke feststellte.

Wie kam sie hierher?

Bevor sie halbwegs eine Antwort darauf zusammenbekam, öffnete sich die Zimmertür, und ein ihr unbekannter, junger Mann kam herein. Er trug ein merkwürdiges Dauergrinsen ins Gesicht gemeißelt. Dafür konnte er wahrscheinlich nichts, womöglich ein angeborenes Nervenleiden, dachte Coltella. Der Blick seiner Augen hinter der dicken Hornbrille wirkte irgendwie verschwommen.

»Einen wunderschönen guten Morgen, ich bin der Friedhelm«, flötete er.

Jetzt hatte sie's: Der Typ war sternhagelblau! Und das schon am frühen Morgen. Daher der glasige Blick und das debile Dauerlächeln.

Coltella zog sich die Bettdecke bis übers Kinn.

Er kam auf sie zu und lächelte noch immer.

Noch einen Schritt weiter, und sie … Ja was? Schreien, treten, ihn festnehmen? Nackt wie sie war?

»Entschuldigen Sie, dass es so lange gedauert hat.«

Was sprach der denn so komisch? Jetzt erst registrierte sie das Tablett, das er mit einer Hand balancierte. »Ihr Frühstück!«, erklärte er. »Muntermacher von unserer neuen Barfrau … eine echte Energie-Dröhnung, sag ich Ihnen!«

»Sie haben es schon probiert?«

»Ich probier alle Drinks, die unsere Tiffany zaubert! Als ich ihr erzählte, dass Sie seit gestern Abend quasi im Koma lägen, hat sie Ihnen gleich was gebraut. Zur Stärkung.«

»Und was ist da drin?«

»Keine Ahnung, das hat sie nicht verraten. Ich weiß nur, dass sie vorher ihre Strümpfe in irgendwas gewaschen hat. Außerdem vermisse ich meine Aspirin-Schachtel.«

»Wo bin ich hier gelandet?«

Der Jüngling nahm Haltung an und warf sich in die Brust: »Im *Paradiso,* der heißesten Beach Bar in der ganzen Eifel. Jawoll!«

Sie erinnerte sich vage. »Na schön, ich danke Ihnen, Friedhelm. Nach dem Frühstück sehe ich gleich nach meinem Wagen und …«

»Alles geregelt! Den hab ich abschleppen lassen. Totalschaden. Dürfte jetzt schon in der Schrottpresse sein.«

Das durfte nicht wahr sein! Sicher träumte sie noch. Ihre Sorge galt aber weniger dem Auto und Clairvaux' Nervenzusammenbruch, wenn er davon erfuhr, als vielmehr der alles entscheidenden Frage: Wie kam sie hier weg?

»Wie auch immer, ich werde jetzt erst mal duschen und dann …«

»Kein Vorhang an der Dusche.«

Der Typ wurde ihr immer unheimlicher. Jetzt wusste sie auch, woran er sie erinnerte: An diesen Norman Bates in *Psycho.*

»Macht nichts, Nor… ich meine Friedhelm. Wenn ich Sie jetzt bitten darf, mein Zimmer zu verlassen, Friedhelm. Ihre Mutter hat sie sicherlich zu einem Gentleman erzogen, sodass Sie wissen, was sich gehört.«

Er sah sie fragend an. »Sie kennen meine Mutter? Na, ist ja egal. Jetzt müssen Sie frühstücken!«

Der Irre wollte tatsächlich dabei zusehen, wie sie den Ekeltrank runterwürgte. Er roch schon so komisch. War sie einem Perversen in die Hände gefallen? Und was war in der Flüssigkeit? K.O.-Tropfen?

»Trinken!«, verlangte Friedhelm. Er sabberte wie ein kleines Kind. »Die Tiffany ist sonst ganz traurig.«

»Also gut«. Sie nippte vorsichtig daran. Das Zeug schmeckte wie flüssige Galle.

»Sie trinken wie ein kleiner Vogel.« Er hing geradezu an ihren Lippen.

Also gut, dachte sie. Sie würde jetzt bis drei zählen und dann aus dem Bett springen und aus dieser Psycho-Hölle flüchten! Zur Not auch nackt!

In diesem Augenblick erklang von unten eine knarzige Stimme, die ihr irgendwie bekannt vorkam: »Friedi, ich brauch hier unten mal dein Knopf Hopf. Ich krich den Putzlappen nich mehr aussem Shaker raus!« Omma Brock!

Friedhelm lief rot an. »Ich muss … ich muss …«

»Machen Sie sich keine Gedanken um mich«, säuselte Coltella. »Ich komme schon allein zurecht.«

Kaum war Friedhelm draußen, sprang sie aus dem Bett, schlug die Tür hinter ihm zu und schloss ab. Schwer atmend lehnte sie sich gegen die Wand.

Apropos Wand: Überall hingen ausgestopfte Fische. Mit Augen, die genauso glasig waren wie die von Friedhelm, starrten sie sie an.

Plötzlich hörte sie von draußen einen Heidenlärm. Sie stürzte ans Fenster und sah hinaus. Das, was ihr Auge erblickte, schien eigentlich ganz idyllisch: ein See, auf dem in der Ferne fröhlich ein paar Segelboote dümpelten, ein Steg, der weit ins Wasser reichte, eine Art Fischerboot, das gerade anlegte. Einer der Fischer winkte fröhlich. Nein, es schien eher so, als winkte er verzweifelt. Dann sah sie die Menschen, die alle zum Steg liefen.

Was war da denn los?

Automatisch erwachte ihre professionelle Neugier.

Rasch zog sie sich etwas an und eilte die Treppen hinunter. Zum Glück war Friedhelm irgendwohin verschwunden, also lief sie ungehindert nach draußen und rannte zum Steg. Mittlerweile hatte sich dort eine regelrechte Menschentraube gebildet. Und noch immer kamen weitere Leute herangestürzt.

Coltella kämpfte sich durch, bis sie vor zwei Anglern stand, die gerade ihr Latein zum Besten gaben.

»So was hab ich noch nicht gesehen! Der halbe Oberleib … einfach weggefressen!«

»Der halbe? Da hängt mal gerade noch 'ne Sehne, die Kopf und Beine zusammenhält!«

»So groß muss das Maul sein!« Der erste Angler zeigte mit seinen Händen einen Meter an.

»Nein, riesiger, viel riesiger … So ein Ömmes!«

Bevor sich die beiden noch weiter überbieten konnten, ging Coltella dazwischen. »Polizei«, stellte sie sich vor. Dass sie nicht im Dienst war, und hier nicht zuständig, mussten die beiden ja nicht wissen. »Jetzt erzählen Sie mal, um was es hier geht!«, sagte sie. Ah, das tat gut! In den Dienstmodus zu schalten war in diesem Fall so, als würde sie die Zwangsjacke ausziehen.

»Na, um was wohl? Rurie hat wieder zugeschlagen!«

»Rurie? Ist das eine Art Maskottchen?

»Maskottchen? Haben Sie 'ne Ahnung! Ich spreche von dem Rurie, dem Monster vom Rursee! Wohnen Sie denn hinterm Mond?«

»Nein, in der Vulkaneifel. Und jetzt mal von vorn! Was wollen Sie uns sagen?«

»Nicht sagen, zeigen! Die Wasserleiche. Guten Morgen, die Dame!«

»Welche Leiche? Jetzt rücken Sie schon mit der Sprache raus!«

»Na die hier!«, sagte der Zweite gekränkt. »Oder glauben Sie etwa, wir flunkern Ihnen hier was vor?«

Er trat zur Seite und gab den Blick frei auf eine riesige, schwarze Robbe mit blonder Perücke.

Wieso kam ihr gerade jetzt ein alter Schlager in Erinnerung: *Ein bisschen Blut muss sein, dann kommt der Tod von ganz allein …*

Irgendwie hatte sie das Gefühl, die Robbe zu kennen. Sie hatte mit ihrer Amnesie zu tun. Gut, das hatte Zeit bis später.

Und natürlich war es keine Robbe, sondern ein Mensch. Er war tot, aber eindeutig war der Tod nicht durch Ertrinken erfolgt. An seiner Leibesfülle hatte jemand geknabbert und dabei seine Zahnabdrücke deutlich hinterlassen.

Irgendwie erinnerten sie die Abdrücke an die Bissspuren eines riesigen Krümelmonsters.

Für sie ein Indiz, dass sie noch immer im falschen Film war.

Der Tote hatte nur einen schwarzen Slip an. Keine Badehose, sondern eine Unterhose. Solider Schießer Feinripp. Vorne war eine riesige Ausbeulung zu erkennen. Das konnte doch nicht …

Coltella bückte sich und lupfte den Slip ein wenig: Ein Handy war zu sehen. Und mindestens ein Dutzend gebrauchter Kondome, die sich der Tote anscheinend vor seinem Ableben in die Unterhose gestopft hatte.

Sie erhob sich wieder und schaute in die Runde: »Sieht so aus, als hätte nicht nur Rurie an ihm geknabbert …«

7. Kapitel

von Carsten Sebastian Henn

Unkel hatte nie viel über Wind nachgedacht. Er blies halt ab und an, manchmal durch seine Haare, und knickte ein paar Bäume um. Wie es dem Herrn eben gefiel.

Aber seit er nackig herumlief, hatte der Wind eine ganz neue Bedeutung für ihn bekommen.

Er spürte ihn nunmehr überall. Und er bewegte Dinge, die sich nie zuvor im Wind gewogen hatten.

Unkel flanierte gerade am Strand entlang und segnete alles, was ihm begegnete. Der Bischof hatte ihm ein Missionierungshandbuch zukommen lassen, und alles zu segnen oder zu taufen war wohl laut Kapitel eins ein guter Einstieg. Manche taufte er, ohne dass sie es mitbekamen. Er spritzte Wasser über sie, wurde dafür manchmal ebenfalls mit Wasser bespritzt, einmal auch mit Spucke, und sprach schnell den Segen. Gut, normalerweise musste sich der Täufling öffentlich zum dreieinigen Gott bekennen. Aber der Glauben musste nicht vollkommen und reif sein, sondern nur in einem Ansatz, der sich entwickeln konnte. Und wer den Sommer am Rursee verbrachte, musste an einen Gott glauben.

Die Damen am Strand ließen sich viel lieber von ihm im Wasser bespritzen als die Herren. Oft zogen sie sogar lächelnd ihre Sonnenbrillen von den Nasen, wenn er neben ihnen stand, und warfen ihm anerkennende Blicke zu. Sie wussten seine missionierende Tätigkeit wohl sehr zu schätzen. Die Herren hingegen blickten ihn meist nur sehr mürrisch an.

Nachdem Unkel alles getauft hatte, was sich unvorsichtigerweise am Strand trollte, sogar die bereits Getauften, denn doppelt hielt ja besser, traf er auf den Papst. Der hatte sich einen Bauchladen umgehängt und verkaufte Bücher. Unkel ging näher, um zu sehen, ob es unkeusche Literatur war, die er dem Wasser übergeben musste.

»Alles über Rurie, das legendäre Monster des Rursees! Das Standardwerk von Frau Dr. Dorothea Schnielzenbrömm. 15 Euro, für Clubmitglieder jetzt nur 16 Euro!«

Unkel trat zu ihm. Das Standardwerk war kaum mehr als ein dünnes Bändchen. Außerdem hatte der Papst noch etliche Plüschruries dabei, einen Rurie-Aufkleber, Rurie-T-Shirts, Rurie-Schwimmflügel und Wackel-Ruries für die Hutablage.

»Ist es gut geschrieben?«, fragte Unkel.

Der Papst nickte entschieden – die Wackel-Ruries nickten mit. »Es gibt nichts Besseres! Frau Dr. Schnielzenbrömm lebt seit Jahren hier, um das Mysterium zu erforschen. Sie opfert dieser Aufgabe alle Zeit. Niemand hat mehr Fotomaterial der Sichtungen als sie. Und auch eine Kotprobe befindet sich in ihrem Besitz. Im Buch gibt es sogar eine Großaufnahme davon. Und zusätzliche eine in Infrarot.«

Der Papst blätterte schon, um sie Unkel zu zeigen, doch dieser winkte ab. Seit dem Messdienerausflug nach Nideggen hatte er genug Fotos von Kot gesehen. Bei der nächsten Fahrt würde er die Handys verbieten.

Sowie den Stuhlgang als solchen.

Ein verlängertes Wochenende die Backen zusammenzuhalten wäre doch wirklich nicht zu viel verlangt!

»Wo finde ich sie denn, diese Dame?«

Der Papst zögerte. »Sage ich nur, wenn Sie ein Buch kaufen.«

»In Ordnung.«

»Und einen Plüsch-Rurie.«

»Wenn es sein muss.«

»Und einen von diesen niedlichen Wackel-Ruries.«

Jetzt wurde es Unkel doch zu viel. »Wenn Sie so weitermachen, schließe ich Sie heute Nacht nicht mehr in mein Gebet ein!«

»Das haben Sie bis jetzt getan?« Der Papst reichte ihm ein Buch. »So langsam schließe ich Sie richtig ins Herz.« Er beugte sich vor – die Wackel-Ruries beugten sich mit. »Frau Dr. Schnielzenbrömm lebt in einem Haus westlich von Heimbach, an der Seerandstraße. Aber denken Sie nicht daran, sie zu besuchen. Nackt kommen Sie nie bis dahin!«

Der Papst hatte recht, und Unkel wusste, dass er sich das kleine Büchlein nicht so lange vor sein von Gott gegebenes, fast unschicklich großes Gemächt halten konnte. Er brauchte Kleidung. Und zwar schnell. Nur woher? Der Papst hielt seine unter Verschluss. Also musste er sich selber welche herstellen. Vor Kurzem hatte er mit dem Altentreff Ostereier aus Seidenpapier für den Baum im Pfarrheim gebastelt. Viele tolle Dinge ließen sich mit Seidenpapier basteln. Auch Weihnachtssterne, Nikoläuse, Kreuze und sicher auch Unterhosen. Vor allem, da es im Bistro des Clubs neben Servietten auch noch Strohhalme gab! MacGyver hätte daraus sicher eine Digitalkamera, eine Currywurst mit Pommes und einen Flugzeugträger basteln können.

Unkel griff sich genug Material und verzog sich in die Toilettenanlage.

Als er wieder herauskam, hielt er etwas in der Hand, das sich, nachdem er durch ein Loch im Zaun aus der Anlage geschlüpft war, als veritables Papierröckchen herausstellte. Mit einem gewagten Schnitt. Dafür betonte es gekonnt Unkels schmale Hüften und seine langen Beine .

Er war frei!

Nun konnte er alles tun und lassen, was er wollte!

Ihm stand die Welt offen!

Minuten später stand Unkel immer noch wie angewurzelt da. Wo lang nur? Plötzlich ertönte eine Stimme, die eigentlich nur noch als Hustenanfall durchging. »Ah, da bisse ja, Kapaplänchen! Oder soll ich dich lieber meine kleine Elfe nennen? Hast du dir auch schöne Flügelchen gebastelt?«

Omma Brock! Unkel bekreuzigte sich dreimal, doch sie verschwand davon nicht. »Ich habe leider keine Zeit für Sie.«

»Doch, die hast du. Du bist ab jetzt mein Rudersklave. Oder besser: meine kleine Ruderfee!«

»Auf Wiedersehen, Frau Brock. Gott sei mit Ihnen.«

Ihre große, haarige Hand, die Unkel immer an King Kong erinnerte, legte sich auf seine Schulter. »Wetten, dass du mir hilfst, Furunkelchen?«

»Nichts dergleichen werde ich tun!«

Omma Brock holte ein Feuerzeug aus den Tiefen ihrer Taschen, entzündete es und hielt es ganz nah an Unkels Papierröckchen.

8. Kapitel

von Ralf Kramp

Das Wasser schwappte träge und schwarz um den Kiel des Bootes. Omma Brock hatte als Motivationshilfe einen kleinen Mayonnaise-Eimer mit an Bord genommen. Auf dem schlug sie jetzt mit zwei Schöpfkellen den Takt, zu dem Unkel sich in die Riemen legte. Selbstverständlich ganz leise, denn die Bootstour war eine geheime Kommandosache. Sie überfuhren schlafende Enten und auch einen Surfer, der auf seinem Brett eingeknackt war.

»O weia, wat hab ich mir da 'n Schwachmaten geangelt«, jammerte die Omma. »Leg mal en paar Knoten zu, Kaplänchen.«

»Aber ich mach doch schon, so schnell ich kann! Außerdem ist mir kalt!«

»Selber schuld, du Elferich. Hättest dir ja auch direkt 'nen Norwegerpullover aus deinen Servietten falten können. Weiter rechts!«

»Steuerbord?«

»Net so neunmalklug, Freundchen!« Sie schlug mit einer Fliegenklatsche nach ihm. In Ermangelung einer neunschwänzigen Katze, die ihrer Meinung nach eigentlich mit an Bord gehört hätte. Sie hatte in der Eile aber nur vier streunende Katzen auftreiben können, und bis das mit den Schwänzen erledigt gewesen wäre …

»Wat is dat denn da?« Sie unterbrach ihr Trommeln und stierte durch ihre dicke Hornbrille auf die Wasseroberfläche, die sich in ein paar Metern Entfernung deutlich sichtbar kräuselte.

»Nein, das wird doch nur ein dicker Fisch sein. Gucken Sie lieber mal da!«, wisperte Unkel und deutete auf die andere Seite des Bootes, wo am Ufer etwas aufblitzte.

»Quatsch, da!«, raunzte Omma Brock und wies auf den kleinen Strudel. Ihr war so, als bewegte sich darunter ein bleicher, großer Leib eines Tieres durchs Wasser.

Unkel guckte nur kurz hin, wandte sich aber gleich wieder um und heftete seinen Blick ans Ufer, das sie erst vor etwa einer Viertelstunde verlassen hatten. »Mit Rursee-Fischen kenn ich mich nicht aus. Da ist diese Frau Dr. Schnielzenbrömm die Spezialistin. Gucken Sie mal lieber da hinten! Da spiegelt sich das Mondlicht in irgendwas! Ich glaube, es ist ein Fernglas!«

Ein gewaltiger Ruck ging durch das Boot, als es auf den Strand der kleinen Insel auflief, und Omma Brock purzelte auf den hilflosen Kaplan und stülpte ihm im Fallen den Mayonnaise-Eimer über den Kopf.

»Du jehst aber ran, Kaplan Rührmichnichtan. Ich denk, ihr macht dat nur mit dem Zölibat, oder wie dat Dingen heißt.«

»Öhödölömödödö«, kam es aus dem Eimer.

Omma Brock versuchte, ihn vom Kopf des Kaplans herunterzuzerren, aber es gelang ihr nicht. »Dann bleibt dat Döppen eben drauf«, knurrte sie. »Is sowieso schöner als dein Milchgesicht.« Sie klopfte feste dagegen. »Hörste mich da drin?«

»Hödölögöfööö.«

»Du bleibst hier und passt auf dat Boot auf, hörste? Die Omma is gleich wieder da!«

»Gölömödö.«

So gut es mit ihren Feld-, Wald- und Wiesentretern ging, schlich sie vom Ufer auf das Zentrum der Insel zu, wo sie das Camp der abgewrackten Dschungelpromis vermutete. Ein schwacher Feuerschein wies ihr den Weg. Während sie schlich, zertrat sie Äste und trat Steine aus dem Weg, was zur Folge hatte, dass es sich anhörte, als rollte eine Dampfwalze durch das Gestrüpp. Verfolgt von einem Kran mit Abrissbirne.

Tatsächlich näherte sie sich rasch dem Camp, was unschwer an der wachsenden Dichte von Kameras zu erkennen war, die von den Bäumen baumelten. Zwei setzte sie mit der Schöpfkelle außer Gefecht, die sie vorsichtshalber mitgenommen hatte, und drei weitere schüttelte sie einfach vom Baum. Als aus der Richtung des Camps eine bange Frauenstimme herüberrief: »Wer ist da?«, antwortete sie mit verstellter Stimme: »Fledermaus!«

Die Stimme antwortete: »Ach, da bin ich aber erleichtert.« Das musste die wasserstoffblonde Daniola Miezenberger sein.

Florian Silberlöffel saß im weißen Pluderhemd am Lagerfeuer und zählte Mückenstiche. »Hundertzweiundsiebzig … hundertdreiundsiebzig …« Seine Stimme klang jämmerlich. Der Überlebenskünstler Rüdiger Nähzwerg rief aus seiner Hängematte: »Die nächste, die du tothaust, gibst du mir! Ich hab gerade voll Appetit auf Mücken!«

Omma Brock schwang die Kelle und knockte den zählenden Volksmusikmoderator nach dem hundertsechsundachtzigsten Mückenstich out. Dann zog sie ihn, ohne dass jemand etwas davon bemerkt hätte, ins Dunkel der Büsche hinein.

Als Silberlöffel wieder wach wurde, schien er aufkreischen zu wollen, als er Omma Brocks diabolisches Grinsen im Mondschein über sich sah, aber seine Entführerin legte ihm eine ihrer Pranken auf den Mund.

»Schön kusch, du Flötenaugust. Jetzt biste mal leise, denn sonst musst du bei der Omma mal in der Achsel schnuppern, kapiert?« Unter ihrem unbarmherzigen Griff war leise ein angstvolles Wimmern zu hören. Omma Brock wertete das als Zeichen der Kooperationsbereitschaft und nahm die Hand weg. »Jut. Also, die Omma hat dich jesehen, Knäbchen. Dich un den Bianco, wie ihr euch jestritten habt. Un jetzt is der Bianco tot. Da muss die Omma doch nur drei un drei zusammenzählen …«

»Sechs!«, wisperte Florian Silberlöffel angstvoll.

Omma Brock nickte. »Fein, stimmt jenau, du kleine Flitzpiepe.«

»Nein, Sex!«, zischte Silberlöffel. »Der Huberto hatte immer nur Sex im Kopf. Und das ist ihm zum Verhängnis geworden.«

»Sex?«, murmelte Omma Brock nachdenklich. »Hab ich schomma von jehört. Un wieso ist der Bianco tot? Wejen Sex?«

Silberlöffel nickte heftig, und Omma Brock erhob sich von seinem Brustkorb, auf dem sie bis jetzt gesessen hatte. »Ständig musste der mit den Frauen rummachen. Zuletzt war da so ein wildes Weib aus dem FKK-Club. Eine ganz hemmungslose.«

»Un die hat den dabei totjebissen? Un dabei gleich en janzes Stück Bianco runterjeschluckt?«

»Die war das, garantiert! Ich hab damit nix zu tun!«

»Un warum habt ihr zwei euch jezofft?«

»Weil der Huberto ein doofer Spielverderber war! Hat er jetzt davon!«

»Spielverderber? Wieso?«

»Der hat gepfuscht. Der war voll der Spielverderber. Der ist immer heimlich runter von der Insel und hat gefressen und gesoffen und gevö…« Es klang sehr verbittert.

»Weißte sonst noch wat von der Frau?«

Silberlöffel dachte angestrengt nach. »Die hat ein Muttermal in Form des Nürburgrings.«

»Wo?«

»Unter der rechten Brust. Huberto sagt, je nachdem wie sie ... Also, welche Stellung ... also ... ab und zu kann man es sehen.«

Omma Brock bohrte einen Moment lang nachdenklich in einem ihrer großen Nasenlöcher. Mit zwei Fingern. Sollte sie dem winselnden Hänfling zu ihren Füßen glauben? Im Allgemeinen hatte sie die Erfahrung gesammelt, dass Männer stets mit der Wahrheit herausrückten, wenn sie ein bisschen auf Tuchfühlung ging. Sie hatte das immer ihrem atemberaubenden Sex-Appeal zugeschrieben. Silberlöffel schien ihr auch schon verfallen. Sie beschloss daher, seiner Aussage Glauben zu schenken.

»Pass auf, Kerlchen«, hauchte sie und beugte sich noch einmal zu ihm hinunter. »Die Omma kauft dir dat ab. Aber bevor du wieder zu deinen Tünnessen da rüberkrabbelst, kriegt die Omma noch wat von dir.«

Florian Silberlöffel versuchte panisch, sich im Erdboden einzugraben.

»Ein Autogramm!«

Überrascht hielt Silberlöffel in seinen Bewegungen inne. »Ein Autogramm?«

Er fummelte nervös in seinen Hosentaschen herum und förderte unzählige kleine Dinge zutage. Bleistiftspitzer, Kuchengäbelchen, Flaschenöffner, Kaubonbons, Haargummis ...

»Wat is dat denn für en Sammelsurium?«

»Ach, nur Sachen, die ich so ... finde.« Er hielt triumphierend einen kleinen Kugelschreiber hoch.

»Los, schreib: Für die liebe Omma Trude Brock.«

»Aber ich habe gar kein Papier. Das dürfen wir im Camp nicht haben.«

Omma Brock überlegte kurz, ob sie ihn auf einer geeigneten Körperstelle unterschreiben lassen wollte, dachte dann aber daran, dass sie die wohl kaum bei ebay verticken konnte und sagte drohend: »Bin gleich wieder da. Un wehe du verkrümelst dich inzwischen! Die Omma findet dich!«

Als sie zurückkehrte, wedelte sie gut gelaunt mit Kaplan Unkels Serviettenröckchen.

9. Kapitel

von Uwe Voehl

Na, wie geht es dem Patienten?«, fragte Coltella am nächsten Morgen. Sie überspielte ihr aufkeimendes schlechtes Gewissen mit einer Fröhlichkeit, die sogar der munter strahlenden Morgensonne die Schau stahl.

Ihr Assistent Winfried zu Clairvaux schaute sie an, als wollte er sie fressen. Oder sich in den Rursee stürzen. Oder beides. Vor einer Minute war er in den Frühstücksraum gestürmt und hatte sie erspäht. Nun saß er mit hängenden Schultern vor ihr und starrte sie düster an.

Clairvaux litt unter einem Sprachfehler. Er lispelte. Besonders, wenn er aufgeregt war. Und das war er eigentlich immer.

»Tot. Mausetot«, flüsterte er nun. Und diesmal lispelte er nicht!

»Sagen Sie es noch einmal!«

»Was?«

»Na: mausetot!«

»Mausetot!«

»Und jetzt: Der Whisky-Mixer mixt den Whisky; den Whisky mixt der Whisky-Mixer.«

»Der Whisky-Mixer wixt den Whisky; den Wixer … holla!«

»Clairvaux! Sie lispeln plötzlich nicht mehr!«

»Wirklich?«

»Das muss an dem Schock liegen. Sie sind geheilt!«

»Auch das kann mich nicht trösten.«

»Ach was«, sagte Coltella. »Der Doc wird Ihren Liebling schon wieder aufpäppeln.«

Doc nannten sie den örtlichen Autoflüsterer.

»Ich fürchte nicht«, sagte Clairvaux mit brüchiger Stimme. »Wie lautet denn seine Diagnose?«

»Totalschaden.«

Coltella winkte ab und biss herzhaft in ihr Brötchen. »Das heißt doch nur«, sagte sie schließlich, »dass die Reparaturkosten die des Restwertes übersteigen würden. Sehen Sie es realistisch: Sie haben sich da in etwas verguckt, das Ihre Liebe nicht wert ist. Mein Tipp: Verwenden Sie das, was Sie von der Versicherung noch für Ihre Rostlaube bekommen, als Anzahlung für einen schicken Kleinwagen.«

Clairvaux griff zu einem Brötchen und knetete es. Es war nicht schwer zu erahnen, dass er dabei an Coltellas Hals dachte.

»Greifen Sie ruhig zu!«, ermuntert ihn Coltella. »Ich bin sowieso schon satt.« Sie wischte sich mit der Serviette einen Klecks Marmelade von den Lippen. »Gut, dass Sie endlich hier sind. Haben Sie etwas herausfinden können?«

Clairvaux riss sich zusammen. Wenn seine Chefin ihn dazu aufforderte, schaltete er automatisch in den Dienstmodus: »Ich habe die gespeicherten Nummern des Handys überprüft, das bei der Wasserleiche gefunden wurde …«

»Ja und?«

»Allein die letzten fünf sind fünf verschiedenen Frauen zuzuordnen.«

»Haben Sie mit ihnen gesprochen?«

»Natürlich. Und jede Einzelne schwärmte davon, was für ein toller Hengst Huberto gewesen ist.«

»Hm, könnte vielleicht Eifersucht im Spiel gewesen sein?«

»Glaub ich nicht, aber ich werde den Frauen natürlich noch weiter auf den Zahn fühlen. Apropos Zahn: Ich habe das Foto mit den Bissspuren des Toten an sämtliche Zahnärzte in der

Umgebung geschickt. Noch nicht mal der Beißer aus James Bond hätte es geschafft, ein so großes Stück Fleisch mit einem Biss rauszureißen.«

»Wenn es kein Mensch war, kommt vielleicht ein Tier infrage?«

Clairvaux schüttelte den Kopf. »Ebenfalls Fehlanzeige. Sowohl unseren Experten als auch sämtlichen Tierärzten, denen ich das Foto übermittelt habe, ist kein Tier bekannt, das solche merkwürdigen Zahnabdrücke hinterlässt.«

»Vielleicht kein hiesiges. Aber es könnte ja auch ein Krokodil gewesen sein. Oder ein Nilpferd … was weiß denn ich?«

»Die Einheimischen haben eine andere Erklärung.«

»Ich weiß, aber ich will sie nicht hören.«

»Aber ich habe mich erkundigt.« Hektisch zog er ein dünnes Bändchen hervor. »*Alles über Rurie* von einer Frau Dr. Dorothea Schnielzenbrömm. Ein wirklich beeindruckendes Sekundärwerk! Die Eifeler schwören darauf!« Aufgeregt blätterte er eine bestimmte Seite auf. »Hier haben wir's! Sehen Sie sich die Bissspuren an!« Clairvaux wies auf ein Foto. Es zeigte einen toten Waschbären. Aus seiner Leibesmitte war ein Stück Fleisch gerissen. »Die gleichen Bissspuren wie bei Huberto Bianco!«

»Verschonen Sie mich mit dem Unsinn, Clairvaux. Lassen Sie uns endlich mit der Arbeit beginnen.«

* * *

»Sie haben Glück, dass gerade Ferien sind!« Studienrätin Griselda Kleine-Döveling inspizierte das zweiköpfige Kripoteam durch ihre lupendicken Brillengläser mit strengem Blick. »Normalerweise ist es nicht Aufgabe der Schule, der Polizei Asyl zu gewähren.«

»Ihr Bürgermeister hat uns nun mal an Ihre Schule verwiesen. Keine Sorge, bis zum Ende der Ferien sind wir wieder verschwunden. Und nun zeigen Sie uns bitte unser neues Büro«, verlangte Coltella.

Frau Griselda Kleine-Döveling schnaubte hörbar und machte damit deutlich, dass sie nur ungern Befehle entgegennahm. Als sie jedoch Coltellas eisigen Blick spürte, gab sie sich geschlagen.

Sie drehte sich um und latschte auf ihren Birkenstock-Schlappen voran. Coltella und Clairvaux folgten ihr durch das Labyrinth der menschenleeren Flure.

Endlich stoppte die Studienrätin vor einer der vielen Türen und schloss auf: »Bitteschön: Klasse 1c.«

»Ein Klassenraum als Büro?«, entfuhr es Coltella. »Sie ging an der Frau vorbei und sah sich um. »Hier gibt's doch noch nicht mal einen Telefonanschluss. Was ist mit dem Sekretariat?«

»Wird im Moment renoviert. Genau wie das Lehrerzimmer und die meisten anderen Räume. Wenn Ihnen dieser Raum nicht passt, hätte ich höchstens noch den Kohlenkeller anzubieten.«

»Gibt's wenigstens eine Steckdose für die Kaffeemaschine?«, seufzte Clairvaux.

»Kaffeekonsum ist auf dem Schulgelände verboten. Genau wie Kiffen und Alkohol. Aber beim Hausmeister können Sie Milch und Kakao kaufen. Herr Düvel steht Ihnen im Übrigen zur Verfügung, wenn Sie noch weitere Wünsche haben.«

Coltella sah sich noch immer ungläubig um. »Ich brauche elektrische Anschlüsse, W-Lan und, verdammt noch mal, Stühle für erwachsene Menschen, nicht für Hobbits!«

Selbst vor dem Lehrerpult stand kein Stuhl.

Frau Griselda Kleine-Döveling grinste diabolisch. »Die Stühle für die Lehrerschaft werden im Moment aufgemöbelt.

Sie können sich natürlich gern einen selbst schnitzen. Wir haben nebenan einen Werkraum.« Und damit drehte sie sich um und latschte davon.

»So ein Biest!«, zischte Coltella. »Egal, wir müssen das Beste daraus machen. Clairvaux, stöbern Sie diesen Hausmeister auf, damit wir hier loslegen können. Clairvaux? Was ist los mit Ihnen?«

Ihr Assistent starrte mit weit aufgerissenen Augen an ihr vorbei.

»Da … da!«, stammelt er.

»Was haben Sie denn?«

Coltella drehte sich um, um zu sehen, was ihn derart aufwühlte. An der Wand hingen Bilder, die offensichtlich die Kinder gemalt hatten.

Sie trat zu der Bildergalerie, um sie von Nahem zu betrachten. Es waren lauter Rurie-Zeichnungen. So wie die Kinder sich ihren Rurie vorstellten: Mal dick, mal dünn, mal mit einem, mal mit sieben Köpfen, mal sah Rurie so niedlich aus wie Schnappi, das Krokodil, auf einem anderen so furchterregend wie Godzilla. Es spie sogar Feuer.

»Hat Sie das so erschreckt, Clairvaux?« Sie zeigte auf das Godzilla-Bild.

»Nein, aber das daneben!«

Coltella sah sich die Zeichnung an. Und plötzlich erfasste auch sie ein eiskalter Schauder. Das Monster, wenngleich von kindlicher Hand aufs Papier gekrickelt, sah jenem Ungeheuer, das sie bei ihrer Ankunft gesehen hatte, erstaunlich ähnlich.

Bis auf die dicken Füße. Auf dem Bild waren sie schwarz und rund gezeichnet. Aber eigentlich konnte sie sich sowieso nicht an die Füße erinnern. Die waren im Nebel versunken gewesen.

Clairvaux war mittlerweile neben sie getreten. Er hatte wieder das Rurie-Buch von Frau Dr. Dorothea Schnielzenbrömm hervorgezogen und blätterte nun aufgeregt darin herum.

»Sehen Sie mal hier«, sagte er plötzlich. »Seite 46.«

Dort waren zwei Abbildungen zu sehen. Auf der ersten ein sehr verschwommenes Rurie-Foto, das ein Amateurfotograf angeblich schon vor zwanzig Jahren geschossen hatte. Viel war darauf nicht zu erkennen, aber die Proportionen stimmten erstaunlich mit der Kinderzeichnung überein. Ein kurzer Vergleich genügte, um sicher zu sein.

»Dafür gibt's bestimmt eine ganz einfache Erklärung«, sagte Coltella. »Das Kind kannte die Abbildung in dem Buch und hat es abgemalt.« Erneut betrachtete sie die Kinderzeichnung. »Aber ich finde etwas anderes sehr erstaunlich. Fällt Ihnen etwas auf, Clairvaux?«

»Nein, aber ich glaube, wir sollten uns mal mit Frau Dr. Dorothea Schnielzenbrömm unterhalten ...«

»Vielleicht später.« Coltella wies auf die anderen Zeichnungen an der Wand. »Auf den meisten Bildern ist Rurie entweder allein zu sehen oder mit irgendwelchen Menschen, die vor Rurie davonlaufen. Aber auf dieser einen Zeichnung steht jemand neben Rurie, als wäre er völlig unbeteiligt.«

Die Strichmännchen-Gestalt trug eine blaue Latzhose und hatte kurze, schwarze Haare. Die Augen waren mit zwei Punkten angedeutet, die Nase bestand aus einem senkrechten und der Mund aus einem waagerechten Strich. Viel mehr Merkmale gab es nicht.

Oder doch! Coltella rückte noch näher an das Bild heran. »Was bedeutet wohl das schwarze Kästchen, dass die Gestalt in der Hand hält? Sieht aus wie ein riesiger Legostein.«

»Oder eine Schachtel Pralinen. Vielleicht mag Rurie Süßigkeiten, und der Mann auf der Zeichnung ist so eine Art Dompteur. Deswegen läuft er auch nicht weg.«

Coltella drehte sich um und schaute ihren Assi fast bewundernd an. »Manchmal glaube ich, Sie haben nicht alle Tassen mehr im Schrank, Clairvaux. Aber gerade frage ich mich, ob Ihr Irrsinn nur Ihre Genialität verdeckt.«

»Wie jetzt?«

»Egal, wir müssen ...«

Coltella hatte das Buch zugeklappt und wollte es Clairvaux zurückgeben. Ihr Blick fiel auf das Foto der Autorin, das auf der Rückseite abgebildet war.

Frau Dr. Dorothea Schnielzenbrömm trug darauf eine Latzhose.

Sie war blau.

10. Kapitel

von Carsten Sebastian Henn

Die Sonne weckte Unkel wie jeden Morgen im päpstlichen FKK-Land und kroch wie eine warme, feuchte Schnecke die Füße empor über seinen entblößten Po, den sie lange benetzte, bis zum Kopf, wo sie auf seinen Haaren kaute.

Oh, war gar nicht die Sonne, war der Mastiff vom Papst.

Unkel wuchtete sich aus seiner Hängematte.

»Na, endlich sind Sie wach«, sagte der hinter seinem Hund stehende Papst. »Ich muss Ihnen was sagen. Gott war diese Nacht leider nicht mit Ihnen.«

Umgehend musste Unkel sich bekreuzigen. »Der Herr verlässt mich nie!«

»Dann war er vielleicht bei Ihnen in der Hängematte zum Kuscheln – aber nicht bei Ihren Sachen. Kommen Sie mit.«

Unkel schnappte sich seinen Brustbeutel, und der Papst führte ihn zu dem Wellblechverschlag, in dem sich die Schließfächer der Club-Mitglieder befanden. Ein einziges war aufgebrochen und durchwühlt. Unkel erkannte sofort seine züchtig-katholische Unterwäsche und das Kaplansgewand in Extra-Slim.

»Fehlt was?«, fragte der Papst schnarrend und machte sich mit den Fingern einen Scheitel. Dann tat er dasselbe mit seinem Haupthaar.

»Nein«, sagte Unkel. »Es scheint alles da zu sein.«

Der Papst nickte zufrieden. »Ihr neues Fach ist Nummer 69. Kleiner Witz von mir. Wegen der Stellung wo Sie… ach, vergessen Sie es. Ich zeig Ihnen demnächst lieber ein passendes

Foto. Für Sie wäre Stellung 9 eh besser. Ist wie 69 nur allein. Oder dürfen Sie das auch nicht? Naja. Aber den Schlüssel bekommen Sie erst bei der Abreise!«

Schnell schloss er alles ins neue Fach ein und weg war er.

Unkel bekreuzigte sich wieder, das konnte schließlich nie falsch sein, und wollte gerade gehen, als sich ein Mann vor ihm aufbaute. Soweit das mit 1,66 Meter ging. Aber die Wut ließ ihn gefühlte fünfzig Zentimeter wachsen. Er hielt ein Messer in der Hand. Eines zum Broteschmieren. Im Zweifelsfall hätte er Unkel damit nicht totstechen, sondern höchstens totbuttern können.

»Händigen Sie mir Ihren Brustbeutel aus! Umgehend!« Nachdem Unkel nicht reagierte schob der Mann noch ein »Bitte!« hinterher.

Der Mann sah nicht aus, wie jemand, der Verbrechen beging, sondern wie jemand, der diesen zum Opfer fiel. Er sah aus wie jemand, der Gartenzwerge sammelte, zwei mal die Woche sein Auto wusch und weiße Socken in seinen Sandalen trug. Und dessen Beine selbst im Hochsommer käseweiß waren. Er war völlig bekleidet.

»Mein Sohn, ich will dir nichts verwehren. Aber lass uns reden.« Unkel hatte bei den letzten Exerzitien beschlossen, alle Männer fortan »mein Sohn« zu nennen, da durch ihn quasi Gott sprach. Außerdem fühlte sich so sein Gegenüber gleich wieder etwas kleiner. Höchstens noch 1,64 Meter.

»Bitte zwingen Sie mich nicht, dieses gefährliche … Butterbrotmesser zu benutzen!«

Unkel entschied mit einem Bibel-Spruch zu antworten. »Das gestohlene Brot schmeckt dem Manne gut; aber am Ende hat er den Mund voller Kieselsteine.«

Dem Mann, oder besser dem Männlein, kamen nun die Tränen. Unkel hatte schon Angst, er würde das Messer gegen sich selbst richten. Indem er zum Beispiel ein großes Glas Marmelade holte und sich auf brutalste Weise damit bestrich.

Deshalb nahm er ihm zuerst die Waffe ab und den Mann dann in den Arm. In der Mitte der Wellblechhütte stand eine Bank, auf die sie sich nun setzten. »Sprich dich aus.«

»Mein Schatzzzz.« Seine dürren Fingerchen griffen nach Unkels Brustbeutel. Dieser beschloss, ihm diesen einfach mal zu geben.

Wie ein Eichhörnchen, das seinen Nussvorrat für den Winter ausbuddelt, ging der Mann die Münzen durch, warf jedoch jede einzelne davon fort, immer hektischer werdend, bis der Brustbeutel schließlich leer war, egal wie sehr er diesen auch schüttelte.

»Er ist nicht da!«

»Wer?«

»Der Gratia Dollar! Wer denn sonst? Sie müssen ihn ausgegeben haben! Wem haben Sie Geld gegeben, sprechen Sie, Priester! In Gottes Namen, sprechen Sie!«

In den Augen des Mannes platzten einige Äderchen. Unkel konnte es hören. Wie Popcorn in der Mikrowelle.

»Ich habe ganz bestimmt niemandem einen Dollar gegeben. Meine Mutter hat mir beigebracht, immer genau zu schauen, welches Geld man ausgibt. Was ist ein Gratia Dollar?«

Die Stimme des Mannes war nun weinerlich. »Ein Silberdollar, der eine Million Dollar wert ist. Er ist aus Kanada, wo man 1911 eine Dollar-Münze einführen wollte – doch dann kam es nie dazu. Bis 1960 dachte man, es gebe keine geprägte Münze, doch dann fanden sich zwei. Genau zwei« Und ich habe die dritte … gefunden. Die Vorderseite zeigt König Georg V., die Rückseite die Krone, den Wert der Münze sowie einen Lorbeerkranz. Sie ist wunderschön.«

»Nie gesehen«, sagte Unkel.

»Aber ich habe sie in Ihren Opferstock getan, in Welterscheid. Und ich habe gesehen, wie Sie die Münzen im Pfarrhaus an sich nahmen und dafür Geldscheine hineinlegten. Sie müssen den Gratia Dollar haben!«

»Nein. Ganz sicher nicht.«

»Aber nach mir hat nur noch eine alte Dame Geld in den Opferstock getan.«

»War sie übel riechend?«

»Ähm, ja, jetzt wo Sie es sagen.«

»Übel dreinschauend?«

»Ja ja.«

»Wuchsen ihr die Haare büschelweise aus den Ohren, und hatte sie eine Warze auf der Nase, die aussah wie eine kleine Lehmhütte?«

»Ja!« Der Mann sprang auf.

»Das war Frau Gertrud Brock. Sie ist der Ansicht, dass die Gemeinde für Menschen spendet, die Geld gut gebrauchen können. Deshalb tut sie immer nur so, als würde sie Geld hineinlegen, in Wirklichkeit nimmt sie aber alles, was sie kriegen kann.«

»Brock! Welterscheid!«, sagte der Mann nun mit Glanz in den geweiteten Augen. »Mein Schatzzzz!« Und damit verschwand er so schnell, wie er aufgetaucht war.

Erst jetzt fiel Unkel auf, dass er ihn nicht mal nach seinem Namen gefragt hatte.

Nachdem er dreimal kurz durchgeatmet hatte, machte er sich an seine heutige Aufgabe, die man kurz so zusammenfassen konnte: Brüste. Um das Muttermal in Form des Nürburgrings zu finden, das sich unter einer rechten Brust befand. Was Omma Brock da von ihm verlangte, war ein nahezu unmögliches Unterfangen. Wie sollte er diese Frau nur unter all den Frauen im Camp herausfinden? Während er durch die Anlage ging, schaute er jeder Frau intensiv auf die Brüste. Ja, er stierte. Manchmal ging er auch näher heran. Bei manchen war direkt auszumachen, dass sich dort kein Muttermal befand, doch andere wiederum waren so ausladend, dass sie fast nahtlos in die Knie übergingen. Da musste er dann schon mal etwas anheben. Oder zur Seite schieben. Wie bei Gardinen. Sein kurzer Spaziergang brachte ihm drei Ohrfeigen, vier Tritte gegen das Schienbein und ein beherztes Ergreifen seines Schrittes mit angedeutetem Abreißen und dem Spruch: »Ich mach aus deinem dicken Pitter gleich die dicke Petra!« ein. Unkel hatte versucht, sich damit herauszureden, er würde die Brüste damit segnen, es sei ein altes, katholisches Ritual zur Förderung des Kindersegens, das würde sie wachsen lassen. Was ihm weitere Ohrfeigen sowie die Frage eingebracht hatte, ob er die Brüste etwa für zu klein halte? Der Kindersegen kam besonders bei den Frauen über 60 als Ausrede nicht so gut an.

Unkel war sich völlig bewusst, dass er so den fraglichen Busen mit Muttermal nicht finden würde – oder vorher zu Tode geprügelt werden würde. Omma Brock war deshalb in der Nacht noch auf eine Idee gekommen: Er sollte ein Fitnesstraining anbieten. Für Bauch, Beine, Po und Hupen, hatte sie vorgeschlagen. Das sei für Frauen wichtig. Habe sie in den Frauenzeitschriften gelesen, die sie beim Friseur und beim Arzt immer mitgehen ließ. Ihre Lesezirkel-Bibliothek wuchs jedes Jahr um mehrere Meter. Omma Brock hatte gesagt, Unkel müsse nur einen Handstand einbauen, dann würde die Schwerkraft ihre Arbeit tun und das Muttermal entblößen.

Sie hatte sogar angeboten, es vorzumachen.

Unkel hatte abgelehnt.

Sich bekreuzigt.

Sowie an Katzenbabies gedacht, um die Bilder im Kopf zu bekämpfen..

Omma Brock hatte nur gelacht. »Ist schon gut, Klapperlaplänchen. Wenn ich das mache, sehe ich vermutlich nix mehr!«

Noch jetzt, wo Unkel das erste handgeschriebene Werbe-Plakat für seine katholische Ba-Be-Po-Hu-Fi aufhing (Bauch-Beine-Po-Hupen-Fitness) fragte er sich, was die alte Frau damit wohl gemeint haben konnte.

11. Kapitel

von Ralf Kramp

Hier ist euer Cool-Crash-Wham-Bang-Hitradio Eifel mit den größten Hits der 90er, Nuller und von vorgestern! Wir unterbrechen unsere Power-Pop-Hip-Hop-Hit-Sendung für eine Tip-Top-Mega-Power-Sondermeldung!«

Omma Brock lutschte sich schmatzend den Curryketchup von den Fingern, mit dem sie gerade den »Orkan-Omma« abgeschmeckt hatte, eine neue Cocktailkreation, bei der auch Klosterfrau Melissengeist, Brennspiritus und Odol eine nicht zu unterschätzende Rolle spielten. Sie raspelte mithilfe ihres Hornhauthobels Muskat darüber, dann nur noch eine Wellensittich-Knabberstange rein – fertig! Der junge Mann auf der anderen Seite der Cocktailtheke guckte ängstlich. »Eigentlich wollte ich aber eine Cherry Coke und ein stilles Wasser.«

»Alles da drin«, raunzte die Omma und knallte ihm das schlierige Trinkgefäß auf den Tresen.

Im Radio plärrte der Moderator: »Wer von euch ist der Cool-Crash-Wham-Bang-Hitradio-Eifel-Super-Duper-Paparazzo dieses Sommers? Schickt uns ein Foto von dem größten Promi, den es in der Eifel gibt. Nein, wir meinen nicht Heino, auch nicht die Flöten im Eifel-Camp. Nein, fotografiert für uns Rurie, das Monster aus dem Rursee, und kassiert 10.000 fröhliche Öre bar auf die Pfote!«

Momentchen mal, dachte Omma Brock. Wenn sie sich nicht irrte, hatte sie doch dieses possierliche Kerlchen erst letzte Nacht im Wasser ums Boot rumeumeln sehen! Ob ihr wohl diese Frau Doktor Schnielzenbrömm weiterhelfen könnte, von der ihr der Kaplan erzählt hatte?

Der junge Mann nippte an dem Cocktail, seine Brillengläser bekamen Risse, er selbst kriegte violette Ohren und kippte sofort nach hinten um. Omma Brock huschte um die Theke, schubste seine kreischende Freundin zur Seite, beugte sich zu ihm hinab, zog ihm den Schlüsselbund aus der Tasche der Bermudashorts und sagte zu den Umstehenden: »So hackedicht, wie der ist, darf der nicht mehr fahren.«

Allgemein fanden die anderen Kunden das sehr verantwortungsvoll und blickten der dicken, alten Frau hinterher, die alles stehen und liegen ließ und zu dem Mofa hinwackelte, von dem sie den jungen Mann und seine Freundin hatte absteigen sehen.

Wenige Minuten später knatterte es nur noch leise, blaue Qualmwolken hingen in der Sommerluft, und Omma Brock war weg.

* * *

Dr. Dorothea Schnielzenbrömm beugte sich aus der Tür ihres Wohnmobils. »Von welchem Institut, sagen Sie?«

Omma Brock deutete auf das Mofa-Nummernschild, das sie abgerissen und sich in Brusthöhe an das Revers ihrer Kittelschürzte gepappt hatte. »Hier: ZSF - Zoologisches Superschlaues Forschungsinstitut. Ich bin Mitarbeiterin Nummer ...«, sie schielte nach den Ziffern, ... »309.«

Als sie von der älteren Dame in der Latzhose lediglich einen skeptischen Blick und ein ungläubiges Brummen erntete, fügte sie rasch hinzu: »Ich bin auch Doktor, genau wie Sie. Doktor der Paläntо... Plemmplemmo... Polenta-Zoologie. Dr. Trude Brock. Bei uns im Institut heiß ich übrigens Jurassic

Brock.« Sie ließ einen rasselnden Tyrannosaurus-Rex-Lacher vom Stapel und sagte dann: »Man hat mir gesagt, Sie wären *die* Fachfrau für dieses Rurie-Dings, diesen Riesenmolch, oder was das ist, was hier so im See rumdödelt.«

»Na gut«, sagte Dr. Schnielzenbrömm mit immer noch gerunzelter Stirn, »dann kommen Sie mal rein in die gute Stube.«

Im Inneren des Wohnmobils gab es kaum einen Quadratzentimeter Resopal, der nicht mit Fotos und Zeichnungen von Rurie, dem Urzeitmonster beklebt war.

»Und wie kann ich Ihnen helfen?« Ihre Gastgeberin schüttete ihr einen Kaffee in eine Plastiktasse.

»Ich bin hergekommen, um mir dieses Ding …«

»Das ist nicht irgendein Ding!«, sagte Frau Dr. Schnielzenbrömm unwirsch.

»Nee, schon klar. Haben wir natürlich schon alles analysiert bei uns im Labor«, sagte Omma Brock wichtig und trank an ihrem Kaffee. Er war gallebitter und so warm wie kalte Füße. Erinnerte sie an den Cocktail, den sie gestern erfunden hatte: »Tollwut on the Brocks«. Fehlte nur der Spritzer Meister Proper, der dem Ganzen den gewissen Pfiff gab. »Wir haben da schon schwer rumgeforscht an dem Apparillo«, plauderte sie munter. »Gehört ja definitiv zur Gattung der Lippenblütler, also quasi ein entfernter Verwandter vom Zebra, so um drei, vier Ecken. Schwippschwager, kann man sagen. Ist aber auch 'n bisschen Wirbeltier mit drin. Aus der Fisch-Ecke, eher so Nacktsamer, wenn Sie verstehen, was ich meine.«

Dr. Schnielzenbrömm wischte das Geschwafel beiseite. »Es handelt sich um einen etwa fünfzehn Meter langen Plesiosaurus, übrig geblieben aus dem Mesozoikum. Vermutlich ein Männchen.«

»Sag ich ja, Plesio… Dings … aus dem Mosi… Ist ja auch egal, wo der herkommt, und wie, ob mit der Straßenbahn oder im Ballon. Jedenfalls haben Sie ganz genau recht, Frau Doktor Schniedelmömmes. Was meinen Sie, ob ich wohl mal ein Foto von dem Kameraden machen kann?« Ihr Blick wanderte über den Rand der Kaffeetasse hinweg über die zahllosen Bilder. Vielleicht sollte sie auch einfach eins davon klauen. Da hätte sie die 10.000 Kröten gleich ohne viel Tamtam im Sack. Und dann war Kreuzfahrt angesagt.

»Ein Foto?«, fragte Dr. Schnielzenbrömm herablassend. »Das kann ich mir kaum vorstellen. Wie Sie sehen, habe ich viele Nachtaufnahmen.«

Jetzt bemerkte Omma Brock es auch.

»Tagsüber kriegt man es so gut wie nie zu Gesicht. Ich selbst habe natürlich auch Fotografien, die bei Tageslicht gemacht wurden, drüben an der Wünschelbucht, aber ich forsche ja auch schon sehr lange.«

»Ich ja auch!«, sagte Omma Brock mit überzeugtem Tonfall. »Ich forsche schon, seit die Dinger noch friedlich in jedem Vorgarten gegrast haben!« Sie sah aus dem kleinen Fenster und bemerkte eine riesige, alte Scheune, keine hundert Meter entfernt.

»Rurie, wie die Einheimischen das Tier nennen, ist ein echter Touristenmagnet«, schwärmte die echte Biologin. »Von überallher kommen die Menschen zu uns. Wir haben Pläne, hier ein großes Museum einzurichten. Das macht den Rursee weltberühmt!«

»Da drin?«, fragte Omma Brock und wies zu der Scheune hin.

»Was? Nein, das ist nur ein Lager für ...«

In einer Ecke des Fensters wurde jetzt für den Bruchteil einer Sekunde der Kopf eines Mannes sichtbar

»Da, schon wieder!« Frau Dr. Schnielzenbrömm fuhr hoch und sprang auf die Wohnmobiltür zu. »Man versucht schon wieder mal, mich auszuspionieren!«

Omma Brock wurde hastig von ihr hinauskomplimentiert, und die Biologin schloss die Tür ab. Während Frau Dr. Dorothea Schnielzenbrömm mit Geschrei und erhobenen Fäusten einem kleinen, älteren Herrn hinterherlief, dem zwei dürre, schneeweiße Beinchen aus den kurzen Hosenbeinen ragten, blickte Omma Brock noch einmal zu der Scheune hinüber. War das Stacheldraht, der darum gespannt war? Egal, sie wusste jetzt, wo sie hinmusste: zur Wünschelbucht, jenem verträumten kleinen Uferstreifen, an dem alle Wünsche wahr wurden, wie ihr erst gestern ein verliebtes, junges Pärchen verraten hatte, kurz bevor es von einem »Orkan-Omma« mit zwei Strohhalmen ausgeknockt worden war.

12. Kapitel

von Uwe Voehl

Chefin, da draußen steht so 'n Paradiesvogel in Unterwäsche und will Sie sprechen.«

»Ich lasse bitten, Clairvaux!«, sagte Coltella, die soeben noch einmal die gesammelten Zeichnungen in dem Klassenzimmer, das zum Hauptquartier umgestaltet worden war, betrachtet hatte.

Da schob sich bereits eine klapperdürre Gestalt an ihrem Assi vorbei. Anstatt auf Coltella schielte er verlangend auf den Papierkorb in der Ecke, der halb voll mit zerknüllten Butterbrotpapieren war. Seit Ferienbeginn hatte ihn niemand geleert.

Der Mann schnüffelte wie ein Hund und sagte: »Ich rieche … rieche Pumpernickel. Und Käsestullen. Und Fleischwurst!«

Ehe Clairvaux ihn daran hindern konnte, sprang der Mann auf allen vieren zum Papierkorb und wühlte darin herum. In einigen Papieren fanden sich tatsächlich noch Reste von Schulbroten, manchmal nur wenige Krümel. Jeder Fund wurde mit einem lauten »Jödeldiblödel« begrüßt.

»Soll ich ihn rauswerfen?«, fragte Clairvaux. »Oder die Kollegen mit den weißen Jacken anrufen?«

»Nein, lassen Sie ihn«, entschied Coltella. »Das muss Florian Silberlöffel sein, der Mann von Quälene Kicher. Ich habe ihn mal irgendwo auf einem Foto mit ihr gesehen!«

Nach fünf Minuten hatte Silberlöffel seine Mahlzweit fast beendet. Er leckte gerade noch die ranzige Margarine von einem der Butterbrotpapiere ab, dann rieb er sich genüsslich den vollen Bauch und rülpste ein letztes »Jödeldiblödel«.

»Endlich wieder was im Magen! Sie können sich nicht vorstellen, wie es ist, wenn einem ständig die Käfer vor der Nase weggefressen werden.«

»Sind Sie etwa auch auf dieser Loser-Insel?«, entfuhr es Clairvaux.

Silberlöffel stellte sich in Position: »Erkennen Sie Rotznase mich etwa nicht? Ich bin der bekannteste Silberlöffel der Eifel!«

»Müssten Sie nicht auf Sendung sein – ich meine, auf der Insel?«, fragte Coltella. Jetzt erst fiel ihr auf, dass die Feinrippunterwäsche des Jodlers völlig durchnässt war. Hatte er etwa ...?

»Ja, ich bin den ganzen Weg hierher geschwommen«, jammerte das Bürschlein. »Ich weiß doch, wer den Huberto umgebracht hat!«

»Da bin ich aber gespannt!«

»Nähzwerg. Rüdiger Nähzwerg!«

»Ist das nicht dieser Raupenfresser?«, entfuhr es Clairvaux.

»Der frisst nicht nur Raupen, sondern alles, was Zähne zermalmen, zerbeißen, zerkauen, zerkleinern, zerfetzen, zerstören, zer...«

»Schon gut. Dieser Nähzwerg frisst Ihnen also alles weg! Aber was hat das mit dem Toten zu tun?«

»Mein Freund Huberto isst ja auch nicht von schlechten Eltern beziehungsweise aß, fraß, vertilgte, schmauste, mampfte ...«

»Kapiere, der dicke Huberto war also noch gefräßiger als der Nähzwerg!«

»Ich bitte Sie! Wir sterben alle vor Hunger auf der Insel, aber Huberto war nicht gefräßig. Außerdem habe ich es ihm gegönnt. Er musste ja auf seine Figur achten. Wegen der Frauen. Sie liebten ihn ja vor allem wegen ... also wegen seiner Dicke.«

»Sie meinen, wegen seines dicken …«

»Kopfes, ja. Außerdem hatte er Angst um seine sonore Stimme, wenn er nicht genügend aß. Gerade jetzt, wo er den neuen Plattenvertrag hatte und in Kürze seinen neuen Schlager einsingen sollte, passend zur Show: »Ein bisschen Aas muss sein …«

»Er singt jetzt im Himmel, Gott sei Dank!«, sagte Clairvaux, aber Coltella brachte ihn mit einer Handbewegung zum Schweigen. »Clairvaux, fragen Sie doch den Hausmeister, ob der nicht ein paar Brote für Herrn Silberlöffel schmieren kann. Erzählen Sie weiter, Herr Silberlöffel. Ich bin ganz Ohr.« Clairvaux verzog sich grollend.

»Na ja, der Nähzwerg gönnte dem Huberto nicht die Butter auf dem Brot.« Silberlöffel schielte erneut zum Papierkorb. »Apropos: Dürfte ich nachher noch die anderen Klassenzimmer inspizieren? Ich muss gleich wieder zur Insel zurückschwimmen. Wenn die merken, dass ich ausgebüxt bin, kann ich mir das Abendbrot sowieso abschminken.«

»Und was gibt's Leckeres?«

»Eifeler Igelstacheln für die Loser, also für alle anderen außer Nähzwerg. Der schummelt bei jeder Challenge, damit er gewinnt. Der kriegt bestimmt heute den Igel!«

»Also gut, Huberto und Nähzwerg haben sich also ständig bekriegt, und Eifersucht war auch im Spiel, wahrscheinlich der übliche Hahnenkampf …«

»Und es ging um Geld! Als der Nähzwerg von Hubertos Plattenvertrag hörte, hat der ihn gleich angepumpt. Wollte 'ne neue Käferfarm eröffnen. Gutmütig wie der Huberto war, hat er ihm das Geld überschrieben.«

»Wie denn das? Hatte er einen Scheck dabei?«

»Nein, Nähzwerg hat ihm einen Vertrag hingelegt. Auf Baumrinde mit Blut geschrieben.«

Plötzlich schluchzte er: »Jawoll, mit meinem Blut! Das hat mir der Nähzwerg im Schlaf abgezwackt!«

Coltella war aufgesprungen und half dem bedauernswerten Kerl hoch. Der klammerte sich an sie wie ein Äffchen und heulte seinen ganzen Kummer heraus: »Wenn mich Qälene so sieht, mit dem Gestrüpp am Kinn wie aus'm Treibhaus und in dreckiger Unterwäsche … Und sie ist sowieso viel bekannter als ich, und deshalb mache ich den Scheißdreck doch nur und …«

»Störe ich gerade, oder soll ich später noch mal mit den Broten kommen?«, fragte Clairvaux.

Als Silberlöffel die Stullen erblickte, stürzte er sich auf den Wohltäter, umarmte ihn innig und brachte die Beute mit einem letzten Jodler schleunigst in Sicherheit.

»Sie sind doch nicht etwa eifersüchtig, Clairvaux?«, fragte Coltella lächelnd.

»Auf den Jodelfritzen? Der muss erst noch wachsen. Haben Sie sein Silberlöffelchen nicht gesehen, das sich unter der nassen Unterhose abzeichnete?«

»Da zeichnete sich nichts ab.«

»Eben!«

»Auf jeden Fall haben wir einen neuen Verdächtigen: Stellen Sie mir mal alles zusammen, was Sie über diesen Nähzwerg in Erfahrung bringen können!«

»Das macht man heutzutage an Ort und Stelle. Wozu gibt es Google?«

Clairvaux griff in die Tasche, um lässig sein Smartphone zu zücken.

Es war verschwunden.

»Das war dieser Jodelheini!«

«Jetzt, wo Sie es sagen … Ich hatte vorhin noch ein Tampon hier liegen!«

13. Kapitel

von Carsten Sebastian Henn

Im Priesterseminar lernte man vieles.
Intimfrisuren gehörten nicht dazu.

Unkel hätte gerne Fotos geschossen, um sie anderen Geistlichen zu Fortbildungszwecken zu zeigen, aber seine Kamera war ja eingeschlossen. Rund zwei Dutzend Frauen zwischen zwanzig und grob geschätzten 120 Jahren waren zu seiner katholischen Ba-Be-Po-Hu-Fi gekommen. Sie trugen Dreiecke, einen Schmetterling, einen Querstreifen, der aussah wie Johann Lafers Schnäuzer, zwei Streifen nebeneinander. Es war wie ein kleiner Geometrie-Kurs. Ein Herz. Der Buchstabe T (vielleicht hieß die Trägerin Traude).

Eine Frisur sah aus wie ein Landestreifen für Miniaturflugzeuge. Und eine Dame hatte einen Pfeil, der hinunter zwischen ihre Beine zeigte. Toll, dann wussten die Männer auf Anhieb, wo es zur Fortpflanzung ging. Das fand Unkel ungemein pragmatisch. Die Vielzahl der amourösen Frisuren lag natürlich an Giselle Kraushaar, der Intimfriseurin. Deren eigene Frisur war eine Werbeanzeige für ihre Dienste. Inklusive Telefonnummer mit Vorwahl. Ein Meisterwerk. Auch wenn sie sich für die letzten Ziffern etwas breitbeinig hinstellen musste.

»So können Sie aber kein Training mit uns machen«, sagte die rothaarige Giselle nun. »Das haben die anderen Mädels und ich entschieden.«

»Wie meinen Sie das? Was stimmt denn nicht?« Hatten sie etwa seinen Plan durchschaut? Wussten sie, dass er ihnen nur unter die Brüste schauen wollte?

»Wir meinen das so, dass unser Trainer auch eine schicke Frisur braucht.«

Unkel fuhr sich durch die Haare. Pottschnitt. Seit seinem vierten Geburtstag unverändert. »Die hat mir meine Mutter geschnitten!«

»Die meinen wir ja auch nicht. Hinlegen und bloß nicht zucken! Sonst sieht es nachher aus, als gehörten Sie in eine Synagoge!«

Die Frauen lachten, Unkel verstand nur Bahnhof.

»Sie wollen mich kostenlos frisieren? Das ist aber sehr christlich von Ihnen! Gott wird es Ihnen danken!«

»Und Sie mir erst!« Giselle zwinkerte mit den Wimpern.

Kurze Zeit später lag Unkel auf der Liege, und nachdem die Frauen abermals abgestimmt hatten, erhielt er ein Kreuz.

Ein Heiland hing aber nicht an diesem.

Unkel würde trotzdem ein Foto davon schießen und es dem Bischof schicken. Es würde ihn sicher freuen, wie er sich hier unters Volk mischte und alle Kurse mitmachte. Vielleicht schaffte er es damit sogar in die Kirchenzeitung.

»Jetzt dürfen Sie uns was beibringen«, sagte Giselle und schoss ein Foto von ihrem jüngsten Werk. »Und in meinem neuen Katalog sind Sie auch!«

Was tat man nicht alles für ... Omma Brock. Die war schlimmer als jede Intimrasur.

»So, meine Damen, zu Beginn beten wir erstmal für ...«

»... einen knackigen Poppes!«, ergänzte Giselle.

»Einen gottgefälligen Körper«, sagte Unkel mit Nachdruck und ließ erst einmal beten und singen, wobei er Passagen über Wollust und unsittliche Begierde einbaute. Leider hatte er nichts zum Thema Frisuren. Die Bibel hatte diesbezüglich kaum Textstellen. Außer Samson mit seiner Mähne. Und Jesus schien ja eher wachsen zu lassen. Zumindest gab es keine Darstellungen mit göttlichem Minipli oder Ähnlichem. Er würde in seiner nächsten Welterscheider Predigt über Frisuren referieren und der Gemeinde zeigen, was möglich war.

»So, meine Damen. Als Erstes gehen wir in die Position des Kreuzes.« Unkel hatte sich extra Positionen ausgedacht. »Sehr schön, die Arme höher. Jetzt wechseln wir in den gekreuzigten Jesus, bitte die Arme herunter, keine Kraft mehr hinein, auch den Kopf sinken lassen. Sehr schön. Auch das Atmen kurz einstellen. Gut. Und nun gehen wir in die Hostie. Bevor gleich das Fegefeuer, die Apokalypse und das letzte Gericht folgen. Ich verspreche Ihnen: Es wird ein großer Spaß!«

Es wurde geächzt und gestöhnt, Unkel segnete, wo es nur ging, und schließlich kam es zur Stellung, um die es eigentlich die ganze Zeit ging, die alles ans Tageslicht bringen würde:

»Und nun, meine Damen, die heiligste aller Positionen in der christlichen Gymnastik: die Osterkerze! Sie einzunehmen gleicht einem Gebet, deshalb darf ich Sie alle bitten, mit höchster Konzentration heranzugehen. Gerne gebe ich Hilfestellung.«

»Aber, Herr Kaplan! Ist die Hilfe-Stellung nicht aus dem Kamasutra?«, sagte Giselle. »Und das vor all den anderen!«

»Doch, doch«, antwortete Unkel. »Es ist besser, wenn jeder das sieht. Dann kann man das zu Hause mit dem Ehegatten nachstellen.«

Nun prustete die ganze Gruppe los. Unkel ließ deshalb erst einmal *Großer Gott, du verstehst keinen Spaß* singen. Eine Eigenkomposition, die es aus unerklärlichen Gründen nicht ins Gotteslob geschafft hatte. Trotz wiederholten Einreichens.

Obwohl Giselle sehr sportlich und durchtrainiert war, stellte sie sich unglaublich dumm an, und Unkel musste Hilfestellung mit viel Zupacken leisten.

Nachdem er dies getan hatte, schaffte es merkwürdigerweise keine Frau mehr ohne seine Hilfestellung in die Osterkerze. Unkel hatte viel zu tun.

Immerhin erhaschte er auf diese Weise viele Blicke auf ihre Unter-Busen-Zonen, die allesamt muttermallos waren. Dann kam er zu der resoluten Frau vom Eingang. Eine Dame, die der Trierer Bischof als »Geschoss«, als »Atombombe« oder wahlweise als »Teufelsweib« bezeichnen würde. Mit Brüsten, die den Airbag im Auto überflüssig machten. Unkel musste alle Kraft in seinen dünnen Ärmchen aufbieten, um ihre Beine in die Luft zu wuchten. Unter der rechten Brust zeigte sich tatsächlich etwas Dunkelbraunes. Da sie von der Sonne so stark gebräunt war, musste er jedoch nahe herangehen. Ja! Es war tatsächlich ein Muttermal, doch er konnte es nicht ganz sehen. Die Brust klebte wegen des Schweißes noch etwas fest, er musste sie drücken ... ein wenig ... Gott, ging das schwer ... Seine Finger versanken wie in Pudding ... Noch ein wenig drücken. Mit einem Plopp löste sich die Brust und gab ein Muttermal in Form des Nürburgrings preis. Perfekt gestaltet, mit Nordschleife. Vor lauter Überraschung ließ Unkel die Beine los.

Als Chantalle-Doreen Schmitz sich wieder aufgerappelt hatte, versetzte sie Unkel keine Ohrfeige, sie trat ihn auch nicht in die frisch frisierten heiligen zwei Könige. Nein, sie verabreichte ihm einen satten Faustschlag aufs Auge.

Die Stunde katholische Ba-Be-Po-Hu-Fi war damit vor der eigentlich zum Abschluss geplanten Entspannungs-Position »Jesus liegt im Grab« beendet.

Doch Unkel hatte Huberto Biancos Gespielin gefunden.

14. Kapitel

von Ralf Kramp

Sie konnte förmlich das dusselige Gesicht des Kaplans vor sich sehen. »Un jetz bloß nicht ablenken lassen, Sie mickriges, verdorrtes Mauerblümchen«, schnarrte sie in das Telefon. »Dat muss jetz professionell durchgezogen werden. Un bloß nicht an Brüste denken, kapiert?«

Während des fast halbstündigen Telefonats hatte sie Unkel zahlreiche Tipps gegeben und nebenbei ganz unbewusst und gedankenverloren auf der Theke aus Rührstäbchen, Zuckerklümpchen und Zahnstochern die geheimnisvolle Scheune am Rursee nachgebaut.

Auf dem Flachbildschirm im Hintergrund quasselten die beiden Moderatoren der Survival-Show *Ich bin ein Star – Holt mich aus der Eifel!* dummes Zeug. Sie posierten dafür wie jeden Tag deutlich erkennbar im Kellerstudio in Mechernich-Eiserfey vor einer großen, leicht gewellten Fototapete.

Die junge Frau vor der Theke räusperte sich zaghaft, was Omma Brock nicht im Mindesten interessierte. Von den Schultern der Bikinischönheit stiegen kleine Rauchwölkchen auf. Vor einer halben Stunde, als sie hier Position bezogen hatte, um einen Cocktail zu bestellen, waren ihre Schultern noch nicht so krebsrot gewesen. Und da hatten auch noch keine weiteren siebenunddreißig Leute hinter ihr gestanden. Die große Limbo-Party wollte nicht richtig in Schwung kommen, denn bislang hatte keiner der Gäste ein Getränk bestellen können.

»So, Kaplan, da musste jetz allein durch. Die Omma muss noch wat tun. Hier stehen so en paar janz Eilige, die bestimmt noch jede Menge wichtije Termine haben!« Die letzten Worte hatte sie der Menschenschlange regelrecht entgegengespuckt. »Un dabei bloß nicht an Brüste denken, kapito? Tschö.«

Sie legte auf, stemmte die Hände auf die Theke und röhrte: »So, wat hammer hier? Habt ihr nix zu tun, oder wat lungert ihr hier rum?« Es bestand kein Zweifel daran, dass sie sich mittlerweile in ihrer neuen Umgebung pudelwohl fühlte. Anders als Unkel, die Memme, der fühlte sich pudelnackt. Das war hier wie Urlaub für sie. Sonne, Drinks und Leute anschnauzen – herrlich!

Jemand zupfte sie am Ärmel, und sie fuhr herum.

Friedhelm, ihr Chef, fummelte nervös an seiner Brille herum. »Ähm, ich stör Sie ja nur ungern, aber ich habe den Eindruck, hier läuft nicht alles so, wie es eigentlich ...«

»Wegen denen da?« Sie reckte das kantige Kinn in Richtung der Gäste. »Kilomterlanger Stau auf der A 1, Abfahrt Cocktailbar. Die Omma ist schon unterwegs, um den Eingeschlossenen warme Decken und 'nen Satz heiße Ohren zu bringen.«

»Wir wollen aber Cocktails!«, rief einer aus der Menge.

»Okay, drei, vier krieg ich noch hin, aber dann muss die Omma weg.« Sie sah zum Himmel. »Bald jeht nämlich die Sonne unter«, murmelte sie.

»Gott sei Dank«, sagte die junge Frau vor der Theke matt. Auf ihren Schultern wurden nun erste Blasen sichtbar.

»Das geht aber doch nicht«, maulte Friedhelm. »Die Leute haben Durst, und ...«

»Apropos Durst, Friedhelmchen, probier mal dat hier.« Sie drückte ihm einen abgestandenen Cocktail in die Hand, den sie vor dem Telefonat mit Unkel fabriziert hatte. »Bazooka Brock.«

Vorsichtig nippte Friedhelm an dem violetten Getränk. »Oweia, was ist denn da alles ...«, schaffte er gerade noch zu sagen, dann verzog sich sein Gesicht zu einem dämlichen Grinsen, seine Pupillen sprangen auf Null, und er kippte rückwärts um, wobei seine Sandalen durch die Luft sausten.

»So Leute, der Chef macht auch schon Heia. Die Omma muss jetz ihren Schönheitsschlaf halten. Ihr könnt ja noch ein bissjen tanzen un mit den Stöcken Bimbo oder Limo spielen, oder wie dat heißt. Bis morjen, Tschüssikowski!«

Hinter ihr säuselte Friedhelm am Boden liegend: *Maaaaama, du wirst doch nicht um deinen Juuuungen weinen …*

Begleitet von den Buhrufen der Menge bahnte sich Omma Brock ihren Weg zum Parkplatz und grabschte dem jungen Mann, dem sie erst am Vormittag das Mofa gemopst hatte, erneut den Schlüssel aus der Hand.

Sie kurvte um den Rursee und summte fröhlich die Melodie vor sich hin, die sie von Friedhelm gehört hatte: *Maaaama …* Das leuchtende Abendrot ließ die Berghänge rund um den See aufflammen, als sie schließlich ihr Ziel erreichte: Die Wünschelbucht.

Dort, wo nun auch ihr Wunsch in Erfüllung gehen würde, verscheuchte sie mit ein paar unflätigen Flüchen ein Liebespärchen und drei Rehe, suchte sich ein lauschiges Plätzchen in Ufernähe und machte es sich mit ihrem Fotoapparat und einer Thermoskanne voll »Omma Krawomma on the Rocks« bequem …

… als sie einen einsamen Schwimmer entdeckte. Das fehlte gerade noch, dass ihr so ein Heini jetzt die Tour vermasselte. »He!«, rief sie. »Verschwimm dich, Kollege!« Als er nicht reagierte, warf sie Kiesel nach ihm. Und schließlich die Thermoskanne. Die entstehenden Wellen bewirkten, dass der Schwimmer näher aufs Ufer zugedümpelt kam.

»Mann, du Pfeife kanns ja nur Toter Mann«, knurrte Omma Brock und nahm einen langen Stock zuhilfe. Als Erstes erkannte sie die dünnen, schneeweißen Beinchen, die aus der kurzen Hose ragten. »Du kanns aber lang die Luft anhalten, Meister«, murmelte sie und wusste in diesem Augenblick doch schon, dass dieser Typ kein durchtrainierter Taucher, sondern ein durchgekauter Toter war. Hier würde keine Mund-zu-Mund-Beatmung mehr helfen, denn da war überhaupt kein Mund mehr, an dem sie sich hätte vergehen können. Genau genommen war da sogar überhaupt kein Kopf mehr!

War das der Typ vom Wohnmobil? Hatte der auch versucht, ein Foto von Rurie zu schießen? Gut, dann war er jetzt aus dem Rennen. Aber dennoch war er im Weg.

Omma Brock dachte kurz nach und beschloss, dass unnötiger Aufruhr an dieser Stelle des Sees nicht dazu geeignet war, dass sie ihren 10.000 Piepen näher zu Leibe rücken konnte. Also blickte sie sich rasch nach rechts und links um, und gab dann der bleichen Leiche einen kräftigen Stoß mit einem ihrer Schnürstiefel, sodass sie langsam wieder auf den See hinausschipperte.

15. Kapitel

von Uwe Voehl

Frühsport vor dem Frühstück!«, meckerte Clairvaux und legte sich kräftig in die Riemen.

Bis zur Insel war es noch ein gutes Stück.

»Sie können gerne auf der Insel frühstücken. Dort läuft doch genügend Ungeziefer herum«, sagte Coltella und hielt ihr blasses Gesicht in die Morgensonne. Das also war ihr Traumurlaub: Dolce nixda am Rursee. Na ja, wenigstens regnete es nicht.

Clairvaux starrte immer wieder ängstlich ins trübe Wasser.

»Sie glauben doch nicht etwa an das Monster?«, zog ihn Coltella auf.

Grund dazu hätte er gehabt: Gestern Abend war eine weitere Leiche angespült worden. Diesmal hatte Rurie anscheinend Appetit auf Hirn gehabt. Der Kopf war noch immer verschwunden, aber dank der Fingerabdrücke der Leiche hatte man den Toten schnell identifizieren können: Rudolf Maria Zilynski, genannt Rudi der Rabe, war ein bundesweit gesuchter Räuber. Er hatte sich auf Münzen spezialisiert und galt selbst als fanatischer Sammler. Seine Leidenschaft hatte ihn auf die schiefe Bahn gebracht.

Damit schien zumindest der dreiste Münzraub in Prüm aufgeklärt, der in den letzten Tagen die Titelseiten der Eifeler Zeitungen beherrscht hatte. Zilynskis Fingerabdrücke hatten sich auch am Tatort befunden. Nur was hatte *der Rabe* am Rursee zu suchen gehabt?

»Das ist kein Fall mehr für die Polizei, sondern für Paläontologen!«, war sich Clairvaux sicher.

»Huberto Biancos Tod fällt auf jeden Fall in unser Ressort. Und deshalb wollen wir diesem Nähzwerg heute mal auf den Zahn fühlen.

Als sie die Insel erreichten, wurde gerade gefrühstückt. Nähzwerg saß nackt im Schneidersitz und vertilgte unter den neidischen Blicken der anderen gerade ein paar Borkenkäfer. Sie zappelten noch.

»Ich sage euch, das sind pure Potenzpillen!«, dozierte Nähzwerg. »Der Eiweißgehalt eines einzigen Borkenkäfers ist zwanzig Mal so hoch wie Viagra. Außerdem schmeckt's!

Die Bäuche der anderen knurrten vernehmlich. Coltellas Blick fiel auf Silberlöffel, der am ausgemergeltsten wirkte. Da er heute nur eine Unterhose trug, konnte man jede einzelne Rippe seines Oberkörpers sehen. Das Jodeln schien ihm vergangen. Mit fiebrig-glänzenden Augen starrte er auf die verlockenden Käfer.

»Herr Nähzwerg? Dürfen wir stören?«, fragte Coltella vorsichtig. Anklopfen konnte sie ja nirgendwo.

»Ungern. Sind Sie vom Fernsehteam?«

»Nein, von der Polizei. Ich hätte da ein paar Fragen ...«

»Gerne. Ich habe schon Kollegen von Ihnen auf der ganzen Welt ausgebildet. Im Überlebenstraining. Schon mal Schlangenaugen im Busch von Neuguinea gegessen? Oder Elefantenhirn im afrikanischen Dschungel ?«

»Also eigentlich ...«

»Stimmt! Eigentlich ist jetzt Frühstückspause, und die habe ich mir in der letzten Challenge verdient. Wissen Sie, womit? Wer die meisten Ameisen durch einen Strohhalm mit der Nase aufsaugen konnte, durfte sich heute Morgen die Wampe mal so richtig vollhauen.«

»Sie haben da etwas hängen«, sagte Clairvaux. Es war ein Fühler, der Nähzwerg an der Lippe klebte. Mit einem geschickten Zungenschmatzer vertilgte Nähzwerg auch diesen.

»Nun, eigentlich wollten wir Sie wegen Ihrer Beziehung zu Huberto Bianco befragen«, sagte Coltella.

Nähzwerg sah sie an, als wollte er sie als Nächstes fressen. »Beziehung? Glauben Sie, ich bin eine gottverdammte Schwuchtel? Der arme Huberto. Tut mir wirklich leid um ihn ...«

»Es heißt, Sie haben sich Geld von ihm geborgt?«

»Welches Schwein behauptet das?« Grimmig schaute er seine Mitspieler an. »Einer von euch? Ich reiß euch den Arsch auseinander!«

Alle guckten bedröppelt zu Boden. Keiner wollte es gewesen sein. Auch Silberlöffel nicht.

»Ich krieg schon raus, wer mich anscheißen wollte! Aber ich war's nicht! Und der Scheiß-Vertrag ist die Rinde nicht wert, auf der er geschrieben steht! Huberto war blank wie ein Kinderarsch. Glauben Sie, irgendeiner von uns macht diese beschissene Sendung mit, weil er Geld im Sack hat? Jetzt, wo Huberto tot ist, gibt's auch keine Platte mehr, also fließt auch kein Moos, kapiert?«

»Das leuchtet ein«, sagte Coltella und gab sich kleinlaut.

Nähzwerg spuckte ein paar unverdauliche Käferteile aus. »Wie gesagt, Zuckerpuppe, wenn du mal 'n echten Guide brauchst, zeig ich dir, wo das Paradies liegt. Kleiner Scherz. Ne echt: Hier hab ich früher angefangen, am Rursee. Als ich noch jung und speckig war. Hier hab ich meine ersten Survivaltouren gemacht. Dieser FKK-Fritze, der Papst, mit dem bin ich als junger Kerl hier rumgelaufen. Auf Survival biste ja eh nackig, da erfährst du die unverfälschte Natur. Deshalb isser wohl auf den Trichter mit seinem FKK-Club gekommen.« Versonnen sah Nähzwerg in eine imaginäre Ferne. Was er da wohl sah? Schlummernde Löwen in der afrikanischen Savanne vor einem malerischen Sonnenuntergang?

»Wenn ich jetzt so denk. Die Frau von ihm war Spitzenklasse. Top Body!« Er spuckte noch ein paar Panzer aus. »Na ja, wenigstens früher. Ich war damals richtig verliebt in die.«

Er kramte in seiner Hosentasche und holte ein zerknittertes Foto hervor. »Hier, das bin ich, damals hier am Rursee. Sachen kann ich Ihnen erzählen ...«

Coltella warf einen höflichen Blick auf das Foto. Auf diesem war der junge Nähzwerg unbekleidet mit einem weiteren nackten Mann zu sehen. Zwischen beiden stand eine junge Frau in blauer Latzhose, die sich deutlich über einem schwangeren Bauch wölbte.

»Vielen Dank, Herr Nähzwerg, wir melden uns dann bei Ihnen, wenn wir Bedarf haben«, verabschiedete sich Coltella.

»Darf ich auch mal sehen?«, fragte Clairvaux, um überhaupt mal was zu sagen.

Coltella reichte das Foto an ihn weiter. »Momentchen mal!« Clairvaux starrte auf das Bild. Coltella kannte diesen dümmlichen Gesichtsausdruck. Meistens hatte er einen genialen Geistesblitz, wenn er so mit offenem Mund dastand, als hätte ihn der Blitz getroffen.

»Ich weiß, wer das ist!«, rief er.

»Na, ich auch!«, versicherte Nähzwerg.

In diesem Augenblick klingelte Clairvaux' vermisstes Handy.

Es steckte in Silberlöffels Unterhose.

»Das hätten wir also auch geklärt«, sagte Coltella, nachdem Clairvaux es ihm wieder abgenommen hatte. »Ich habe mich sowieso die ganze Zeit gewundert, warum er plötzlich kein Löffelchen mehr hatte.«

»Das sah eher nach Silberkelle aus, was er in der Hose hatte. Apropos: Wollen Sie nicht auch nach Ihrem Tampon suchen?«

»Ein andermal. Jetzt verraten Sie mir erst, was Sie auf dem Foto entdeckt haben.«

»Ich zeige es Ihnen. Kommen Sie mit!«

16. Kapitel

von Carsten Sebastian Henn

Die erdnussbutterbraun gesonnte Blondine Chantalle-Doreen Schmitz hatte ein paar Brüste, für die sie fraglos einen Waffenschein benötigte – Untergruppe schwere Mörsergeschütze.

Unkel versuchte nicht hinzublicken, aber diese Dinger landeten immer wieder mitten in seinem Blickfeld. Als wären sie ein C-Promi, der sich vor jede Kamera wirft. Die ganze Zeit musste er an die großen, also wirklich großen, riesengroßen Ballons denken, die auf einem Pfarrfest immer an der Losbude hingen. Deshalb sagte er zur Begrüßung auch: »Ich nehme 5 für 3 Euro« zu der Frau, die auf einem Handtuch am Strand des Rursees lag und eingeölt war wie ein schöner, saftiger Rollbraten.

»Was wollen Sie von mir für 3 Euro?«

»Brüste«, sagte Unkel automatisch. Weil sie halt da vor ihm waren.

Chantalle-Doreen Schmitz lachte blasiert und kaute dann weiter auf ihrem Kaugummi. »Sind Sie sich sicher, dass Sie Kaplan sind?«

Unkel setzte sich neben sie in den Sand und blickte auf den Rursee.

Er hatte den Eindruck, die Brüste spiegelten sich darin.

Es mochte aber auch ein Hitzeschlag sein.

»Ich weiß alles«, sagte Unkel.

»Über Brüste?«, fragte Chantalle-Doreen. »Meine wurden von einem Flugzeug-Ingenieur konziviert … nee … konzentriert … nee … konzittitiert!«

Unkel schuckte hart. »Über Sie und Huberto Bianco. Dass Sie mit ihm, also sich mit ihm im biblischen Sinne erkannten.«

»Ja, den hab ich direkt erkannt. Und dann haben wir gepimpert, bis er nicht mehr wusste, ob er Männlein oder Weiblein war.«

»Sie waren die Letzte, mit der er gepim... die er erkannt hat.« Brachte Unkel heraus.

»Erkannt? Hatte der was mit den Augen, hab ich gar nicht gemerkt?«

»Nein, ich meine es im biblischen Sinne, also dass sie mit ihm intim waren. Haben Sie ihn mit Ihren Brüsten erstickt?« Das hatte er sich nämlich die ganze Zeit schon gefragt. Da bekam man doch keine Luft.

Chantalle-Doreen lachte laut. Doch dann wurde sie schlagartig leise. »Sie haben doch ein Schweigegelübde abgelegt. Oder dürfen Sie der Polizei alles sagen?«

»Nicht wenn jemand bei mir beichtet. Dann gilt das Beichtgeheimnis.«

»Ich beichte«, sagte Chantalle-Doreen und bekreuzigte sich.

»Gott, der unser Herz erleuchtet, schenke dir wahre Erkenntnis deiner Sünden und Seiner Barmherzigkeit.« Unkel sah sie und ihre Brüste erwartungsvoll an. »Sie müssen jetzt ›Brüste‹ sagen.« Verdammt! Er schloss die Augen und konzentrierte sich. »Ich meine: ›Amen‹.«

»Dann sage ich Amen.«

»Für eine gültige Beichte müssen fünf Voraussetzungen gegeben sein: Gewissenserforschung, Reue, guter Vorsatz, Bekenntnis und Wiedergutmachung. Ist das der Fall?«

»Klar! Alles. Immer.« Sie blickte sich um, niemand lag so nah im Sand, dass er sie hören konnte. »Ich mach es schnell.

Genau wie der Huberto.« Sie lachte glucksend. »Also der wollte immer unten liegen, die faule Sau, und ich musste die ganze Arbeit machen. Aber das bin ich ja gewohnt. Passen Sie auf, ich zeig Ihnen das mal.« Sie nahm Unkel an der Hand und führte ihn zu der Hängematte, die neben dem FKK-Bistro hing. »Reinlegen«, befahl sie.

Unkel gehorchte, Chantalle-Doreen wuchtete sich auf ihn drauf. »Das ist alles ganz normal gelaufen, also nix Perverses mit Fesselspielen oder Knebeln. Der lag da genau wie du und ich dann eben so.« Sie demonstrierte es. »Also am Anfang. Dann natürlich heftiger.« Sie demonstrierte es. »Und er packte die ganze Zeit meine beiden Titties an.« Sie nahm Unkels Hände und demonstrierte es. »Sie sind doch Geistlicher, da sind Sie doch sicher impertinent, oder? Also kriegen keinen in den … Himmel?«

Unkels Unterleib fühlte sich von den Stößen an wie mit dem Nudelholz bearbeitet, und er bekam Mitleid mit Huberto Bianco.

»Und dann stöhnte er so. Wie ein Elch klang das, immer lauter. Ich dachte, der kommt gleich. Auch als er so leicht rot wurde – konnte man bei ihm natürlich schlecht sehen. Und ihm die Augen aus dem Kopf traten. Ich hab dann noch mehr Gas gegeben.« Chantalle-Doreen vergrub ihre Finger in Unkels Brustbehäärchen und begann, mit ihrem Becken zu kreisen.

Unkel spürte nun Nieren, Milz und Leber.

»Tja, und dann war Schicht im Schacht. Ich hab schon viele gehabt, die sich bei mir am Ende tot gestellt haben, weil sie nicht mehr konnten. Aber der war tot, das habe ich gemerkt.«

»Danke«, stöhnte Unkel. »Darf ich dann wieder aufstehen und atmen?«

Doreen-Chantalle sattelte ab. »Mich trifft keine Schuld. Der wollte pimpern. Diese ganze Wet-T-Shirt-Sache da am

Strandabschnitt bei den Textilien-Freaks hat der nur gemacht, um meine Titties zu sehen.«

»Und dann haben Sie ihn in den Rursee geworfen, um die Spuren zu verwischen?«

»Nee, bin ich Arnold Schwarzenneger? Der lag in der Hängematte, als ich ging. Und wie hätte ich den auch über den Zaun bekommen sollen?«

Das stimmte. Ein Maschendrahtzaun. Völlig unbeschädigt. Auch für Rurie ein Hindernis, falls sie ihn nicht mit der Zange durchgeknipst und nachher wieder fein säuberlich repariert hatte. Kein typisches Verhalten für Seeungeheuer.

»Ich weiß, was Sie denken«, sagte Chantalle-Doreen. »Aber da war kein Monster. Das einzige Monster an dem Abend, das steckte bei Huberto Bianco in der …«

Doch weiter hörten Unkels Ohren nicht zu. Denn seine katholischen Ohren schalteten sich automatisch ab. Mit einem kurzen, aber höflichen »Brü… Amen« verabschiedete er sich von der drallen Blondine.

17. Kapitel

von Ralf Kramp

Die Sonne lachte schon früh am Morgen so unverschämt gut gelaunt auf den Rursee hinunter, dass man hätte glauben können, sie habe einen von Omma Brocks Frühstücks-Cocktails intus.

Am Strand der Beach Bar war ebenfalls gute Laune angesagt. Es gab einen großen Entenangel-Wettbewerb. Mit Magnetangeln und echten Enten, die mit Metall gefüttert worden waren. Und Horden von fröhlich kreischenden Urlaubern wurden von Motorbooten auf einem riesigen, luftgefüllten Kohlrabi über das Wasser gezogen.

Die Schiffe der Rurseeflotte zogen majestätisch vorbei, es war ein Sommertag, wie man ihn sich schöner nicht erträumen konnte.

Omma Brock klopfte an Friedhelms Bürotür und vernahm von drinnen ein schwaches »Herein«.

Seit seine neue Angestellte für ihn arbeitete, hatte Friedhelm Dauer-Kopfschmerzen. Und Dauer-Mundgeruch. Das lag vermutlich beides an den Cocktails, in denen sie auch Küchenabfälle und kleine Fische verarbeitete, die sie am Strand fand.

»Morjen Scheff, wat hammer?« Gut gelaunt ging anders. Ihr taten die Knochen weh, denn die ganze Nacht hatte sie in dieser dämlichen Bucht gehockt und war von Mücken zerstochen worden. Rurie hatte sich allerdings nicht blicken lassen.

Friedhelm lag mit dem Oberkörper über dem Schreibtisch und hob schlapp ein amtlich aussehendes Schreiben hoch.

»Hier, Tiffany, das ist von der Cocktailmixergewerkschaft. Es gibt Ärger.« Über ihm baumelten ein paar Flugzeugmodelle träge im Wind, den ein rostiger Ventilator produzierte.

»Gewerkschaft?«, staunte Omma Brock und rückte sich die verkrustete Hornbrille zurecht, während sie den Blick über die Zeilen fliegen ließ. »Dauernd wat Neues. Zuerst die Cocktailmixerkrankenkasse, dann die Cocktailmixerberufsgenossenschaft ...«

»Das wird mir alles zu kompliziert«, jammerte Friedhelm. »Ich bin ja auch eigentlich BWL-Student und gar kein Gastronom.« Dann fügte er krächzend hinzu: »Haben Sie nicht 'nen kleinen Muntermacher für mich?« Er streichelte gedankenverloren das große Modell eines Rennautos neben dem Telefon.

Omma Brock versuchte sich an ihrer Version eines mitleidigen Lächelns. Heraus kam ein diabolisches Grinsen. »Aber klar, Friedibus. Guck mal hier.« Wie aus dem Nichts zauberte sie zwei gefüllte Gläser hervor. »Tequila, Tabasco, Traubenkernöl und zwei Kugeln Schlumpf-Eis. ›Brock-Schock‹ am Morgen vertreibt Kummer und Sorgen!«

Nach dem ersten Schluck saß Friedhelm wieder aufrecht an seinem Schreibtisch. Auch seine Haare – mit einem Schlag aufrecht. »Danke«, hauchte er ergeben. »Jetzt geht's mir wieder besser.« Dann stand er auf und fing an, emsig in seinem Büroschrank herumzukramen. »Na, dann mal munter an die Arbeit.«

»Und die Cocktailmixergerwerkschaft?«

»Werfen Sie in Ihren Cocktailmixerabfalleimer.«

»Jawoll, Scheff.«

Sie ging hinunter zum Badeufer, wo heute eine kleine Strandbar aufgebaut worden war. Dort sollten eisgekühlte, fruchtige Drinks für die ganze Familie angeboten werden. Ohne den kleinsten Tropfen Alkohol drin. Hatte sich Friedhelm so gedacht. Aber Omma Brock dachte anders. Die zugedröhnten Gäste waren ihr die liebsten. Die kippten in der prallen Sommersonne einfach um und hielten die Klappe. Deshalb hatte sie auch ein paar Flaschen Wodka bereitgestellt.

»Hier ist euer Cool-Crash-Wham-Bang-Hitradio Eifel! Was ist los, Leute? Wo bleibt das 10.000-Euro-Foto von Rurie? Müssen wir das am Ende selber machen?«

»Schnauze, du Tünnes!« Verärgert schlug Omma Brock nach dem Radio. Dieses Monster war sicher nur ein Ammenmärchen. Was sie in der Nacht mit Kaplan Unkel gesehen hatte, war wahrscheinlich nichts anderes als ein fetter Rursee-Rollmops gewesen.

Plötzlich erklang ein Schrei. Schrill und spitz. Dann stob eine Fontäne aus dem See auf. Mehrere Menschen begannen zu kreischen.

Zuerst dachte Omma Brock, das stille, steife Bleichgesicht sei möglicherweise von der Strömung bis hierher getrieben worden, aber dann sah sie, dass da etwas völlig anderes aus dem Wasser auftauchte. Es war groß, es war dunkel, seine schuppige Haut glitzerte im Sonnenlicht. Das Ungeheuer reckte seinen langen Hals in die Luft und bewegte angriffslustig den Unterkiefer auf und ab. Die Kinder heulten, die Schwimmer retteten sich mit kräftigen Stößen an Land. Am Ufer stoben die Menschen auseinander und flüchteten. Schirme, Eimerchen und Kühltaschen wirbelten durch die Luft. Es war, als fegte ein Orkan über das Ufer.

Nur eine Person stand breitbeinig am Rand des Sees, reckte dem Monster das borstige Kinn entgegen und lachte heiser wie dereinst Kapitän Ahab: Omma Brock.

Ihre Rechte griff in die Tasche der Kittelschürze und zog den kleinen Fotoapparat hervor, den sie stets bei sich trug, seit sie die Radiomeldung gehört hatte.

»Ja, fein, komm her. Ja fein, du bist en Feiner«, säuselte sie. »Brav, fein, komma bei die Omma.« Sie hob die Kamera vor die Augen, und …

… Rurie wandte sich in Sekundenschnelle um und schickte sich an, wieder in den See hinunterzutauchen.

»Hierjeblieben!«, brüllte Omma Brock wütend. »Ich will en Selfie mit dir machen!« Mit einer Behändigkeit, die ihr wegen ihres Alters niemand zugetraut hätte, watete sie in das Wasser hinein, kletterte in eines der kleinen Bötchen, aus dem gerade erst einer der Urlauber schreiend geflohen war, und grabschte nach dem Tau, mit dem es normalerweise am Steg befestigt wurde. Sie hatte nur diese eine Chance! Weit holte sie mit den Armen aus, zeigte ihre buschigen Achselhöhlen, visierte ihr Ziel genau an – und traf!

Bevor Rurie endgültig abtauchte, schlang sich das Seil um seinen Hals, und mit einem heftigen Ruck wurde das Boot zusammen mit Omma Brock auf den See hinausgerissen.

Omma Brock lachte laut und dröhnend. Diese Art von Wasserski war ganz nach ihrem Geschmack. »Hü!«, brüllte sie. »Zeig der Omma mal, watte drauf hast!«

Mit kräftigen Armbewegungen schaffte sie es, sich näher an den Hals des Monsters heranzuziehen. »Nur ein Foto mit der Omma«, rief sie. »Jetz halt doch mal an, dat wird doch total verwackelt!« Sie schlug mit dem Paddel nach dem Schädel des Monstrums und hörte ein lautes, blechernes »Boing«.

Und im nächsten Moment tauchte das Vieh ab und zog das Boot mit sich in die Tiefe des Rursees.

Omma Brock tauchte für einen kurzen Moment unter, aber dann kam sie inmitten einer Million kleiner Luftbläschen wieder an die Oberfläche und rettete sich mit ein paar kräftigen Schwimmstößen an das mit Schilf bewachsene Ufer.

Schwer atmend blieb sie mitten zwischen den grünen Halmen im knietiefen Wasser liegen und verfluchte diese knapp verpasste Gelegenheit. So nah war sie dem Foto noch nie gewesen.

Plötzlich hörte sie eine seltsam metallisch klingende Melodie. *Maaaama* ... Ein paar Schilfbüschel weiter klingelte ein Handy. Vorsichtig bog sie das Gestrüpp auseinander. Die Frau in dem Boot hatte den Schlapphut tief in die Stirn gezogen und eine Sonnenbrille aufgesetzt. Trotzdem konnte man Frau Dr. Schnielzenbrömm unschwer an der unvermeidlichen Latzhose erkennen. Ihre Wangen glühten vor Eifer. Sie starrte auf den See hinaus. »Ja, mein Häschen«, hauchte sie in das Handy an ihrem Ohr. »Das war ganz, ganz wunderbar! Jetzt noch einmal kurz am Strand vorbei, und dann endgültig wegtauchen.«

Und als Omma Brock den Kopf in Richtung des gegenüberliegenden Ufers wandte, erschien vor dem fast leer gefegten Strand ein letztes Mal die gewaltige Silhouette des Ungeheuers vom Rursee, nur um kurz darauf mit großem Getöse wieder abzutauchen.

18. Kapitel

von Uwe Voehl

Ha, diesmal war er der Chef. Er, der berühmte Winfried zu Clairvaux. In einer Reihe mit den berühmtesten Detektiven der Welt würde man seinen Namen ehrfürchtig flüstern: Sherlock Holmes, Nick Knatterton, Mike Macke, Percy Stuart, James Bond … Mehr fielen ihm im Moment nicht ein, denn seine Gedanken kreisten noch immer um die Entdeckung, die in seinem Kopf ein paar Glühbirnen zum Leuchten gebracht hatten.

»Wenn Sie so nett wären, mir bitte diese Kinderkritzelei aus dem Klassenzimmer zu holen. Die mit der Pralinenschachtel«, schickte er seine Chefin los. Noch war der Ton moderat, aber wenn er erst mal das Kommando ganz übernommen hatte, würde der Ton rauer werden. Er freute sich schon darauf.

»Und Sie?«

»Ich erwarte Sie im Beach Hotel. Da werde ich Ihnen verraten, was ich vorhin so messerscharf deduziert habe. Und jetzt hopp hopp!«

Coltella tippte sich an die Stirn, tat ihm aber den Gefallen.

Als Clairvaux das Beach Hotel erreichte, fielen ihm als Erstes die vielen fröhlichen Kinder auf. Sie sangen schmutzige Lieder, erbrachen sich auf der Terrasse oder schlugen sich mit ihren bunten Schippen gegenseitig die Köpfe ein. Aber alle waren sie gut drauf. Ihre Eltern schliefen derweil auf dem Boden.

Dann sah er die Strandbar, und dahinter thronte wie ein Walross Omma Brock.

»Hallo, Herr Kommissar, wenn Sie wejen dem Monster kommen, dann sin se bisschen spät dran.«

»Monster?«

»Is hier aufjetaucht un hat sich dann wieder aus dem Staub jemacht.«

»Hier?«

Omma Brock nickte, und ihr Dreifachkinn faltete sich auf und wieder zusammen wie ein Blasebalg. »Voll die Panik. Als wär der Weiße Hai persönlich jekommen. Aber jetz is wieder Frieden. Um die Leute zu beruhigen, hab ich 'ne Runde jeschmissen. Die Kinderchen haben ne Omma-Spezial-Limo jekriegt. Alles wieder im grünen Bereich.« Sie zwinkerte ihm zu. «Auch 'nen Begrüßungsdrink? Geht auf Kosten des Hauses, ausnahmsweise.«

Clairvaux nickte. Er war zwar im Dienst, aber einen Ermittlungserfolg durfte man ja wohl begießen. Wenn er auch noch nicht genau wusste, wie er das alles zusammenbringen sollte. »Aber nur wenn Sie mittrinken!«

»Klar, glauben Sie, ich steh hier zum Spaß?« Während Omma Brock sprach, bekamen die Cocktails den letzten Schliff, indem sie den Shaker unter die Achselhöhle klemmte und dort hin und her schüttelte.

»Neue Technik, damit ich die Hände freihab«, erklärte sie dem staunenden Clairvaux. Dann schob sie ihm den Cocktail hin: »Hier, hab ich grad erfunden: Der ›007-Drink‹! Und jetzt: Auf ex!«

Clairvaux wagte nicht zu widersprechen.

Als Coltella zehn Minuten später die Beach Bar erreichte, hing Clairvaux bereits in den Seilen.

»Sie haben ihn abgefüllt!«, herrschte sie die Omma an.

»Das hat er selbst getan, Ehrenwort! Wollen Sie auch 'nen 007?«

»Was ist denn da drin?« Angeekelt roch sie an einem der Gläser, die vor ihrem Assi standen.

»Na wat wohl! Lecker Schlehenfeuer mit Spritzern von sieben verschiedenen WC-Reinigern. Ihr Kollege is übrigens schon bei 0011 anjekommen.«

»Haben Sie was, was ihn wieder zum Sprechen bringt?«

»Ein Eimer mit Eiswürfeln soll da Wunder wirken.«

Nachdem Clairvaux die unfreiwillige Icebucket-Challenge über sich hatte ergehen lassen, war er tatsächlich wieder auskunftsfähig.

»Na also, jeht doch«, sagte Omma Brock. »Der Cocktail hat alles mal richtig durchjespült bei ihm. Und dat ohne einen Tropfen Alkohol!«

»Was haben Sie also auf dem Foto entdeckt?«, fragte Coltella schließlich. »Und was hat das mit der Zeichnung hier zu tun?«

»Ich habe meine Intuitionen spielen lassen«, antwortete Clairvaux. Er fühlte sich erstaunlich munter. »Die Frau auf Nähzwergs Foto trug eine Latzhose! Genau wie das Strichmännchen auf dem Bild! Und die Rurie-Zeichnung entspricht einem Foto in diesem Buch von Frau Dr. Dorothea Schnielzenbrömm …«

»Darüber habe ich auch schon nachgedacht«, gab Coltella zu.

»Jedenfalls trägt die auch meistens blaue Latzhosen! Sogar auf dem Bild in Ihrem Buch!«

»Sie meinen ….«

»Ja, die junge Frau auf dem Bild zwischen Nähzwerg und Papst ist folglich Dorothea Schnielzenbrömm!«

»Und welche Schlüsse ziehen Sie daraus?«

»Es könnte doch sein, dass die Frau Doktor die Mutter …«

Coltella schnitt ihm das Wort ab: »Ach, Unsinn, reine Mutmaßung. So was hilft uns nicht weiter.«

Omma Brock begann plötzlich zu summen: *Maaaama* … Als die beiden sie fragend ansahen, schlug sie dem verdutzten Clairvaux auf die Schulter. »Der Jung hat schon recht. Dat sin wirklich Mutter un Sohn. Dat hat die Omma nämlich auch schon rausjefunden, obwohl die dat verheimlichen.«

Clairvaux warf sich stolz in die Brust.

Coltella betrachtete die Zeichnung. »Diese runden Dinger an Ruries Füßen … Könnten das vielleicht Räder sein?« Sie erinnerte sich mit Schaudern an ihre erste Begegnung mit Rurie. Sie hatte dessen Füße nicht gesehen. Aber vielleicht war das Monster auch gerollt worden? An ein echtes Ungeheuer glaubte sie sowieso nicht. »Aber was bedeutet der schwarze Legostein in der Hand der Frau?«

»Das ist kein Legostein, sondern eine Pralinenschachtel!«, beharrte Clairvaux.

»Quatsch, dat is 'ne Fernbedienung!«, quasselte Omma Brock dazwischen. Neugierig hatte sie sich vorgebeugt, um auch einen Blick auf die Zeichnung zu erhaschen.

»Woher wollen Sie das denn wissen?«, fragte Clairvaux.

»Na, der Friedhelm hat doch sein janzes Zimmer voll mit dem Zeugs: Flugzeuge, U-Boote, Rennautos. Und alles mit Fernbedienung. Dat is so 'n richtiger Tüftler, sach ich euch.«

»Aber wenn die Person auf der Zeichnung Frau Schnielzenbrömm ist, wieso hat dann sie die Fernbedienung in der Hand?«

»Na, weil ihr Sohn ihr die jeliehen hat!«, sagte Omma Brock und schaute Beifall heischend in die Runde. «Krieg ich jetzt dat Bundesverdienstkreuz?«

»Moment«, sagte Coltella. Ihr Handy klingelte.

Eine Minute später hatte sie den Anrufer abgewimmelt. »Silberlöffel. Er will sich mit mir treffen, weil er glaubt, Nähzwerg wolle ihn auffressen!«

»Der Jodelheini will sich doch nur wieder an Sie klammern!«, knurrte Clairvaux. »Seine Quälene Kicher lässt ihn wahrscheinlich nie ran.«

»Sie sind doch nicht etwa wieder eifersüchtig, Clairvaux?«

»Wat ist jetz Sache?«, mischte sich Omma Brock ein. »Ich würd vorschlagen: Ich zeig euch mal Friedhelms Geräte, und dann nehmen wir die Schnitzelbrumme in die Mangel!«

19. Kapitel

von Carsten Sebastian Henn

Unkel zitterte, als er das Tuten im Telefonhörer vernahm. Dann wurde abgenommen. »Hallo, Herr Bischof. Hier ist Unkel.«

Pause. Unterdrücktes Kichern. »Rufen Sie mich jetzt nackig an?«

»Wie Gott mich schuf«, antwortete Unkel. »Wobei man mir eine Intimfrisur in Form eines …«

»Danke, keine Information nötig. Haben Sie bereits missioniert? Und ich meine jetzt nicht die Stellung.« Lautes Lachen erklang.

»Es ist eine lebenslange Stellung«, antwortete Unkel und hörte den Erzbischof prusten. »Doch ich möchte die Mission abbrechen. Sofort. Vor Kurzem bin ich von einer Frau fast getötet worden. Als sie den Beischlaf mit mir nachstellte.«

»Bitte was? Nackt?«

»Hier ist alles nackt. Meine Kleidung ist weggeschlossen. Sie hatte große, schwere Brüste.«

»Erzählen Sie weiter …« Der Bischof klang wie ein Hund, der sich das Maul leckt.

»Ich will nach Hause!«

Ein Räuspern erklang. »Nein, auf keinen Fall, dafür ist Ihr Aufenthalt dort viel zu unterhalt… beziehungsweise lehrreich. Und mir ist zu Ohren gekommen, dass Sie christliche Gymnastik anbieten. Das wäre doch mal was für die Bischofskonferenz. Geben Sie mehr solcher Kurse.« Kurze Pause. »Und schicken Sie mir Fotos davon. Gott mit Ihnen!«

Der Bischof legte auf.

Unkel überlegte kurz, noch mal beim Dienstherren anzurufen, entschied sich dann jedoch dagegen. Stattdessen machte er sich auf den Weg zum Papst. Omma Brock war aufgetaucht und hatte ihm befohlen, diesen zu befragen, ob er die Leiche Huberto Biancos in der Hängematte gesehen habe. Als Unkel sich weigerte, drohte sie damit, sich auszuziehen und eine Einzelstunde katholisches Ba-Be-Po-Hu-Fi zu nehmen. »Um den alten Biber mal wieder an die frische Luft zu lassen, Kalapperkalänchen«, wie sie sich ausdrückte.

Unkel hatte in diesem Moment beschlossen, keine Einzelstunden anzunehmen.

Der Kaplan klopfte nicht beim Papst, sondern ging einfach in dessen Büro hinein. Und fand den Papst … völlig bekleidet.

»Tür zu!«, brüllte dieser. »War die denn nicht abgeschlossen?«

»Sie sind unnackt.«

»Ja, gut, Sie haben mich erwischt. Ich steh drauf, Feinrippunterwäsche anzuziehen. Und Tennissocken, und Schafswollpullover, und Bommelmützen und Schals. Bin ich deshalb ein Unmensch?« Er stand auf. »Wehe Sie verraten das jemandem.«

Unkel ergriff für ihn bemerkenswert geistesgegenwärtig die Chance. »Wenn Sie mir eine Frage beantworten!«

»Jede!«

»Haben Sie den toten Huberto Bianco morgens aus der Hängematte in den Rursee geworfen, damit niemand mitbekommt, dass er auf Ihrem Gelände zu Tode … geliebt wurde?«

Der Papst fuhr sich versonnen über seinen bei diesem Wetter viel zu dicken Norwegerpullover. »Nein, ich habe ihn hier auf dem Gelände nicht gesehen. Der lag nie in einer unserer Hängematten. Und ich bin immer als Erster wach. Was reden Sie da überhaupt? Wer soll ihn denn zu Tode geliebt haben? Das ist doch alles Unsinn. Jetzt gehen Sie!« Er zog sich langsam aus. »Und kein Wort über meine Anziehsachen! Sonst schicke ich die Fotos von Ihrer Gymnastikstunde an den Pfarrgemeinderat von Welterscheid. Und ich habe ganz nah herangezoomt.«

Unkel verstand nicht, was er meinte. Aber er spürte die Drohung, deshalb verließ er das Büro.

Doch er ging nicht fort. Omma Brock hatte immer gesagt: Der Lauscher an der Wand, hört schön viel Schand. Unkel hatte den Spruch zwar irgendwie anders in Erinnerung, aber er reimte sich, also musste er wahr sein. Ganz nah legte Unkel sein Ohr an das Gebäude und hörte plötzlich wieder die Stimme des Papstes.

»Ich bin's ... Ja, ich weiß, dass ich mich erst mal nicht melden sollte, aber ... Nun lass mich doch mal ausreden! ... Hier ist so ein Kerl, ein Priester, ein Kaplan, der ... Ja, es ist der Vollidiot von dem ich dir erzählt habe ... Genau, der stellt momentan aber komische Fragen ... Na, über Huberto ... Jetzt? ... Okay, ich komme. Unauffällig wie immer!«

Unkel hielt die Luft an und segnete sich. Er würde den Papst verfolgen. Ihm fiel dazu eine Bibelstelle aus dem fünften Buch Mose ein: *Der HERR wird dich schlagen mit Darre, Fieber, Hitze, Brand, Dürre, giftiger Luft und Gelbsucht und wird dich verfolgen, bis er dich umbringe.*

Auch wenn ihm das einen Hauch zu drastisch war.

Er wäre bereit, hinter dem Papst herzurennen oder ihn mit einem Wagen zu verfolgen. Egal wie rasant es wurde, er würde sich nicht abhängen lassen.

Er folgte dem immer noch angezogenen Papst, der sich hastig nach allen Seiten umdrehte, ob ihn auch niemand sah, über das gesamte Gelände.

Bis zu den Tretbooten.

Wo der Papst in eines stieg.

Und Unkel nicht umhin kam, ihm in einem anderen zu folgen.

Unauffällig, sprich: weit entfernt. Immer wieder Kreise drehend, um die eigene Richtung zu verschleiern.

Irgendwann legte der Papst wieder an.

Bei einem Wohnmobil.

Und Unkel musste feststellen, dass er sich einen Wolf gestrampelt hatte. Und wenn es nur halbwegs so aussah, wie es sich anfühlte, würde sein Hinterteil den Pavianen im Kölner Zoo Konkurrenz machen.

20. Kapitel

von Uwe Voehl

Friedhelms Spielzimmer, zu dem Omma Brock sich den Schlüssel besorgt hatte, war tatsächlich vollgemüllt mit technischem Schnickschnack, der jedes Modellbauerherz höher schlagen lassen würde: Hubschrauber, Schiffe, U-Boote … Dazu Berge von Anleitungen und Fernsteuerungen.

»Der Typ ist ein echter Nerd!«, entfuhr es Clairvaux. Er bückte sich nach einer Fernbedienung. »Die sieht schon aus wie auf der Zeichnung, oder? Nur kleiner. Und guckt euch das mal an!« Er zeigte auf mehrere Fernlenk-Dinos. »Sehen die nicht diesem Rurie verdammt ähnlich?«

»Und wo steckt Friedhelm jetzt?«, fragte Coltella.

Omma Brock zuckte mit den Achseln. »Wahrscheinlich bei seiner Mama. Ne Freundin hat der jedenfalls nicht.«

»Ok, dann auf zu Frau Doktor!«, bestimmte Coltella.

Draußen mussten sie sich erst wieder einen Weg durch die ausgelassene Kinderschar und deren zumeist wegegetretene Eltern bahnen. Omma Brock stapfte vorweg. »Ich kenn den Weg, mir nach!«

Auf dem Parkplatz überreichte ihr der junge Mann entmutigt und ohne Gegenwehr seinen Mofaschlüssel.

»Ein Mofa?«, fragte Coltella skeptisch, während Omma Brock startete.

»Naja, mit meinem Auto wäre es leichter gewesen!«, maulte Clairvaux zerknirscht, und während das Mofa losknatterte, trabte er nebenher.

Als sie schließlich die Stelle des Ufers erreichten, an dem Frau Dr. Schnielzenbrömms Wohnmobil stand, japste er, als würde ihm im nächsten Moment ein Lungenlappen aus dem Mund baumeln.

»Und sie wohnt wirklich in diesem Gefährt?«, wunderte sich Coltella und ließ ihre Blicke über das Gelände schweifen.

Omma Brock nickte heftig. »Un guckt mal, die is sogar zu Hause, glaub ich.«

Coltella gab ihrem immer noch keuchenden Assistenten einen Fingerzeig, und Clairvaux klopfte an die Tür. »Sie bleiben draußen, beschied sie Omma Brock. Das ist eine Zeugenbefragung und kein Kaffeeklatsch.«

»Herein«, klang es wenig einladend.

Sie kletterten in das Mobil. Frau Doktor saß über einen Katalog gebeugt und sah sie überrascht an. »Was wollen Sie denn hier?«, fragte sie misstrauisch.

»Sie wissen, wer wir sind?«

»Der ganze Rursee weiß, dass Sie hier rumschnüffeln.«

»Wir haben Ihnen etwas mitgebracht.« Coltella zog die Kinderzeichnung hervor und reichte sie der Biologin.

Eine Minute lang starrte diese auf das Bild, ohne etwas zu sagen.

»Sie erkennen sich auf der Zeichnung wieder?«, fragte Coltella.

»Wie kommen Sie denn darauf?«

»Wegen der Latzhose!« Clairvaux drückte den Zeigefinger auf den Schwangerschaftsbauch.

»Na und? Ist das verboten? Viele tragen eine Latzhose.«

»Aber Sie tragen sie seit mindestens fünfundzwanzig Jahren«, sagte Coltella herablassend.

Der Stich saß. Frau Dr. Schnielzenbrömm war zusammengezuckt.

»Woher wollen Sie das wissen?«

»Kennen Sie einen Herrn Nähzwerg?«

Plötzlich war es vorbei mit der gespielten Arroganz. Die Biologin sackte zusammen und schluchzte auf. »Rüdiger war damals mein Freund. Aber dann … dann wurde mir das zu eklig. Immer nur Maden zum Frühstück und sonntags ab und zu mal ein paar Eifelschweinhoden, roh natürlich …«

»Warum verlieren Sie jetzt die Nerven? Kann es sein, dass Rüdiger Nähzwerg der Vater Ihres Sohnes ist?«, fragte Clairvaux lauernd und holte sich mit einem vielsagenden Zucken der Augenbrauen einen lobenden Blick seiner Chefin ab.

Schnielzenbrömm sah die beiden erstaunt an. »Das wissen Sie auch?«

Es war zwar ein Schuss ins Blaue gewesen, aber er hatte ins Schwarze getroffen.

Coltellas Stimme wurde jetzt sehr einfühlsam: »Frau Dr. Schnielzenbrömm. Sie sollten jetzt Ihrem Herzen Erleichterung verschaffen.«

»Ja, ja, ja! Nähzwerg ist Friedhelms Vater. Er wollte, dass ich ihn Friedhelm nenne. Aber eigentlich bin ich mir nicht sicher. Friedhelm könnte auch Peters' Sohn sein …«

»Peter?«

»Peter Papst aus dem Paradies. Damals war ich mit beiden … also, eng befreundet. Aber ein bisschen mehr mit Peter. Und hätte der spitzgekriegt, dass ich mit Rüdiger … Rüdiger ist in Wahrheit nämlich ein echtes Weichei, während Peter völlig ausrasten kann. Das hätte ein Blutbad gegeben. Aber Peter wollte das Kind gar nicht. Also haben wir es weggegeben. Erst vor zwei Jahren haben wir uns des Jungen wieder angenommen. Es tat uns leid, dass wir uns nie um ihn gekümmert haben. Er hat uns verziehen. Und um unsere Schuld wiedergutzumachen, haben wir ihm die Beach Bar und das kleine Hotel überlassen.«

Coltella nahm ebenfalls Platz. »Wirklich ganz uneigennützig? Oder wollten Sie weiter Geld scheffeln?«

Clairvaux räusperte sich: »Zurück zu der Zeichnung: Geben Sie zu, dass Sie es sind, die darauf zu sehen ist.«

»Wenn's der Wahrheitsfindung dient: Ja.«

»Und Rurie?«

»Rurie ist ein etwas zu groß geratenes Fernlenkmodell. Es gehört mir. Aber ist das verboten?«

»Nein, aber zufällig gab es zwei Tote, haben Sie davon nichts gehört?«, fragte Coltella unschuldig.

Frau Dr. Schnielzenbrömm hatte sich offenbar wieder gefangen und guckte nun herausfordernd: »Sie glauben nicht ernsthaft, dass ein Spielzeugmonster jemanden töten kann, oder?« Sie lachte spöttisch auf.

»Jedenfalls hat ein Kind Sie erwischt und gezeichnet.«

»Ja, das blöde Gör meiner Nachbarin. Das hat aus dem Fenster geguckt und Stielaugen bekommen, als ich mit Rurie bei denen vorbeigelaufen bin. Das Kind hat angeblich seitdem fürchterliche Albträume und Angst davor, aus dem Fenster zu gucken und bohrt den ganzen Tag gleichzeitig in beiden Nasenlöchern, aber das können Sie mir auch nicht ankreiden.«

Coltellas Gesicht war nun wie in Stein gemeißelt. »Das wird der Richter zu beurteilen haben, Frau Dr. Schnielzenbrömm! Ebenso, ob Sie die zwei Toten auf dem Gewissen haben oder nicht! Oder vielleicht war es ja Ihr Sohn? Wo steckt der überhaupt?«

»Nein! Nicht Friedhelm!«, kreischte die Biologin. »Lassen Sie ihn in Ruhe! Er ist ein so sensibler Junge. Er würde sich was antun, wenn ...«

»Wenn er ins Gefängnis käme? Oh ja, der Knast ist kein Beachclub. Und nur Sie können mit einem Geständnis Friedhelm davor bewahren.«

Frau Dr. Schnielzenbrömm brach endgültig zusammen. »Ich habe niemanden getötet. Die waren schon tot, als ich sie fand. Wenigstens der eine ...«

»Was denn nun?«

»Der große Schwarze, der war schon vorher tot, ehrlich. Ich habe zufällig mitgekriegt, wie die sich in der Hängematte verlustiert haben. Die waren ja laut genug. Und plötzlich war da nur noch eine Stimme. Die der Frau. Die hat ganz laut gequiekt vor Panik. Und als sie ihn tot zurückließ, da habe ich Peter gerufen, damit er mir hilft, die Leiche zum See zu bringen. Das war unsere einmalige Chance! Ich bin im Besitz eines Gipsmodells eines Saurierkiefers. Damit haben wir ihm nachträglich die Bisswunde zugefügt.«

»Und weil das so gut funktioniert hat, haben Sie Zylinski auch noch kaltgemacht?«

»Zylinski?«

»Der Münzdieb.«

»Was für ein Münzdieb? Ach, Sie meinen das weiße Mickermännchen?«

Coltella und Clairvaux nickten gleichzeitig.

»Genau der. Immerhin war seine Leiche auch reichlich angeknabbert.«

»Der hat hier überall rumspioniert mit seinem Fernglas. Ich bin sicher, dass er gesehen hat, wie wir den toten Schwarzen zum See gebracht haben.«

»Und deshalb musste er also sterben. Dann haben Sie ihm mit dem Gipsgebiss den Kopf entfernt.«

Kleinlaut murmelte Dorothea Schnielzenbrömm: »Zwei Fliegen mit einer Klappe, ja.«

Plötzlich öffnete sich die Tür, und ein dick in Winterklamotten eingemummelter Mann erschien im Türrahmen. Er kaute auf der Unterlippe und fragte zaghaft: »Hast du denen etwa alles erzählt, Dorothea?«

»Nur immer herein, Herr Papst«, sagte Coltella leutselig. »Frau Dr. Schnielzenbrömm hat uns umfänglich eingeweiht. Vermutlich sogar in Dinge, von denen noch nicht einmal Sie eine Ahnung hatten.«

Papst trat ein, zog die Tür hinter sich zu und starrte die Frau in der Latzhose skeptisch an. »Was reden die da?«

Ihre Augen wurden mit einem Mal glasig. Ein entrücktes Lächeln machte sich auf ihren Lippen breit, und sie summte leise: »Maaaama … Verstehen Sie doch, ich habe das alles nur für die Wissenschaft getan. Alles nur im Dienste der Wissenschaft. Ich wollte Geld für mein geplantes Museum. Wir brauchen Geld! Geld, das die Touristen bringen, die die Souvenirs kaufen, Geld, das eine Landesregierung, die in die Forschung investiert …« Ihre Worte steigerten sich zu einem bizarren Singsang. Sie bewegte sich unauffällig zu der Tür des Wohnmobils und lehnte sich mit dem Rücken dagegen. Was fummelte sie da hinter ihrem Rücken herum? Während Clairvaux die zahllosen Fotografien des Rursee-Monsters inspizierte, die die Wände zierten, ließ Coltella die Biologin nicht aus den Augen. Wenn sie versuchen würde, zu fliehen, würde ihr das nicht gelingen.

»Auch wenn wir es eigentlich nur mit einem Blech-Plesiosaurus zu tun haben, bin ich mir doch hundertprozentig sicher, dass dieser See noch weitaus spannendere Geheimnisse birgt, als wir das auch nur zu hoffen wagen!«

»So, das reicht mir jetzt mit Ihren Spinnereien.« Coltella stand auf. »Clairvaux, rufen Sie die Kollegen. Ich würde mir jetzt gern mal diese Scheune ansehen.«

Plötzlich ertönte von draußen ein unterdrückter Schrei.

Als die drei aus dem Fenster blickten, entdeckten sie Omma Brock, die ihre Faust schüttelte, und zu ihren Füßen lag der bewegungslose Körper von Friedhelm.

»Mein Junge!«, schrie die Biologin. »Was hat diese Frau mit ihm gemacht?

Omma Brock machte eine Geste, die unmissverständlich bedeutete: Ich war das nicht. Der da hat angefangen.

»Er wollte doch nur sein Spielzeug in Sicherheit bringen! Mein Friedhelm ist doch so ein gutes Kind!«

Omma Brock hob jetzt etwas vom Boden auf. Für Uneingeweihte hätte es wie eine schwarze Pralinenschachtel oder ein übergroßer Legostein aussehen können.

»Nein, nicht!«, schrie die Schnielzenbrömm und stürzte auf die Tür des Wohnmobils zu. Sie versuchte, sie zu öffnen, aber erst da schien ihr einzufallen, dass sie gerade erst während des Verhörs heimlich den Schlüssel abgezogen hatte. Sie wühlte sich durch die unzähligen Taschen ihrer Latzhose.

»Nicht entkommen lassen, Clairvaux!«, schrie Coltella.

»Den Schlüssel«, herrschte Clairvaux die Biologin an und sprang auf sie zu. »Los, her mit dem Schlüssel!«

Es klimperte, als der Schlüssel zu Boden fiel. Dann grabschten acht Hände gleichzeitig danach.

21. Kapitel

von Ralf Kramp

Omma Brock drückte einen Knopf. Sie tat so was gerne. Ihren Enkelkinderchen hatte sie schon so manches Mal die Fernbedienung geklaut und dann das Flugzeug gegen das Schaufenster des Welterscheider Friseurladens oder das Rennauto durch das Salatbeet ihrer Nachbarin krachen lassen.

Hier krachte es in diesem Moment auch. Gigantisch. Gewaltig.

Omma Brock spürte, wie ihre drahtigen, grauen Nackenhaare sich zu kleinen Korkenziehern zwirbelten. Langsam drehte sie sich um …

… und sah, wie die Bohlen des Scheunentors sich nach außen bogen und schließlich mit einem ohrenbetäubenden Getöse barsten. Türangeln sausten durch die Luft, Holz prasselte zu Boden.

Rurie rollte majestätisch aus seinem hölzernen Unterschlupf heraus, den Kopf stolz in die Höhe gereckt. Der Kiefer klappte auf und zu, und Omma Brock überlegte, ob sie jetzt schnell ihr Foto für das Radio machen sollte.

Aber das war jetzt nicht der richtige Zeitpunkt. Rurie rollte gemächlich auf sie zu.

»Leckomio«, hauchte die Omma. »Echse auf Rädern.«

»Den kleinen, roten Knopf drücken«, ächzte in diesem Moment Friedhelm zu ihren Füßen. »Abschalten!«

»Rot?«, fragte Omma Brock, die ihre einzige Brille seit achtundsechzig Jahren trug und seit ebenso vielen Jahren auch keinen Augenarzt mehr besucht hatte. »So rot wie Gras?

So rot wie Spinat? Wie das laufende Ampelmännchen?« Sie drückte den grünen Knopf.

Rurie fauchte auf, und dann machte es einen Satz nach vorne. Nahm Fahrt auf, schoss auf sie zu.

»Nein«, jammerte Friedhelm und versuchte, sich aufzurappeln. Er hielt sich sein blaues Auge. »Das war der Turbo!«

Omma Brock sprang mit weit ausholenden Schritten zur Seite. Den lädierten Friedhelm hatte sie am Schlafittchen mitgeschleift.

»*Vade retro, Satana!*« Ein schriller Schrei voll heiliger Wut und grimmiger Entschlossenheit erscholl. Kaplan Florian Unkel stellte sich nackt und breitbeinig dem Monstrum in den Weg. Aus Schilfrohren hatte er sich ein Kreuz gebastelt, das er ihm entgegenreckte.

»Nix Ananas! Zieh Leine, du Möchtegern-Exorzist!«, brüllte Omma Brock. »Dat Vieh is humorlos!«

»*Da zerstieben seine Feinde, seine Gegner fliehen vor ihm. Wie flüchtiger Rauch verweht, wie Wachs vor dem Feuer zerfließt, so vergehen die Frevler vor Gottes Antlitz!* Psalm 68.« Unkel steigerte sich in sein Geschrei hinein.

»Hast du 'nen Knall, du Weihrauchjunkie? Komm da weg!«

»*Wage es nicht länger, hinterlistige Schlange, das Menschengeschlecht zu täuschen, die Kirche Gottes zu verfolgen und die Auserwählten zu schütteln und zu sieben wie den Weizen!*«

»Die Omma schüttelt dich jetzt mal!« Omma Brock holte weit aus, warf Unkel die Fernbedienung gegen den Kopf und kegelte ihn damit aus der Bahn. Nur Bruchteile von Sekunden später donnerte Rurie über die Stelle hinweg, an der der Kaplan gerade noch gestanden hatte.

Rurie steuerte jetzt mit einem Affenzahn auf das Wohnmobil zu, in dem offenbar ein wilder Kampf tobte. Das Gefährt wackelte hin und her.

Als das Ungetüm so nahe war, dass eine Kollision unvermeidlich wurde, flog die kleine Tür auf, und drei Menschen purzelten ins Freie.

Mit hohen Schreckensschreien liefen sie auseinander, wobei Dr. Schnielzenbrömm den Weg zum See einschlug.

Als Rurie auf das Wohnmobil traf, erzitterte der Boden. Das metallische Quietschen des sich verformenden Blechs schrillte durch die Sommerluft, Metall wurde umhergeschleudert, Reifen rollten herum, und der Kopf von Rurie schlug nur ein paar Zentimeter neben Kaplan Unkel im Boden ein.

Rurie hatte es ein für alle Mal in seine metallenen Einzelteile zerlegt. Na super, dachte Omma Brock, das mit der Kohle für das Foto konnte sie sich endgültig abschminken. Ihre Kreuzfahrt rückte schon wieder in weite Ferne.

»Wir beschwören dich also, verfluchter Drache und alle teuflischen Legionen, durch Gott, den Lebendigen …«, krakeelte Unkel immer noch wie von Sinnen.

»Schnauze, Kaplan!« Omma Brock riss ihn auf die Füße, drückte ihm ihre Kittelschürze in die Hand, und raunzte barsch: »Los, anziehen! Dann sieht man deinen knallroten Poppes nicht. Un dann mitkommen! Die Biotrulla haut ab!«

* * *

Nähzwerg saugte eine Blindschleiche durch sein linkes Nasenloch ein, schluckte sie hinuter, machte ein zufriedenes Bäuerchen und zwinkerte Silberlöffel triumphierend zu. »So, und jetzt geh nach Hause, du Heulsuse. Vor die steht der König des Eifeldschungels!«

»Ist nicht wahr«, greinte Silberlöffel. »Ich gewinne!«

»Aber du traust dich ja nicht!«

»Tu ich wohl!«

Silberlöffel tanzte von einem Bein auf das andere. Es war widerlich. Kein Mensch tat so etwas. Kein Mensch, der noch ein Fünkchen Verstand im Leib hatte. Eigentlich musste er aufgeben.

Aber dann würde Rüdiger Nähzwerg der Sieger sein. Das durfte einfach nicht geschehen!

Er starrte auf die Grube, die in die Erde eingelassen worden war. Wochenlang hatten die Fernsehleute alle Jugendherbergen und alle Bundeswehrkasernen der Eifel, alle Sportlerheime und Feuerwehrspritzenhäuser besucht, hatten in den Gemeinschaftsduschen die Flusensiebe geleert und den klebrigen Inhalt aus Haaren, Seife und anderen unsagbaren Zutaten hierher gebracht. Außerdem schwamm der Inhalt der Spucknäpfe aus achtundsechzig Zahnarztpraxen ebenso in diesem formlosen Loch wie der Inhalt der Abfalleimer mehrerer Podologiepraxen. Zu guter Letzt war mit Gülle aus dem nahen Großmastbetrieb aufgefüllt worden.

»Ich gebe auf«, sagte Silberlöffel leise.

Aus den Lautsprechern, die ringsum in den Bäumen aufgehängt waren, erschollen die Stimmen der Moderatoren: »Wie bitte?« »Was haben wir da gehört?«

In diesem Moment brach jemand aus dem Gebüsch hervor. Eine ältere Dame in Latzhose. Das graue Harr wehte ihr wild um den Kopf. »Es war für die Wissenschaft«, kreischte sie. »Nur für die Wissenschaft!« Und dann rempelte sie Silberlöffel an ...

... der noch einen Moment lang mit den Armen durch die Luft ruderte und schließlich wie in Zeitlupe in das Bassin stürzte.

Nähzwerg schrie auf und biss vor Wut in einen Baum.

»Hurra!«, gurgelte Silberlöffel. »Gewonnen! Ich habe gewonnen!«

»Wer ist die Frau?«, plärrte es aus den Lautsprechern. »Wo kommen denn die Leute alle her?«

Plötzlich waren sie alle da. Ein Priester, der nichts weiter trug als eine geblümte Kittelschürze, eine Kommissarin, die sich drohend mit den Handschellen auf die Frau in der Latzhose stürzte, ihr Assistent, der pausenlos in ein Mobiltelefon faselte und dabei zusehends ins Lispeln verfiel, der dick vermummte Chef des Nudistencamps, und schließlich eine unförmige, alte Frau in karamellfarbener Unterwäsche, die einen halb bewusstlosen, jungen Mann mit Kassenbrille hinter sich herschleifte.

»Gewonnen! Gewonnen! Ich habe gewonnen!« Florian Silberlöffel plantschte begeistert in der dunkelgrauen Brühe auf und ab.

»Nee, nee, halt! Moment mal!«, rief die Moderatorin durch die Lautsprecher. »Das ist Schiebung! Du hattest Hilfestellung!«

Silberlöffel hielt inne. »Hä?«

Der Moderator meldete sich: »Du bist nicht allein gesprungen. Das gilt nicht.«

Nähzwerg begann bereits, sich die Hände zu reiben.

»Ja, genau«, quakte jetzt wieder die Moderatorin. »Wir schieben noch eine Prüfung nach!«

»Wie bitte?« Florian Silberlöffels Kinnlade klappte herunter, und Flüssigkeit sickerte ihm aus dem Mund.

»Ja, genau.« Der Moderator schien laut zu überlegen. Seine Stimme schallte durch die Wipfel der Bäume wie einst die des Allmächtigen Schöpfers: »Du musst … du musst … na, sagen wir mal, du musst …«

»Was ganz Ekliges!«, krähte die Moderatorin.

»Genau, schön eklig. Du musst … diese Frau da küssen! Die mit der Hornbrille. Mit Zunge! Fünf Minuten.«

Auf Omma Brocks Wangen zeigte sich das, was dort normalerweise nichts verloren hatte: der zarte Anflug schamhaften Errötens. »Küssen? Die Omma? Hahaha, dat is aber 'ne feine Idee.« Und zu Unkel gewandt, sagte sie. »Aber da bin ich ja jar nich drauf einjerichtet. Na ja, jut, dat ich immer en bissjen Karamba für unterm Arm un meine Zahnkordel dabei hab.«

Epilog

Florian Silberlöffel weinte. Es waren bittere, schwere Tränen, die in das Wasser des Rursees tropften und dabei leise Plitsch machten.

Es gab Siege, die man einfach nicht genießen konnte. Er war Eifel-Dschungel-König geworden. Er hatte Igel, Kröten, Fäkalien, Fortpflanzungsorgane, Fäulnis, Moder und Verwesung überstanden. Er hatte sich vor dem Fernsehpublikum demütigen und im wahrsten Sinne des Wortes zum Affen machen lassen. Und dann hatte das widerwärtige Schicksal ihm diese letzte, die unmenschlichste Prüfung von allen geschickt. Er musste schon wieder würgen, als er daran dachte.

Er war ein gebrochener Mann. Seine geliebte Quälene Kicher würde ihn mit der Kneifzange nicht mehr anfassen – nach dem, was er vor laufender Kamera hatte tun müssen.

Jetzt stand er hier und blickte der Abendsonne hinterher, die langsam hinter den Eifelbergen zur Ruhe sank.

Er kramte in seinen Taschen herum. Aschenbecher ... Salzstreuer ... Tampons ... Solche Dinge musste er schon immer einfach einstecken, wenn er sie in die Finger bekam. Auch diese olle Münze, die er nun in der rechten Hosentasche fand. Hatte diese abscheuliche Alte bei sich gehabt. Fast angewidert betrachtete er das Geldstück.

Dann blickte er wieder auf das fast schwarze Wasser zu seinen Füßen.

Die Wünschelbucht.

»Ich wünsche mir ...«, murmelte er, »ich wünsche mir ...« Er musste es unbedingt sehr, sehr eindeutig formulieren. »Ich wünsche mir, dass ich Omma Brock in meinem ganzen Leben nie wieder begegnen werde!« Und zur Sicherheit schickte er hinterher: »Und in meinen kommenden Leben auch nicht!«

Dann warf er die Münze. Sie drehte sich in der Luft, reflektierte noch einmal das schwindende, rötliche Licht …

… und als sie gerade auf der Wasseroberfläche auftreffen wollte, öffnete sich mit einem Mal direkt darunter ein gewaltiger Schlund. Zwei ausladende Kiefer mit riesigen, gelblichen Zähnen schnappten nach dem kleinen, runden Metallstück, schlugen mit einem lauten Knall wieder zusammen, eine Wasserfontäne schoss hoch auf, Millionen von Luftblasen perlten aus der Tiefe empor, und genauso schnell, wie der monströse, echsenartige Kopf erschienen war, verschwand er auch wieder unter Wasser und ließ nichts zurück als schäumende Gischt auf den tanzenden Wellen.

ENDE

MORDS-
JUBILÄUM

1. Kapitel

von Carsten Sebastian Henn

Florian Unkel, Kaplan der Gemeinde St. Blasius zu Welterscheidt, liebte es, ein ausgedehntes Bad zu nehmen. Selbstverständlich mit so viel Totes-Meer-Salz, dass er wie eine Luftmatratze auf dem Wasser lag. Einmal hatte er aus übermütigem Spaß etwas Pfeffer ins Wasser gegeben, um sich wie ein mariniertes Filet zu fühlen. Gegenüber der Pfarrsekretärin hatte er gescherzt, dass er danach am liebsten in eine heiße Pfanne gesprungen wäre.

Nach Springen war ihm jetzt auch, jedoch aus anderen Gründen. Es zog. Ein kühles Windchen, das strategisch ungünstig über ihn wehte. Unkel wusste auch, woher es stammte. Es gab da eine lose Kachel neben der Toilette, an der er seit einiger Zeit immer während der Sitzungen rumpiddelte. Ein fieser Strahl kalter Luft kam von dort.

Er konnte etwas drüberkleben, was aber unschön wäre. Vielleicht würde ein leichter Schlag mit dem Fön das Problem lösen. Dann könnte er mit den Kommunionskindern eine neue Kachel töpfern. Es würde die Kleinen begeistern, etwas zum Klo des Kaplans beisteuern zu dürfen! Davon würden sie noch ihren Enkelchen berichten!

Als Mann der Tat stieg Unkel aus der Wanne, griff sich ohne Umschweife den Fön und schlug zu.

Es machte Krack.

Und zwölf Sekunden später stand Unkel bis zu den Knien in einem Haufen zerbrochener Fliesen und blickte in ein großes, dunkles Loch.

Und der Kirchenvorstand hatte gesagt, es sei kein Platz für eine Jesus-Christus-in-der-Wüste-Sauna!

Eisiger Wind zog über seinen Körper. Was zumindest zu schneller Trocknung führte. Unkel beschloss herauszufinden, wie viel Platz dort war. Ein kleiner Genezareth-Fischteich, auf dem er Segelschiffe fahren lassen konnte, würde das biblische Badezimmerensemble komplettieren.

In seiner Soutane und mit der Geheimagenten-Taschenlampe aus einem seiner Yps-Hefte, die er lückenlos gesammelt hatte und hegte und pflegte, kletterte er schließlich in das Loch. Die Spinnweben an dem alten Mauerwerk waren dick wie Plümos, und das Ende war trotz Taschenlampe nicht zu erkennen. Unheimliche Geräusche klangen aus der Tiefe. Eine Bach-Kantate kam ihm in den Sinn: *Wahnsinn, warum schickst du mich in die Hölle / eiskalt* lässt du meine Seele *erfrier'n.* Unkel hatte von ihrer Existenz nichts gewusst, bis Omma Brock sie vor ihm intoniert hatte, mit dem Hinweis, die Forschung sei gerade erst auf das Stück gestoßen. Unkel plante, es in der nächsten Ostermesse der sicher überraschten Gemeinde vorzustellen.

Eine sehr steile, steinerne Wendeltreppe führte hinab. Und hinab. Und weiter hinab. Dann ein langer, niedriger Gang, der sich wie eine Schlange wand. Wenn ihn seine Erfahrungen aus der Christlichen Pfadfinderschaft nicht trogen, musste er sich mittlerweile schon unter dem westlichen Kirchenschiff befinden. Ein Geräusch ließ ihn zusammenzucken. Er wurde zur Salzsäure und betete, dass ihn sein Duschgel *Limited Vatican Edition* mit Weihrauch und Myrrhe vor allem Bösen schützen würde. Das Geräusch wurde lauter, drohender. Ganz langsam griff Unkel nach dem Brotmesser, das er sich zur Verteidigung eingesteckt hatte. Aber er musste feststellen, dass er aus Versehen das Salatbesteck erwischt hatte.

Egal, das musste reichen.

Das Geräusch näherte sich, und Unkel sprang in die Angriffshaltung, die er aus alten Errol-Flynn-Piratenfilmen kannte. Er richtete das todbringende Salatbesteck auf … eine kleine Maus, die ihn panisch anblickte. Und dann in der Dunkelheit verschwand. Als er ihr nachleuchtete, entdeckte er ein massives Steinportal mit griechischen Lettern. Sein Griechisch war ein wenig eingerostet. Und bevor es einrostete, war es sehr lückenhaft gewesen. Das erste Wort mochte »Gottvater« heißen. Oder »Petersilienwurzel«. Bei den Griechen wusste man nie. Sehr lustiges Völkchen.

Unkel begriff, dass er Hilfe brauchte.

* * *

Bürgermeister Ronald Wamp war eine imposante Gestalt, die jeden Raum sofort in Beschlag nahm, und sei er so groß wie die Aula der Welterscheider Grundschule. Mit dem Slogan »Make Welterscheid great again!« hatte er überraschend die letzte Wahl gewonnen. Sein Wahlversprechen war, eine Mauer zum verhassten Düsterscheid zu errichten. Für die Düsterscheid zahlen sollte. Düsterscheid meinte, selbst ein Jägerzaun sei nicht drin. Es rumorte in der Eifel!

Das Steinportal war nahezu komplett aufgebrochen, doch er ließ es sich nicht nehmen, den letzten Schlag mit dem Hammer selbst durchzuführen - und zwar so langsam, dass die Presse ein schönes Foto hinbekam. Krachend fiel alles in sich zusammen.

»Make Verließe great again!« Wamp reckte den Daumen in die Höhe, und dann verschwand er mit seiner Sekretärin und der Presse im Schlepptau zum nächsten Termin. Die Untersuchung dessen, was sich hinter dem Portal befand, sollte die Archäologin Dr. Maike Frederiksen durchführen.

»Soviel kann ich Ihnen schon sagen, Herr Kaplan: dies hier ist viel älter als Ihre Kirche.«

»Wie alt denn genau? Also ein paar Schaltjahre hin oder her?«

»Aber nageln Sie mich nicht fest!«

»Wir Christen werden meist genagelt. Wir selbst nageln dagegen nie.«

Frederiksen unterdrückte ein Lachen. »Grob geschätzt tausend Jahre.«

»Könnten wir sagen, dass es genau Tausend sind? Dann feiern wir ein Jubiläum, und ich könnte eine Jubiläumstorte backen und Geld für einen farbenfroheren Friedhof sammeln. Mit schweben ein paar bunte Lampions vor und eine Digitallaufschrift mit den Namen der neuesten Toten.«

Er streckte ihr die Hand hin. Frederiksen schlug ein.

»2000 Jahre fürs Erste. Später werde ich die Schätzung präzisieren. Nach dem Fest.«

Sie stellte zwei Strahler auf, die durch das Portal leuchteten. Dahinter befand sich ein einzelner großer Raum, mit Steinsarkophagen an den Wänden.

Auf einem davon lag ein versteinertes Stück Brot. Und die Mehlspuren darauf waren genau so geformt wie das Logo der Welterscheider Bäckerei Reich.

2. Kapitel

von Ralf Kramp

Für gewöhnlich bekam Omma Brock in der Bäckerei Reich immer am Donnerstag die Teilchen vom Freitag zum Preis von Mittwoch. Frischer und billiger ging es nicht. In der Bäckerei hatte man genau so viel Angst vor der dicken, alten, rabiaten Frau mit dem kantigen Stoppelkinn wie in allen anderen Läden Welterscheids auch.

Heute war etwas anders in der Bäckerei Reich. Es gab offenbar ein Jubiläum zu feiern. Und zwar eins, das sich gewaschen hatte. Es lockte die Kunden von überallher. Vor der Tür standen Autos mit Kennzeichen aus Euskirchen, Trier, Aachen und sogar aus Bergheim. Der spektakuläre Fund des antiken Brots in der Krypta hatte Bäckermeister Frank Reich zu einer marketingtechnischen Glanzleistung inspiriert. Zu der Zahl 10, die seit anderthalb Jahren auf der Schaufensterscheibe vor sich hin gilbte, hatte er kurzerhand noch die zwei Nullen von der Tür der Kundentoilette dazugeklebt, und nun prangte dort der Slogan: »1000 Jahre Reich!«

Im Laden flimmerte ein eilig zusammengefrickelter Werbetrailer über den Flachbildschirm: Der dicke, rothaarige Frank Reich holte mit einem Dreikornbrot aus und zerschlug fünf übereinandergestapelte Kalksandsteine. »Reich – Tausendjähriges Jubiläum! Unser Brot – heute so hart wie vor tausend Jahren!«, verkündete eine markige Stimme.

»Morgen. Sind da Rosinen drin?«, fragte Omma Brock und wies mit ihrem schwieligen Zeigefinger auf eine Rosinenschnecke.

»Aber natürlich«, sagte die junge Verkäuferin, die als Einzige Omma Brock noch nicht kannte und gar nicht verstand, warum alle anderen mal rasch aufs Klo mussten, eine rauchen gingen oder ganz plötzlich krank geworden waren.

»Bah, Rosinen, fies. Ohne Rosinen nehm ich drei Stück davon. Die Dinger können Sie behalten und in den gedeckten Apfel drücken. Ist aber dann billiger.«

»Aber ich kann die Rosinen ja wohl schlecht rauspulen«, sagte das Mädchen für Omma Brocks Geschmack eine Spur zu keck.

»Meinetwegen, dann mach ich das zuhause selbst. Dafür kriege ich aber pro Rosine zwanzig Cent.«

»Wie bitte?«

»Mindestlohn, Mädchen. Schon mal von gehört?«

»Aber ich kann Ihnen doch nicht ...«

»Sag mal, du Pute, hast du was an den Ohren? Ich nehm drei Rosinenschnecken ohne Rosinen. Und von dem Bienenstich machst du die klebrigen Mandeln runter, die bleiben mir immer in den Brücken hängen, und dann muss ich den Enkelchen immer zwanzig Cent geben, damit die mir die wieder rausfummeln.«

»Aber die Mandeln ...«

»Okay, mach ich auch selbst. Dann krieg ich aber zwei Cent pro Mandel. Plus Millowitsch.«

»He, sind wir bald mal dran?«, wurde hinter Omma Brock ein Meuterer laut. »Ich bin nicht 100 Kilometer gefahren, um mir hier ihre Feilscherei anzuhören!« Er sprach für zwei Dutzend andere murrende Kunden, die anstanden, um das berühmte Jubiläums-Reich-Brot zu kaufen.

In diesem Moment formte sich irgendwo in dem finsteren Gebiet zwischen Omma Brocks runzliger Stirn und ihrem strähnigen, grauen Dutt ein abgründiger Gedanke.

Wenig später kam sie mit einer Tüte Körnerbrötchen ohne Körner aus dem Laden und steuerte die gleich nebenan liegende Parfümerie Schwan an. Hier kaufte sie immer ihr Sir Irish Moos und alle drei Jahre eine neue Zahnbürste.

»Guten Tag, was darf es heute sein?«, fragte Frau Schwan mit gespielter Freundlichkeit. »Wieder Corega Tabs?«

»Nee, ich nehm jetzt immer Ahoi-Brause, die kann ich hinterher dann noch trinken.« Omma Brock lehnte sich lässig mit einem Ellenbogen auf den gläsernen Tresen. »Ich bin die Frau Brock …«

»Aber Frau Brock, ich kenne …«

Omma Brock fuhr dazwischen: »Ich bin die Frau Brock von Brock PR. PR für Persönliche Resultate. Werbung und so Gedöns. Wer nicht wirbt, stirbt, verstehnse? Sie wollen doch kein Sterbender Schwan sein, oder?«

Die Frau lächelte nervös. »Ich weiß nicht, was …«

»Nebenan, die Backpflaume, die macht ein Mördergeld mit dem Jubiläum, nur weil in dem katholischen Kartoffelkeller altes Brot gefunden wurde.«

Frau Schwan musterte sie verständnislos. Omma Brock beugte sich zu ihr über den Tresen. »Jetzt stellen Sie sich mal vor, da wird noch was anderes gefunden. Und das ist nicht tausend, sondern mindestens tausendfünfhundert Jahre alt!« Ihre wie Drahtbürsten geformten Augenbrauen wanderten nach oben, und sie zeigte ein diabolisches Grinsen. »Ne antike Seife. Keil-Seife. Sowas hatten die doch damals im alten Altertum, die Römer. Ne Seife von Herodes, der alten Pfeife. Da hat der seine Hände mit gewaschen. Und welche Form hat die Seife? Na?« Als Omma Brock zum stilisierten Schwan auf der Ladentür deutete, ahnte Frau Schwan, was sie meinte.

Mit einem gut dotierten Beratervertrag in der Tasche verließ Omma Brock kurz darauf die Parfümerie. Jetzt würde sie die Metzgerei Schlunz aufsuchen und ihnen das Ding mit der zweitausendjährigen Cervelatwurst verdeutschen. Und für das Sanitätshaus Hirsel hatte sie schon die Idee von der zweieinhalbtausendjährigen Bettpfanne aus Keramik im Kopf.

Hach! Omma Brock war ganz begeistert von ihrer Idee. Brock PR - Dieser Tag hatte sehr gut angefangen. Und viele weitere gute Tage würden folgen!

3. Kapitel

von Uwe Voehl

Welterscheid ist zum Bauchnabel der Archäologin, äh, Archäologen avanciert. Ja, schreiben Sie das! Schreiben Sie das genau so! Und auch Sie, dort vorne von *der Bäckerblume,* sagen Sie das Ihren Zuschauern!«

Bürgermeister Ronald Wamp hatte sich mal wieder in Rage geredet. Der Hüne mit dem strohgelben Toupet spuckte Gift und Galle gegen die verhasste Presse, deren Vertreter allesamt vor ihm saßen: *ZDF, BILD, FAZ, CNN, Pravda, Washington Post* bis hin zum *Welterscheider Bauernblatt.*

Sein zufriedener Blick ruhte kurz auf den Rundungen von Dr. Maike Frederiksen. Deren Dinger waren ebenso echt wie seine Antiquitäten. Auch so ein Geniestreich von ihm, die bildhübsche Archäologin in sein Team zu holen. Da ging noch was! Und sie hatte gleich begriffen, worauf es ankam und wer hier der Boss war.

»Herr Präsi… ich meine, Herr Bürgermeister: Was ist mit den Gerüchten, dass einige der Artefakte plumpe Fälschungen seien?«, meldete sich der Reporter der *Lukullus* zu Wort.

»*Fake News*!«, schrie Wamp wutentbrannt. »Werft den Kerl aus dem Saal. Wer zweifelt, verbreitet *Fake News*! Ich mache Welterscheid *great again!* Ich …«

Eine sanfte Berührung von Frau Dr. Frederiksens brachte ihn augenblicklich zur Raison. »Ich – übergebe jetzt an Maike – äh – Frau Dr. Frederiksen.« Erst jetzt starrten alle auf das längliche, senkrecht aufgerichtete Objekt auf dem Tisch vor ihr. Es war noch mit einem weißen Tuch verhüllt.

»Wie Sie wissen, meine Damen und Herren von der Presse, graben wir im Moment überall. Welterscheid, das können wir schon jetzt sagen, war bereits vor dreitausend Jahren eine der fortgeschrittensten Hochkulturen der Menschheit, vielleicht lag hier sogar deren Wiege! Wir werden Jubiläum feiern! Das beste Jubiläum der Welt!«

Ein Raunen ging durch den Saal.

»Alles Lüge!«, gellte eine kreischend hohe Stimme darüber hinweg. Irritiert registrierten alle den kleinen, dürren Mann mit dem schütteren Haarkranz, der sich nun nach vorne kämpfte. »Das sind alles hirnlose Lügen, die hier verbreitet werden!«

Wamp hatte die Archäologin beiseitegeschoben und ergriff wieder das Mikro: »Dieser Oberstudienfuzzi a.D. Drosselkamp, dieser selbsternannte Heimatforscher verbreitet Unsinn! *Fake News*. Er spielt auf den zweiten Grund an, weshalb ich Sie heute hierher zitiert habe: Wir haben noch so ein dolles Ding, die tollste Grabung der Welt, wirklich, das ist sie! Es ist wirklich wunderbar. Eine großartige, wunderbare Entdeckung! Frau Doktor Frederiksen hat Hinweise auf römische Bauten im Wald bei dem großen Loch gefunden, dem Jupp-Pitter-Loch …«

»Jupiter! Es heißt Jupiter!«, flüsterte ihm Maike Frederiksen ins Ohr. Weil das Mikro an war, hörten es jedoch alle. Er kniff ihr dafür grinsend in den Hintern.

»Jedenfalls ist diese Kuhle für ihren Gestank berühmt. Der Atem der Hölle! Ja schreiben Sie das! Genauso!«

»Unsinn!«, mischte sich schreiend der Heimatforscher ein. »Erforscht hat es bereits Josef Pitter Heiermann, der erste Nachkriegs-Bürgermeister von Welterscheid, der es beim Spazierengehen entdeckte. Von ihm lernte Bundespräsident Carstens auch das Wandern!«

»*Fake News*!«, schrie Wamp.

Doch Drosselkamp war nicht mehr zu bremsen: »Das stinkt zum Himmel! Früher haben Mütter ihre Kinder davor gewarnt. Auf dem Loch würde ein Fluch liegen! Heute heißt der Fluch Wamp, jawohl!«

»Werft den Mann endlich raus!«, kreischte Wamp. Diesmal half auch kein sanftes Handauflegen seiner Begleiterin, um ihn wieder zu beruhigen. Erst als die Security den zeternden Heimatforscher in die Mangel nahm, kam der Bürgermeister wieder zu sich.

Um erneut die Fassung zu verlieren.

Wenn es eine Person gab, die er hier gar nicht sehen wollte, dann war das Carola Coltella! Die Kommissar-Tussi und ihren Assi-Heini, den dusseligen Clairvaux. Wenn er Welterscheid erst einmal wieder *great again* gemacht hatte, würde er die beiden als Erste entlassen.

Jetzt befreite sie auch noch diesen Quertreiber aus den Armen seiner Schlägertruppe!

Und sie kam direkt auf ihn zu.

»Dürfte ich wissen, was hier läuft?«, fragte Coltella mit einem Lächeln, das schärfer war als eine Rasierklinge und kälter als ein Eisblock.

»Eine Pressekonferenz, das sehen Sie doch!«

»Was hat Ihre Archäologin denn diesmal gefunden?«, mischte Clairvaux sich ein. »Eine Fleischwurst? Oder einen Wagenheber?«

»Nein, wir haben soeben die Presse über den Start der Ausgrabungen am sagenumwobenen Pitter-Loch informiert …«

»So – und was ist das da?«

Coltella deutete auf den noch immer verhüllten Gegenstand.

»Das hat Maike – äh - ich meine Frau Doktor Frederiksen bei Probegrabungen unter den Fundamenten meines Hauses gefunden. Es ist quasi von einem meiner Vorfahren!«

»Zeigen Sie mal her«, verlangte Coltella und riss das Tuch weg.

Um im nächsten Moment knallrot anzulaufen.

Das Objekt war ein riesiger, versteinerter Phallus. Mindestens vierzig Zentimeter hoch.

»Bitte seien Sie vorsichtig! Das Artefakt ist rund fünftausend Jahre alt!«, jammerte Frau Dr. Frederiksen.

»Ist hiermit konfisziert«, sagte Coltella.

»Aber mit welchem Recht?«

»Recht ist das Stichwort. Wir haben Hinweise darauf, dass es bei Ihren Ausgrabungen nicht mit rechten Dingen zugeht. *Arrividerci*!«

4. Kapitel

von Carsten Sebastian Henn

Unkel hatte durchaus Verständnis dafür, wenn Menschen lange auf dem Stillen Örtchen blieben. Wenn Gott ihnen einen langsame Verdauung geschenkt hatte, musste es dafür einen guten Grund geben.

Aber anderthalb Stunden?

Unkel hatte in der Zwischenzeit Plätzchen für die nette und bestimmt auch fromme Archäologin gebacken. In Form von Schaufeln. Dann eine Fuhre Indiana-Jones-Hüte und schließlich ein Backblech mit menschlichen Unterschenkelknochen in Originalform. Anstelle von Knochenmark mit Nougat gefüllt.

Als er fertig damit, war saß Omma Brock immer noch auf seiner Toilette und antwortete weder auf Klopfen noch auf freundliche Rufe.

Unkel hatte deshalb begonnen, einen Schlager zum Thema Archäologie zu texten: »Ein bisschen buddeln, ein bisschen graben, in dieser Erde, auf der wir wohnen. Ein bisschen Knochen, ein bisschen Alt-Brot, ein bisschen Wärme, das wünsch' ich mir.«

Der Kaplan hatte nicht gemerkt, dass er laut sang und sich das Kruzifix im Flur als Mikro genommen hatte. Er hatte sich lässig auf die Türklinke gelehnt.

Weshalb sich die Tür jetzt öffnete.

Er hatte zuvor nicht versucht, die Klinke runter zu drücken. Aus Angst, Omma Brock bei der Verrichtung zu sehen. Er hatte Hieronymus Boschs Gemälde der Hölle gesehen, er brauchte keine Steigerung.

Die Tür öffnete sich knarzend.

Und gab den Blick frei auf ein unbesetztes Klo.

Sowie auf ein Licht im Geheimgang. Was trieb die fleischgewordene göttliche Plage da unter Erde? Es gab mittlerweile einen weiteren, großzügig freigelegten Eingangsschacht mitten auf dem Friedhof, doch dieser wurde polizeilich bewacht. Omma Brock hatte sich deshalb also für den Weg durch seine Nasszelle entschieden.

»Frau Brock? Möchten Sie meinen neuesten Schlager hören?« Als er keine Antwort hörte, nahm er dies als stille Zustimmung und begann weitere Strophen von »Ein bisschen Grabung« zu texten, während er hinabstieg.

Doch auch unten waren weder Omma Brock noch ihr knotiges Kinn zu sehen, das Unkel immer an die Verwerfungen der tektonischen Platten denken ließ. Nur einen Teil von Omma Brock fand er vor: ihren Geruch. Dieser war so intensiv und komplex, mit einer bemerkenswerten Persönlichkeit und Ausstrahlung, dass er eine Art Eigenleben führte. Unkel hätte sich nicht gewundert, wenn er irgendwann alleine im Welterscheider Edeka einkaufen gehen könnte.

»Ein bisschen Kernseif, ein bisschen Penis, das wünsch ich mir!« Da in Wamps Garten ein antikes Glied gefunden worden war, gehörte auch dieses in den Text. Da Gott es mit eigenen Händen geformt hatte, konnte es nicht gotteslästerlich sein, es zu erwähnen. Unkel hörte ein Stöhnen.

»Aufhören, Unkel, sofort aufhören! Das dringt ja sogar durch mein Ohrenschmalz!«

Doch es hallte so sehr, dass Unkel nicht ausmachen konnte, wo Omma Brock steckte. Zu seiner Überraschung waren neue archäologische Funde in dem Hauptgewölbe aufgetaucht. Vermutlich wurden sie durch den Luftzug an die Oberfläche gezogen. Eine alte, augenscheinlich versteinerte

Polaroidkamera, auf die jemand »4.000 vor Jesus seine Geburt« geschrieben hatte, ein Pinsel, und sogar ein dreckverschmierter Spannungsprüfer aus Ulmenholz. Steckte einfach in der Wand. Sicher eine alltagshistorische Sensation allererster Kajüte!

Und endlich fand er auch Omma Brock.

Mit einem Schäufelchen in der Ecke. Sie buddelte gerade etwas aus. Oder ein. »Sekunde, Kapalaplänchen, die liebe Ommi muss den Archäologen was helfen. Vorbuddeln ist quasi christliche Nächstenliebe. Und hier unter mir muss ich noch eine aus Eichenblättern zusammengehäkelte *Tena Lady* vorausbuddeln. So ist der Fachbegriff. Die ist mindestens 7.000 Jahre alt. Und noch völlig unbenutzt! Vom Sanitätshaus Krückenglück. Sogar mit Kassenbeleg als Echtheitszertifizikätchen dabei.«

Doch Unkel hörte ihr nicht mehr zu. Er sang auch nicht. Denn von einem der Steinsarkophage war der Deckel beiseitegeschoben worden.

Darin lag eine Leiche.

Was Leichen betraf war es eine äußerst hübsche Leiche.

Unkel wurde trotzdem blaß.

Denn er hatte völlig umsonst gebacken. Auch sein Archäologen-Lied würde nicht tief in die dafür vorgesehenen Ohren eindringen.

Im Steinsarg lag nämlich, dahingestreckt wie Schneewittchen im Sarg, doch mit blutüberströmtem Gesicht, Dr. Maike Frederiksen.

An ihrer Fachkompetenz mochte es Zweifel geben, an ihrem Tod jedoch nicht.

Plötzlich stand Omma Brock neben Unkel. »Die ist nicht von mir. Ich schwöre es!« Sie beugte sich vor. »Wobei Sie mir noch fix helfen könnten, ihr die VHS-Kassette vom ersten

Feuermachen der Menschheit mit den Streichhölzern von *Tabak und Lotto Quallmann* in die Hand zu drücken, dann muss ich die nicht extra vorausbuddeln.«

5. Kapitel

von Ralf Kramp

Während ihr Assistent Winfried zu Clairvaux die Reihen abschritt und über einen passenden Grabstein für sich selbst nachdachte, stand Kommissarin Carola Coltella mit geballten Fäusten vor Omma Brock und hielt eine Gardinenpredigt, wie sie das Gotteshaus im Hintergrund noch nicht gehört hatte: »Und es ist meine allerletzte Verwarnung, Frau Brock: Wenn ich Sie nur noch ein einziges Mal hier sehe, dann ...«

Omma Brock hatte ihren gewaltigen Hintern auf dem Grabstein vom alten Severin Scholzen geparkt, die Hände im Schoß gefaltet und betrachtete intensiv ihre verbeulten Schuhspitzen. »Ich muss aber doch immer auf den Friedhof«, murmelte sie leise. Es klang fast nach Reue.

»Haben Sie Familie hier liegen?«

»Nö, aber ich hab immer so gern frische Blumen auf dem Esszimmertisch.«

Coltella riss an dem Stiel, der aus ihrer Handtasche lugte. »Und das Schäufelchen nehme ich Ihnen jetzt auch weg! Clairvaux, bei Fuß!« Dann stiefelte sie davon. Über die Schulter rief sie noch: »Sie halten sich zu unserer Verfügung, Frau Brock!«

Schöner Käse. In der Handtasche waren noch so viele tolle Artefakte drin, die sie nicht mehr hatte platzieren können, weil diese dämliche Knochenausbuddlerin da rumlag. PR Brock brauchte ein neues Konzept. Und ruckzuck war es auch schon da. So ging es ihr immer: jedes Problem wurde in Nullkommanix gelöst.

War sie knapp bei Kasse, schenkte sie den Enkelchen ein Sparschwein und forderte es zurück, wenn es voll war. Hatte sie fiesen Hunger, gab es statt Filet Bordelaise schon mal Koi aus dem Nachbarteich. Wenn wieder mal ein Frauenarzt sie nicht behandeln wollte, nahm sie ihn in den Schwitzkasten. Und wenn sie nicht mehr in die Krypta durfte, dann vergrub sie ihre Antiquitäten eben … im Jupp-Pitter-Loch! Zack – hatte schon wieder geklappt! Sie war ein Kriegskind und wusste sich zu helfen. Um welchen Krieg es sich gehandelt hatte, wusste sie nicht mehr.

Als sie eine halbe Stunde später bei Oberstudienrat a.D. Arnulf Drosselkamp klingelte, öffnete dieser nur sehr zögerlich. Sie stellte als Erstes den Fuß in die Tür. Tat sie immer, auch zuhause, auch beim Schlafzimmerschrank. Gewohnheit. »Tach«, sagte sie, und war schon drin. Das machte sie immer mit einer Dreivierteldrehung nach rechts – natürlich nur bei Türen mit rechtem Anschlag – dann minimierte sie mit der linken Schulter die Hebelkraft ihres Gegenübers, vollführte eine halbe Gegendrehung, die auf der exakten Berechnung des Drehmoments basierte und schlug mit der Handtasche die Tür zu. Physik. »Ich bin die Omma Brock und trinke den Kaffee so schwarz wie meine Seele und wie all die Stellen, wo die Sonne nie hinkommt. Milch und Zucker können Sie mir zum Mitnehmen in ein Tupperdöschen tun.«

Als sie wenig später in der Wohnung etliche Bücherstapel verschoben und zwei Plätze zum Sitzen gefunden hatten, kam Drosselkamp schnell in Fahrt. Der Alte konnte es nicht fassen, dass jemand Interesse an den Früchten seiner mehr als sechzigjährigen Heimatforschung zu haben schien.

Er wollte sich chronologisch aus der Gegenwart in die Vergangenheit arbeiten und hatte schon etliche Aktenordner herbeigeschleppt, als Omma Brock sagte: »Nee, passen Sie mal auf: Sie sind schon so alt. Bis Sie fertig sind, haben Sie den Löffel abgegeben, und die Omma weiß immer noch nix über die richtig antike Antike, also die Alte. Und vor allem über das Jupp-Pitter-Loch!«

Drosselkamp sog scharf die Luft ein. »Das Jupp-Pitter-Loch?« Hinter der Nickelbrille weiteten sich seine Augen.

»Genau, Herr Oberstudiendingens. Das ist doch bestimmt urururu," Und da warten doch ganz sicher jede Menge *Funde* auf ihre Entdeckung, oder?« Das Wort *Funde* sprach sie so betont und so nass aus, das Drosselkamp seine Brille putzen musste.

»Also, Frau Brock ...«

»Omma! Ach, nee ... für dich Trude.« Sie stieß einen Bücherturm um und ließ sich neben ihm auf das kleine Sofa plumpsen, sodass er beinahe in die Luft katapultiert wurde.

»Also, Trude, merkwürdige Dinge geschehen an diesem Loch. Ich habe schon oft versucht, hinter das Geheimnis dieser offenbar prähistorischen Höhle zu kommen, aber umsonst. Das Loch ist nicht besonders groß und fast kreisrund. Wenn man einen Blick nach unten wagt, kann man erahnen, dass es sich regelrecht in die Erde hinein windet, aber ...« Seine Stimme brach, und seine Lippen begannen zu zittern. Er flüsterte jetzt: »Es ist verflucht! Immer wenn ich dort bin, geschehen hinterher merkwürdige Dinge. Ein Ast ist auf mein Autodach gefallen. Es war sechsundzwanzig Zentimeter eingedellt!« Als er seinen Kaffee nahm, klimperte die Untertasse nervös. »Ein anderes Mal war da plötzlich ein großes Loch in meinem Vorgarten! Einfach so! Ich bin beinahe hinein gefallen! Und eines Morgens waren alle meine Fische im Teich tot.«

Omma Brock bekam mit einem Mal Hunger.

»Ich bin damals von einem gewaltigen Blubbern wach geworden. Genauso eins, wie man es in der Tiefe im Jupp-Pitter-Loch hören kann.« Er weinte jetzt fast. »Die Vegetation um das Loch ist tot. Die Tiere meiden es.«

»Kenn ich von mir.«

»Wenn man sich nähert, ist da dieser grauenhafte Geruch.«

»Kenn ich auch.«

»Es ist der Atem der Hölle!«, hauchte Oberstudienrat a.D. Arnulf Drosselkamp.

6. Kapitel

von Uwe Voehl

Der Bürgermeister ist leider nicht zu sprechen«, versuchte die Sekretärin Kommissarin Coltella und Clairvaux abzuspeisen, kaum, dass diese das Vorzimmer betreten hatten.

Susanne Schnell war eine Sekretärin vom alten Schlag. Das angegraute Haar trug sie in einem strengen Knoten, die goldumrandete Lesebrille hing an einer Kette um ihren dürren Hals. Unter ihrer Plisseebluse wölbten sich Brüste, die vorne ganz spitz waren, weil sie ausschließlich Büstenhalter aus den Siebzigern trug. Ihr Wollrock ging brav bis weit über die Knie, und ihre Füße steckten in altmodischen Schnürschuhen.

Coltella ließ gewohnheitsmäßig ihren Blick durchs Büro wandern. Klein und piccobello sauber, die Wände beige. Auf der Fensterbank stand ein einsamer Kaktus, dem in dieser tristen Umgebung wahrscheinlich schon lange die Lust aufs Blühen vergangen war. Als einziger Wandschmuck hing über einem Stuhl ein Kalender der Welterscheider Sparkasse aus dem Jahr 1988.

»Da habe ich hier angefangen«, erklärte Frau Schnell stolz, die Coltellas Blick gefolgt war.

Diese nickte nur knapp. »Sagen Sie Ihrem Chef, dass die Polizei ihn sprechen muss!«

»Aber ich habe Ihnen doch schon …«

In diesem Moment öffnete sich die Tür und ein übel gelaunter Wamp streckte seine Wampe heraus: »Schnell, wie oft muss ich …« Als er den Besuch sah, setzte er ein geschäftsmäßiges Lächeln auf. »Oh, die hübscheste Kommissarin, die Welterscheid je im Sturm erobert hat. Kommen Sie doch herein!« Er reichte Coltella die Hand und drückte sie – ganz untypisch für einen Politiker – richtig fest.

»Ich bin auch noch da«, beschwerte sich Clairvaux.

»Kann Ihr Harry nicht schon mal den Wagen vorfahren?« Wamp zwinkerte Coltella verschwörerisch zu.

»Gute Idee!« Coltella dachte sich, dass sie dem Bürgermeister allein wahrscheinlich besser auf den Zahn fühlen konnte. Mit den Waffen einer Frau. »Hopp, hopp, Clairvaux. Der Wagen muss sowieso mal wieder geputzt werden.«

Beleidigt zog ihr Assistent ab, während Wamp schmierig grinste und besitzergreifend den Arm um Coltella legte. Bevor er sie endgültig in sein Büro zog, rief er noch: »Schnell, bringen Sie uns zwei Espresso! Aber *pronto*! Sehen Sie, kaum stehen Sie an meiner Seite, beherrsche ich schon zwei Worte Italienisch!« Er lachte dröhnend, wie über einen guten Witz. Und er ließ sie auch nichts los, als er die Tür schloss und sie zu einer Couch führte. »Setzen Sie sich doch!«, befahl er und ließ sich gleich neben sie plumpsen. Und wieder legte sich sein massiger Arm um ihre zarte Schulter.

»Sie sind bestimmt noch sehr bestürzt, oder?«, begann Coltella.

»Oh ja, das arme Mädchen! Erst dache ich an *Fake News*, als ich hörte, dass man sie ermordet hat, aber …«

Die Tür öffnete sich, und Susanne Schnell kam herein. »Espressopulver ist alle. Darf's auch Karokaffee sein?« Ihr strenger Blick galt ihrem Chef, der tatsächlich ein wenig von Coltella abrückte. Den Arm ließ er aber liegen.

»Meinetwegen auch Muckefuck. Demnächst klopfen Sie aber an!«

Frau Schnell verzog sich, und Wamp schwadronierte weiter. »Frau Frederiksen und ich hatten gemeinsam Großes mit

Welterscheid vor. Spätestens zum Jubiläum hätte die ganze Welt auf uns geblickt! Ich …«

Erneut wurde die Tür aufgerissen. »Karokaffee ist auch alle!«

Wamp lief rot an.

»Aber ich habe noch Saft gefunden. Kirschsaft aus meinem eigenen Garten …«, sagte Schnell schnell.

»Aber das ist ja nur ein Glas!«

»Das reicht ja auch«, erwiderte die Sekretärin. Sie hielt Coltella das Glas hin, und in dem Moment, in dem diese danach greifen wollte, ließ sie es los. Der Kirschsaft ergoss sich auf Coltellas weiße Jeans.

»Oh, Entschuldigen sie, das war …«

»Absicht!«, bellte Coltella.

»Schnell, holen sie rasch was zum Abtupfen! Und danach, meine liebe Kommissarin, unterhalten wir uns in aller Ruhe. Aber ziehen Sie doch erstmal die Jeans aus. Und Ihre Bluse hat auch ein paar Spritzer abbekommen.« Er fummelte bereits an ihren Knöpfen herum. »Mann, die Schnell. Immer eifersüchtig, wenn eine schöne Frau bei mir landet. Sie hat allen Bürgermeistern immer treu gedient und hält sich für so etwas wie das Gewissen des Rathauses. Aber sonst ist sie ganz patent. Wer kann heute noch Steno? Und sie schwört immer noch auf ihre alte Renate.«

»Renate?«

»Ihre Schreibmaschine. So was Neumodisches wie PCs kommt ihr nicht ins Vorzimmer! Was meinen Sie, was ich da Kosten einspare. Aber jetzt lassen Sie sich doch die Bluse ausziehen.«

»Nicht nötig, ich wollte Ihnen sowieso nur etwas zeigen!«

»Darauf warte ich ja die ganze Zeit!« Er grinste lüstern.

»Ich muss Sie leider enttäuschen.« Coltella zog einen Fleischklopfer aus einer Plastiktüte hervor. »Damit wurde

Frau Frederiksen erschlagen. Sie haben das gute Stück wahrscheinlich noch nie gesehen, oder?«

»Fragen Sie doch lieber mal bei *Eisen Päffgen* nach«, erwiderte er eingeschnappt. »Wir führen so etwas im Rathaus ganz sicher nicht.«

Schnell kam wieder hereingestürmt. »Hier bitte, Klopapier. Was anderes haben wir leider nicht.« Sie hielt Coltella ruppig die Rolle hin, nicht ohne sie zuvor anzurempeln.

»Lassen Sie mal gut sein, hinterher balsamieren Sie mich noch und wickeln mich danach damit ein. Guten Tag, die Herrschaften.«

7. Kapitel

von Carsten Sebastian Henn

Für Florian Unkel war Weihnachten, Ostern, Pfingsten und Totensonntag auf einmal: die örtliche Buchhandlung, die gerade ihr 10.000-jähriges Jubiläum feierte, hatte ihm das neueste Kochbuch der Vatikan-Kantine geliefert: *Das Gebäckbuch des Herrn, Teil 2 - Backen wie die Hölle.* Da er den ganzen Tag frei hatte, würde er es studieren und ausprobieren können. Vor allem die scharfen Chili-Oblaten »Fegefeuer« versprachen endlich mal etwas Abwechslung für die Gemeinde bei der Kommunion. Das Leben konnte so schön und friedlich sein!

Es klingelte an der Tür. Dann wurde diese rabiat aufgestoßen, und wenig später stand Omma Brock in der Küche. »Mitkommen! Sofort! PR Brock rekrutiert hiermit die blödeste Soutanenfüllung der Eifel.«

»Heute bin ich leider beschäftigt«, sagte Unkel mit einem Zittern in der Stimme und umklammerte sein neues Backbuch.

»Was ist das denn für ein dicker Schinken? Lass Omma mal luckilucki machen!«

»Nein!«

Omma Brock trat ihm mit der Spitze ihres Stiefels gegen das Schienbein und griff sich das Buch, als er die Arme vor Schmerzen hochriss.

»Kapitel 1: Backen für den Weltfrieden, soso. Braucht kein Mensch.« Sie riss die Seiten raus und warf sie flatternd hinter sich.

»Was tun Sie denn da?«

»Dich beschützen vor Zeitverschwendung. Kapitel 2: Cremefüllungen mit Weihrauch. Schmeckt nicht.« Sie riss auch diese Seiten heraus.

»Aufhören!«

»Mitkommen!«

Unkel presste die Lippen zusammen.

»Hör mal gut zu, Unkelinchen. Das ist alles noch Stufe Eins der patentierten Omma-Brock-Überredungs-Rakete. Bei Stufe Zwei drück ich deinen Kopf in meine Achselhöhle.«

»Und was ist Stufe Drei?«

»Das willst du nicht wissen.«

Unkel stand auf. Denn das wollte er wirklich nicht wissen. Das Geheimnis um Stufe Drei würde Omma Brock hoffentlich mit ins Grab nehmen. Und das war wichtiger als der Weltfrieden.

* * *

Das Jupp-Pitter-Loch im Welterscheider Wäldchen war nicht schwer zu finden. Omma Brock und Unkel mussten nur dem wirklich üblen Geruch folgen.

Plötzlich hielt der Kaplan inne.

»Ist das ein majestätischer Adler, den ich da höre?«, fragte Unkel. »Dieser tiefe, dabei aber bedrohlich klingende Ruf?«

»Nee, das war ich. Heute Mittag gab es Sauerkrautsuppe. Mit Bohnen, Linsen und tüchtig Zwiebeln. Die ess ich immer, wenn es Wäsche zum Trocknen gibt. Dann ist im Hause Brock Sturmwarnung!«

Gott war gnädig, denn das historische Loch verbreitete einen derart üblen Geruch, dass selbst Omma Brock nicht dagegen anstinken konnte. Selbst die Bäume schienen in sicherer Entfernung zu verweilen. Nur Moose, Flechten und kleines Gestrüpp hielten es hier aus. Von Tieren gab es überhaupt keine Spur.

»Weiter!«, befahl Omma Brock.

»Warum muss ich eigentlich nochmal mit?«

»Na, weil die liebe Omma das sagt. Ist zum Wohl von Welterscheid. Und ich brauch einen, der ins Loch steigt und da Weihnachtsgeschenke versteckt.«

»Wie zum Beispiel dieses alte Auspuffrohr?« Unkel zeigte auf das rostige Ungetüm, welches aus Omma Brocks Aldi-Tüte hervorlugte.

»Da freut sich jemand ganz besonders drüber, glaub mir. Das ist ein prähistorisches Rohr, steht sogar extra drauf. Eine halbe Millionen Jahre alt! Und hat noch TÜV!«

Unkel stolperte. Er leuchtete auf den Waldboden. »Frau Brock, schauen Sie mal hier, diese Rillen. Von welchem Tier könnten die wohl stammen?«

Omma Brock trat neben ihn. »Von einem ausgewachsenen Scania würde ich sagen. Das sind Reifenspuren! Du bist echt der Heilige der Dödel.« Sie griff sich die Taschenlampe und leuchtete den Spuren nach. »Und die führen geradewegs zum Loch. Da soll mich doch der Teufel holen, wenn der Omma da eine andere PR-Agentur zuvorgekommen ist!«

Das Loch sah aus wie ein riesiger, zahnloser Mund, den das finstere Erdreich aufriss. Es maß sicher sieben Meter in der Länge und fünf Meter in der Breite. Sie näherten sich so weit, dass sie mit der Taschenlampe hineinleuchten konnten. Etwas Helles erstrahlte ganz nah am Rande des Lochs im Lichtkegel.

»Aufheben, Unkel. Und der Omma bringen.«

»Ich...«

»Achselhöhle!«, schnarrte Omma Brock und hob ihre gewaltigen Schwabbelarme.

Unkel rannte zu dem weißen Gegenstand. »Das ist ein Lappen.« Er nahm ihn in die Hand, wobei heftig Staub aufgewirbelt wurde. »Das ist aber viel…«

In diesem Moment passierte in Kaplan Unkels Kopf etwas absolut Ungewöhnliches und führte augenblicklich zu heftigen Schmerzen darin: Er hatte eine Eingebung! Ihm war tatsächlich ganz unerwartet etwas Kluges eingefallen. Unkel dachte an den Pinsel, den er in der Gruft unter der Kirche gefunden hatte. Er kramte in der Tasche seiner Soutane herum. Und er wusste mit einem Mal, worum es sich bei diesem gehandelt hatte, und auch was es mit diesem mysteriösen Tuch in seiner Hand auf sich hatte.

»Das ist kein Staub«, rief er zu Omma Brock. »Das ist…«

Doch in diesem Moment gab der Boden unter ihm nach, und er rutschte mit einem lauten Schrei in den stinkenden Atem der Hölle hinab.

8. Kapitel

von Uwe Voehl

Also eigentlich könnte ich jetzt einen Kaffee vertragen.« Winfried zu Clairvaux gähnte laut und ausgiebig.

»Beherrschen Sie sich. Während einer Observation ist höchste Konzentration gefordert. Polizeiakademie, 1. Semester.«

»Und dazu ein Spiegelei mit Speck und ...!«

»Seien Sie mal einen Moment still. Dort oben ist ein Licht angegangen!«

Seit vier Stunden hockten sie nun schon in ihrem Dienstwagen und harrten vor dem vierstöckigen geklinkerten Haus aus, in dem Susanne Schnell eine Dreizimmer-Eigentumswohnung bewohnte.

Clairvaux schaute auf die Uhr. »Sechs Uhr. Warum steht sie denn da schon auf? Heute ist Samstag ...«

Eine Schattengestalt erschien kurz oben vor dem erleuchteten Fenster. Susanne Schnell!

»Schnell. Das Fernglas!«, verlangte Coltella. Clairvaux reichte es ihr, und die Kommissarin setze es vor die Augen.

»Hm, sie hantiert in der Küche herum. Scheint so, als ob sie ein paar Butterbrote schmiert ...«

»Womit?«

»Eines mit Leberwurst, das andere mit Lachs und Ei ...«

»Vielleicht erwartet Sie ja jemanden zum Frühstück. Ich könnte ja mal bei ihr anklopfen ...«

»Und sich den Bauch vollstopfen! Kommt nicht infrage! Ich durchschaue Ihre Taktik. Sieht eher nach einem Ausflug aus. Sie packt die Brote ein … Jetzt schüttet sie noch Kaffee in eine Thermoskanne und …«

Das Licht erlosch wieder. Eine Minute später ging dafür die Hausflurbeleuchtung an.

»Sie kommt runter! Ducken, Clairvaux!«

Es war tatsächlich Susanne Schnell, die aus der Haustür trat, sich nach allen Seiten misstrauisch umsah und dann geduckt zu ihrem VW Polo eilte.

Langsam erhoben sich Coltella und Clairvaux wieder aus ihrer Liegestellung.

»Jetzt steigt sie ein!«

»Aber wohin will sie denn nur so früh am Morgen?«

»Das werden wir feststellen, Clairvaux!«

Coltella hatte bereits bei ihrem ersten Besuch bei Wamp geahnt, dass die Sekretärin etwas verbarg. Außerdem wollte sie sie nicht ungestraft davonkommen lassen. Die Kirschsaftflecken ließen sich nämlich nicht wieder herauswaschen. Und die hatte die Schnell mit Absicht verschüttet! Aber warum? Lief da etwas zwischen ihr und Wamp? Wenn Coltella etwas hasste, dann ungelöste Fragen.

Schnell startete den Motor und raste davon.

»Hinterher, Clairvaux, aber ohne Licht!«

»Aber dann seh ich doch gar nichts!«

»Doch, die Rücklichter. Das muss reichen!«

Noch lag Welterscheid im Halbdunkel. Selbst die Laternen brannten nicht. Omma Brock hatte im Laufe der Jahre überall die Birnen rausgedreht – für ihren eigenen Bedarf. Und irgendwann hatte die Stadt es aufgegeben, ständig neue einzusetzen.

Coltella kam ein Gedanke. »Könnte das ein Grund sein?«

»Wie meinen?«

»Welterscheid ist der ärmste Flecken in der ganzen Eifel. Selbst die Mäuse, so sagt man, sind nach Düsterscheid ausgewandert, weil es hier nichts mehr zu fressen gibt.«

»Unser Dienstwagen ist auch der älteste in der Eifel! Hoppla!«

Ein Schlagloch zwang ihn, all seine Fahrkunst aufzubringen, um nicht aus der Spur zu geraten.

»Und unsere Schlaglöcher sind fast so tief wie das Jupp-Pitter-Loch«, sinnierte Coltella weiter. »Worauf ich hinauswill, Clairvaux: Könnte der Bürgermeister diesen ganzen Antik-Schmu nicht selbst initiiert haben, um die Stadtkasse zu füllen?«

Weitere Schlaglöcher setzten der Unterhaltung ein vorläufiges Ende.

»Ich kann den Fluchtwagen nicht mehr sehen«, meldete Clairvaux.

»Das heißt, dass sie sich hier auskennt! Im Gegensatz zu uns hat sie jedes Schlagloch umfahren. Geben Sie Gas, wir dürfen sie nicht verlieren.«

Ein krachendes Geräusch ließ sie verstummen. Im nächsten Moment sackte der Wagen vorne ein Stück tiefer und schrappte über den Asphalt.

»Achsenbruch«, meldete Clairvaux, nachdem er ausgestiegen war und den Schaden untersucht hatte. »Das letzte Schlagloch vor Jupp-Pitter!«

Auch Coltella war nun ausgestiegen. »Stimmt! Hier riecht man es schon.«

»Am besten stiefeln wir zurück und rufen einen Abschleppwagen an. Hier gibt es kein Handynetz. Und dann lade ich Sie zum Frühstück ein und …«

»Vergessen Sie ihre Eier! Schauen Sie mal da!«

Zehn Meter weiter stand – versteckt in einem Waldweg – der Golf.

Und daneben – »Das ist doch der Benz vom Bürgermeister!«, entfuhr es Clairvaux.

»Keiner mehr drin!«, stellte Coltella fest, nachdem sie sich angeschlichen hatten. »Aber was wollen die beiden hier?«

»Sich in das Loch stürzen vielleicht. Hat sie wenigstens ihre Tasche mit dem Frühstück im Wagen gelassen?«

»Nein, Sie gefräßiger Polyp. Aber wer ist außer Omma Brock so kaltblütig, am Jupp-Pitter-Loch ein Picknick zu veranstalten? Da stinkt was gewaltig zum Himmel, Clairvaux! Los, mir nach!«

Nach wenigen hundert Metern durch Nebel und Gestrüpp hörten sie die Stimmen.

»Was war das für ein Geräusch, Clairvaux? Ein Adler?«

»Nein, nur mein Bauch!«

Schnell und Wamp standen dort vor einem riesigen Steinkreuz, wie sie in der Eifel meistens an Kreuzwegen wachsen, auf denen der Teufel verkehrt. Wamp hatte Augen und Hände verbunden. Und seine Sekretärin fütterte ihn liebevoll mit Butterbrothappen: »Einen für den lieben Ronald. Einen für die liebe Susi. Und einen für die böse, böse Maike …«

»Bind mich endlich los verdammt!«, brüllte er, nachdem der erste Hunger gestillt war.

»Also schön, aber …«

»Losbinden!«

»Ich mach ja schon. Aber denk daran, ich hab das alles nur für dich getan«, jammerte sie, während sie ihm die Augenbinde abnahm und die Hände losband.

Kaum war er frei, legten sich seine Hände um ihren welken Hals.

9. Kapitel

von Ralf Kramp

Als Kaplan Unkel eine halbe Stunde später wieder dem Höllenschlund entstieg, musste er bei jedem Schritt, aufpassen, dass er sich nicht hinlegte.

»Ich bin durch knietiefes Fett gewatet!«, berichtete er mit weit ausholenden Gesten. »Oh ja, Frau Brock, dort unten ist tatsächlich eine antike Fundstätte!«

Omma Brocks Augen blitzten triumphierend auf. »Volltreffer! Dann kannst du ja jetzt für die Omma den Auspuff von *Auto Dengel* da unten verstecken. Und noch die Babyrassel von *Spielwaren Klops*.«

»Römische Bäder«, hörte Unkel nicht auf zu schwelgen. »Bestens erhalten! Mit kostbaren Wandmalereien von frisch gebadeten Menschen, die Dinge miteinander tun, die …«

»In bunt?«, fragte Omma Brock mit einem abgründigen Grinsen.

»Eigentlich nur in Fleisch-Weiß.« Er glitschte wieder mit dem linken Fuß weg.

Omma Brock fing ihn auf und ekelte sich ein bisschen. Sie wusste gar nicht, dass sie das überhaupt konnte. »Au Mann, Unkelowski, überall Fett. Und du riechst wie meine Tiefkühltruhe, als die mir damals den Strom abgestellt haben und die Koteletts und die Backofenfritten irgendwann die Kellertreppe hochgekrabbelt kamen.«

»Alles ist voller Fett. Die ganzen Bäder und Becken, alles voll Fett! Da wachsen Stalagmiten senkrecht in die Höhe, und die Stalag … also die anderen Dinger hängen von den Decken runter, auch aus Fett!«

»Zur Konversation?«

»Nein, sicher nicht zur Konservierung. Ich habe jedenfalls einen Verdacht, was es mit diesem Spuk am Loch auf sich hat! Der Pinsel, Frau Brock! Der Pinsel und dieses …« Er wedelte mit dem Tuch, und wieder wurde enormer Staub aufgewirbelt.

Plötzlich erklang in nicht allzu großer Entfernung menschliches Gebrüll.

Omma Brock fuhr herum und ballte sofort die Fäuste in Abwehrhaltung. Mit vorsichtigen, weit ausholenden Schritten ging sie in die Richtung, aus der die Stimmen kamen. »Bleib schön hinter der Omma, damit dir nix passiert. Ich brauch dich noch, Unkelchen.«

Als sie nach ein paar Minuten eine Lichtung erreichten, glaubten sie, ihren Augen nicht trauen zu können.

Ronald Wamp würgte die Sekretärin, deren Dutt sich mit jedem Rucken ein wenig mehr auflöste.

»Hände vom Hals!«, erscholl in diesem Augenblick die Stimme der Kommissarin. Sofort ließ Wamp von der Frau ab und riss die Hände in die Höhe.

»Hier sind meine Hände! Ich tue nichts! Meine Hände sind gar nicht groß genug, um zu würgen! Ich habe viel zu kurze Finger! Auch wenn ich immer gesagt habe, sie wären lang und groß, das stimmt gar nicht! *Fake News*! Von mir! Die besten *Fake News* der Welt, das sind sie!«

Als sich Coltella und Clairvaux mit ausgestreckten Waffen näherten, sank Susanne Schnell auf die Knie und klammerte sich an Wamps Bein.

»Jetzt würgt sie mein Bein! Oh ja, das tut sie!«, schrie dieser.

»Aber ich liebe ihn doch so …«

»Sie ist bekloppt! Sie ist die bekloppteste Sekretärin der Eifel, wirklich, das ist sie!«

»Wollte Frau Schnell Sie umbringen?«, rief Coltella. »Aus Eifersucht?«

»Ach was, du dusselige Kuh!«, kreischte die Schnell und streckte schwach den Arm aus. Mit dem zitternden Zeigefinger wies sie weiter in den Wald hinein. »Dahinten! Das wollte ich! Es sollte eine große Überraschung werden!«

Langsam trauten sich nun auch Omma Brock und Kaplan Unkel aus der Deckung.

»Da ist das Welterscheider Dreiwetter-Kreuz«, sagte Unkel überrascht. »Aber was ist das dahinter?«

Weiße Zelte und chromglänzende Klappstühle waren dort aufgestellt worden. Ketten von bunten Wimpeln spannten sich von einem Baum zum nächsten. Und das Ganze wurde von einem großen Transparent gekrönt: 5000 Jahre – Make Welterscheid great again!

»Aber ... aber ...« Wamp fehlten für einen Augenblick die Worte. »Die fantastischste Überraschung der Welt, das ist sie! Großartig. Eine wunderbare Sekretärin. Die tollste Sekretärin der Welt.«

Und plötzlich näherte sich Motorengeräusch. Ein Lieferwagen der Bäckerei Reich bahnte sich seinen Weg zwischen den Fichten und Eichen hindurch.

»Sechshundert Krapfen mit ihrem Konterfei, Herr Bürgermeister Wamp. Alle mit Grütze gefüllt«, schluchzte Frau Schnell, der nun Clairvaux und Unkel auf die Beine halfen. Sie tastete nach ihrem geröteten Hals. »Und achthundert Schmalzkringel in Form Ihrer Frisur. Alles für das Jubiläum.«

Der Lieferwagen, hinter dessen Steuer der dicke Bäckermeister persönlich thronte, wollte gerade anhalten, als Unkel den Pinsel aus der Tasche seiner Soutane zog. »Sehen Sie das hier, Frau Kommissarin?« Und er riss Omma Brocks Hand hoch, mit der sie das staubige Tuch hielt. »Und das?« Angesichts der Achselhöhle drückte er den Arm rasch wieder runter. »Ein Backpinsel aus der Krypta und ein Lappen voller Mehl! Ich weiß, wer die Archäologin getötet hat!«

Hinter der Windschutzscheibe des Bäckereiwagens wurden in diesem Moment Bäckermeister Reichs Augen riesengroß, als er sah, was sich da vor ihm auf der Lichtung abspielte. Er raufte sich die feuerroten Haare und fluchte etwas Unverständliches. Aber anstatt den Motor auszumachen, ließ er ihn vielmehr plötzlich wieder laut aufheulen. Der Wagen schoss nach vorne, direkt auf die Kommissarin zu, die gerade noch Geistesgegenwart genug hatte, ihre Waffe emporzureißen.

Kurz bevor Clairvaux sie am Kragen ihres Trenchcoats packen und zur Seite reißen konnte, feuerte sie einen Schuss auf die Windschutzscheibe ab. Diese zerbarst in tausend Teile, aber der Bäcker dahinter blieb unverletzt. »Ihr blödes Back! Ich backe meine Sachen und haue ab nach Backdad!«, schrie er.

Und nun schlug Omma Brocks große Stunde. Sie fuhr mit der Hand in ihre Handtasche und holte ihr Notfallbrötchen hervor. Es ruhte dort seit mehreren Jahren, aber nicht, um bei Bedarf den Hunger zu stillen, sondern für Situationen wie diese. Sie holte weit aus, warf, und traf Frank Reich durch das geöffnete Autofenster an der Schläfe. Es krachte so laut, dass es sogar den Motor übertönte. Der Kopf sank auf das Steuer, die Hupe ertönte, und der Wagen scherte radikal nach rechts aus und knallte gegen eine deutsche Eiche.

»So, tausend Jahre Reich wären dann jetzt zu Ende«, sagte Omma Brock zufrieden.

Und Kaplan Unkel erklärte nun den Anwesenden, was er herausgefunden hatte. Während der ganzen Zeit rutschte er dabei auf seinen Fettsohlen hin und her. »Im Anfang war eine lose Badezimmerkachel! Und vorhin, als ich durch den Fettsee wanderte, kam mir schließlich die Erleuchtung. Psalm 23: Muss ich auch wandern in finsterer Schlucht, ich fürchte kein Unheil! Ich musste einfach nur Backpinsel und Weizenmehl zusammenzählen und kam darauf, dass es der Bäckermeister Reich gewesen sein musste. Er verklappt nämlich offenbar seit Jahren das Altfett im Jupp-Pitter-Loch und spart dadurch Wahnsinns-Summen an Entsorgungskosten. Und als diese Frau Dr. Frederiksen plötzlich hier mit den Ausgrabungen beginnen wollte, da musste er sie einfach bremsen. Da half auch der ganze Klimbim mit dem Spuk nicht mehr.«

Bürgermeister Wamp stand immer noch wie vom Donner gerührt vor dem Dreiwetterkreuz. Mit seiner rechten Hand stützte er seine völlig aufgelöste Sekretärin. Unter der linken Pobacke.

»Nun gut, Clairvaux, dann sehen Sie mal nach, was von dem Bäckermeister übrig ist«, befahl Coltella und klopfte sich den Staub vom Mantel.

»Und bring schön der Omma ihr Notfallbrötchen wieder mit«, sagte Omma Brock. »Das muss die jetzt mal endlich bei eBay versteigern. Das ist nämlich entweder von der Hochzeit in Kanaan übriggeblieben oder beim Frühstück bei Tiffany.«

Sie griff erneut in ihre Handtasche und wühlte darin herum. »Und zum Jubiläum kippen wir jetzt erst mal einen zusammen.« Sie förderte eine Flasche mit einer milchigen Flüssigkeit zutage. »Für jeden ein Pinnchen von Omma Brocks feinem Hornhaut-Aufgesetzten. Prost!«

ENDE

MORDS-ADVENT

Wie gemütlich. Ein Duft von knusprig Gebratenem zog durch Omma Brocks kleine Wohnung. In ihrer Pfanne brutzelten zwei Meisenknödel, die sie am Vorabend vom Kirschbaum der Nachbarin gemopst hatte. Viel zu schade für die Drecksvögel. Ihr Blick fiel durch das halb beschlagene Küchenfenster nach draußen, und ihr stockte der Atem. Das war ja wohl die Höhe! Im schneebedeckten Vorgarten stand ein Schneemann. Oder eine Schneefrau. Sie war etwa einen Meter siebzig groß und korpulent, hatte die Schultern eines Ringkämpfers und ein kräftiges Nussknackerkinn, einen Dutt, eine Brille aus Draht und große, zottelige Augenbrauen aus Moos. Das sollte ja wohl sie sein! Sie nahm die Pfanne vom Herd, ließ die Knödel auf einen Teller kullern, und stürmte hinaus. »Verlauste Mistbande!«, röhrte sie durch den Abend den Nachbarskindern zu, die sicher irgendwo auf der Lauer lagen, und holte weit mit der Pfanne aus, um die Skulptur plattzumachen. Als sie zuschlug, hallte es wie ein chinesischer Gong. In der Schnee-Omma steckte jemand drin!

»Der Mann ist eindeutig tot«, stellte der Forensiker auf den ersten Blick fest. »Die tödliche Verletzung stammt von einem Schlag auf den Kopf.«

Kommissarin Coltella ließ ihre Blicke durch den Vorgarten schweifen. Ein schwarzer, halb verschmorter Plastikstiel ragte aus dem Schneeberg heraus, der um den Toten herum aufgetürmt lag. Irgendwie zog dieses Teil sie an. Was hatte das denn hier zu suchen? Überall lag hier, halb vom Schnee verdeckt, Gerümpel herum. Omma Brock war dafür bekannt, dass sie nichts wegwarf. Die konnte alles irgendwie gebrauchen. Letztens hatte es wieder zwei Anzeigen gegeben: Sie hatte das Weihwasser aus der Kirche mit dem Streusalz, das sie aus der Garage ihres Nachbarn stibitzt hatte, als »Göttlichen Badezusatz gegen Rheuma und Impotenz« auf dem Weihnachtsmarkt verkauft.

Coltella zog an dem Stiel, und eine alte Bratpfanne kam zum Vorschein.

Wenige Minuten zuvor:

»Elfen habe ich gesagt, nicht Elben!« Kaplan Florian Unkel hatte ein Problem. Nein, eigentlich fünfzehn Probleme. Oder anders gesagt: 30 spitze Ohren. »Der Weihnachtsmann hat Elfen. Und die tragen nicht Pfeil und Bogen! Na, wenigstens ist der Dennis ein sehr schönes Rentier mit roter Nase.«

»Dennis ist kein Rentier. Er ist ein Höhlen-Troll. Und er hat Schnupfen«, sagte Matz, seines Zeichens Obermessdiener. Wie zur Bestätigung rotzte Dennis in sein Kostüm. »Haben Sie den ›Hobbit‹ denn nicht gesehen?«

Unkel hatte keine Ahnung, welches Wort Matz gerade benutzt hatte, deshalb ging er nicht darauf ein. »Wir wollten doch ›Wenn Elfen helfen‹ singen! Und dann gemeinsam aufklären, dass es den Weihnachtsmann gar nicht gibt.« Der Kaplan sah seine Missionierungsarbeit in ärgster Gefahr.

»Elben gibt es auch nicht! Macht also keinen Unterschied«, erklärte Matz grinsend. »Singen wir eben ›Wenn Elben…‹«

»…helben?«, beendete Unkel den Satz. Er würde zur Beruhigung seiner Nerven gleich im Pfarrhaus backen und Bibel-Passagen rezitieren. Vielleicht auch einen neuen Weihnachtsschlager texten. »Die Marzipankartoffel der Liebe« oder eines über den Weihnachtsmann und Backzutaten mit dem Titel »Der Weihnachtsmann hat dicke Eier«. Apropos Backen: wieso roch es so verbrannt?

»Wieso riecht es so verbrannt?«, fragte er deshalb.

Der Höhlen-Troll hielt einen brennenden Pfeil in der einen Hand und zeigte mit der anderen auf Unkels qualmenden Weihnachtsmannrauschebart. »Tschuldigung. Ich wollte das so nicht.«

Unkel rannte aus dem Pfarrhaus und versuchte dabei den brennenden Bart auszuziehen. Plötzlich hörte er Matz rufen: »Auf drei. DREI!« Und dann flogen Unmengen von Schneebällen auf ihn und er verlor das Bewusstsein.

Als er wieder zu Sinnen kam, war ihm kalt. Sehr, sehr kalt. Und er konnte nichts sehen.

»Kinder!« rief er deshalb, denn die lieben Kleinen hatten sich offensichtlich einen neckischen Weihnachtsscherz mit ihm gemacht. Doch keiner antwortete. »Hier spricht euer guter Kaplan Unkel!«

Wieder erklang die Stimme von Matz. Der würde ihm sicher helfen! Matz war ein wunderbarer Junge, der sich immer bereit erklärte, die Kollekte zu zählen – auch wenn diese in letzter Zeit stets sehr mager ausfiel.

»Da kommt die olle Brock. Schnell weg, Mama hat gesagt die frisst Kinder!«

Das nächste was er hörte war Omma Brocks Stimme: »Verlauste Mistbande!«.

Dann traf ihn etwas am Kopf. Es fühlte sich an wie Mittelgebirge. Aus Eisen.

Wieder einige Zeit danach:
Kommissarin Coltella wendete die Pfanne in den Händen. »Hier haben wir also das Mordwerkzeug. Jetzt fehlt nur noch der Mörder.«

Omma Brock, die die ganze Zeit, ohne ein Wörtchen zu sagen, daneben gestanden und scheinbar unbeteiligt in den

Untiefen ihrer riesigen Nasenlöcher gebohrt hatte, wurde jetzt blass. Leichenblass. »Mörder?«, fragte sie heiser. »Momentchen mal ...«

In diesem Augenblick bewegte sich die Gestalt am Boden. Der Tote erwachte zum Leben und brabbelte: »Und der Verstorbene kam heraus, gebunden mit Grabtüchern an Füßen und Händen – Johannes 11.44.« Kaplan Unkel und rieb sich den Schädel, und Omma Brock murmelte erleichtert: »Herr, er stinkt schon, dabei liegt er erst vierzig Minuten – Omma Brock 19 Uhr 21.«

ENDE

MORDS-WEIHNACHT

1. Kapitel

von Ralf Kramp

Er war mit dem Mobiltelefon nach nebenan gegangen, um ungestört ein Gespräch anzunehmen. Trude Brock ließ die Gelenke ihrer knotigen Finger durch die Stille knacken. Die alte Frau mit dem borstigen Damenbart stellte sich vor, es sei der Adamsapfel ihres Chefs, der da knackte. Ihres seit fünf Minuten Ex-Chefs. Irgendwie war es ja auch wiederum gut, dass er sie entlassen hatte. Fristlos. Es war zwar kurz vor Weihnachten, sie war reichlich klamm, und die Enkelkinderchen würden sich in diesem Jahr selbst was Schönes basteln müssen, weil die Geschenke von Oma ausfielen. Aber das hatte auch was für sich. Die verwöhnten Rotznasen waren sowieso mit nichts zufrieden. Und ihre Schwiegertochter meckerte auch immer nur ... Was war denn einzuwenden gegen eine Flasche Tosca? Hatte sie auch zu Weihnachten gekriegt. Damals, Dreiundsechzig. Und an der Flasche war nichts dran. Wie neu. Ihr Erspartes würde gerade mal für den üblichen Weinbrand für ihren Sohn Detlef reichen. Hatte er sich redlich verdient, wenn er es das ganze Jahr über aushielt mit dieser Brut.

Wieder knackte es durch die Stille von Jean-Claude Ducruets durchgestyltem Büro. Diesmal stellte sie sich vor, es sei das Nasenbein, das unter dem Druck ihrer harten Hände nachgab. Ducruet, dieser durchgeknallte Franzose, der »Chiffon-Magier«, wie ihn die Presse nannte. Sechs Jahre hatte sie für diesen wahnsinnigen Modedesigner den groben Zuschnitt der Stoffe in seinem kleinen Privatatelier erledigt. Fehlerfrei, pünktlich und zuverlässig. Sechs Jahre lang war sie Tag für Tag mit dem Linienbus zu dem kleinen, alten Wasserschlösschen nahe der belgischen Grenze karriolt, bei Wind und Wetter. Dahin, wo der Fuchs nicht einmal einen Hasen zum Gutenachtsagen hatte. Im Atelier des Maestros hatte sie Kaffee gekocht, hatte ihm ab und an einen Imbiss zubereitet und die Stoffe bearbeitet. Und jetzt hatte er sie gefeuert. Weil sie seinen Espresso versaut hatte, oder weil sie den falschen Essig für die Tomaten genommen hatte, oder wegen irgendeinem Mist. Er hatte ihr schon oft gekündigt, aber dieses Mal war er besonders übel drauf, und es hatte den Anschein, als meinte er es ernst.

Sie knackte mit dem Daumen. Es klang, als prallten zwei Billardkugeln mit voller Wucht aufeinander. Dieser erbärmliche Wicht!

Jetzt klang seine Stimme aus dem Nebenraum. »Die Geld kommt von Sie? Viel Geld, Monsieur! Quoi? Ihren Namen können Sie nischt … Ja, isch notiere. 90 Komma 4, 60 Komma 8, 91 Komma 2, einsdreiundachtzig … Isch 'abe verstanden. Abär für wen soll das …? Wer sind Sie denn über…?« Dieser fiese französische Akzent. Ein blöder Typ, wirklich.

Omma Brocks Kieferknochen malmten. Alle nannten sie nur Omma Brock. Und alle hatten Respekt vor ihr. Außer diesem kleinen Affen. Sie sah ihn direkt vor sich. Das geleckte, kleine Männchen mit den schwarz gefärbten Haaren.

Ihr Blick wanderte durch den Raum. In der Gerichtsmedizin war es wahrscheinlich gemütlicher. Nackte Wände. Weiß. Ganz schön kahl für einen, der zig Tausende verdiente, indem er Leute anzog. Nur diese blöden Knieabdrücke hingen da. Knieabdrücke in Gips gegossen! Abartig. Wer sammelt so was? Ein kranker Typ, kein Zweifel. Kein Wunder, dass seine Frau dauernd auf Reisen war. Beate Ducruet war ein ehemaliges Topmodel und flog fast täglich für Werbeaufnahmen und ähnlichen Klimbim in der Weltgeschichte herum. Ein wenig angefaltet war sie mittlerweile. Ein wenig aufgepolstert an der ein oder anderen Stelle, aber insgesamt eine patente Person, fand Omma Brock. Ihr Privatjet stand in den kurzen Phasen, in denen sie in der Eifel weilte, auf dem Flugplatz Dahlem, eine knappe Dreiviertelstunde mit dem Auto vom Schlösschen entfernt.

Nun erschien er in der Tür des Nebenraums, und sie knackte ein letztes Mal mit den Fingern. Es knallte regelrecht. Ducruet hatte verwirrt auf sein Handy gestarrt und schreckte nun hoch.

Ihre Nasenlöcher blähten sich wie die eines Preisboxers.

»Sie sind noch 'ier?«

Omma Brock nickte stumm. Ihre Augenbrauen zogen sich zu einem einzigen struppigen Balken zusammen. »Ich kriege noch ein Zeugnis, Chef.«

Hektisch gestikulierte er in der Luft herum. Die Spitzen seines kleinen schwarzen Schnurrbarts zitterten erregt. »Mais non! Später, später! Kein Zeit! Isch muss an die Arbeit! Scheren Sie sisch raus! Eine wischtige Auftrag … und so wenige Tage …«

»Französische Heulsuse«, brummelte sie leise, klammerte die kräftigen Hände um die Schlaufen ihrer Handtasche und erhob sich. Beim Hinausgehen knurrte sie kaum hörbar: »Na warte, Bürschchen. Wir sind noch nicht fertig miteinander.«

»Ein Kleid für die Christkind …«, hauchte Ducruet und ließ seine Finger über die Computertastatur huschen. Tatsächlich! Eine unanständig hohe Summe war vor zwei Stunden auf sein Konto eingezahlt worden. Kein Scherz, kein Betrug. Jemand meinte es ernst mit seinem unglaublichen Auftrag!

»Mon Dieu, wie soll isch das bis Heiligabend schaffen? Welcher Stoff? Tüll? Taft? Fagaraseide?« Er huschte wie ein Irrwisch durch sein Büro. Was verlangte dieser unbekannte Auftraggeber da nur von ihm? Zuerst hatte er es für einen Scherz gehalten, aber »Ein Kleid für die Christkind … bis 0.00 Uhr am Heiligen Abend. Kaum zu glauben!«

Erst jetzt fiel hinter Omma Brock die Tür ins Schloss.

2. Kapitel

von Uwe Voehl

Kommissarin Coltella verzog angewidert das schöne Gesicht, als sie der alkoholgeschwängerte Atem des Mannes traf. Dennoch zwang sie sich, sich nicht seitwärts abzuwenden, um den frischen Fichtenduft des Waldes einzuatmen, sondern blickte dem zu Verhörenden energisch in die Augen.

Dieter Lebrowski war dreiunddreißig, Finanzbeamter, Familienvater und begeisterter Kegler aus Bochum-Wattenscheid. Gemeinsam mit seinen Kegelbrüdern des Clubs *Immer Neune* hatte er sich an diesem Samstag in die noch schneelose Eifel begeben, um nicht nur einheimisches Liedgut quasi völkerverständigend weiterzutragen, sondern so ganz nebenbei auch noch die perfekte Fichte fürs diesjährige Weihnachtsfest zu schlagen. Also hatten sie zum *Bergmannslied* (»Glück auf, Glück auf, der Steiger kömmt …«) die Äxte geschwungen und waren auch sonst dank konstanter Glühweinbetankung, die für eine gleichbleibend angenehme Betriebstemperatur sorgte, bester Stimmung gewesen.

»Und dann?«, bemühte sich Carola Coltella das Erinnerungsvermögen des Bochumers wieder einmal auf den Fall zu lenken.

»Dann? Dann hab ich sie gesehen. Zuerst die Beine. Die waren nackt. Trug nur Stiefel, die Frau …«

Die Kommissarin verdrehte im Geiste die Augen. Da sah man wieder, wie Tatsachen angesichts eines unter Schock stehenden Zeugen verdreht wurden. »Sie meinen, ein Bein war stiefellos. Wir haben den fehlenden Stiefel bereits gefunden. Am zweiten Fuß befand sich sehr wohl ein Stiefel. Außerdem trug die Tote eine Strumpfhose.«

Lebrowski winkte ab. Wahrscheinlich ein Zeichen, dass ihm sowieso alles egal war.

»Und dann haben Sie sich runtergebeugt und die bis dato auf dem Bauch liegende Tote herumgedreht und ihr Glühwein eingeflößt?«

»Was hätten Sie denn gemacht?«, ereiferte sich der Großstädter. »Das arme Mädchen da liegen lassen? War doch alles voller Blut! Immerhin hätte es sein können, dass sie, dass sie …«

»… durch den Alkohol wiederbelebt werden würde? Wohl kaum, Herr Lebrowksi. Denn zu diesem Zeitpunkt war sie bereits tot. Hätten Sie und ihre Kumpel sich nicht die Glühweinkante gegeben, hätten Sie das auch bemerkt! So aber haben Sie dank Ihrer umwerfenden Fürsorge sämtliche, ich betone: sämtliche Spuren verwischt!« Unwillkürlich war Coltella vom normalen Verhörmodus in den Anklagemodus gewechselt.

Lebrowski zuckte zusammen. Er wünschte sich nur noch nach Hause. Oder an seinen Amts-Schreibtisch. Zu seinen Akten – da konnte ihn nichts aus der Fassung bringen, noch nicht einmal die verzweifelte Bitte um Aufschub der Steuerschuld einer alten Marktfrau. Aber seit einer Stunde hielt man ihn nun schon auf dieser Schonung fest. Allmählich ließ auch die Wirkung des Glühweins rapide nach, sodass der eiskalte Eifelwind ihn frösteln ließ, der ihm wie der nachträgliche Atem der Toten vorkam. Dazu kam noch diese arrogante Kommissarin. Sah ja ganz gut aus, schien aber völlig humorlos zu sein. Jedenfalls behandelte sie ihn so, als hätte er die Leiche nicht nur entdeckt, sondern sie selbst zu einer solchen gemacht.

Nun kam einer ihrer Assistenten herbei und raunte der Kommissarin etwas zu.

Sie überlegte einen Moment und sagte dann zu Lebrowski: »Sieht so aus, als würden Sie und Ihre Kegelfreunde uns keinen Bären aufbinden: Die Tote liegt bereits seit über acht Stunden hier. Außerdem scheint es ziemlich sicher, dass die Axt, mit der die Frau erschlagen wurde, eine andere ist, als die, die von Ihrer Gruppe benutzt wurde. Genau genommen handelt es sich um keine Axt, sondern ein Beil.«

»Was macht denn das für 'n Unterschied? Tot ist tot!«

Augenblicklich kam ihm wieder die Situation ins Gedächtnis, wie sein Blick langsam wie eine Schnecke von den Beinen der Toten über den Oberkörper bis zum Kopf gewandert war. Dessen Zustand würde er nie wieder vergessen können. Der Glühwein hatte den Schock zunächst mildtätig abgefedert, aber nun stand das Bild der Erschlagenen nur allzu deutlich vor seinen Augen. Mein Gott, wenn er hier jemals mit heilem Geist aus der Sache rauskam, würde er Buße tun. Gnade vor Recht ergehen lassen. Nie wieder würde er selbstherrlich andere kraft seines lächerlichen Beamtenstatus' erniedrigen. Als Erstes würde er den Steuerbescheid dieser Marktfrau schreddern … Währenddessen dozierte die Kommissarin über den Unterschied zwischen Axt und Beil – um seine Frage zu beantworten.

»Im Gegensatz zu den langstieligen, ausschließlich zur Holzverarbeitung eingesetzten Äxten, die Sie und ihre Clubkameraden verwenden, wird ein Beil normalerweise einhändig geführt – wie in diesem Fall. Es handelt sich bei der Mordwaffe zweifelsohne um eine in Kennerkreisen geschätzte Mini-Spaltaxt der schwedischen Firma Gränsfors Bruks.«

Im Stillen zog Lebrowski den Hut vor der Kommissarin. Er hatte sie wohl unterschätzt. »Das alles erkennen Sie an der Wunde?«, fragte er fassungslos.

»Nein, aber wir haben ein entsprechendes Beil nahe der Leiche auf dem Weg zum Parkplatz aufgefunden«, antwortete Kommissarin Coltella trocken.

Zum ersten Mal seit Beginn des Verhörs zeigte sich so etwas wie ein Lächeln auf ihren vollen Lippen.

3. Kapitel

von Carsten Sebastian Henn

Und noch ein letztes Plätzchen in der Form des gekrümmten Hirtenstabs! Florian Unkel, spargellang und mit ordentlichem Mittelscheitel, legte es exakt ausgerichtet neben das mit der neckischen Bischofsmütze, das er über der niedlichen Schafsfamilie ausgelegt hatte. Es waren wirklich kleine Kunstwerke! Der junge Kaplan klatschte freudig die Hände zusammen, sodass Mehl aufwirbelte wie Schnee. Die Gemeinde würde begeistert sein, wenn er das Spekulatius-Gebäck in den Weihnachtsbaum der Kirche hängen würde. Zuvor hatte vermutlich noch niemals einer ihrer Priester selbst gebacken. Und die von ihm gestickten Samtsterne wären sicherlich auch der absolute Renner. Ein absolutes Novum für Welterscheid!

Alles würde perfekt sein, wenn er mit seinen Schäfchen erstmals gemeinsam die Ankunft des Herrn feiern würde. Florian Unkel war so aufgeregt, dass er sich fast dazu hätte hinreißen lassen, einen Eierlikör zu trinken. Aus dem großen Glas!

Vor dieser flüssigen Sünde bewahrte ihn dankenswerterweise das Telefon. Es war der Bischof! Der Mann war wirklich von Gott gesandt.

Der Würdenträger kam gleich zur Sache: »Unkel, ich weiß nicht, wie ich es Ihnen schonend beibringen soll, deswegen platze ich einfach raus damit: Ihre Pastoralreferentin, Mandy Schlothausen, ist tot. Ermordet, um genau zu sein. Ich habe jetzt keine Zeit für Einzelheiten, aber es ist wohl angebracht, ihre Wohnung durchzugehen, bevor die Polizei kommt. Möglicherweise hat sie Dinge besessen, die falsch verstanden werden könnten.«

»Ach herrje, die Arme! Ich kannte sie ja nur knapp zwei Wochen. Der Herr hatte sie so überreich beschenkt.« Florian Unkel wurde rot, als ihm die Doppeldeutigkeit bewusst wurde. »Ich meinte nicht ihre ... Brust, also ihre Brüste, Sie wissen schon, weil die ja so unglaublich groß und schön waren, so perfekt gerundet und so, die meinte ich nicht. Sondern ihre Güte, die meinte ich, obwohl die Brüste, also da hat Gott natürlich auch ein wunderbares Werk ...«

»Ja, ja. Ist schon gut!«

»Ich bin erschüttert, Exzellenz. Sie war eine Frau, die so viel zu geben hatte!« Unkel errötete wieder und sah mit einem Mal aus wie ein Puter mit Sonnenbrand. »Sie wissen, wie ich es meine, oder?! Ich meinte auch diesmal nicht ihre Brüste oder Ähnliches. Nein, nein, sondern sie war so herzlich.« Unkel sah die ruhige, junge Frau in Gedanken vor sich. »Sie war ein guter Mensch. Ich werde gleich eine Messe vorbereiten. Dieser Verlust wird die Gemeinde schwer treffen.«

»Zeit für die Trauer ist ein andermal. Sie müssen jetzt schnell in ihre Wohnung!«

»Aber was meinen Sie damit? Wonach soll ich suchen? Sie war doch eine Seele von Mensch!«

»Nun, Unkel. Sehen Sie, wie soll ich es sagen? Ich wartete des Guten, und es kommt das Böse; ich hoffte aufs Licht, und es kommt Finsternis.«

»Hiob, Kapitel 30, Vers 26. Einer meiner Lieblingsverse. Aber gibt es denn einen Grund für Ihre Befürchtungen?« Aus dem Ofen kam dunkler Rauch, die Plätzchen hatten beschlossen, ein Stück weiter als goldbraun zu gehen. Sie wollten jetzt Kohlenstücke werden.

»Bei einer Frau wie Mandy Schlothausen? Ich bitte Sie. Sie sind doch ein junger Mann, Unkel.«

»Ich verstehe nicht …« Und das tat Florian Unkel wirklich nicht. Was eines seiner größten Probleme war.

»Ich sage Ihnen, durchsuchen Sie die Wohnung, Unkel! Sie sind ein Mann des Herrn und haben einen wachen Verstand. Sie werden wissen, was zu tun ist, ich vertraue Ihnen. Denken Sie nur immer an unsere heilige Kirche und helfen Sie, möglichen Schaden von ihr abzuwenden.«

Die beidhändig schniefende Haushälterin ließ den Kaplan kopfschüttelnd ein, ohne ein einziges Wort herauszubringen, und schloss ihm die Tür zur Wohnung der Toten auf. Sie schaffte es vor lauter Betroffenheit nicht, über die Schwelle zu treten. So fand sich der junge Kaplan allein in der Wohnung. Er bekreuzigte sich dreimal, und als das mulmige Gefühl im Magen nicht wegging, legte er noch zwei geflüsterte »Ave Maria« drauf. Tote waren für ihn völlig neu, das war im Priesterseminar nur theoretisch durchgenommen worden. Wohnungsdurchsuchungen hatten allerdings gar nicht auf dem Lehrplan gestanden.

Über die Existenz von Kleidern, wie sie sich zuhauf in diesem Zimmer fanden, auf Schaufensterpuppen, an Bügeln oder fotografiert an der Wand, hatte es im Seminar ebenfalls keine Informationen gegeben. Unkel fand es faszinierend, dass so wenig Stoff ausreichend sein sollte, den Körper angenehm warm zu halten. Wofür Kleidung ja schließlich da sein sollte.

Allerdings schien diese Kleidung sehr tragefreundlich zu sein, denn in den umliegenden Modezeitschriften lächelten alle Frauen oder hatten den Mund halb offen, als würden sie gleich ein leckeres Eis zu schlecken bekommen. Sie sahen aber auch wirklich arg verhungert aus. Ein paar Butterplätzchen würden ihnen gut tun.

Unkel sah sich um, ging durch Schreibtischinhalte und Badezimmerschränke, ja, er wühlte sich sogar durch die farbige Unterwäsche. Er fand nichts, was ihm irgendwie verdächtig vorkam. Er wunderte sich auch überhaupt nicht darüber, dass seine Pfarrreferentin String-Tangas getragen hatte. Wahrscheinlich machten das alle Frauen so, was erklären würde, warum sich so viele von ihnen häufig an die Poritze zu packen pflegten. Wieder ein Mysterium gelüftet! Er selbst kannte Mandy Schlothausen nicht in Tanga, sondern nur in züchtig langen Hosen und hochgeschlossener Bluse.

Auch die venezianischen Masken an der Wand, die ihn irgendwie lüstern anzusehen schienen, irritierten ihn nicht. Sie musste wohl gerne Karneval gefeiert haben. Köln war schließlich nah. Nur wenige konnten sich dieser Verlockung widersetzen.

Neben dem Bett fand er ein Foto. Es war so unbemerkenswert, dass es ihm direkt ins Auge fiel. Das leicht unscharfe Bild zeigte einen Parkplatz mit zwei Wagen, einer davon ein älterer Golf GTI, rot, der sehr schnell aussah, obwohl er stand. Daneben war ein silberner Audi TT. Die Menschen in den Autos waren nur als Schemen zu erkennen.

Warum bewahrte jemand ein solches Foto auf dem Nachttisch auf? Vielleicht, dachte Unkel, weil es das wohl langweiligste Foto war, das er jemals gesehen hatte. Half sicher beim Einschlafen.

Er schaute noch einmal hin, diesmal genauer. War hinter der einen Fensterscheibe des Golf nicht ein Alukoffer zu erkennen, der gerade geöffnet wurde?

4. Kapitel

von Uwe Voehl

Kommissarin Coltella hielt die Tasse mit beiden Händen und wärmte sich an dem dickwandigen Porzellan. Gleichzeitig sog sie die künstlich erzeugten Aromen von Amarenakirschen und Vanille ein. Leider reichte ihr Gehalt nur für eine Espressomaschine der preiswertesten Art, obwohl sie insgeheim den Kollegen Nigelmann, der das Büro rechts von ihr bezogen hatte, um seine Krups Nespresso Futura (»Neue Thermotechnologie mit 19 bar Pumpendruck, meine Liebe!«) ebenso beneidete wie die Gaggia Achille (»Kombiniert retrospektives Design mit modernster Technik, und das ist erst der Anfang!«) ihres Vorgesetzten. Nachdem es sich auch in die letzten Winkel provinzieller Eifeler Amtsstuben herumgesprochen hatte, dass Italien »in« war, wurde auch in ihrer Behörde geprotzt bis zum Gehtnichtmehr. Statt zum *Goldenen Hirsch* ging man lieber zum *Cervo d'Oro.* Carola Coltella hatte nichts dagegen. Seitdem sich ihre Mutter vor knapp dreißig Jahren in einem Urlaub in Bella Italia in den Inhaber eines kleinen Hotels verliebt hatte, war ihr das Italienische sprichwörtlich in die Wiege gelegt.

Sie hatte sich gerade gesetzt, um am Tassenrand zu nippen, als die Tür aufgestoßen wurde und ihr Assistent hereingestürmt kam.

»Neue Erkenntnisse im Fall der Weihnachtsbaum-Leiche!«, redete er grußlos drauflos und schwenkte einen Zweierstapel DIN-A4-Blätter aus Recyclingpapier.

Winfried zu Clairvaux litt daran, dass er leider kein »von« im Namen aufweisen konnte, sodass eine direkte Blutlinie des berühmten Bernhard von Clairvaux, französischer Gründer der Zisterzienserabtei Himmerod im Salmtal, trotz seiner intensiven Bemühungen nicht nachzuweisen war.

Plötzlich stoppte er im Lauf, und sein Blick heftete sich auf die Cappuccinomaschine. »Neu?«, fragte er überrascht.

»Nein, Ramschverkauf bei Tchibo. Aber das Ergebnis kann sich schmecken lassen. Wollen Sie auch eine Tasse?«

»Gott bewahre!«, wehrte Winfried schaudernd ab. »Sie wissen doch, dass ich ausschließlich französisches Mineralwasser trinke. Aber jetzt mal in medias res: Einer unserer Kollegen, dieser Mendig aus dem ersten Stock, hat jetzt sogar 'ne Illy X1 aus Edelstahl!«

»Als neue Dienstwaffe?«, ulkte Coltella. Natürlich wusste sie, dass damit die Espressomaschine gemeint war. Mendig war ein Angeber. Fuhr als Einziger einen gebrauchten Porsche und protzte auch sonst mit zur Schau gestellten Luxusaccessoires. Natürlich ließ sie sich nicht davon beeindrucken.

»Unter 700 Euro nicht zu haben. Da könnte ich schwach werden.« Mit einem mitleidigen Blick bedachte er ihren Automaten.

»Typisch deutsch!«, konterte Coltella. In Italien würde kein normaler Mensch sich einen Espressoautomaten in sein Büro oder Haushalt stellen – es sei denn, es handelte sich um eine Kaffee-Bar! Aber in Deutschland musste natürlich jedermann damit prahlen, was er hat! Sie hatte sich ein wenig in Rage geredet. »Und trotzdem wette ich blind, dass bei meinem Papa in Perinaldo der selbstgemachte Espresso besser schmeckt als bei Mendig «, setzte sie störrisch hinzu. »Und jetzt her mit den Fakten, Clairvaux!«

Sie hatte ohne Übergang ihre dienstliche Miene aufgesetzt und ließ keinen Widerspruch zu. Nicht umsonst nannte man sie in Kollegenkreisen »Coltella, das Messer«. Wenn es sein musste, war sie hart wie die stählerne Klinge eines Stilettos.

»Den Wagen der Toten haben wir auf dem in der Nähe befindlichen Rastplatz aufgefunden«, fasste Clairvaux die Ergebnisse zusammen. »Der Wagen wies Spuren eines Aufbruchs auf, jedoch wurde anscheinend nichts daraus gestohlen – weder das Blaupunkt-Navi noch die teure Stereoanlage. Allerdings haben wir eine leere Handtasche entdeckt ...«

»Da passt was nicht zusammen«, erkannte Coltella. »Soweit ich mich erinnere, trug die Leiche noch ihren recht teuren Schmuck. Zumindest die Perlenkette und der Brillantring ließen sich schnell zu Geld machen. Auch die Cartier-Uhr beachteten die Täter nicht – alles in allem sieht das nicht nach einem üblichen Raubüberfall aus.«

»Ja, aber es geht noch weiter: Welche Frau schleppt eine leere Handtasche mit sich herum? Wir haben keinerlei Bargeld gefunden, also ist zu vermuten, dass sich in der Handtasche zumindest ihr Portemonnaie befunden haben muss. Einer unserer Zeugen, der Kaplan der Gemeinde, konnte sich daran erinnern, dass die Schlothausen eine fliederfarbene Brieftasche besessen hat, die sie stets bei sich zu führen pflegte.«

»Na, wenn die jetzt weg ist, dann hätten wir hier doch ein mögliches Motiv, meinen Sie nicht?«

»Ich würde das mit der Brieftasche nicht zu hoch hängen, zumal auch nur ein einziger Zeuge den Hinweis stützt. Ein klassischer Raubmörder hätte bestimmt nicht die Brieftasche geklaut und alle anderen Wertgegenstände verschont. Wenn es der Täter also weder auf den Schmuck noch auf den Wagen noch auf sonst welche Dinge abgesehen hatte, dann hatte er von Anfang an geplant, sie zu ermorden. So sehe ich das.«

»Hm. Da sind aber noch jede Menge Fragen zu beantworten«, sinnierte Coltella und schaute aus dem Fenster. »Außerdem frage ich mich, ob es noch schneien wird bis Weihnachten …«

5. Kapitel

von Ralf Kramp

Omma Brock köpfte ihr Frühstücksei und stellte sich vor, es sei dieser Lackaffe Ducruet. Dieser Wurm, dieses Frettchen. Für gewöhnlich rief er einen Tag nach dem Rausschmiss bei ihr an und fragte sie, wann sie denn endlich gedenke, wieder arbeiten zu kommen. Aber dieses Mal war alles anders, das hatte sie gleich bei der Kündigung gemerkt. Er hatte Geldsorgen, das hatte sie längst geahnt, aber mit ihrer Kündigung sparte er doch nichts ein, bei dem Hungerlohn, den er ihr zugestanden hatte!

Sie strich sich die Brötchenkrümel aus den Borsten auf ihrer Oberlippe und schlürfte ihren Schonkaffee. Draußen im Nieselregen hockten zwei Vögel auf der Fensterbank und plusterten sich auf. Sie verscheuchte sie, indem sie das Etui ihrer Hornbrille donnernd gegen die Scheibe warf. Drecksvögel. Ihr waren heute Morgen alle Lebewesen zuwider. Den Radiosprecher hatte sie schon verwünscht, weil ihm seine gute Laune schon früh um sieben aus allen Poren quoll, und den Herstellern der Büchsenmilchdosen, die man nicht aufbekam, ohne dass man eine mittlere Sauerei auf dem Frühstückstisch veranstaltete, hatte sie bereits die Pest an den Hals gewünscht. Sie setzte die Brille auf ihre kleine Knollennase, schlug die Zeitung auf und las zuerst die Todesanzeigen. Kein Ducruet. Schade.

Dann knöpfte sie sich den Lokalteil der Tageszeitung vor, dessen Redakteur sie jeden Morgen schon einmal prophylaktisch als »Arschgeige« beschimpfte, und ihr Blick blieb gleich an einer fetten Schlagzeile hängen:

Frauenleiche zwischen Weihnachtsbäumen!

Soso. Klang ja interessant. Omma Brock wischte die Fettschlieren von den zentimeterdicken Brillengläsern, um den Text besser lesen zu können. Eine tote Pastoralreferentin in einer Eifeler Fichtenschonung, nur mit einer Strumpfhose und einem Stiefel bekleidet. Das war ja'n Ding. Sie betrachtete schwer atmend das Foto einer schlanken, jungen Frau mit wallendem, fuchsrotem Haar und einem ganz und gar bezaubernden Lächeln. Ein Privatfoto von ganz ordentlicher Qualität. Die Bildunterschrift besagte, dass es an ihrem sechsundzwanzigsten Geburtstag vor anderthalb Jahren aufgenommen worden war.

»Erstklassige Figur«, murmelte Omma Brock und tauchte eine Kante ihres Brots in den Kaffee. In den Jahren ihrer Tätigkeit bei Maître Kretin Ducruet hatte sie selten den groben Zuschnitt für so perfekt proportionierte Frauen machen dürfen. Wie mochten ihre Maße gewesen sein? Einundneunzig, einundsechzig, einundneunzig? Ihre Größe schätzte sie auf irgendwas zwischen einsachtzig und einsfünfundachtzig. Diese wunderschönen roten Haare ... diese Figur ... Omma Brock kam ins Grübeln. Sie schlürfte den Kaffee leer und fischte mit den Fingern die aufgequollenen Brotbröckchen vom Tassenboden.

Sie dachte an »La Befana«. Ducruet war ganz verrückt nach »La Befana«. Die geheimnisvolle rothaarige Schönheit, die sich der Modewelt auf den Laufstegen und in den Hochglanzmagazinen stets mit einer venezianischen Porzellanmaske präsentierte. »La Befana« war eines der wirklich großen Mysterien im bunten Zirkus der Haute Couture, weil niemand sie jemals ohne ihre Maske gesehen hatte.

»90 Komma 4, 60 Komma 8, 91 Komma 2, einsdreiundachtzig.« Omma Brock versuchte, die Traummaße, die sie auswendig kannte, vor sich hinzubrabbeln und gleichzeitig ein Stückchen Brotkruste zwischen ihren Zähnen hervorzupuhlen. Kaum zu glauben ... Wie oft hatte sie an den Gewändern dieser rothaarigen Erscheinung mitwirken dürfen? Konnte es sein, dass die junge Tote und La Befana ein und dieselbe Person waren? Das wäre doch zu verrückt, um wahr zu sein!

Sie fixierte das Foto und murmelte wieder »90 Komma 4, 60 Komma 8, 91 Komma 2, einsdreiundachtzig.« Das konnte hinhauen. Die Anmut der Schultern, der Hüfte, diese perfekten Proportionen, die Hände! Die Ohren! Plötzlich war sie sich sicher. Klar, dass die doofe Polizei es nicht schaffte, eine solche Querverbindung herzustellen. Die hatten doch von so was keine Ahnung.

Und in diesem Moment schossen ihr die Bruchstücke des Telefonats durch den Kopf, die sie belauscht hatte, nachdem Ducruet sie gefeuert hatte: 90 Komma 4, 60 Komma 8, 91 Komma 2, einsdreiundachtzig! Ein Kleid für das Christkind! Was war das gewesen? Eine geheime Losung womöglich? War Befana nicht die italienische Weihnachtshexe oder so was in der Art? War das am Ende ein telefonischer Mordauftrag gewesen? Ducruet ein Killer? Diesem öligen Franzmann war alles zuzutrauen. Finanziell pfiff er auf dem hinterletzten Loch. Hatte er nicht was von viel Geld gesagt?

Omma Brock kramte die Nagelschere aus der Schublade des Küchentischs, schnitt den Zeitungsartikel aus und erwog kurz, ihre gelbrandigen Zehennägel gleich mitzubearbeiten, unterließ dies jedoch. Das hatte Zeit bis übernächste Woche. Dann klappte sie energisch die Hornbrille zusammen. Sie fischte zwei Fünfeuroscheine aus der Suppenschüssel im Küchenschrank und kramte ihre Busfahrkarte aus der Schublade der Garderobe. Sie musste noch Marzipankartoffeln und

Cognacbohnen für die Weihnachtsteller der verwöhnten Enkelchen kaufen. Zimtsterne hatte sie schon im Sommer gekauft. Im Sommer des Vorjahrs. Vom Supermarkt war es gar nicht so weit bis zum Schlösschen des »Chiffon-Magiers«. Konnte nicht schaden, ihn mal ein bisschen näher unter die Lupe zu nehmen, diesen Knilch. Sie hatte ja jetzt Zeit.

Sie stülpte sich ihre zottelige Wollmütze auf den Kopf, betrachtete ihr Spiegelbild im Zwielicht des Hausflurs, und dann sagte sie diabolisch lächelnd ein weiteres Mal: »Na warte, Bürschchen. Wir sind noch nicht fertig miteinander.«

6. Kapitel

von Carsten Sebastian Henn

Florian Unkel zählte noch einmal die Keksdosen durch. Vierzehn Stück, für jede Messdienerin und jeden Messdiener eine. Was würden sich die jungen Menschen darüber freuen! Einige Plätzchen waren sogar mit Schokolade überzogen worden. So was bekam man hier in der Eifel wahrscheinlich nur sehr selten zu essen.

Er kontrollierte noch einmal seinen Nikolausbart im Rückspiegel seines Wagens, während er durch die Eifeler Nacht düste, die wieder einmal dunkler war als der Hintern einer schwarzbunten Holsteiner. Ein ungewöhnlicher Gedanke. Unkel dachte normalerweise ausnehmend selten an die Hinterteile deutscher Milchkühe. Er stellte die weihnachtlichen Klänge seines Radios lauter und sang voller Inbrunst – allerdings mit verstellter, tiefer Stimme. Er übte schon einmal für die Weihnachtsfeier, auf der er gleich überraschend auftauchen würde. Die lieben Kleinen wussten ja nichts davon, hatten sich das Pfarrheim für eine Party mit DJ gemietet und sich sogar extra Lichtorgeln besorgt. Die würden vielleicht Augen machen, wenn er in der Tür stand!

Doch erst mal machte nun Florian Unkel solche und trat so heftig auf die Bremse, als säße ein kleines Teufelchen darauf. Das war doch gerade … War das nicht …?

Er setzte zurück.

Das war der Parkplatz auf dem Foto, welches er bei Mandy Schlothausen auf dem Nachttisch gesehen hatte! Ihm kam der Schluss der Bergpredigt in den Sinn. *Bittet, so wird euch gegeben; suchet, so werdet ihr finden; klopfet an, so wird euch aufgetan.*

Mitsamt Nikolauskostüm schwang er sich aus dem Wagen, und da er keine Taschenlampe dabei hatte, zündete er eine der Kerzen an, die er den jungen Leuten für ihre Party mitbringen wollte. Damit sangen sich Kirchenlieder doch so viel netter.

»Hohoho!«, rief er und musste selber prusten. Es klang so echt!

Florian Unkel ging zu der Stelle, an der auf dem Foto die beiden Wagen gestanden hatten, und beugte sich hinunter. Während er eine Weile suchend den Blick über den Boden wandern ließ, wusste er nicht, was er eigentlich suchte. Aber er fand es trotzdem. Es lag im Gras und sah aus wie ein Knochen aus Holz. Es war rot lackiert. Hatte am oberen Ende verkrusteten Kleber und sah am unteren Ende aus wie eine Schuhsohle.

Unkel musste an die Schuhe in Mandy Schlothausens Wohnung denken. Sie hießen bestimmt nicht einfach nur Schuhe, sondern hatten einen feschen Namen, der Unkel nicht geläufig war. Das, was er gefunden hatte, stammte auf jeden Fall von einem hochhackigen Schuh. Lagen die häufiger auf Parkplätzen herum? Unkel hatte bisher nicht darauf geachtet, und er hatte auch keine Idee, wie man einen solchen Absatz verlieren konnte.

Das, was er außerdem fand, ließ ihn so rot werden, dass er auch farblich perfekt ins Nikolauskostüm passte. Es war ein Stift. Ein Kugelschreiber. Und dieser zog sich aus. Wenn man ihn aufrichtete, verschwand das Kleid auf der vollbusigen Frau und zeigte alles, was darunter verborgen war.

Florian Unkel verspürte plötzlich einen unwahrscheinlich starken Drang zu backen. Er dachte jetzt nur ans Backen, an nichts anderes als Backen, denn ihm war mit einem Mal schrecklich heiß. Er drehte den Stift ganz schnell wieder herum.

Das anzügliche Schreibwerkzeug hatte exakt dort gelegen, wo der rote Golf GTI auf dem Foto gestanden hatte.

Darauf stand der Name eines Nachtclubs. *Amore totale* hieß dieser, und wenn ihn seine Ortskenntnis nicht ganz im Stich ließ, lag das gar nicht weit von hier. Und der Bischof hatte gesagt, er solle allem nachgehen, wirklich allem, was mit Mandy Schlothausen in Zusammenhang stand. Nur wenige hundert Meter entfernt flatterte das Band der Polizeiabsperrung im Wind. Die Trierer Soko hatte es zur Absperrung der Weihnachtsbaumschonung angebracht, in der die Pfarrreferentin umgebracht worden war. Unkel hatte es im *Volksfreund* gesehen.

Er bekreuzigte sich ein paar Mal. Schloss die Augen. Und steckte den Stift ein, der sich unerlaubterweise schon wieder entkleidet hatte.

7. Kapitel

von Uwe Voehl

Die Mittagskarte bot keine große Auswahl, und das war einer der Gründe, warum sie den *Goldenen Hirsch* so liebte. Statt viel Zeit damit zu verlieren, sich zwischen Dutzenden von Gerichten entscheiden zu müssen, ging es hier stets fix, denn der Koch ließ sich nie mehr als zwei Menüvorschläge aus der Mütze zaubern. Kommissarin Coltella entschied sich für Eifeler Döppekooche, ihr Assistent Winfried zu Clairvaux bevorzugte eine Lasagne al forno. Seitdem genau gegenüber des *Goldenen Hirsch* das italienische Pendant eröffnet hatte, fühlte sich der Koch anscheinend genötigt, dem allgemeinen Geschmack hinterherzulaufen.

»Ich habe nachgedacht«, begann Winfried und fing sich einen zweifelnden Blick ein.

»Ich hoffe, es ist nichts Schlimmes dabei herausgekommen«, stichelte Coltella.

»Nur so etwas wie eine Erleuchtung«, fuhr er unbeirrt fort.

»Sie müssen mir verraten, wie Sie die Kerze in ihren Kopf befördert haben! Durch die Nase?«

»Die Tote, diese Mandy, hat keine Familie mehr. Ist sozusagen mutterseelenallein auf der Welt …« Winfried ließ sich nicht aus der Ruhe bringen.

»Ja, so schnell geht das«, flachste Coltella. »Die BILD würde wahrscheinlich texten: *Familie mit Axthieb ausgelöscht.*« Sie kannte Winfried nur zu gut. Wenn der erst mal anfing zu »denken«, konnte dies in sehr langwierige Gespräche ausarten.

»Genau das ist der Punkt!«, fuhr Winfried fort. »Die letzte Angehörige, eine Schwester, Jessica, verstarb bei einem Autounfall vor einem Jahr. Also scheidet ein familiäres Motiv aus. Wer hat einen Vorteil davon, Mandy genau ein Jahr später mit einer Axt zu erschlagen? Da Raubmord ebenfalls ausscheidet, bleibt eigentlich nur noch die Liebhaber-Theorie.«

Carola Coltella winkte ab. Sie kannte diese Theorie ihres Mitarbeiters zur Genüge. Hinter jeder Tat vermutete er eine vorausgegangene Beziehungskrise.

Die Bedienung brachte den Döppekooche. Coltella stöhnte insgeheim auf, als sie den opulent gefüllten Teller mit dem herrlich duftenden Gericht sah. Mit seinem Döppekooche hatte der Koch sie an der Angel. Obwohl Halbitalienerin, würde sie niemals daran denken, gegenüber im *Cervo d'Oro* zu speisen. Und mit der geplanten Diät vor Weihnachten würde es auf diese Weise auch nichts mehr. Was sie vor allen Dingen immer wieder erstaunte, war die Tatsache, wie man aus allereinfachsten Zutaten (Kartoffeln, Eiern, Zwiebeln, Speck, Salz und etwas Muskat) ein solch herrliches Gericht zaubern konnte.

»Was mich viel mehr interessiert, ist diese Schwester, diese …«, sinnierte Coltella, nachdem sie die ersten Bissen genossen hatte. »Hat sie den Unfall damals verursacht?«

»Ominöse Sache«, gab Winfried zu. »Man fand den ausgebrannten Wagen mitsamt verkohlter Jessica-Leiche in einem Waldstück oberhalb von Mürlenbach. Aus den Unterlagen geht hervor, dass man vermutete, Alkohol sei im Spiel gewesen. Sie war von der Straße abgekommen, gegen einen Baum geprallt, und weil es Nacht war, hatte niemand den Unfall bemerkt. Aber um noch einmal auf meine Theorie zurückzukommen …«

»Lassen Sie sie da, wo Sie sie herausgeholt haben: in Ihrer leeren Hirnschale!«, entgegnete die Kommissarin mit einer

Schärfe, die ihm verriet, dass sie sich augenblicklich wieder im Dienst befanden. »Herr Ober, bitte zahlen und zwar *subito*! Und Sie, Clairvaux, legen mir sämtliche Akten vor, die sich mit dem Unfalltod der Schwester befassen!«

Als sie nach draußen stürmten, bemühte sich ein bleigrauer, schneeschwerer Himmel noch zusätzlich, auf ihre Stimmung zu drücken. Vielleicht würde es ja heute noch schneien.

Coltella musste daran denken, dass sie es noch immer nicht geschafft hatte, bei ihrem Golf die Sommerreifen zu wechseln. Vielleicht war Mandys Schwester Jessica ja auch mit Sommerreifen gefahren, damals vor einem Jahr, und ins Schlingern geraten. Vielleicht hatte man aber auch ein wenig nachgeholfen …

Ihr Jagdinstinkt war erwacht!

8. Kapitel

von Ralf Kramp

Omma Brock schlug das kleine Toilettenfenster mit dem Griff ihres Regenschirms ein. Als das Glas knackend zerbarst, stellte sie sich vor, es sei der Schädel ihres Ex-Chefs. In der Ferne hörte sie die Sirene eines Feuerwehrwagens an- und wieder abschwellen. Omma Brock lauschte in die nachfolgende Stille. Als sie nichts mehr hörte außer ihrem eigenen Herzschlag, erklomm sie die bereitstehende Holzkiste, griff durch das Loch in der Scheibe und öffnete das Fenster von innen.

Auf das Gelände des Schlösschens zu kommen, war kein Problem gewesen. Es war dämmrig, und nur ein paar Krähen hatten sie beobachtet, als sie durch die schief in den Angeln hängende Eisenpforte des Parks gekommen war, die immer unverschlossen blieb. Dann hatte sie sich den Weg durch die ungepflegte Anlage zum Haupthaus gebahnt. Sie hatte das Gebäude umrundet und zunächst um die Ecke auf den Kiesvorplatz gespäht. Frau Ducruet war ohnehin gerade in Rio de Janeiro, und der Meister selbst war offensichtlich auch ausgeflogen. War heute nicht sein Saunaabend? Also hatte Omma Brock sich zum Anbau geschlichen, in dem Ducruet arbeitete. Hier hatte er auch eine separate kleine Wohnung, in der er während seiner kreativen Schübe logierte.

Und nun war sie also eingedrungen, rappelte sich auf, betrachtete den zerborstenen Toilettendeckel und rieb sich den Steiß.

Ein schwarz gekacheltes Badezimmer. Schwarze Badmöbel, schwarze Handtücher ... Ewige Nacht. Sie fischte die Zahnbürste aus dem schwarzen Becher beim Spiegel. Hier rieb sich der Maître also tagtäglich die Faltencreme in seine geliftete Fresse. Sie kicherte heiser, als sie sich aus einer plötzlichen Laune heraus mit seinem Zahnpflegegerät die strähnigen Haare bürstete.

Dann ging es weiter ins Büro. Grellweiß. Der krasse Gegensatz. Und all diese doofen Knieabgüsse an den Wänden. Er hatte einen durchgeknallten Freund in den USA, der den Stars, die auf dem Hollywood Walk of Fame ihre Hände in den Beton drücken durften, klammheimlich ein spezielles Kissen unter die Knie schob, in das sich dann jeweils unbemerkt zwei Abdrücke eingruben, die er später nur noch mit Gips ausgießen und für horrende Summen verkaufen musste. Meryl Streep, Jodie Foster, Julia Roberts, Michelle Pfeiffer … Michelle Pfeiffer hatte wirklich die krüppeligsten Knie, die Omma Brock jemals gesehen hatte.

Gegenüber von Ducruets Schreibtisch, hinter dem Rücken der Besucher, sodass er täglich darauf blickte, war eine große Fläche freigehalten worden. Vier Leuchtstrahler waren auf das Zentrum der freien Fläche gerichtet. Hier fehlte das zentrale Dekorationsobjekt. Hier fehlten die Knie der Knie. Hier sollten die Knie von »La Befana« an die Wand genagelt werden, so hatte Ducruet ihr einmal in einem schwachen Moment gestanden. Armer Irrer.

Omma Brock fischte sich, bevor sie damit begann, den weißen Schreibtisch zu durchsuchen, erst einmal eine fette Zigarre aus dem weißen Zigarrenkästchen neben dem Telefon. So was Gutes hatte sie lange nicht mehr geraucht.

Wonach sie suchte, wusste sie gar nicht so recht. Irgendwie reizte es sie überhaupt nicht, in den privaten Dingen ihres ehemaligen Chefs zu wühlen. Während sie die Zigarre paffte und dabei enormen Qualm entwickelte, fummelte sie mit ihren knotigen Fingern in der Korrespondenz des Modemachers herum und grunzte ab und zu amüsiert. Rechnungen, Mahnungen, Vollstreckungsankündigungen ... Der hing ganz schön in den Seilen.

Die Kontoauszüge sangen ein trauriges Lied vom finanziellen Ungemach, das über den eitlen Couturier hereingebrochen war. Anderen Menschen hätte diese Auflistung des finanziellen Scheiterns möglicherweise einen Hauch von Mitleid entlockt, doch Omma Brock blieb ungerührt. Die Zigarre qualmte in ihrem runzligen, kleinen Mund wie ein Schlot vor sich hin, während sie in den Schränken wühlte. Sie frohlockte innerlich, weil sie die Quittungen für das Flugbenzin für den Privatjet gefunden hatte, mit dem Frau Ducruet um den Erdball brauste. Mit dem Spritgeld fuhr die amerikanische Durchschnittsfamilie vier Generationen lang hochtourig mit drei benzinsaufenden Schlitten über den Highway.

Und dann hielt sie plötzlich einen Brief in den Händen, dessen Inhalt ihre struppigen Augenbrauen in die Höhe tanzen ließ.

Jean-Claude! Bitte schick mir keine Briefe mehr. All Deine Betteleien werden mich nicht umstimmen können! Du darfst mir Kleider auf den Leib schneidern, aber mein Körper wird Dir niemals gehören! Weder die Knie noch der Rest! Da nützen auch Deine Drohungen nicht! Wenn Du mich nicht in Ruhe lässt, werde ich Mittel und Wege finden, Dich zur Vernunft bringen zu lassen. Befana

Soso. Hier stand es also schwarz auf weiß. Der Modelümmel hatte die schöne Unbekannte bedrängt. Omma Brock spürte, dass sie auf der richtigen Spur war. Und plötzlich fielen ihr Fotos in den Schoß. Eine Handvoll Schwarzweißfotos. Allesamt Knie! Es lief ihr eiskalt über den Rücken. So ein perverses Ferkel. Und was das für Knie waren! Magere Gelenke, glatt und gebräunt. Ganz anders als ihre eigenen. Die hätte er mal sehen sollen, dieser Hanswurst. Das waren Knie, die etwas erlebt hatten! Züchtig weiß, von zarten, blauen Adern edel marmoriert, stoppelig und vernarbt. Wofür sie schon alles gekniet hatte! Pah!

Ein Paar Knie kehrte auf den Aufnahmen immer wieder. Es lugte unter Stoffen hervor, die Omma Brock gleich wiedererkannte. Kostüme, an deren Zuschnitt sie nicht unerheblich mitgewirkt hatte. Auf einem der beiden Knie war ein seltsamer Leberfleck. War das La Befana? So oft, wie Ducruet es hier im Aktenschrank verwahrte, musste sie es sein. Als sie die glänzende Oberfläche der Fotografien flach vor das Licht der Schreibtischlampe hielt, glaubte sie, Lippenabdrücke erkennen zu können. Bah! Ihr Blick wanderte zu der illuminierten, freien Stelle an der Wand, die für La Befanas Knieabdrücke reserviert war. So, wie es aussah, würde sie nun ewig frei bleiben.

Als sie in das angrenzende Atelier hinüberging, wie eine schnaufende Diesellok enormen Qualm hinter sich herziehend, schlug sie mit Verachtung nach dem Lichtschalter, und vor ihr manifestierte sich ein geradezu magisches Szenario: Alle Lichter des Raums erstrahlten gleichzeitig. Omma Brock fiel die Zigarre aus dem Mund. Die Lichter waren alle auf einen zentralen Punkt in der Mitte des unordentlichen Raums gerichtet. Auf einer Schneiderpuppe waren einzelne Stoffteile grob zusammengeheftet worden. Der Schnitt war kühn, aber dennoch anständig. Mondän, aber dennoch mädchenhaft verspielt. Der Stoff floss um den künstlichen Körper, hüllte ihn ein, zog ihn aus, umspielte ihn wie ein bizarres Ornament.

Das Kostüm, das hier entstand, war nicht von dieser Welt. Es gehörte keinem irdischen Wesen. So etwas konnte nur das Christkind tragen.

9. Kapitel

von Carsten Sebastian Henn

Der Sündenpfuhl wirkte weihnachtlich. Die hier arbeitenden Sünder hatten passend zur Adventszeit sogar einen Weihnachtsmann und eine Weihnachtsfrau auf das Flachdach gesetzt. Sie hatten rote Mützen an. Und Stiefel. Ansonsten zogen sie blank. Das *Amore totale* wollte sich lukrative Weihnachtsfeiern augenscheinlich nicht entgehen lassen. Selbst die zwei Plastikrentiere an der Eingangstüre trugen Strapse. Es hatte fraglos Stil. Auch wenn Unkel nicht wusste, welchen.

Der junge Kaplan wünschte sich in diesem Moment eine Peitsche, um sich provisorisch geißeln zu können, aber ihm stand nur ein Rosenkranz zur Verfügung. Doch mit diesem schlug er sich nicht, er betete ihn nur ab. Im Geiste suchte er ein mutmachendes Bibelzitat. Aber *Wer Weisheit liebt, erfreut seinen Vater; wer aber mit Huren umgeht, kommt um sein Gut* funktionierte irgendwie nicht. Auch *Wohl dem, der nicht wandelt im Rat der Gottlosen noch tritt auf den Weg der Sünder noch sitzt, da die Spötter sitzen* machte ihn kein bisschen ruhiger. Das Alte Testament war definitiv miserabel, wenn es darum ging, die Nerven zu beruhigen.

Das Einzige, was ihm ein bisschen die Angst nahm, war das Nikolauskostüm, das er sich angezogen hatte, um unerkannt zu bleiben.

»Na, Kleiner, was hat der Weihnachtsmann denn unter seinem Mantel an?«, begrüßte ihn eine junge Dame im Flur, die anscheinend in Richtung eines morastigen Bodens unterwegs war, denn sie trug hohe, rote Stiefel. Sie verschaffte sich mit einem gekonnten Griff Gewissheit und zog eine Schnute. »Da bin ich jetzt aber enttäuscht! Ich dachte, du hättest deine Rute griffbereit …«

»Ich halte überhaupt nichts von Bestrafung«, sagte Unkel und zog seinen Nikolaus-Gürtel ein Loch enger. »Ich finde Geschenke viel sinnvoller. Sind läutende Glocken nicht viel angenehmer als ein harter Stock?«

»Wenn du es so magst, Kleiner, soll es mir recht sein. Ich komm gleich zu dir, jetzt habe ich noch jemand anderem mein Adventstürchen zu öffnen.«

Unkel schritt durch einen dicken Vorhang – und war in der Hölle. Alles war rot, Frauen machten unbekleidet Gymnastik an Installationsrohren, und aus den Boxen kam alles andere als Weihnachtsmusik. Den großen Weihnachtsbaum zierten kopulierende Engel, die Kugeln glichen einzelnen Brüsten, obwohl diese für gewöhnlich doch paarweise auftraten, aber das Schlimmste war die Spitze, welche aussah wie ein männliches Glied und aus der rhythmisch Seifenblasen aufstiegen. Herr im Himmel, blicke bloß nicht in die tiefste Eifel!

Nachdem Unkel sich einige Jetons zu unsittlichen Preisen gekauft hatte, begann er damit wegzusehen, was sich als besonders schwierig herausstellte, da überall Anzüglichkeit lauerte, weswegen er einen Glühwein nach dem anderen orderte, um seine Sicht zu trüben. Er fragte jeden, der sich neben ihn setzte, nach Mandy Schlothausen, doch niemand schien von ihr gehört zu haben. Allerdings, so sagte ihm eine rothaarige junge Dame, die eine Hirtin darstellen sollte, worauf ihr winziger Schafsfellbikini deutete, trügen hier alle Künstlernamen. Unkel konnte sich weder vorstellen, dass seine verstorbene Pastoralreferentin einen solchen benutzt hatte, noch was sie in so einem Etablissement verloren hatte.

Doch der Bischof hatte die Mission ausdrücklich angeordnet. Sogar mit einem leichten Schmunzeln. »Sehen Sie es als Fortbildung«, hatte er griemelnd gesagt.

Noch einen Glühwein. Drei Gläser für ein Halleluja!, dachte Unkel nach einiger Zeit, dabei waren es bereits deutlich mehr gewesen.

Und plötzlich wurde er torkelnd auf die Bühne gezogen.

Von der Weihnachtsfrau, die ihm ins Ohr schrie, dass er ja anscheinend ihr Mann sei und ihr deshalb unbedingt helfen müsse sich zu entkleiden. Zuerst war Unkel höflich, denn schließlich ist die Sünde und nicht die Sünderin zu verdammen. Doch nachdem ihm seine angebliche Frau ihre nach Papayas duftenden hervorstechendsten Körperteile durchs Gesicht gerieben hatte, floh er, den Namen des Herrn schreiend, aus dem Etablissement. Draußen angekommen fing er gar nicht erst mit dem Bekreuzigen an. Unter einer Wallfahrt nach Santiago de Compostela auf nackten Füßen und ohne Sonnencreme kam er ganz bestimmt nicht weg. Maria Laach würde definitiv nicht reichen.

Nur langsam rappelte er sich auf und starrte, als er wieder stand, abermals auf die sekundären Geschlechtsmerkmale von Frauen. In der neben dem Eingang des *Amore totale* angebrachten Fotogalerie wurde nämlich hochglänzend und in Farbe für die Darbietungen im Inneren geworben. Bei einer Dame konnte man das Gesicht zwar nicht sehen, denn es war hinter wuscheligen Federn verborgen, dafür aber die Kniescheibe.

Es war die von Mandy Schlothausen. Denn auf der rechten Kniescheibe war ein großes Muttermal in der Form von Nordrhein-Westfalen. Beim Messdienerausflug ins Hallenbad nach Bitburg hatte er es bei seiner Pastoralreferentin bewundern können.

Meine Güte, dachte Unkel, sie hatte wirklich hier getanzt! Wenn der Bischof das erfuhr! Oder der Kardinal! Geschweige denn der Papst! Was für ein Licht würde das auf die Gemeinde Welterscheid werfen?!

Obwohl es bestimmt auch neue Besuchergruppen erschließen könnte …

Neben ihm wurde eine Tür zugeschlagen, es war der Hinterausgang des *Amore totale.* Dann folgte das Schlagen der Tür eines Wagens auf dem Parkplatz. Es war der rote Golf GTI von dem Foto in Mandy Schlothausens Wohnung!

Florian Unkel, Kaplan der Gemeinde Welterscheid, Führerschein Klasse 3, bisher kein Knöllchen wegen Falschparkens oder Geschwindigkeitsüberschreitung, unterwegs mit einem braunen Opel Kadett Baujahr 1987, entschied sich in diesem Moment, die erste Verfolgungsjagd seines Lebens vorzunehmen.

Entschlossen warf er seinen falschen Bart auf den Boden.

Jetzt würde er allen zeigen, was in ihm steckte! Ein Hoch auf den Glühwein!

10. Kapitel

von Uwe Voehl

Sie schien nur Minuten zu spät gekommen zu sein, ansonsten hätte sie den Täter auf frischer Tat ertappt. Von ihrem Beobachtungsposten vor dem Fenster konnte sie direkt in seine Wohnküche spähen. Das Opfer lag bereits zerstückelt auf dem Küchentisch. Erstaunlich wenig Blut war dabei geflossen. Die Holzplatte jedenfalls war picobello sauber. Über einem Feuer hing ein großer Kochtopf. Eine rötliche Flüssigkeit blubberte darin. Plötzlich wusste Carola Coltella, was er mit dem Blut gemacht hatte …

Die Kommissarin ging zur Haustür und klopfte an. Eine Klingel gab es hier nicht. Genauso wenig wie einen Durchlauferhitzer oder eine Heizung. Anton Schlingengruber wohnte derart abgeschieden, dass es ökonomisch an Wahnsinn gegrenzt hätte, Leitungen bis zu seinem Refugium zu verlegen.

Man hatte sie gewarnt, von wegen Schlingengruber sei ein wenig »merkwürdig«. Kein Wunder, hauste er doch schon seit zwanzig Jahren mutterseelenallein in seiner Bruchbude. Allerdings hatte auch keiner der Kollegen Lust gehabt, sie zu begleiten. Da dieser Besuch ohnehin nur als Routinebefragung gedacht gewesen war, hatte sie sich ausnahmsweise allein aufgemacht.

Hinter der Tür näherten sich Schritte, im nächsten Moment wurde sie aufgerissen. Schlingengruber starrte sie mit erstaunten Augen an, seine Züge entspannten sich jedoch schnell, als er sah, wer ihn da in seinem Handwerk störte.

Nur eine Frau! Sie konnte seine Gedanken geradezu von seinem Gesicht ablesen.

Coltella straffte die Schultern und stellte sich vor: »Guten Abend, Herr Schlingengruber? Mein Name ist Coltella, Kriminalhauptkommissarin. Ich bin hier, weil Sie es waren, der vor einem Jahr die Leiche einer Frau gefunden hat: Jessica Schlothausen.«

In den wässrigen Augen des Alten glomm so etwas wie eine Erinnerung auf. Dann drehte er sich um und ging wortlos zurück in seine Wohnstube.

Coltella fasste dies als Einladung auf, ihm zu folgen. In der Hütte war es eiskalt. Dennoch stapfte Schlingengruber mit nackten, schmutzigen Füßen über das Dielenholz. In der Wohnküche stank es bestialisch.

»'tschuldigung, dass nicht aufgeräumt ist. Hab' keinen Damenbesuch erwartet«, nuschelte Schlingengruber in seinen Bart und wies auf die Fleischbrocken auf dem Küchentisch. Im nächsten Moment hatte er sie bereits mit seinen riesigen Händen zusammengeklaubt und warf sie in die brodelnde, rote Brühe. »Wenn Sie woll'n, könn' Sie zum Essen bleiben.«

Die Kommissarin war nicht zart besaitet, doch diesmal spürte sie ein leichtes Würgen in ihrer Speiseröhre.

Schlingengruber deutete ihren Blick falsch. »Keine Sorge«, sagte er listig. »Der Hase ist vom Wochenmarkt. Oder trauen Sie mir etwa zu, dass ich wildere?«

Coltella traute ihm sogar eine ganze Menge mehr zu. Das sagte sie ihm jedoch nicht. Stattdessen fragte sie: »Wie war das eigentlich? In den Akten steht, dass diese Jessica schon ziemlich verwest war, als Sie sie gefunden haben.«

»Ehrlich gesagt, hab ich sie erst gar nicht von den Pilzen unterscheiden können, die um sie rumwuchsen!« Das kurze, trockene Lachen ging in einen Hustenanfall über. Natürlich hielt er sich dabei nicht die Hand vor den Mund. Dafür spuckte er auf den Boden.

Coltella sah nicht hin.

»Sie haben Sie also beim Pilzesuchen entdeckt? War es dafür nicht schon ein bisschen spät zu der Jahreszeit?«

»Ich hab nicht gesagt, dass ich welche gesucht hab«, erwiderte der Alte bauernschlau. »Nur, dass um sie rum welche wuchsen.«

Coltella nickte. Das konnte der Wahrheit entsprechen. »Da es sich beim Verwesungsprozess einer Leiche um einen komplexen biochemischen Vorgang handelt, kann es durchaus vorkommen, dass neben Einzellern auch mehrzellige Pilze ihre Nahrung aus dem Gewebe beziehen.«

Schlingengruber staunte über derartiges Fachwissen, dessen gehaltvolle Tiefe er jedoch nie würde ergründen können. »Jedenfalls war'n sie genießbar!«, behauptete er trotzig.

»Sie haben sie gegessen?« Der würgende Kloß in ihrem Hals ließ sich kaum noch unterdrücken.

»Man muss sehen, wie man über die Runden kommt«, kicherte der Alte. »Aber jetzt steh'n Sie nicht so ungemütlich herum. Setz'n Sie sich, ich werde Ihnen ja alles erzählen.«

Coltella sank auf das altersschwache Sofa. Neben einem Stuhl im Raum das einzige Sitzmöbel. Sie spürte, wie die Spiralfedern durch die Kleidung piekten. »Dann legen Sie mal los«, verlangte sie. Lange würde sie es nicht mehr in dieser Hütte aushalten. Sie glaubte bereits jetzt, zu ersticken.

»Erst müssen Sie mit mir anstoßen!«, befahl Schlingengruber. »Wenn Sie schon nichts essen wollen!«

Es klang wie eine Drohung. Der Waldschrat watschelte davon. Das platschende Geräusch der nackten Füße erinnerte die Kommissarin an einen riesigen Frosch.

Kurz danach kam er mit zwei dampfenden Tassen wieder. »Schlehenwein«, schwärmte er. »Eigene Herstellung.«

Coltella hätte es nicht gewundert, wenn der Alte auch noch eine Schnapsbrennerei im Hause betrieben hätte.

»Trinken Sie! Es wird Ihnen gut tun!«, drängte der Alte. »Sie scheinen mir sowieso etwas kühl zu sein.«

Coltella trank. Es konnte nicht schaden, sich das Vertrauen des Eingeborenen auf diese Weise zu erschleichen. Sie drängte zwar die Frage beiseite, wann der Becher wohl das letzte Mal gereinigt worden war, aber Alkohol desinfizierte ja, und der Schlehenwein schmeckte. Schmeckte sogar außergewöhnlich gut. »Mir ist nicht kühl«, widersprach sie. Bereits mit dem ersten Schluck breitete sich eine wohltuende Wärme in ihrer Bauchgegend aus.

»Trinken Sie den Becher ruhig leer!«, empfahl Schlingengruber. »Ist gut gegen die Kälte. Immerhin haben Sie ja noch den Rückweg vor sich. Wo parken Sie überhaupt?«

Sein Gesicht kam ihr plötzlich viel größer vor. Außerdem glaubte sie, jede einzelne Pore darin erkennen zu können. Die Couch, auf der sie saß, tanzte einen langsamen Walzer. Die Kommissarin schaukelte im Takt mit.

»Auf dem Parkplatz«, lallte Coltella. »Bevor es in Ihr Waldstück geht!«

Schlingengruber lächelte. »Ganz in der Nähe des Parkplatzes habe ich diese Jessica damals gefunden …«

Hauptkommissarin Carola Coltella hatte tatsächlich noch einen zweiten Becher des köstlichen Getränks genossen. Und jetzt befand sie sich stolpernd auf dem Weg zurück zum Parkplatz. Es herrschte eifelfinstere Nacht. Sie wusste schon nicht mehr so recht, was der Alte noch alles erzählt hatte, aber ein bestimmter Satz hatte sich unauslöschlich in ihr Gehirn gefräst: »In jeder Ecke sind sie hier am Dealen, die hat sich eine Linie auf dem Wagen gezogen, 'ne lange Linie, danach ist sie ziemlich gewankt, sah ziemlich nuttig aus ...«

Die Kommissarin blieb stehen und atmete schwer. Aber das hieß doch – es hieß, dass Schlingengruber die Tote bereits vor ihrem Ableben gekannt und gesehen haben musste!

In diesem Moment fing es an zu schneien. Allüberall auf den Tannenspitzen sah Coltella plötzlich weiße Flöcklein blitzen ... Nein, es waren keine weißen Flocken, es waren goldene Lichtlein! Sie taumelte. Und hoch droben aus dem Himmelschor schwebten plötzlich drei Gestalten hervor. Coltella fiel der Länge nach hin. Als sie sich aufrappelte und umschaute, erkannte sie, dass sie sich an einer Wegkreuzung befand. Sie hatte keine Ahnung, welcher der Wege zum Parkplatz führte.

Die Gestalten waren nicht mehr im Himmel, sondern jede stand nun vor einem der möglichen Wege.

»Komm mit mir, Coltella«, flehte die erste Gestalt.

»Wer bist du?«, fragte Coltella. Sie spürte die Kälte kaum noch. Komisch. Die Gestalt entpuppte sich als kleines Mädchen. Es hatte schwarze Haare und trug Zöpfe. Irgendwie kam ihr die Kleine bekannt vor.

»Ich bin das Gespenst deiner Vergangenheit«, sagte das Mädchen, und plötzlich erkannte Coltella sich selbst wieder. »Du bist ...?«

»Ja, ich bin du!«

Für einen Moment sah sie sich selbst, wie sie als Kind in Italien aufwuchs, unbekümmert im Sand spielte, nach Muscheln suchte und auf den Schultern ihres Vaters im Meer herumtollte. Der Duft von Limonen kitzelte ihre Nase.

»Nein!«, sagte Coltella mit fester Stimme. »Nein!« So sehr sie auch Italien liebte, sie hatte die Entscheidung nie bereut, in ihrem zwanzigsten Lebensjahr nach Deutschland gezogen zu sein. Wie bei ihrer Mutter war es aufgrund einer Liebesaffäre gewesen. Achim. Er hatte die Semesterferien in Perinaldo verbracht. Zwei Jahre später war sie ihm nach Trier gefolgt. Die Affäre mit Achim war längst Schnee von gestern, aber ihre Beziehung zur Eifel war seitdem ständig gewachsen.

»Ich kann nicht mit dir gehen!«, sagte sie fest und entschied sich für den zweiten Weg.

Doch auch dort stellte sich ihr eine Frau entgegen. »Ich bin der Geist deiner Zukunft«, sagte diese. Die Frau war sehr alt, aber dennoch wirkte sie schön und weise.

Nur entfernt erkannte Coltella sich wieder. Der Drang, sich der alten Frau anzuschließen, war fast übermächtig. »Mit dir kann ich auch nicht gehen«, erkannte Coltella traurig. »Ich wäre gern wie du. Aber erst in fünfzig Jahren. Bis dahin habe ich noch viel zu erledigen!«

Blieb der dritte Weg. Irgendwie ahnte sie, was da auf sie zukam.

Auch dort stand eine Frau. Nein, eigentlich waren es zwei Frauen. Wie in einer gespenstischen Projektion lagen beide Bilder übereinander. Die eine Frau war Mandy Schlothausen. Bis auf Strümpfe und einen Stiefel war sie völlig nackt. Ihren Kopf verunstaltete ein Beil. Die zweite Ebene sah entfernt ihrer toten Schwester Jessica ähnlich.

»Ich bin das Gespenst deiner Gegenwart«, sagte die Frau. Sie sprach mit zwei Stimmen gleichzeitig. »Komm mit uns, damit wir dir unseren Mörder zeigen!« Die unheimliche Gestalt kam näher. Als sie nur noch einen Meter entfernt war, streckte sie die Arme aus und schien nach Coltella greifen zu wollen.

»Nein! Bitte – bitte nicht!«, flehte Coltella. Sie zwang sich, nicht zu schreien.

Da hatte die Unheimliche sie erreicht.

Diesmal schrie Coltella wirklich ...

... und erwachte in ihrem Wagen. Wie war sie hierher gekommen? Um sie herum war alles dunkel! Schnee lag auf der Frontscheibe. Schlingengrubers Schlehenwein. Die drei Gespenster. Nur geträumt. Zum Glück schien der Alkohol – oder was auch immer sie da getrunken hatte – verflogen. Was blieb, waren die Kopfschmerzen, das Kratzen im Hals und der pelzige Geschmack auf der Zunge.

Sie startete den Wagen. Die Wischer befreiten die Scheibe vom Schnee, aber sofort ließen sich neue Flocken darauf nieder.

Coltella gab Gas. Nur weg aus diesem Wald! Nie wieder würde sie allein ein Verhör bestreiten!

Der Wagen schlingerte ein wenig. Sie hatte immer noch keine Winterreifen aufziehen lassen.

Erleichtert atmete sie auf, als ihr kurz vor dem nächsten Ort eine Feuerwehr mit Sirenengeheul entgegenkam. Wahrscheinlich brannte irgendwo ein Adventskranz.

Jetzt war sie völlig sicher, wieder in der Wirklichkeit gelandet zu sein!

11. Kapitel

von Ralf Kramp

Das ist komisch … wirklich komisch«, sagte die alte Dame mit dem Lavendelduft. »Die Polizei sagte, es dürfe niemand in die Wohnung hinein.«

»Stimmt ja auch«, schnarrte Omma Brock und putzte sich geräuschvoll die Nase. »Die Wohnung ist dicht. Muss ja auch so sein. Ich bin die Zett-Spusi. Die zweite Spurensicherung. Nachdem die Jungens von der ersten durch sind, mache ich noch mal die Feinarbeit, kapiert?«

»Ich weiß nicht, ich weiß nicht …« Die alte Dame war klein und wirkte überaus zerbrechlich. Sie schickte ängstlich einen Blick ihrer porzellanblauen Augen zu der groben Frau hinauf, die sie um mindestens einen Kopf überragte. Ihr Leben war ganz schön in Unordnung geraten, seit ihre Untermieterin, Frau Schlothausen, tot aufgefunden worden war. Menschen kamen und gingen. Das alles war ihr viel zu aufregend.

»Geht schon klar. Der Kommissar weiß Bescheid.«

»Es war aber eine Kommissarin!«

Omma Brock zauderte keine Sekunde. »Kommissarin. Stimmt. Gut aufgepasst, gleich gemerkt. Also, die weiß Bescheid.« Sie stülpte sich ihre Wildlederhandschuhe über. »Spezialhandschuhe.«

»Sieht aus wie Wildleder«, maulte die alte Dame, immer noch nicht überzeugt.

»Sieht aus wie Wildleder, ist aber neomoltoprengetränktes Collagenhexoral.« Omma Brock war manchmal stolz auf ihre

Einfälle. Sie stieg die ersten Stufen der Holztreppe zu Mandy Schlothausens Wohnung im ersten Stock hinauf und blickte verächtlich zur Vermieterin hinunter. Mit dieser kleinen Krücke wurde sie doch im Handumdrehen fertig. Sie tippte auf ihre ausgebeulte Handtasche. »Spezialeinsatzbeutel.« Sie kramte in der Tasche herum und förderte ihren Nasenhaarschneider zutage. »Spezialwerkzeug.« Dann deutete sie auf ihre groben Schnürschuhe. »Spezialschuhe. Säurefest, Stahlkappen, Raumfahrtgetestet.«

Seufzend resignierte die alte Dame, kramte einen Schlüssel aus der Tasche ihrer blütenweißen Kittelschürze und schickte sich an, Omma Brock auf die Treppe zu folgen.

»Nee, nee«, raunzte diese und öffnete fordernd die Rechte. »Wir wollen doch keine neuen Spuren hinterlassen, was?«

Mit zitronensaurer Miene reichte ihr die Frau den Schlüssel.

Wenig später stand Omma Brock in Mandy Schlothausens Wohnung und hatte Mühe, den heruntergeklappten Unterkiefer wieder hinaufzubekommen. Für all diese Kleider hatte sie den groben Zuschnitt gemacht. Taft, Tüll, Satin, Tweed … alles 90 Komma 4, 60 Komma 8, 91 Komma 2. Kaum zu glauben. La Befana und diese Pastoraltrine waren tatsächlich ein und dieselbe Person. Wenn sie das demnächst beim Friseur erzählte!

Omma Brock griff sich ein blassgrünes Chiffonkleid aus dem Kleiderschrank und ging damit zu dem großen Spiegel im Wohnungsflur. Im Licht der funzeligen Deckenlampe hielt sie sich das Kostüm vor ihre barocken Rundungen. Rechts und links ragten die Wölbungen ihres Körpers hinter dem Stoff hervor. Und oben und unten auch. Nun ja, ein kleines Keilchen hie und da in die Naht … und hüben und drüben auch noch … und noch dort … und dort … Könnte man hinkriegen. Und blassgrün stand ihr auch gut. Sie hatte sich schon immer eher für den Pastelltyp gehalten.

Plötzlich wurden im Treppenhaus Stimmen laut. Omma Brock riss die wässrigen Augen weit auf und verabschiedete sich von ihrem Spiegelbild. Das Kleid hängte sie achtlos an den Garderobenhaken, und dann blickte sie sich panisch in der Wohnung um, um einen Unterschlupf zu finden.

»Polizei … Polizei … mais oui, isch bin die Polizei. Wir ermitteln international, Madame …« Ihr Ex-Chef! Omma Brocks Nüstern weiteten sich, als bahne sich giftiger Qualm seinen Weg nach draußen.

Die Stimme der Hausbesitzerin klang flehentlich. »Aber mein Herr, das geht doch nicht. Da ist doch schon …« Aber Ducruet schwadronierte weiter. »Schon alles gesucht durch und durch. Isch weiß, isch weiß! Ich bin noch ein Spurensischerung!«

»Die dritte?«, zeterte die Frau. »Ich habe noch nie was von einer dritten …«

Die Wohnungstür wurde aufgerissen, als Omma Brock die Balkontür hinter sich zuzog. Ducruet kam hereingestürzt, warf die Tür hinter sich ins Schloss und blieb schwer atmend inmitten des Wohnzimmers stehen.

Schneeflocken, groß wie Wattebäusche, umwirbelten Omma Brock, die sich auf dem winzigen Balkon an die Hauswand drückte, um nicht von dem Mann im Inneren der Wohnung gesehen zu werden. Sie setzten sich auf ihre Pelzmütze, klebten sich auf die Gläser ihrer Brille, überzogen ihre ganze grobschlächtige Gestalt mit einem weißen, fedrigen Film. Sie beugte sich ein wenig vor, um Ducruet beobachten zu können.

Wie ein Derwisch tanzte er in der Wohnung herum, griff zitternd nach den Kleidern, die an diversen Bügeln hingen, ließ die fahrigen Finger durch Rüschen streifen, umarmte schlotternd Schneiderpuppen mit weiteren Kleidern, und sie hörte, wie er schluchzte und jammerte. Schließlich sackte er zu Boden, kroch in die Mitte des blass gemusterten Teppichs und krümmte sich wie ein geprügelter Hund. Heftiges Schluchzen schüttelte seinen Körper.

»Nun mach schon, verzieh dich, du Backpfeifengesicht!«, brummte sie leise und gefährlich. »Mir wachsen Frostbeulen auf der Cellulite.«

Ducruet sprang auf und versetzte sich selbst ganz unvermittelt ein paar kräftige Ohrfeigen.

»Brauch ich das nicht mehr zu machen«, knurrte Omma Brock, der das Schmelzwasser vom Stoppelkinn in den Kragen tropfte und zwischen ihren gewaltigen Brüsten südwärts rann. Ihre silberdrahtigen Nackenhaare kräuselten sich in stummem Entsetzen, als der Franzose im nächsten Moment ohne Vorwarnung die Balkontür aufriss, in die schneedurchtanzte Schwärze des Winterabends hinaussprang und sich am Balkongeländer festklammerte.

Omma Brock drückte sich noch näher an die Wand, kollidierte mit einem dort aufgehängten Vogelhäuschen und bewahrte es durch beherztes Zugreifen davor, polternd herunterzufallen.

Ducruet hatte die Augen geschlossen, sammelte offensichtlich alle Kraft und vermittelte beinahe den Eindruck, als wolle er sich in die Tiefe stürzen. Aber dann öffnete er den Mund und sandte den ohrenbetäubend lauten, schrillen Schrei einer bis aufs Blut gequälten Kreatur hinaus in den Eifelwinter.

Fast wäre jetzt Omma Brock vor Schreck vom Balkon gefallen.

Ducruets Schrei ging in ein erbärmliches Schluchzen über. Plötzlich dudelte sein Telefon die Marseillaise.

»Allo, Chérie«, meldete sich Ducruet, der sich rasch wieder um Fassung bemühte.

Aha, Madame Ducruet. Nur sie nannte er Chérie. Und früher seinen Pudel Bijou, aber den hatte Omma Brock heimlich vergiftet, weil er sie jeden Morgen angekläfft hatte.

»Non, mit Mailand ist alles abgeklärt, Chérie. Sie wissen Bescheid ... Oui, Chérie ... Oui, Chérie ... Wir spreschen über die Frühlingsfarben, wenn du wieder bist da'eim, Chérie ... Oui ... Wo isch bin? Unterwegs in die Schnee. Isch gucke nach die Setting für die Shooting in die nächste Tage. Eine Berg mitten in die Vulkaneifel. Eine Burgruine. Très beau ... Das Kleid für die Christkind? Fast fertig ... Oui, bald kriegt es zwei klein Flügelschen.« Er schwieg einen Moment und hauchte dann: »Isch disch auch, meine Schatz.«

Omma Brock hätte ihm am liebsten das Vogelhäuschen auf den Schädel geschmettert!

Dann beendete Ducruet das Gespräch. Er wandte sich um, stürzte durch die Wohnung hindurch ins Treppenhaus, und wenige Augenblicke später sah sie seine kleine Gestalt unten aus dem Haus laufen. In der Ferne heulte wieder mal irgendwo eine Sirene. Wahrscheinlich wieder ein übermütiges Adventskerzchen.

Verwirrt stapfte Omma Brock zurück in Mandy Schlothausens Wohnung. Das Vogelhäuschen hielt sie noch immer in der Hand. Die kleine Holzstange zum Landen war abgeknickt, das Dach hatte sich gelöst. »Was für ein Quadratarschloch!«, sagte Omma Brock barsch zu ihrem Spiegelbild im Wohnungsflur. »Hättest du ihn nicht runterschubsen können, den blöden Froschfresser?« Sie wollte gerade das Vogelhäuschen weglegen, als sie im Spiegel durch das kleine, runde Loch auf der Vorderseite des Holzkästchens blickte und etwas Rotes im Inneren wahrnahm. Sie entfernte das Dach ganz und fand ein kleines Notizbuch, wasserdicht verpackt in einem Gefrierbeutel. Oho, Frau Schlothausen hatte also Geheimnisse!

Sie ließ die knorrigen Finger durch die Seiten fliegen und fand Notizen und Skizzen. Auch ein Foto fiel ihr entgegen. Der Typ hatte strohblondes, stoppelkurzes Haar und eine regelrechte Verbrechervisage. Wer sollte das sein? Die letzte Eintragung im Notizbuch lautete:

Dreamtea Teekontor, Abfahrt Feuerscheid, Rtg. Lasel, Alte Schmiede!

Die Notiz war kräftig rot umkringelt. Omma Brock blickte auf ihre Armbanduhr. Nun ja, vielleicht kriegte sie sogar noch einen Bus.

12. Kapitel

von Carsten Sebastian Henn

Er zerzauste sich die Haare. Jetzt sah er bestimmt wild aus! Die Welt sollte ruhig sehen, wozu ein junger Kaplan mit Glühwein im Blut fähig war. Haha! Und: Hohoho! Unkel trat das Gaspedal entschlossen durch – was den alten Wagen nur unwesentlich beschleunigte. Wie ein verschlafenes Murmeltier bewegte er sich durch den Wald, der nun mit Zuckerguss überzogen wurde – nur dass dieser die Fahrt zu einer Rutschpartie werden ließ.

Florian Unkel spürte, wie seine Hinterreifen ausbrachen, rief »Ho! Ho! Ho!« und brachte den alten Opel Astra wieder auf Spur. Den vor ihm fahrenden, roten Golf GTI behielt er immer im Blick. Der Fahrer hatte sich eine Zigarette angezündet und hielt sich ein Handy ans Ohr. Wie konnte man nur so unverantwortlich sein, dachte Unkel und merkte, wie seine Hand – als habe sie ein Eigenleben – nach dem nächsten Glas Glühwein griff. Das leider nirgendwo zu finden war.

Wer mochte in dem Wagen sitzen? Eine junge … Tänzerin? Vielleicht die Dame mit den roten Stiefeln? Oder vielleicht einer der in eng sitzende Anzüge gekleideten Männer, die weniger Haare auf dem Kopf hatten als die Plage seiner Gemeinde, Omma Brock, auf der Oberlippe? Er würde das Wort Gottes gegen ihre Fäuste stellen.

Und bei Schlägen auf den harten Buchrücken des Gotteslobs vertrauen.

Gerade als die beiden Wagen aus dem Waldstück kamen, wurden sie von einem Löschfahrzeug der Feuerwehr überholt, dessen Blaulicht und Sirene in Unkels glühweinumnebelten Kopf wie höllische Qualen schnitten. Das amtliche Fahrzeug hielt auf einen Bauernhof zu, in dessen Panoramafenster ein Weihnachtsbaum zu erkennen war, der offensichtlich beschlossen hatte, dass ein paar brennende Kerzen zu wenig waren, und der deshalb selbst Feuer gefangen hatte.

Der Fahrer des Golf GTI wurde etwas langsamer, genoss die Aussicht und fuhr wieder an, nachdem er die Zigarette aus dem Fenster geschnippt und sich sogleich eine neue angezündet hatte.

Unkels Handy klingelte, vielmehr ließ es das Geläut des »Decken Pitter« erklingen, der größten Glocke des Kölner Doms.

Unkel achtete leider nicht auf die Nummer im Display, als er dranging. »Ho! Ho! Ho!«, rief er hinein, wonach ihm automatisch ein kicherndes »Hihihi!« über die Lippen kam. »Wer wünscht den Weihnachtsmann zu sprechen? Audienz nur gegen Glühwein!« Er legte noch ein »Ho! Ho! Ho!« nach.

»Unkel? Sind Sie das? Sie klingen ja voller als der selige Pfarrer Menningheim an Maria Himmelfahrt!«

»So gehe hin und iss dein Brot mit Freuden, trink deinen Wein mit gutem Mut; denn dein Werk gefällt Gott. – Prediger 9,7!«

»Aber doch nicht so viel!«

»Sie haben doch selbst gesagt, ich soll …«

»Ach, was schert mich …! Gar nichts habe ich gesagt, hören Sie? Ich bin überhaupt nicht am Telefon!«

»Dann muss es der Glühwein sein.« Unkel legte auf. »Klang genau wie der Bischof, der Glühwein«, sagte er zu sich selbst. »Dolles Zeug.«

Es klingelte wieder.

»Bist du es wieder, Glühwein? Komm doch mal mit deiner Familie vorbei, ich hab nämlich Brand!«

»Jetzt reißen Sie sich zusammen, Mann! Ich wollte Ihnen nur mitteilen, dass Sie sich im Zusammenhang mit dem gewaltsamen Tod der jungen Mandy Schlothausen einmal mit dem Modeschöpfer Jean-Claude Ducruet beschäftigen sollten. Mir ist zugetragen worden, dass er in Verbindung zu ihr stand. Er könnte etwas wissen.«

»Aber nur, wenn ich nächsten Sonntag Glühwein zur Messe bekomme!«

Er erhielt keine Antwort, sondern nur ein Freizeichen.

Ein Wagen kam ihm entgegen. Er fiel Unkel auf, weil es auch ein Golf war. Fuhren die Menschen keine anderen Autos mehr? In diesem saß eine hübsche, junge Frau mit einem Blick, der noch kälter wirkte als die mittlerweile in keusches Weiß gewandete Eifel. Aber sie war so gut angezogen, dass Unkel direkt an eines der Modemagazine von Mandy Schlothausen denken musste. Die Eifel – Hochburg der Schönen.

Nur die Reichen wohnten woanders.

Und spendeten leider nie bei der Kollekte.

Der Wagen vor ihm hielt an einer schwarzweißen Fachwerk-Lagerhalle und stellte das Fahrtlicht ab. Unkel war immerhin noch so klar bei Verstand, dass er nicht ebenfalls direkt anhielt und so auf sich aufmerksam machte, sondern weiterfuhr und seinen Opel einige Meter entfernt in den Wald lenkte, dabei das Leben dreier junger Eichen und eines Mistkäfers beendend.

Er stieg aus. Und verkniff sich sogar ein »Ho! Ho! Ho!« Denn eigentlich hatte er eine Heidenangst.

Und das geziemte sich für einen katholischen Priester überhaupt nicht.

13. Kapitel

von Uwe Voehl

Draußen schneite es. Carola Coltella erinnerte sich, irgendwo gelesen zu haben, dass die Eskimos mehrere Dutzend Wörter für Schnee hätten. Die Eifeler hatten nur eins – egal, ob der Schnee fiel oder liegen blieb, sich als Matsch oder festgefrorene Oberfläche präsentierte. Die deutsche Sprache war da nicht sehr fantasievoll. Außerdem war für sie der Schnee etwas Weibliches, Sanftes. Im Italienischen bedachte man ihn daher mit einem femininen Artikel und sprach von »la neve«. Allein das Wort klang wie ein Streicheln.

Sie hatte noch immer keine Winterreifen. Eigentlich hatte sie vorgehabt, sie heute aufziehen zu lassen. Aber dann war ihr eingefallen, dass im Keller gar keine mehr lagerten. Bereits nach dem letzten Winter waren die Reifen völlig abgefahren gewesen, und sie hatte sie gleich entsorgen lassen. Das bedeutete, dass sie viel tiefer in die Tasche würde greifen müssen als vorgesehen. Ärgerlich! Dabei war das Weihnachtsgeld schon mindestens zur Hälfte ausgegeben. Der Rest war verplant. Geschenke für die zahlreiche Verwandtschaft in Italien. Schließlich würde sie nach Jahren endlich wieder das Weihnachtsfest bei ihren Eltern in Perinaldo verbringen.

Wenn sie bis dahin den aktuellen Fall gelöst hatte! Sie seufzte. Im Moment sah es nicht danach aus.

In diesem Augenblick betrat ihr Assistent Winfried zu Clairvaux das Büro. »Neuigkeiten, Chefin! Ich habe eine Werkstatt aufgegabelt, die noch ein Paar funkelnagelneuer Pirelli-Reifen in Reserve hat. Zum Sonderrabatt!«

Sie hatte Clairvaux damit beauftragt, sich mal für sie umzuhören. Er nannte einen wahnwitzigen Preis.

»Komplett auf Alu montiert, zugelassen bis 190 km/h, mit Snowcontrol und Ultragrip. Und die Montage ist im Preis auch schon drin!«

»Ich fahre nur einen winzigen Lupo«, erinnerte ihn die Kommissarin. »Da brauche ich keinen Reifen, der teurer ist als das gesamte Fahrzeug. Außerdem erreiche ich auch im Sommer bergabwärts keine 190 km/h«

»Dann müssen Sie sich eben selbst bemühen«, entgegnete Clairvaux. Seinem Mienenspiel war zu entnehmen, dass er eingeschnappt war. »In der ganzen Eifel bekommen Sie keine Winterreifen mehr!«

»Mal was anderes: Was macht eigentlich der Fall Schlothausen?«, erkundigte sich die Kommissarin. Vielleicht konnte sie wenigstens auf diesem Gebiet punkten.

»Da bin ich weitergekommen als bei der Reifensuche. Wir haben herausgefunden, dass die Pastoralreferentin sich nach Trier hat versetzen lassen, nachdem ihre Schwester Jessica vor einem Jahr gestorben ist.«

»Vielleicht wollte sie ihrer toten Schwester nahe sein. Wo ist sie denn bestattet?«

»In Trier. Mandy Schlothausen hat das Grab ihrer Schwester jeden Freitag besucht und mit frischen Rosen geschmückt. Anscheinend hat sie sehr gelitten.«

»Haben Sie herausgefunden, wo Mandy Schlothausen zuvor beschäftigt war?«

»In Flensburg. Ebenfalls als Pastoralreferentin.«

Coltella pfiff ganz undamenhaft durch die Zähne. »Seltsam, im Leben waren die beiden Schwestern längst nicht so verbunden wie im Tode. Immerhin hat es Mandy bis dahin nichts ausgemacht, derart weit entfernt von ihrer Schwester

Jessica zu wohnen. Erst als diese starb, suchte sie die Nähe der nunmehr Toten.«

»Vielleicht hat sich ihr schlechtes Gewissen gemeldet?«, mutmaßte Clairvaux.

Die Kommissarin schüttelte den Kopf. »Warum? Sie war die Jüngere und wohl kaum in der Pflicht, auf Jessica aufzupassen.« Sie musste daran denken, was ihr Schlingengruber erzählt hatte. Offenbar war Jessica Schlothausen im Drogenmilieu gelandet. »Vorausgesetzt, bei Jessicas Unfall wurde ein wenig nachgeholfen, vielleicht hatte Mandy ja einen Verdacht, wer es gewesen sein könnte.«

»Oder sie ist nach Trier gezogen, um es herauszufinden!«

Kommissarin Coltella sah ihren Assistenten überrascht an. »Sie haben tatsächlich mal einen Geistesblitz, Clairvaux! Ich werde diesen Tag rot im Kalender anstreichen! Aber nur, wenn sich Ihr Geistesblitz nicht als Strohfeuer erweist.«

»Mitnichten«, antwortete Clairvaux gekränkt und schob nach: »Wir haben noch etwas entdeckt: Mandy Schlothausen trug ausschließlich Kleider eines französischen Couturiers. Allein mit einem Pastoralreferentinnengehalt sind solche Klamotten unbezahlbar.«

Coltella zog die Augenbraue hoch. »Soweit alles gut und schön, aber wann folgt denn der nächste Geistesblitz?«

»Zufällig kenne ich das Label und den Macher«, brüstete sich Clairvaux. »Hab mir selbst mal einen Anzug bei ihm schneidern lassen wollen. Der Typ heißt Jean-Claude Ducruet und ist nicht ganz dicht. Er hatte Preise, dagegen sind die Pirellis die reinsten Schlussverkäufe.«

»Ihr Geistesblitz!«, erinnerte ihn Coltella.

»Nun, seine Kreationen kriegen Sie hier in keinem Laden zu kaufen. Sie müssen ihn schon in seinem Schlösschen beehren. Und das befindet sich ganz in der Nähe der Fichtenschonung, in der Mandy Schlothausen tot aufgefunden wurde!«

14. Kapitel

von Ralf Kramp

Da hält der Bus aber nicht«, hatte der Busfahrer gesagt.

»Da hält der Bus aber sehr wohl!«, hatte Omma Brock mit Nachdruck erwidert und dabei den Griff ihres Regenschirms mehrmals kraftvoll in ihre Linke geklatscht. Der Bus hatte dann auch tatsächlich exakt an der Stelle gehalten, die sie dem Busfahrer beschrieben hatte.

»Ski heil«, hatte der Busfahrer gesagt, als sie in den Flockenwirbel hinausgestiegen war, und so schnell es ging die Bustür wieder verschlossen.

»Du mich auch«, hatte Omma Brock gebrummt.

Als sie durch den knöcheltiefen Schnee stapfte, ließ sie sich noch einmal das Geschehen in der Wohnung von Mandy Schlothausen alias La Befana durch den Kopf gehen. Sie sah den öligen Franzosen vor ihrem geistigen Auge, wie er durch die Wohnung wirbelte. War das nun der Ausdruck seiner Trauer gewesen? Hatte er erst jetzt, genau wie sie selbst, erfahren, dass diese Pastoralhusche und die Porzellanmaskentante ein und dieselbe Person waren? Hatte der Schmerz um den Verlust und um die Erkenntnis, dass die Knie vom Frollein ihm nun für immer versagt bleiben würden, ihn die Wohnung aufsuchen und sich dort ausheulen lassen? Oder hatte er doch was mit ihrem Tod zu tun und suchte nach etwas Belastendem? Denn hinter irgendwas war die Schlothausen ja nun her gewesen, und irgendwen musste sie ja gefürchtet haben, denn sonst hätte sie ja nicht ihre Notizen im Vogelhäuschen versteckt, wo noch nicht mal die superschlaue Polizei sie gefunden hatte.

Wer war der hässliche Typ mit der Strohstoppelfrisur? Ducruets gedungener Killer? Schon möglich. Einen saftigen Mord von eigener Hand hätte sie dem Hänfling sowieso kaum zugetraut.

Omma Brock war sich mit jedem Schritt durch den knarrenden Neuschnee sicherer, dass sie sich Ducruet hätte zur Brust nehmen sollen. Vorhin in der Wohnung, das wäre eine famose Gelegenheit gewesen.

Was war mit seiner Frau? War sie wirklich in der Weltgeschichte unterwegs? Und da war schon wieder dieses Christkindkleid im Spiel gewesen. Eine wirklich seltsame Geschichte ...

Blechernes Geheul von der Straße schwoll an und rasch wieder ab. Schon wieder ein Feuerwehrauto! Seit die hier das Feuer entdeckt hatten, kokelte es überall in der Eifel.

Der Busfahrer hatte ihr beschrieben, wo dieses Teekontor zu finden sein sollte. Hatte diese Arschgeige sie etwa in die falsche Richtung geschickt? Dieser verschlagene Wicht! Andererseits hatte er ihr unterwegs einen Kaffee aus der Thermoskanne angeboten, wegen der Kälte. Sie beide waren allein im Bus gewesen. Omma Brock hatte das Gefühl gehabt, er habe ein bisschen Angst vor ihr bekommen. Sie hatte ihm die ganze Thermoskanne leergetrunken.

Jetzt taperte sie hier durch die Finsternis und musste mal dringend aufs Klo. Und von dem fiesen Kaffee hatte sie Sodbrennen. Na ja, irgendwann würde sie ja wieder mal den Bus nehmen ...

Es rieselten die letzten Flöckchen zur Erde, und die Wolkendecke riss ganz plötzlich auf. Und dann sah Omma Brock auch schon das Teekontor *Dreamtea*. Der Name stand in hässlich gelben Klebebuchstaben auf einem verbeulten Schild, auf dessen Untergrund noch undeutlich die alte Schrift *Land-*

maschinen zu lesen war. Sie musste wieder sauer aufstoßen und spuckte ein braunes Loch in die im Mondschein glitzernde Schneedecke. Dann stiefelte sie entschlossen auf das alte Backsteingebäude mit dem rostigen Schiebetor zu.

Auf der rechten Seite drang aus einigen alten, fast blinden Fabrikfenstern Licht in die Nacht. »Nachtschicht«, knurrte Omma Brock. »Genau wie ich.«

Bevor sie klopfte – und das würde sie garantiert tun, allein schon, um die Firmentoilette zu benutzen – konnte es nicht schaden, mal einen vorsichtigen Blick durch eins der Fenster ins Innere zu werfen.

Sie stapfte also rechterhand um die Hausecke, wobei sie immer wieder ins Straucheln geriet, weil der Schnee dichtes Gestrüpp und die ein oder andere Untiefe im Gelände mit einem makellosen, weißen Kleidchen bedeckt hatte.

Schließlich erreichte sie das erste Fenster und reckte sich, um hineinzuspähen.

Sie sah Paletten und Kisten. Sie sah Packtische und Kartonagen. Flackernde Neonröhren schütteten ihr weißes Licht über die Szenerie. In einem alten Fabrikofen loderte ein munteres Feuerchen. In einer Ecke des Raums war eine einzelne Gestalt mit einer offenbar mechanischen Arbeit auf einem der Tische beschäftigt. Omma Brock konnte es nicht genau erkennen, aber es hatte den Anschein, als sei der Mann dabei, Teedosen in Kartons zu verstauen.

So ging das nicht. Sie musste näher ran.

»Kacke, elende«, brummte sie, als sie sich an der groben Ziegelmauer entlangtastete. Ihre Füße spürte sie schon gar nicht mehr. Erfroren, garantiert. Wahrscheinlich würden beide amputiert werden müssen. Nun ja, wenigstens kein Zehennägelschneiden mehr. Ging sowieso nur noch mit der Kneifzange.

Jetzt hatte sie das Fenster erreicht, das dem Arbeitsplatz des Mannes am nächsten liegen musste. Hier aber fiel das Gelände leicht ab, sodass sie sich erst etwas suchen musste, auf das sie draufklettern konnte, bevor ihr ein weiterer Blick in die Halle hinein gewährt werden würde. Sie fand einen rostigen, alten Einkaufswagen, den sie quer legte. Im Gestänge der Karre knackte es bedenklich, als Omma Brock auf sie draufkletterte. Sie balancierte die richtige Position aus, wobei sie die schwere Handtasche durch die Luft wirbelte. Vom Mondschein beglänzt führte sie in der kalten Winternacht eine Art stummes Tanztheater auf. Pina Bausch meets Sumo.

Schließlich hatte sie einen stabilen Posten eingenommen.

Tatsächlich sah sie den Mann jetzt von Nahem. Sie hatte es geahnt, aber als ihre Ahnung nun bestätigt wurde, war sie dennoch überrascht. Er war kein anderer als die Hackfresse auf dem Foto, das sie in Mandy Schlothausens Vogelhäuschen gefunden hatte. Blonde Stoppelhaare, beispielhafte Verbrechervisage.

Und der handelte mit Tee? Tatsächlich verstaute er Teedosen in großen Pappkartons! Geradezu liebevoll machte er das.

Jetzt klebte er gerade einen Karton mit Paketband zu. Die Lippen gespitzt, fröhlich pfeifend wahrscheinlich. Ein ehrlicher Fabrikarbeiter. Überstunden. Womöglich, um sich ein paar Mäuse zusätzlich zu verdienen, damit er den Kindern ein paar Printen auf den Teller legen konnte.

Omma Brock war gerade im Begriff, sich Vorwürfe zu machen, weil sie vorschnell geurteilt hatte, als sich der Mann an eine neue Ladung Teedosen machte. Er klaubte die Blechdeckel von den Behältnissen. Und dann sah sie, dass er zusätzlich zu den zellophanierten Beuteln voller Tee noch etwas anderes in den blechernen Schmuckdosen verstaute. Jeweils ein kleines Tütchen kam mit hinein. Tütchen, in denen sie von ihrem Platz aus nur ungenau ein weißes Pulver ausmachen konnte. So ein Drecksack! Leise rieselt der Schnee …

Und dann sah Omma Brock noch etwas.

Quer durch die Halle konnte sie hinter einer der Fensterscheiben auf der gegenüberliegenden Seite des Gebäudes ein blasses Gesicht ausmachen, das in der Winternacht regelrecht leuchtete. Ein Gesicht mit weit aufgerissenen Augen. Konnte das …? War das etwa …? Kein Zweifel. Das war doch tatsächlich dieses Hemd von einem Kaplan!

Unter ihr gab der Einkaufswagen seinen Kampf gegen Omma Brocks Pfunde auf und sackte mit einem metallenen Seufzer langsam in sich zusammen.

15. Kapitel

von Carsten Sebastian Henn

Es war tatsächlich Omma Brock!

Mit einem Mal war Unkel nüchtern.

Die musste der Teufel geschickt haben.

Graue Haare sind eine Krone der Ehren, die auf dem Wege der Gerechtigkeit gefunden wird, hieß es im Alten Testament, Sprüche 16,31. Doch die Bibel kannte Omma Brock nicht. Ihre Vorfahren mussten Waldgnome und Trolle gewesen sein, anders war dieses Wesen nicht erklärbar. Omma Brock war bei einer seiner, wie er fand, besten Predigten zum Thema »Die Todsünden und andere Verfehlungen« aufgestanden, hatte laut vernehmlich »Nä, was ist das schnarchlangweilig!« gesagt und sich beim Hinausgehen im Taufbecken noch kurz die knubbeligen Hände gewaschen.

Eine davon drückte sie ihm jetzt auf den Mund, nachdem sie um die Lagerhalle zu ihm geschlichen war.

»Was hast du denn hier zu suchen? Und noch dazu in einem schlecht sitzenden Nikolauskostüm. Schlampiger Grobschnitt, sehe ich gleich.« Sie packte den roten Mantel am Saum und riss ihn auf. »Sag ich doch, Dreck. Schmeiß das Ding weg.«

Unkel trennte ihre Hand von seinem Mund und bemerkte danach einen unangenehm fauligen Geschmack auf den Lippen. Merkwürdigerweise musste er plötzlich an nasse Hunde denken. »Was machen Sie hier mitten in der Nacht, Frau Brock?«

»Nenn mich Omma, oder du bekommst ein Bützchen, Kleiner.«

»Omma.«

Sie erzählte von dem Hinweis auf das Teekontor. »Und Sie wollten Tee kaufen? Oder verdienen Sie sich in Ihrer Freizeit was dazu?« Sie legte den Kopf schief, und Unkel bekam Angst. »Was tragt ihr Weihnachtsmänner eigentlich drunter?« Sie lüpfte den Mantel. »Das können die Schotten aber besser!«

»Ich bin hier, weil der Mann dort drinnen aus einem Nachtclub stammt, in dem Frau Schlothausen gearbeitet hat.«

»Nee!«

»Doch!«

»*Nee!*«

»Oh, wohl!«

»Nee, nee, nee. Das kleine Flittchen. Da leck mich doch am Popöchen, Herr Kapellmeister!«

Unkel versuchte sich nicht vorzustellen, wie der arme Welterscheider Kapellmeister das tat. Der Mann hatte schließlich Frau und Kinder!

Omma Brock stöberte in den Untiefen ihrer voluminösen Handtasche, kramte ein Fläschchen hervor und nahm einen Schluck aus einem Flachmann. Als sie ihm das Behältnis auffordernd entgegenreckte, lehnte Unkel dankend ab und bekreuzigte sich. Wie gern hätte er jetzt einen frischen Weckmann zur Beruhigung gegessen. Der Kirschlutscher daran wirkte bei ihm immer Wunder.

»Und ich dachte, das Hühnchen hätte nur mit Mode zu tun gehabt. Nur die besten Stoffe bei sich zu Haus! Und als La Befana in der Modewelt herumzauseln. Die Menschen sind schlecht. Lass es dir von mir gesagt sein, Herr Kaplan!«

Omma Brock konnte einem fraglos nicht nur den Glauben an das Gute im Menschen, sondern auch an einen gütigen Gott nehmen. »Aber was hat das alles mit diesem Teehaus zu tun und den Zuckersäckchen, die der Herr aus dem *Amore totale* in die Dosen gibt?«

»Sag mal, Kaplan, haben sie dich mit dem Klammerbeutel gepudert?« Ihre kleine, rotglänzende Knubbelnase kam ganz nah an seine, und er wusste auf einmal, was mit dem Hauch des Todes gemeint war. »Das ist kein Zucker. Das kenn ich vom Derrick. Das sind Drogen, Koks, Heroin, so ein Zeug. Der steckt bestimmt mit dem Ducruet unter einer Decke. Dem Sausack mache ich die Hölle heiß!«

Keine Frage, dachte Unkel, das würde diese unmögliche Frau bewerkstelligen können. Sie hatte bestimmt Erfahrungen aus erster Hand, wie es im Reich des Teufels aussah.

Die Tür der Lagerhalle öffnete sich, und der Teedosenbefüller trat heraus. In der einen Hand eine Taschenlampe, in der anderen eine Pistole.

»'n Abend, die Herrschaften. Kommen Sie doch mal auf einen Sprung rein zu mir.«

16. Kapitel

von Ralf Kramp

Das Metalltor schloss sich hinter ihnen mit einem dumpfen Donnern. In der Halle verströmte der Bollerofen einen beinahe gemütlichen Duft von brennenden Holzscheiten, der sich mit dem Geruch von Kartonagen und einem kaum wahrnehmbaren Tee-Aroma vermischte. Trotz des Ofens war es kühl, und im Gebälk der Deckenkonstruktion hoch über ihren Köpfen spannten sich Spinnennetze wie kleine, seidene Baldachine.

Der Kaplan deutete mit spitzem Finger auf die Waffe in der Hand des Mannes mit der blonden Stoppelfrisur. »Muss das sein?«

»Muss nicht. Wenn Sie mir nichts tun, steck ich das Ding weg.«

»Sicher doch, sicher doch!« Der Kaplan schien durchaus bereit, nichts zu tun, was den Mann weiterhin zum Gebrauch dieses todbringenden Geräts veranlassen könnte. Er guckte aus den Augenwinkeln zu Omma Brock herüber. Bei ihr war er sich offenbar nicht ganz sicher. Zu Recht! Sie hatte vor ein paar Monaten erst dem Zeitungsboten mit dem Kehrblech die Nase blutig geschlagen, weil sie ihn für einen frühen Einbrecher gehalten hatte.

Omma Brock brummte: »Nun machen Sie sich mal nicht gleich in die Hose, Herr …«

»Nennen Sie mich Vincenzo. Das tun alle. Und Sie sind …?«

»Kaplan Unkel«, sagte Kaplan Unkel.

»Omma Brock«, sagte Omma Brock. »Also weg mit dem Schießeisen, Jungchen. Oder sehen wir aus wie die Panzerknacker?«

Der Stoppelmann lächelte amüsiert. »Nein, nicht gerade.« Er verstaute die Pistole in einem Holster unter seiner linken Achsel. »Aber was turnen Sie denn dann draußen vor den Fenstern rum?«

»Ich hab mich verfahren« und »Ich hab mich verlaufen«, sagten Kaplan Unkel und Omma Brock gleichzeitig. »Und Sie?«, setzte Omma Brock nach und knetete den Griff ihrer Handtasche. »Was machen Sie hier?«

Vincenzo zeigte seine schneeweißen Jacketkronen. »Ich schiebe eine kleine Nachtschicht ein. Ich packe Tee in Dosen.« Er deutete vage in Richtung der Packtische im hinteren Teil der Halle. »Die Jungs haben schon Feierabend. Bald ist Weihnachten. Ein paar besonders gute Kunden müssen noch auf die Schnelle beliefert werden. Da packt der Chef dann auch mal gerne selbst mit an.«

»Tee?«, fragte der Kaplan unschuldig und nestelte an seinem roten Wams herum. »Sie verpacken Tee?«

In Vincenzos Augen flackerte für den Bruchteil einer Sekunde etwas auf. »Klar, Tee, was sonst?«

Omma Brock reckte den Hals, um an Vincenzo vorbeizugucken. »Was denn für Tee? Ich trink ja gern Blasen- und Nierentee.«

»Assam und Darjeeling«, sagte Vincenzo. Klang das jetzt schon gefährlich?, fragte sich Omma Brock. Wanderte seine Rechte nicht schon wieder zu seiner linken Achsel?

Kaplan Unkels Zähne begannen wieder zu klappern.

Omma Brocks Stirn warf Falten wie ein Waschbrett. »Und die weißen Tütchen?«

Der Kaplan versuchte, Omma Brock unauffällig am Mantel zu zupfen. Mit einer Geschwindigkeit, die man ihr nicht zugetraut hätte, schnellte ihr Arm zur Seite, fuhr ihre klobige Hand herum und versetzte dem Kaplan einen schmerzhaften

Klaps auf den Handrücken. »Nicht fummeln, Bürschchen«, raunzte sie.

»Zucker«, sagte Vincenzo grinsend. Seine Hand bewegte sich jetzt tatsächlich nach links … er griff in seine Jacke … und förderte einen Zahnstocher zutage, den er sich zwischen die Zahnreihen klemmte. »So, ihr beiden Hübschen. Jetzt reden wir mal Tacheles. Ihr seid doch nicht wegen dem Tee hier an den Arsch der Welt gekommen, oder?«

Die beiden schwiegen. Der eine verschüchtert, die andere grimmig.

»Also, raus mit der Sprache!«, brüllte Vincenzo unvermittelt und griff schon wieder nach links. »Oder muss ich euch erst noch mal meine Wumme zeigen?«

Der Kaplan konnte nicht mehr. Mit einem gepeinigten Schluchzen fiel er auf die Knie. »Bittebitte, nicht die Pistole. Wir wollen Sie ja nur was fragen. Es geht um Mandy Schlothausen …«

Omma Brock blickte aus ihren wässrigen Augen fassungslos auf ihren Begleiter. Wirklich ein leuchtendes Beispiel für männliche Standhaftigkeit. So ein Versager. »Steh auf«, knurrte sie. »Du Pfeife!«

Schlotternd erhob sich der Kaplan wieder.

»Schlothausen?«, sinnierte Vincenzo versunken. »Mandy? … Schlothausen?«

»Haben Sie ’nen Sprung in der Platte?«, blaffte Omma Brock.

»Mandy Schlothausen kenne ich nicht.« Vincenzo guckte ernst.

»Sie hat bei Ihnen getanzt«, platzte es aus Unkel heraus. »Nackig!«

»Mandy Schlothausen?« Auf Vincenzos Gesicht machte sich ein unglaubliches Grinsen breit. »Pass mal auf, Herr Nikolaus. Ich schwöre, dass Mandy Schlothausen nie in ihrem Leben nackig bei uns gearbeitet hat. Die hat nicht mal im Taucheranzug oder im Lodenmantel bei uns getanzt, die Mandy Schlothausen. Ich schwöre beim Leben all meiner unmündigen Bambini, bei allen Heiligen, bei meinem Pappa und bei meiner Mamma, bei …«

»Geschenkt! Sie kennen sie also doch!«, quakte Omma Brock dazwischen.

Vincenzos Mund wurde zum dünnen Strich. Sein Schweigen sprach Bände.

»Also kannten Sie die, aber sie hat nicht bei Ihnen getanzt?«

»Nie im Leben! Das könnt ihr mir glauben oder nicht. Es ist die Wahrheit!«

Das klang echt. Das klang völlig ungelogen. Das klang völlig wahrhaftig. Omma Brock war verwirrt. Der Kaplan, so schien es, ebenfalls.

»So, und jetzt will ich meine Ruhe haben, ihr Spaßvögel«, sagte Vincenzo und wedelte mit den Armen, als wolle er Hühner verscheuchen. »Ich muss noch Teedosen verpacken. Fürs Christkind!«

»Abmarsch«, Omma Brock trat den Rückzug an und schleifte den Kaplan am Gürtel seines Nikolauskostüms hinter sich her.

Wieder fiel das Hallentor donnernd ins Schloss, aber dieses Mal umfing sie bittere Kälte. Schneeflöckchen umwirbelten sie.

»Ich versteh das nicht«, bibberte der Kaplan und blickte auf seine Knie. Sie waren beide schwarz vom Hinknien auf dem schmutzigen Hallenboden. Sie sahen aus wie zwei riesige Muttermale. »Nordrhein-Westfalen … auf dem Knie … Da ist dieses Foto von der Tänzerin …«

»Hast du etwa Messwein gepichelt?«

»Ich war mir so sicher.«

»Du bist eben nicht nur als Kaplan ein Versager. Wir machen jetzt Folgendes: Du fährst mich morgen früh zu diesem Puff, und da werde ich mal ein bisschen gucken, was sich so tut.«

»Und ich?« Der Kaplan schloss sein Auto auf, das er ganz unbedarft direkt neben der roten Zuhälterkarre von Vincenzo geparkt hatte.

»Du betest zwanzig Rosenkränze und vierzehn Ave Maria, und dann gehst du mit einer Wärmflasche in die Heia, kapiert? Und morgen will ich dich nicht mehr in diesem beknackten Kostüm sehen, Bengelchen.«

Als der kleine Wagen des Kaplans sich langsam und tuckernd von der Halle entfernte, blickte ihm Vincenzo Primavera durch eines der schmutzigen Fenster hinterher. Dieses seltsame Gespann schien keine blasse Ahnung von dem zu haben, was in Wirklichkeit ablief, aber sie könnten ihm womöglich doch noch gefährlich werden. Vielleicht konnte es nicht schaden, wenn er sie bei Gelegenheit aus dem Verkehr zog. Eine alte Schachtel und ein töffeliger Pfaffe. Wer vermisste die schon?

Aber zuvor musste er sich um etwas kümmern, das ihm wirklich Schwierigkeiten bereiten würde, wenn man es bei ihm fand. Etwas, das sich viel besser im Haus des bekloppten Modeschöpfers machen würde. Dann bekäme nämlich der die Schwierigkeiten – und nicht der brave Vincenzo.

17. Kapitel

von Uwe Voehl

Schon von Weitem sah sie die Gruppe buntgekleideter Gestalten. Irgendwie wirkten sie seltsam deplatziert für die Eifel. Erst recht für diesen unheimlichen Ort. Carola Cortella erinnerte sich, vor ein paar Jahren einmal einen Sonntagsausflug zum Nerother Kopf unternommen zu haben. Damals hatte eine Nebelwand den Vulkankegel umgeben. Trotzdem war sie weitergewandert bis hinauf zur Burgruine, in der es natürlich spuken sollte. Sie hatte nie verstehen können, wieso ausgerechnet in dieser Einöde jemand eine Burg errichtet hatte. Noch weniger, dass der Erbauer, König Johann von Böhmen, Graf von Luxemburg, diese auch noch Freudenkoppe genannt hatte. Allerdings nannte man den Grafen im Volksmund auch »den Blinden«, was vieles erklärte.

Im Gegensatz zu ihrem damaligen Ausflug präsentierte sich der Nerother Kopf heute bei strahlendem Sonnenschein.

»Dann knöpfen wir uns den Modeheini mal vor!«, sagte Coltella, und gemeinsam mit ihrem Assistenten Winfried zu Clairvaux erklomm sie mit sportlich weit ausholenden Schritten den Berg.

Den Modeschöpfer hatten sie schnell ausgemacht. Kaum hatte er sie erblickt, kam er ihnen bereits wichtig gestikulierend entgegen: »Nischt, nischt!«, rief er von Weitem. »Sie schtören ier. Verlassen Sie sofort die Berg!«

Die Kommissarin hielt ihm den Dienstausweis unter die Nase, und der Zwerg wurde augenblicklich noch kleiner. »Aber was wollen Sie? Isch abe die Genehmigung!«

»Chef, die Models frieren sich den Arsch ab! Können wir endlich weitermachen?«, fragte eine dürre Person, die plötzlich an seiner Seite stand. Und an die Kripobeamten gewandt: »Entschuldigen Sie, aber jede Minute kostet Geld. Außerdem weiß ich nicht, wie lange die Sonne noch scheint!« Er zeigte hinauf. Tatsächlich war eine weitere Schneewolke im Anmarsch.

Cortella ignorierte den Menschen und konzentrierte sich ganz auf Jean-Claude Ducruet, den »Chiffon-Magier«, wie er von seinen Bewunderern ehrfurchtsvoll genannt wurde »Wir sind hierher gekommen, um Sie zu fragen, ob Sie eine gewisse Mandy Schlothausen gekannt haben?«

»Mandy Schlot... wie? Non, keine Ahnung, wer soll das sein? Eine Schneiderin, eh?«

Cortella gab ihrem Assi einen Wink.

Winfried zu Clairvaux zog ein Foto aus der Tasche. Es zeigte Mandy Schlothausen in dem Zustand, in dem die Polizei sie in der Fichtenschonung aufgefunden hatte, nachdem sie von den Kegelbrüdern alarmiert worden war. Der Modezar wurde blass und würgte.

»Oh, Entschuldigung«, grinste Clairvaux, »Das war das falsche Foto. Er zog ein zweites hervor. Diesmal zeigte es Mandy zu ihren Lebzeiten.

»Isch 'abe keine Ahnung!«, presste Ducruet hervor. »Isch weiß nischt, wie Sie uberaupt konnen glauben, dass isch ...«

»Die Tote hatte, als sie noch lebte, einen guten Geschmack«, nahm Coltella den Vorwurf vorweg. »In ihrem Kleiderschrank befanden sich ausschließlich Kleider aus Ihrem Hause!«

»Aber isch bitte Sie! Isch kann es nischt erklären. Und jetz isch muss bitten um Pardon ...«

Die Schneewolke war inzwischen erstaunlich nahe an die Sonne herangerückt.

Coltella zückte ihre Visitenkarte und reichte sie Ducruet »Nur für den Fall, dass Ihnen noch etwas einfällt!«, sagte sie und zeigte ihr charmantestes Lächeln. »Kommen Sie, Clairvaux, hier haben wir nichts mehr verloren!«

Sie drehte sich um – rutschte auf dem Schnee aus und schlug der Länge nach hin. Dann schlidderte sie ein paar Meter den Berg hinunter. Als sie sich wieder fangen konnte, war Ducruet an ihrer Seite. Erstaunlich, wie behände der alte Gnom noch war!

»Mademoiselle!«, rief er besorgt. »Haben Sie sisch verletzt?«

»Nein, danke, es geht schon«, stammelte Coltella. »Nur meine Hose hat was abbekommen.« Sogar mehr als das. In Kniehöhe war die Hose gerissen.

Ducruet starrte wie hypnotisiert darauf. »Ihre Knie, Mademoiselle, Ihre Knie ...«

»Beruhigen Sie sich! Es ist ja nichts passiert!« Der Modezar wurde ihr immer unheimlicher.

»Sie 'aben so wunderschöne Knie! Perfekt gerundet! Hat Ihnen das schon mal eine Mann gesagt, eh?«

Coltella schüttelte verwirrt den Kopf.

»Sie mussen misch besuchen! Kommen Sie zu meine Modenschau in ein paar Tage und isch werde Ihnen all mein Reisch zeigen!«

Coltella verdeckte ihre Blöße. Diese Bewunderung war ihr peinlich. Der Modeheini schien tatsächlich nicht alle Tassen im Schrank zu haben. Nun, sie würde es herausfinden! Die Einladung dazu hatte er selbst ausgesprochen. »Aber sicher komme ich«, versprach sie. »Ich bin überzeugt, dass es ein interessanter Abend werden wird!«

18. Kapitel

von Carsten Sebastian Henn

Ja, es war spät, und Kaplan Florian Unkel hasste es, irgendwo unangemeldet zu erscheinen. Er sollte sich jetzt, so kurz vor Weihnachten, auch endlich Gedanken um die letzten Geschenke für seine Eltern machen. Ob er seiner Mutter vielleicht wieder ein Flakon Tosca schenken konnte? Damit lag man doch nie falsch. Und für seinen Vater ein Paar »Edle Tropfen in Nuss« und neue Feinripp-Unterhosen mit Eingriff. Da konnte man doch nie genug von haben.

Er klingelte in der Bad Münstereifeler Wohnung, die Mandy Schlothausens bester Freundin gehörte. Der Bischof hatte ihm von dieser berichtet, und Unkel wollte sein Gehör schenken und vielleicht etwas über diesen merkwürdigen Mord erfahren, der in seiner Gemeinde mittlerweile das Topthema war. Ihn fröstelte nicht lange in der schneebedeckten Seitenstraße, nur wenige Flocken hatten Zeit, es sich auf seinem Kopf bequem zu machen, bevor die Tür geöffnet wurde.

Die ersten Worte der jungen Dame verstand er allerdings nicht. Denn hinter ihm donnerte ein Feuerwehrwagen mit eingeschalteter Sirene vorbei. Er konnte trotzdem wahrnehmen, dass die Feuerwehrleute lauthals »O Tannenbaum!« sangen.

»Ich habe schon gespendet, Schätzchen«, sagte die Dame unbestimmten Alters und wollte die Tür gerade wieder schließen, als Unkel erwiderte, dass er Kaplan und wegen Mandy da sei.

Kurze Zeit später war er drinnen, hatte einen heißen Tee in Händen, und Jacqueline Heim saß vor ihm, ein Glas Champagner in der Hand. »Und du willst wirklich keinen? Na ja, du bist natürlich im Dienst. Das seid ihr von der Kirche ja wohl immer. Ich hoffe, es stört dich nicht, wenn ich weiterarbeite? Möchtest du denn vielleicht noch etwas Gebäck? Ich habe einen köstlichen Mohnstollen gebacken.«

Unkel nickte, und meinte damit alle drei Fragen, die eigentlich eine Antwort erwarteten. Schnell erhielt er ein Stück Stollen – mit reichlich Rosinen, Sultaninen und Korinthen – und sah Jacqueline Heim mampfend beim Arbeiten zu. Sie entwarf Bademoden, weswegen ihre Wohnung auch mit aquatischen Motiven verziert war und der gläserne Wohnzimmertisch auf den Schwanzflossen zweier spielender Delfine ruhte.

Der Stollen war schrecklich, die schlanke Modedesignerin hatte an Butter gespart, sodass das Ergebnis nun schmeckte, als knabbere man an einer Mumie. Er kaute sehr, sehr lange und hörte Jacqueline Heim zu, die fantastisch reden und schneidern konnte.

Beides ohne Unterlass.

»Dieser Jean-Claude Ducruet war hinter ihr her wie der Teufel hinter der armen Seele. Meine Güte, der hat ihr Blumen geschickt, Pralinen und Parfüms und so, die ganz alte Schule. Das ging der Mandy voll auf den Senkel. Er wollte sich angeblich sogar scheiden lassen! Dabei gehört ihr wohl ein Großteil der Firma, aber er war ganz vernarrt in Mandys Knie. Das kann man sich nicht vorstellen, wie er die immer streicheln wollte, richtig pervers. Und wenn er nicht durfte, ging er gleich durch die Decke. Der ist ja so hitzköpfig. Na ja, ist halt ein Franzose. – Was meinst du, Schätzchen, ob das aussieht? Ist aus meiner Herrenkollektion. Ich nenne es den ›Tasmanischen Tiger‹. Zieh dich doch gerade mal aus und schlüpf rein. Ich brauch wirklich Hilfe.« Sie hielt ihm etwas hin und lächelte ganz bezaubernd.

Unkel war ein hilfsbereiter Mensch, und er konnte kaum eine Bitte abschlagen. Mit dieser war es nicht anders. Was gewiss auch daran lag, dass er dann nicht mehr so tun musste, als würde er diesen scheußlichen Stollen essen.

Da wurden ihrer beider Augen aufgetan, und sie wurden gewahr, dass sie nackt waren, und sie flochten Feigenblätter zusammen und machten sich Schürze, dachte Unkel, der diesen Teil aus dem Buch Mose 3,7 sehr genau kannte. Es ging um Sündenfall und Fluch. Mit Letzterem musste Jacqueline Heims Mohnstollen gemeint sein. Also stieg er in den Tasmanischen Tiger, akzeptierte das zwickende Gefühl im Schritt, nachdem es auch durch mehrmaliges Ziehen am Stoff nicht wegging, und trat wieder zur Schöpferin dieses Meisterwerkes der aquatischen Schneiderei.

»Du solltest mal unter die Sonnenbank gehen, weißt du das? Du siehst aus wie ein Ziegenfrischkäse, Schätzchen. Dreh dich mal um, und zieh das Modell aus der Poritze raus.«

Es folgten weitere Modelle, und irgendwann hatte er die ganze Tierwelt durch und irre Lust, mal wieder Schwimmen zu gehen.

Erst als er sich an der Tür verabschiedete, sagte sie ihm etwas, das ihm völlig neu war. »Es gab da übrigens noch einen anderen Verehrer. Aber über den wollte Mandy nicht reden. Ein ganz besonderer Mann, wie sie sagte. Der wirklich wisse, was Liebe sei. Sonst hat sie nie Geheimnisse vor mir gehabt. Nur dieses eine Mal.«

Jetzt stellte sich nur die Frage, dachte Unkel, als er in der Kälte zu seinem alten Wagen stapfte und immer noch versuchte, den Geschmack des Stollens aus dem Mund zu bekommen, wie dieser mysteriöse Liebhaber zu finden sein würde.

19. Kapitel

von Ralf Kramp

Kaplan Unkel hatte sich zunächst geweigert, aber Omma Brock hatte ihm gedroht, sie werde sich in Zukunft auf »kreative Art und Weise« in seine Messfeiern einbringen, wenn er ihr nicht zu Willen war. Der gute Mann war ganz blass geworden, und Omma Brock konnte sich denken, warum. Sie schnarchte während der Predigt, dass die Monstranz wackelte, sie rülpste nach der Kommunion, sie klaute Kerzen und machte sich Notizen ins Gebetbuch. Er sollte schon sehen, was passierte, wenn sie »kreativ« würde! Und so hatte er schließlich eingewilligt.

Kaplan Unkel hatte Omma Brock zu Hause abgeholt, war erneut die Fahrt zum *Amore totale* angetreten und hatte sie ein paar hundert Meter vor dem Etablissement abgesetzt.

Dann war er wie der geölte Blitz davongebraust.

Und Omma Brock hatte sich auf die Suche nach einem hübschen Plätzchen gemacht.

Sie war zuerst eine Weile lang unentschlossen durch die Winterlandschaft gestapft und hatte sich bemüht, nicht allzu nahe an das Gebäude heranzukommen. Aus der Ferne musste sie aussehen wie ein völlig aus der Form geratener, lodengrüner Schneemann.

Gleich hinter dem *Amore totale* gab es eine kleine Anhöhe. Dort stand eine alte Feldscheune, die nicht mehr von Kühen oder sonstigem Getier benutzt wurde, sondern nur noch von ihrem Besitzer, einem Bauern aus dem Nachbarort, der von hier aus in lauen Sommernächten mit dem wachen Interesse eines Junggesellen im fortgeschrittenen Alter einen prächtigen Ausblick auf die Lasterhölle und das dazugehörige Freigelände genoss.

An einem mutwillig in die hölzerne Außenwand gebrochenen, toastscheibengroßen Loch stand ein alter vergammelter Klappstuhl, auf dem sich Omma Brock niederließ, um das Treiben um das *Amore totale* herum zu beobachten. Sie hatte selbst aufgesetzten Schlehenlikör dabei und eine Rosinenschnecke. Zwei Tage alt. Vom Vortag kosteten sie die Hälfte, von vorgestern gar nichts mehr. Das war der Deal mit dem Bäcker im Dorf, der sie ebenso fürchtete wie jeder andere.

Am Vormittag tat sich in einem Etablissement wie dem *Amore totale* nicht viel. Die Weihnachtsbeleuchtung mit den bestrapsten Rentieren war ausgeschaltet, hinter den Fenstern leuchtete kein Lichtlein, keine Autos standen auf dem Parkplatz. Ein alter Hausmeister schob am frühen Mittag ein paar Mal missmutig die Schneeschaufel kreuz und quer über den Platz vor dem Eingang, und gegen eins lieferte ein Pizzawagen etwas Essbares für das Personal der Lustgrotte.

Der Stapel Pizzakartons war klein. Der Lieferant hüpfte auf dem schlammigen Parkplatz ungeschickt zwischen den Pfützen her. Omma Brock beobachtete ihn amüsiert durch das Landserfernglas ihres Vaters.

Am Nachmittag kamen die Frauen. Sie waren dick vermummt. Ihre weiblichen Rundungen waren unter Kunstpelz und Schurwolle verborgen. Omma Brock hatte unterdessen ihre Rosinenschnecke verputzt und mit ordentlich viel Likör hinuntergespült. Der Anblick der Pizzakartons hatte sie hungrig gemacht.

Am Nachmittag begann es wieder zu schneien, und Omma Brock fahndete nach etwas weiterem Essbaren in den unglaublichen Untiefen ihrer Handtasche. Meistens fanden sich irgendwo noch ein oller Schokoriegel oder ein paar Bonbons, die sie ihren Enkeln abgenommen hatte. Aber jetzt fiel ihr nur ein hartgekochtes Ei in die Finger. Gerade als sie darüber nachgrübelte, bei welcher Gelegenheit sie das dort verstaut hatte und wie lange das wohl her sein mochte, sah sie im Tal den roten Golf GTI anrollen und war sofort in erhöhter Alarmbereitschaft.

Vincenzo! Der Lude kehrte endlich zurück!

Sie warf die Wolldecke von sich, kippte den Gartenstuhl um und war mit einem Mal wieder voll da. Als sie energisch die Faust ballte, zerbarst das Ei. »War wohl doch schon länger her«, sagte sie tonlos und verließ die Hütte. So schnell sie das im knöcheltiefen Schnee zustande brachte, eilte sie die Böschung hinunter.

Der Golf stand vor dem Etablissement inmitten der Pfützen auf dem Schotterparkplatz und hupte laut und vernehmlich ein paar Mal.

Omma Brock strauchelte voran und nahm etwa zwölf Meter im Rutschen, und dann hatte sie den blickdichten Zaun erreicht, der das Freigelände des Landpuffs umringte. Als sie sich wieder aufgerappelt hatte und um die Ecke bog, sah sie den Hausmeister, der gemächlich auf das rote Fahrzeug zuschlurfte. Vincenzo war nicht der Geduldigste, denn er hatte die Scheibe heruntergelassen und brüllte: »Komm an Land, du lebende Leiche! Ich hab keine Lust, mit meinen neuen Cowboystiefeln durch den Schlamm hier zu waten. Du musst mir was von drinnen holen!«

Als der Hausmeister ihn erreicht hatte, beugte er sich zu ihm hinunter, und die beiden redeten leiser, so dass Omma Brock nichts mehr verstehen konnte.

Sie pirschte sich näher heran. Hinter einem am Zaun abgestellten Mofa ging sie in die Hocke und fummelte wieder das Fernglas hervor.

Im ersten Stock öffnete sich ein Fenster. »Die hier?«, rief der alte Hausmeister heiser und hielt ein kleines viereckiges Ding in die Höhe.

»Ist das die aus dem Safe?«, krakeelte Vincenzo zurück.

»Ja, ist sie. Die Chantal hat ihn aufgemacht, wie Sie's gesagt haben! Ich komm runter!«

Jetzt erschien Chantal in der Fensteröffnung. »Von wem ist die, Vincenzo?« Sie war vollbusig, dunkelhäutig, hatte ihr volles, schwarzes Haar hochgesteckt und litt offensichtlich an einer Textilallergie. »Ist die von 'ner anderen Frau, hä?«

»Erklär ich dir später, Mäuschen! Ich muss noch mal weg!«

Der Hausmeister kam nun erneut aus dem Haupteingang heraus auf das Auto zugewackelt.

»Du bleibst hier, hörst du! Wer ist die Kuh? Wo willst du hin?« Chantals Stimme steigerte sich zum Diskant.

Omma Brock richtete das Fernglas auf den Gegenstand, der jetzt von der Hand des Hausmeisters in die des Luden wanderte. Fliederfarben. Eine Art Portemonnaie, eine Brieftasche.

Vorhin, während des Wartens, hatte sie noch einmal den Zeitungsartikel studiert, in dem es um den Leichenfund an der Weihnachtsbaumschonung ging. Da hieß es, dass der Toten offensichtlich außer der Brieftasche nichts gefehlt hatte.

»Du miese kleine Arschgeige«, knurrte Omma Brock vor sich hin. »Dir werd ich's zeigen!«

Und gerade als Vincenzo den Golf gewendet hatte und durchstarten wollte, und gerade als einer der Stöckelschuhe von Chantal eine elliptische Flugbahn durch die Winterluft beschrieb und mit einem blechernen Geräusch eine eurogroße und zweieurotiefe Delle in das Golf-Dach schlug, hatte Omma Brock es geschafft, eine Haarnadel aus ihrem Dutt zu fummeln und das Schloss des Mofas zu knacken.

Den würde sie nicht ziehen lassen. Den nicht!

Omma Brock staunte nicht schlecht. Das kleine Blechspielzeug unter ihrem enormen Hintern war ordentlich frisiert und fuhr satte siebzig. Zwar hatte sie die leuchtend rote Zuhälterschaukel bereits aus den Augen verloren, aber sie ahnte natürlich schon längst, wohin die Reise gehen würde.

20. Kapitel

von Uwe Voehl

Der Schuss fiel in dem Moment, in dem sie die Wagentür schloss. Instinktiv zuckte ihre Linke in Richtung Dienstwaffe, die sich unter ihrer daunengefütterten Jacke im Schulterhalfter befand. Im letzten Moment beherrschte sie sich. So paradox es klang: Offiziell war sie privat hier.

Kommissarin Carola Coltella sah sich misstrauisch um. Kein weiterer Schuss folgte, und Gott sei Dank hatte niemand ihre verdächtige Handbewegung bemerkt. Der Schuss war nicht aus einer Handfeuerwaffe abgegeben worden, sondern stammte, wie sie jetzt bemerkte, von einer der Feuerwerksraketen, die ums ganze Schloss verteilt waren und zu späterer Stunde zur festlichen Stimmung beitragen sollten. Offenbar war eine zu früh losgegangen.

Außer dem Feuerwerk entdeckte die Kommissarin auch noch einige Schneekanonen. Es war zwar eisig, aber geschneit hatte es den ganzen Tag über wenig. Ducruet schien noch nicht einmal dem Wetter zu trauen. Also hatte er Vorsorge getroffen, dass seine Gala mit dem Titel »Wintertraum« nicht ins Wasser fiel.

Eine weitere Rakete explodierte. Einige Gäste applaudierten und johlten. Während sich Coltella dem Schloss näherte, musste sie wieder an den Anruf denken, den sie erst vor einigen Stunden erhalten hatte.

Eine junge Frauenstimme hatte gefragt: »Sie sind doch die Kommissarin, die vor ein paar Tagen auf der Freudenkoppe war?«

»Ja und?«, hatte sich Coltella vorsichtig erkundigt.

»Ich wette, er hat Ihnen kein Wort über La Befana erzählt! Die ist seit ein paar Wochen nicht mehr aufgetaucht!«

Hatte da nur Besorgnis durchgeklungen oder auch ein wenig Schadenfreude? Coltella war sich nicht sicher gewesen.

»Wollen Sie mir nicht Ihren Namen verraten?«

»Oh, nein, Ich hänge an meinem Job! Also, wollen Sie jetzt die Sache mit La Befana hören, oder nicht?«

»Ein merkwürdiger Name, La Befana ... Die Weihnachtshexe ...«

»Ihr Künstlername. Es gibt nur ganz wenige Models, die keinen haben. Aber La Befana klingt schon schrill. Sie hat auch ständig so merkwürdige venezianische Masken getragen, damit niemand ihr Gesicht erkannte.« Die Frau am anderen Ende der Leitung hatte gekichert. »Das Gesicht war dem Maître ja auch scheißegal, solange sie ihre Knie nicht versteckte.«

»Ihre Knie?«

Wieder dieses hässliche Lachen. »Da kann sich unsereiner verrenken, wie er will, Ducruet steht nun mal auf schöne Knie!«

»Können Sie mir diese La Befana etwas näher beschreiben?«

»Schauen Sie doch mal in seinen Katalog von der letzten Saison!«

Ein Klacken in der Leitung hatte ihr signalisiert, dass die Anruferin die Verbindung unterbrochen hatte. In diesem Moment war Carola Coltellas Assistent Winfried zu Clairvaux hereingestürmt gekommen. »Das hier hat jemand für Sie abgegeben, Chefin!«

Es war ein Katalog der letzten Saison. Zwar war, wie die Anruferin es prophezeit hatte, das Gesicht nicht zu erkennen, aber der Körper von La Befana sehr wohl. Jetzt wusste sie, wie die Dame ausgesehen hatte.

La Befana war Mandy Schlothausen!

Eine weitere fehlgezündete Rakete katapultierte ihre Gedanken zurück in die Gegenwart. Wenn das so weiterging, würde das eigentliche Feuerwerk wohl flachfallen, dachte sie ohne Bedauern. Bis dahin wollte sie längst wieder zu Hause sein. Sie hatte das Schlosstor erreicht und nannte einem livrierten Diener ihren Namen.

»Oh ja, der Meister erwartet Sie«, sagte dieser beflissen, nachdem er ihren Namen auf einer Liste entdeckt und abgehakt hatte.

»Das kann ich mir denken«, antwortete Coltella süffisant. »Wir haben einiges zu bereden!«

Im geschmückten Burghof, der einer verzauberten Winterlandschaft glich, hatte sich alles versammelt, was in der Eifel und im benachbarten Belgien Rang und Namen hatte. Einige der Gesichter erkannte die Kommissarin aus dem Fernsehen oder aus der GALA, andere von irgendwelchen Steckbriefen oder Verbrecherkarteien. Sie nickte anerkennend. Ducruet schien wirklich überall ausgezeichnete Verbindungen zu haben.

Einige der Modenschau-Besucher standen in kleinen Grüppchen herum und amüsierten sich prächtig, dabei schien niemand irgendwelche Berührungsängste zu haben. Carola erkannte einen bekannten ZDF-Moderator und seine in ein fantasievolles Schneeköniginnenkleid gewandete neue Flamme im Geplauder mit einem erst vor kurzem aus dem Knast entlassenen Trierer Baulöwen.

Alle hatten sie für die neue Modenschau eine vierstellige Summe an Eintritt bezahlt – offiziell für einen karitativen Zweck! Coltella hatte sich kundig gemacht. Die weihnachtliche

Modenschau war bereits Tradition. Mal wurde für ein Kinderheim, mal für eine Altenresidenz gespendet. Diesmal sollte für den Kauf zweier neuer Glocken für den renovierten Kirchturm in der kleinen Eifelgemeinde Welterscheidt gesammelt werden.

Und dieser Zweck heiligte nun die Mittel, um den Champagner nicht nur in Strömen, sondern in wahren Sturzbächen fließen zu lassen. Man brauchte ja schließlich etwas Flüssiges, um die Tonnen Beluga-Kaviar herunterzuspülen.

Coltella schaute sich um. Vielleicht sollte sie sich auch einer Gruppe anschließen. Oder wenigstens so tun. Sie war die Einzige, die allein herumstand. Sie erspähte Ducruet, der wie ein nervöser Dirigent mit seinen Händen in der Luft herumfuchtelte und ein paar Models scheuchte. Diese sahen in ihren weißen Gewändern einfach bezaubernd aus. Wie Wesen aus einer anderen Welt. Coltella merkte, wie sie sich auf die Schau zu freuen begann. Es lag ein erwartungsvolles Knistern in der Luft. Sie fing an, etwas von der Magie Ducruets zu ahnen. Mochte er im Alltag auch eher lächerlich wirken, hier war er in seinem Element.

Nein, Ducruet würde sie später zur Rede stellen. Sollte der erst mal seinen Zauber abziehen.

In diesem Moment sah sie ein bekanntes Gesicht. Endlich mal keines aus dem TV oder aus irgendeiner Kartei, sondern eines, das sie persönlich kannte. Das war doch dieser Kaplan, der sie vor einem Jahr zu Hause aufgesucht hatte, um sie dazu zu überreden, nicht aus der Kirche auszutreten!

»Aber ich will gar nicht austreten!«, hatte sie beteuert. Ihre Eltern hätten sie sofort aus der Familie ausgeschlossen, wenn sie nur den Gedanken geäußert hätte … Das Ganze hatte sich dann als Irrtum herausgestellt. Unkel, so hatte sich der Mensch vorgestellt, hatte eigentlich zu ihrer Nachbarin gewollt und sich nur in der Klingel vertan.

So einen Menschen vergaß sie nicht.

Sie sah, wie eine Person an Unkel herantrat. Der sah nicht so aus, als würde er sich für Mode interessieren, dachte die Kommissarin. Der Mann trug blonde Stoppelhaare und besaß eine typische Verbrechervisage. Allerdings machte ihn das inmitten all der anderen Promis nicht unbedingt verdächtig. Vielleicht ein Bodyguard oder so was.

Coltella beobachtete, wie der Mann mit unbeweglicher Miene auf den Kaplan einredete und wie dieser anschließend nickte. Unkel ging voran, der Blonde dicht hinter ihm. Und schließlich sammelten sie noch eine weitere Gestalt ein, die sich bereits am noch längst nicht eröffneten Büfett zu schaffen gemacht hatte: Eine unförmige, alte Frau mit grauem Dutt und Handtasche, in die sie gerade zwei Hähnchenschenkel und eine Handvoll Frikadellen hineinkullern ließ.

Der Mann mit der Stoppelfrisur überredete offenbar beide aufs Freundlichste, ihm ins Haus zu folgen. Zwei edle Spender möglicherweise. Da würden wohl bald die Glocken läuten …

21. Kapitel

von Carsten Sebastian Henn

Immerhin war er nicht allein. Mit Omma Brock an seiner Seite fühlte sich Kaplan Unkel um einiges sicherer. Die Frau sah einfach aus, als könnte nichts sie unter die Erde bringen.

»Geradeaus«, befahl Vincenzo Primavera, der mit bürgerlichem Namen Jupp Päffgen hieß, was Unkel zwischenzeitlich in Erfahrung gebracht hatte. »Und schneller, ich kann diese affige Feier nicht mehr ertragen.«

Unkel hätte jetzt so gern sein Lieblingsgebäck gegessen. Nonnenfürzchen. Die beruhigten immer so schön seine Nerven. Aber weit und breit war kein Teller mit Gebäck zu sehen! Es gab nur als Schneehasen verkleidete Kellnerinnen – wobei sich der Stoffeinsatz in Grenzen hielt –, die Kleinigkeiten servierten, bei denen Unkel noch nicht einmal erkennen konnte, ob es sich um Fisch, Fleisch oder vielleicht doch um Broschen zum Anstecken handelte.

Deshalb stapfte er nun mit völlig blankliegenden Nerven durch den Schnee und brachte kein Wort heraus. Der Bischof hätte den Mann sicher umstimmen können, er fand immer das richtige Wort. Doch er war bloß ein einfacher Kaplan. Mein Gott, er hatte es nicht einmal geschafft, die Messdiener davon abzubringen, ihm den Nikolausbart anzuzünden!

»Was für ein unerwartetes Glück, euch beide hier zu treffen«, flüsterte Vincenzo Primavera nun, wobei er sein Lächeln nicht ablegte. »Eigentlich wollte ich dem Franzmann ja nur die Brieftasche von diesem toten Flittchen unterschieben, damit der Schlossherr in den Knast wandert und der Spuk ein Ende hat. Aber dann treffe ich doch tatsächlich auf die beiden Nasen, die mich in meinem Teekontor besucht haben. Was für ein glücklicher Zufall, dass Sie zum Spendensammeln hier sind, Herr Kaplan. Und dass die junge Dame neben Ihnen Sie wegen mir warnen wollte. Hat halt doch ein Herz aus Gold, die alte Schachtel.«

Omma Brock würgte. Vincenzo Primavera lachte vergnügt auf und wandte sich an Unkel, drückte die Pistole noch ein wenig fester an dessen Rücken. »Finden Sie es nicht auch klasse, wenn man so kurz vor Weihnachten reinen Tisch machen kann? Also ich find's herrlich.«

Der Eifel-Lude schien keine Ahnung zu haben, wohin er wollte, denn bei jeder Tür hielt er kurz inne. Als er schließlich doch gefunden hatte, wonach er suchte, befahl er Unkel und Omma Brock sofort, sich an die Wand zu stellen. Und dann bewunderte er die Aussicht.

»Wow, versteht der kleine französische Gartenzwerg also doch was von Kunst!« Vincenzo Primavera schaute auf einen riesengroßen Fotoabzug. Ein Blow-up, sicher zwei Meter mal zwei Meter, das diesen Raum füllte, in dem auf einer Schneiderpuppe das Kleid des Christkinds prangte. Es war atemberaubend. Es schien aus Licht und Sternenstaub gewoben zu sein.

Vincenzo Primavera würdigte es keines Blickes.

Er sah nur auf das Foto, das eine nackte Frau zeigte – Unkel konnte gar nicht hinschauen, aber aus irgendeinem Grund auch nicht wegschauen. Die Frau hatte eine venezianische Maske an, auch ansonsten war noch einiges bemerkenswert, vor allem jedoch ein Muttermal. Am rechten Knie.

Im Angesicht des Todes fiel Unkel etwas auf, dass er glühweinumnebelt vor dem *Amore totale* nicht begriffen hatte. Dies war Mandy Schlothausen, und ihr Leberfleck war auf dem rechten Knie. Auf dem Foto des Erotik-Etablissements hatte die junge Dame, deren Körper seiner Mitarbeiterin so glich, ihres jedoch auf dem linken Knie.

Wer war die Tänzerin im *Amore totale* nur gewesen?

»Die hätte bei mir anfangen dürfen. Aber jetzt beenden wir dieses Theater hier. Und diese Brieftasche und auch diese kleine Pistole werde ich gleich dem guten Schneiderlein unterschieben. Dann wird er sogar für drei Morde eingesperrt. Meine Güte, das wird den Zwerg auf die Titelbilder sämtlicher Mode-Gazetten bringen.«

»Dafür wirst du Drecksack in der Hölle schmoren«, sagte Omma Brock. »Der liebe Gott mag es überhaupt nicht, wenn man nette, alte Damen umbringt.«

»Und Kapläne«, sagte Unkel.

»Genau! Die mögen das auch nicht«, sagte Omma Brock.

Vincenzo Primavera wiegte die Waffe in der Hand und griff sich mit der anderen eine spitze Schere. Es war ein mächtiges Schneidewerkzeug. Für den groben Zuschnitt. Damit konnte man selbst Autoblech auftrennen. Und es war viel leiser. Unkel sah, wie die Gedanken in Vincenzo Primaveras Kopf Gestalt annahmen. Es machte ihm eine Höllenangst. Wie automatisch öffnete sich sein Mund, und ein Bibelzitat entschlüpfte diesem: *»Der Herr wird dich schlagen mit bösen Drüsen an den Knien und Waden, dass du nicht kannst geheilt werden, von den Fußsohlen an bis auf den Scheitel.«*

»Der ist gut!«, sagte Omma Brock. »Bestimmt Altes Testament, da geht es immer mit richtig schön Schmackes zur Sache.«

»Moses, 28, Vers 35«, sagte Unkel automatisch.

»Da wusste Gott noch, was Religion ist! Nicht dieser Weicheier-Quatsch mit der anderen Wange, die man hinhalten soll, davon hab ich noch nie was gehalten!«

»Seid ihr beiden jetzt endlich ruhig! Ich will wieder zurück, heute ist bei mir im Laden schwer was los, ich kann meine Pferdchen doch nicht unbeaufsichtigt herumlaufen lassen. Wir machen's mit der Schere.« Sein Blick fiel auf ein Halstuch. Es war ein besonders exquisiter Stoff, teure Seide. Mit einer Hand die Pistole immer noch auf Omma Brock und den sich mittlerweile an sie klammernden Unkel richtend, legte er die Schere beiseite und nahm es auf. »Würde ein Modemensch nicht viel eher damit morden?«

»Nicht mit mir!«, sagte Omma Brock. »Das ist doch was für Mädchen. Ich wär für die Schere.«

Vincenzo Primavera war verdutzt, er hatte sich anscheinend etwas mehr Angst erhofft. Aber Omma Brock tat ihm den Gefallen nicht. Plötzlich fing er wie irre an zu lachen. Es war genau das Gegenteil von Liselotte Pulvers ansteckendem Gelächter, bei dem man immer direkt mitmachen wollte.

Unkel und Omma Brock sollten auch schon direkt im nächsten Moment erfahren, was es damit auf sich hatte.

Denn Vincenzo Primavera schaltete nun das ausgewählte Mordwerkzeug an.

»Ich bügel euch zu Tode!«, schrie er. »Und danach fackel ich alles ab – an Weihnachten gibt es doch so viele Brände. Ständig hört man in letzter Zeit die Feuerwehrwagen …«

Omma Brock blickte dem Tod entschlossen ins Antlitz. »Mir würde jetzt ein schöner Apfelbrand gut tun. Aber wie ich den Sausack kenne, gibt es den hier nicht.«

Vincenzo Primavera sagte nichts, er näherte sich dafür mit dem Dampfbügeleisen Unkels Gesicht und hielt die Pistole haargenau auf die durstige Omma Brock gerichtet. Unkel merkte, wie seine Knie weich und weicher wurden.

22. Kapitel

von Uwe Voehl

Nicht mehr lange, und die Modenschau würde beginnen. Die Atmosphäre glich der vor einem Konzert mit Joan Baez vor zweitausend geladenen Oberstudienräten, die sich der seligen 68er erinnerten. Auch Kommissarin Carola Coltella spürte dieses besondere Kribbeln. Aber noch mussten sich die Gäste gedulden. Noch begoss man die Vorfreude mit reichlich Schampus.

Auch Coltella hatte mittlerweile Anschluss gefunden. Ein besonders aufdringlicher Vertreter der Spezies Frauenaufreißer hatte sie als mögliches Opfer erkoren und sprach pausenlos auf sie ein: »Sagen Sie Hans-Dieter zu mir. Das sagen alle. Ist ganz gut, dass mein Porsche Cayenne heute zur Inspektion musste, bei diesen Scheiß-Wegen hier.«

Coltella musterte den Aufdringling. Halbglatze, Bauchansatz und 1,70 Meter waren nicht gerade die Merkmale, die sie bei einem Mann in Stimmung brachten.

»Aha«, sagte sie daher mehr oder weniger gelangweilt. »Und deshalb sind Sie heute nur mit dem Polo hier, oder?« Sie erinnerte sich vage, dass sie ihn auf dem Parkplatz beim Aussteigen gesehen hatte. Wenigstens reichte ihr der korpulente Typ ein Glas Champagner.

»Vielleicht sollten wir uns erst mal warm trinken«, schlug er vor und leckte erwartungsvoll die Lippen mit seiner fleischigen Zunge.

Er meinte wohl *schön* trinken, dachte Carola, war aber froh, nicht mehr auf dem Trockenen bleiben zu müssen. Doch gleich der erste Schluck enttäuschte. Leider kein Veuve Clicquot, wie die auf den Tischen stehenden Flaschen vorgaukelten. Die Witwe entpuppte sich als simpler ALDI-Schampus, da war sich Coltella sicher. Insofern fühlte sie sich wie zu Hause.

Dann sah sie plötzlich die Erscheinung. »Das gibt es nicht!«, stammelte sie. »Nicht schon wieder!«

Hans-Dieter sah sie irritiert an. »Geht's dir nicht gut, Schätzchen? Soll ich dich nach Hause bringen?«

Man sah ihm an, dass er dabei alles andere als selbstlose Gedanken hegte.

»Verzieh dich!«, zischte Coltella.

Wieder schaute sie auf die Erscheinung. Die toten Schwestern! Mandy und Jessica. Hand in Hand gingen sie auf das Gebäude zu, in dem der Kaplan und diese Verbrechervisage verschwunden waren. Die beiden Frauen waren durchsichtig – das milderte ein wenig das Grauenvolle ihrer Erscheinung. Sie waren nämlich eindeutig tot. In Mandy Schlothausens Kopf steckte noch immer das Beil.

Trotzdem schien niemand die beiden zu bemerken. Spinn ich denn?, dachte Coltella. Entweder waren das immer noch die Nachwirkungen von Schlingengrubers Schlehenwein – damals hatte sie die toten Schwestern das erste Mal »gesehen« – oder es war der billige Schampus. Seit dem Besuch bei Schlingengruber hatte sie keinen Tropfen mehr angerührt. Oder hatte Hans-Dieter ihr etwas ins Glas gekippt? Als sie sich nach ihm umschaute, war dieser verschwunden.

Genau wie die beiden Schwestern.

Coltella hastete hinterher. Schon von draußen vernahm sie das Geschrei. Automatisch griff sie zur Pistole und den Handschellen.

Als sie die Tür zum Haupthaus aufstieß, wusste sie für einen Moment nicht, wo es langgehen sollte, doch dann verriet ihr ein laut gebrülltes »Bügeleisen weg, du Heini!«, wo sich etwas Unpassendes abzuspielen schien. Nur drei Türen später offenbarte sich ihr das ganze Grauen.

»Hände hoch, Polizei!«, schrie sie. Wie festgefroren stand ein merkwürdiges Trio vor ihr. Der Kaplan, eine Oma – und derjenige, der beiden offenbar mit einer Pistole und einem Dampfbügeleisen den Garaus machen wollte.

Der Typ war für einen Moment unaufmerksam, die Omma schlug zu, der Kaplan ging in die Hocke, und der Kerl purzelte über den Rücken des Kirchenmanns zu Boden. Ehe er sich's versah, hatte ihn die Kommissarin entwaffnet und ihm die Handschellen angelegt.

»Jetzt bin ich aber mal gespannt, was hier für ein Film läuft!«, sagte Coltella.

Plötzlich hörte sie hinter sich ein Geräusch. Sie wirbelte herum, die Pistole schussbereit im Anschlag.

»Entschuldigung, befinden sich hier vielleicht die sanitären Anlagen?«, erkundigte sich ein opulenter Herr, den Gewand und Siegel als Bischof auszeichneten.

»Nein«, sagte Coltella kalt und schlug ihm die Tür vor der Nase zu. Dann wandte sie sich wieder dem skurrilen Dreigestirn zu. »Aber vielleicht möchte sich einer der Anwesenden hier trotzdem erleichtern!«

23. Kapitel

von Carsten Sebastian Henn

Ja, verdammt noch mal. Klar war ich's. Aber können Sie jetzt endlich dafür sorgen, dass dieses bösartige Schrappnell das Dampfbügeleisen nicht so verdammt nah an mein Gesicht hält?« Vincenzo Primavera schwitzte wie ein Wanne-Eickeler Kegelclub in der Russensauna.

»Ich sehe niemanden. Vielleicht hilft es, wenn Sie mir nun ganz genau erklären, wie alles abgelaufen ist.« Carola Coltella zündete sich eine Zigarette an. Rauchen war vielleicht schlecht für die Gesundheit – aber verdammt gut für die Nerven. Für die müsste sie in den nächsten Tagen unbedingt auch noch shoppen gehen. Je mehr Blusen, Röcke und Übergangsjacken, desto besser würde sie diesen Stress verarbeiten können. Jeder ernstzunehmende Arzt hätte ihr das schriftlich gegeben.

»Da gibt es nicht viel zu erklären. Ich bin ein einfacher Geschäftsmann, verstehen Sie? Sechs kleine Puffs, also Bordelle, und zwanzig Ford Transits hab ich am Laufen – das meiste sind Familienbetriebe! Einige gibt es schon seit Generationen. Aber das *Amore totale* ist mein Augenstern. Das ist für die zahlungskräftigen Kunden. Und da hat die Jessica getanzt, die Jessica Schlothausen. Na ja, und die war halt eine von denen, die vorher immer was nahmen. Das hab ich ihr besorgt, und dann wollte sie immer mehr und härtere Sachen, das hat sie auch alles bekommen. Ich bin ja kein Unmensch. Aber irgendwann da hat sie's übertrieben. Und plötzlich war Sense. Abgang. Ich wollte nicht, dass die Sache bekannt wird ...«

»… und haben einen Unfall inszeniert.«

»Ja, Unfall. Wenn sie alles wissen, warum fragen Sie dann? – Mensch, Omma, jetzt hör aber endlich auf, ständig auf die Dampftaste zu drücken. Das ist tierisch heiß.«

»Ich will nur, dass du Drecksack schön sauber wirst. Ich kann dir das Gesicht natürlich auch gerne abbützen, wenn dir das lieber ist, Zuckerstück.« Sie drehte auf Leinen und dampfte munter weiter.

Unkel hörte zwar zu, doch seine Hände wanderten dabei unablässig über das Christkindkleid. Solch einen Stoff, dachte er, und es war ein vollkommen unschuldiger Gedanke, würde er auch gerne einmal auf der Haut spüren. Besonders der Rüschenaufsatz war herzallerliebst.

»Erzählen Sie jetzt weiter, oder soll ich Sie für ein paar Minuten allein mit …«

»Ich erzähle ja! Das ist Folter, das wissen Sie, oder?«

»Liebe Frau Brock, ich denke, er gehört jetzt Ihnen.«

»Nein!«, schrie Vincenzo Primavera und redete nun wie ein Wasserfall in der Monsunzeit. »Ich hab plötzlich bemerkt, dass mich jemand beschattet. Aber ich hab nie wirklich was sehen können. Bis zu diesem einen Abend. Da hatte sie vergessen, den Blitz an ihrem Fotoapparat auszustellen. Das war auf dem Parkplatz, neben dem Platz, wo sie gefunden wurde. Ich bin dann rüber zu ihr, hab sie zur Rede gestellt. Da stellte sich dann raus, dass sie Jessicas Schwester war. Mandy. Und dass sie mir den Tod ihrer Schwester anhängen wollte. Sie schrie und sagte, dass sie Beweise gegen mich hätte, wegen Drogen und wegen meiner Mädchen, und dass sie mich fertig machen würde, und ihre Schwester rächen und so. Da bin ich ausgetickt. Ich wollte sie direkt an Ort und Stelle kalt machen, aber sie ist weggerannt, ich hinterher. Dann sah ich da dieses Beil liegen vom Weihnachtsbaumverkauf und dachte mir, dass so was natürlich viel unauffälliger ist als mit der Pistole.

»Unauffälliger?«, fragte Coltella.

Omma Brock ließ weiter Dampf ab.

»Ja, klar. Bei Kugeln kann man doch später immer rausfinden, aus welcher Waffe sie kamen. Also hab ich mit dem Beil zugeschlagen. Eine Riesensauerei. Es war quasi Notwehr. Sie wollte mich verpfeifen! Das gibt doch mildernde Umstände? Und dass ich hier .. freiwillig mein Geständnis abgelegt hab doch auch. Au!«

Omma Brock hatte ein wenig gebügelt. Doch nur das schüttere Haupthaar. »Och, das tut mir letzt aber leid. Ich glaub, ich werde langsam tattrig.« Sie bügelte noch mal. Aus Versehen. Und dann fiel ihr plötzlich vor Schreck das Dampfbügeleisen aus der Hand. Denn sie hatte ein entzücktes Quieken gehört und nun den Grund gesehen.

Florian Unkel stand vor ihnen.

Im Christkindkostüm.

Zwar war es an den Beinen ein wenig zu kurz geraten und zeigte seine haarigen Waden, und im Brustbereich war es deutlich zu weit, aber insgesamt gab der junge Kaplan ein anständiges Christkind ab.

»*Selig sind die Sanftmütigen, denn sie werden das Erdreich besitzen*«, sagte Omma Brock und bekreuzigte sich dreimal.

»Matthäus, Kapitel 5, Vers 5«, sagte Florian Unkel, und drehte eine Pirouette, als wäre er eine kleine Eisprinzessin.

24. Kapitel

von Ralf Kramp

Die Modenschau war ein rauschender Erfolg. Niemand von den Gästen hatte mitbekommen, welche dramatischen Ereignisse sich im Inneren der Modewerkstatt abgespielt hatten, während draußen eine Schar traumhaft schöner Models Jean-Claude Ducruets neueste Kollektion auf ihren makellosen Körpern zur Schau getragen hatte.

Der Modeschöpfer selbst hatte von diesem grandiosen Erfolg jedoch nur wenig mitbekommen. Er hatte alle Hände voll damit zu tun gehabt, die Aktion der Polizei von der Prominenz abzuschirmen. All der Applaus und all die begeisterten Ahs und Ohs waren kaum zu ihm durchgedrungen.

Als das große Feuerwerk verklungen und alle gegangen waren, saß er schließlich allein in seinem Atelier, versuchte zum wiederholten Male vergeblich, mit dem Handy seine Frau zu erreichen, die vermutlich gerade auf der anderen Erdhalbkugel unterwegs war, und war tief versunken in den Anblick seiner größten Schöpfung: des Kleides für das Christkind.

Ducruet fühlte sich unsagbar einsam.

Die kalten Gipsknie, die seine Wände zierten, konnten ihm keinen Trost spenden. Er würde sie alle abhängen, zermalmen, von dieser Erde tilgen. Sie waren nichts wert. Die Knie von Michelle Pfeiffer waren krummer als die von Popeye, dem Seemann. Er hatte es sich nie eingestehen wollen, aber jetzt sah er es klar und deutlich. Wahrscheinlich gehörten sie tatsächlich Popeye, dem Seemann. Nichts davon wollte er mehr in seiner Nähe haben, denn die Knie, die er so sehr begehrt hatte wie keine anderen, waren jetzt kälter als Gips. Sie ruhten in Frost und Finsternis in der Gerichtsmedizin.

Ducruet war sich sicher, dass er in diesem Augenblick der traurigste Mensch auf der ganzen Welt war.

Er wollte weinen, aber er hatte keine Tränen mehr.

Da vernahm er plötzlich ein dezentes Räuspern hinter sich. Er fuhr auf seinem Drehstuhl herum und erblickte die Umrisse einer imposanten Gestalt im Türrahmen.

Er erkannte gleich, um wen es sich handelte. Es war einer der geladenen Ehrengäste.

»Ich habe gewartet, bis alle weg waren, Monsieur Ducruet«, sagte der Mann leise und andächtig. »Und jetzt möchte ich das Kleid abholen, das ich bei Ihnen bestellt habe.«

»Aber natürlisch, Eure Exzellenz.«

Der Bischof trat ein.

* * *

Primavera war am Ende nicht einmal unfroh gewesen, als er in Handschellen abgeführt worden war. Die Aussicht auf eine klamme Gefängniszelle war eine geradezu verlockende Alternative zu Omma Brocks Bügelzeremonie. Carola Coltella würde das Abbild der nackten Angst in seinen Augen noch lange in Gedanken mit sich herumtragen. Sie war sich sicher, dass er sogar noch das Kennedy-Attentat gebeichtet hätte, wenn Omma Brock ihn noch ein bisschen mit dem Eisen bearbeitet hätte.

Der Fall war gelöst, die Akte konnte geschlossen werden. Es war, wie immer, ein ausgesprochen befriedigendes Gefühl.

Bevor sie nun endlich ihren wohlverdienten Urlaub antrat, erreichte sie an ihrem Schreibtisch im Büro ein an sie persönlich adressierter Brief, in dessen Umschlag das Signet des Modeschöpfers Jean-Claude Ducruet geprägt war. Sie musste schmunzeln, als sie die Zeilen las. Er sprach ein überaus schlechtes Deutsch, dieser Modeheini, aber geschrieben waren seine Worte tatsächlich noch schlimmer.

Aber so sehr sie auch zunächst den Kopf über seine verqueren Formulierungen und seine desaströse Orthografie schüttelte, umso breiter wurde doch ihr Grinsen, als sie schließlich den Sinn seiner wirren Worte verstand.

Ducruet bot ihr ein überaus faires Abkommen an: Dafür, dass er ihr einen ganzen großen Wandschrank voll von seinen kostbarsten Modeschöpfungen schenkte, musste sie nämlich nichts weiter tun, als völliges Stillschweigen über seine kleine, geheime Leidenschaft für gewisse Körperteile wahren.

War das Bestechung?

Keinesfalls!

Coltella schlug vor Begeisterung mit der flachen Hand auf den Schreibtisch, sodass Clairvaux seinen Kopf vom Nebenzimmer hereinsteckte. »Alles okay?«

»Oh ja«, jauchzte sie. »Alles okay. Und noch viel mehr!«

Er zog fragend die Augenbrauen in die Höhe. »Wirklich?«

»Natale con i tuoi, Pasqua con chi vuoi … Weihnachten zu Hause, Ostern wo du willst! Ich werde jetzt nach Perinaldo reisen und Weihnachten feiern. Mit Pandoro, Panettone und Torroni und allem drum und dran … und mit La Befana, der Weihnachtshexe!«

* * *

Kaplan Florian Unkel hielt die Predigt seines Lebens. Seine sonst so zaghafte Stimme schallte kraftvoll durch das Gotteshaus und verkündete eine so frohe Botschaft, dass sich die

Augen der Damen der Gemeinde mit Gewässer füllten, dass die Herren plötzlich gar nicht mehr daran dachten, sich während der Wandlung klammheimlich zu verdrücken, um in der Dorfkneipe gegenüber einen ordentlichen Skat zu kloppen, und dass die Messdiener hinter dem Rücken das Kaplans sogar aufhörten, SMS zu schreiben.

Ihm kamen Worte über die Lippen, die er nicht kannte. Er sprach Sprachen, die er nicht gelernt hatte, und seine Sätze formten eine behagliche Melodie, die jedem der Anwesenden tief ins Herz drang.

Er hatte die Hölle gesehen, er hatte den Himmel gekostet, und er war wieder auf der Erde angelangt, und davon erzählte er.

Und er erzählte auch, dass die Heiligen Drei Könige in der Krippe im rechten Seitenschiff dringend neue Kleider brauchten. Er sprach von Chintz, Batist, von Seide, Chiffon, Cord und Damast, er sang von Plissierungen, Fältelungen und Raffungen hie und da und dort. Er schwärmte von Strickblousons für die Hirten und von einer neuen Stola für die Maria, die seiner Meinung nach auch ruhig ab und zu mal einen Wickelrock oder etwas ähnlich Figurbetontes tragen könnte. Und etwas mit einem ordentlichen Ausschnitt. Aber das dachte er nur.

* * *

Es war ein stiller Moment, in dem der Bischof das glitzernde Kleid auf das Grab der verstorbenen Pastoralreferentin der kleinen Gemeinde Welterscheid legte. In der Ferne sang irgendwo ein Kinderchor. Die Nacht war klar, das Mondlicht verwandelte den Schnee in strahlendes Silber. Von den nahen Birken rieselte ein Hauch von Schnee auf die zitternden Schultern des Bischofs.

»Du sollst es haben«, flüsterte er schluchzend zu dem aufgeworfenen Erdhügel zu seinen Füßen. »Du bist von uns gegangen, aber es gehört dir.« Er bettete es mit unendlicher Zärtlichkeit auf den Kränzen und Blumen, breitete die federleichten Ärmel aus und zupfte die Flügel zurecht.

Das Kleid war aus Träumen geschnitten und mit dem Zauberstab genäht worden. Einen Lidschlag lang glaubte der Bischof plötzlich, Mandys feengleichen Körper in der kostbaren Hülle zu sehen, bleich wie der Schnee, unsagbar sanft lächelnd und mit Augen, die heller glitzerten als der Polarstern. Aber im nächsten Moment war der Spuk schon wieder vorbei.

Seine große Liebe war gegangen. Für immer.

Der Bischof senkte den Kopf und sprach ein kurzes Gebet. Dann wandte er sich um und schritt stumm durch die Winternacht davon.

Ein gewaltiger Schatten löste sich aus einem der angrenzenden Büsche, die den Friedhof umstanden. Dick und unförmig zeichnete er sich gegen das Weiß des Schnees ab. Als Omma Brock auf das Grab zustiefelte, gab der Schnee knirschende Geräusche von sich.

»Mein lieber Scholli«, brummte sie, als sie das Kleid betrachtete und sich an ihrem drahtigen Dutt kratzte. »Vom Feinsten, aber echt.« Ihre knotige Rechte packte das Kleid am Ausschnitt, hob es hoch in den Mondschein, sodass es glitzerte und funkelte, und dann stopfte sie den hauchzarten Stoff in ihre Handtasche. »Das schneidere ich mir um. Zwei, drei Keile eingesetzt und die Ärmel bisschen kürzer, dann passt das der Omma Brock bestimmt.«

Dann pfiff sie leise *White Christmas*.

ENDE